Arnaldur Indridason est né à Reykjavik en 1961, où il vit actuellement. Diplômé en histoire, il a été journaliste et critique de cinéma. Il est l'auteur de romans noirs, dont plusieurs best-sellers internationaux, parmi lesquels *La Cité des jarres,* paru en Islande en 2000 et traduit dans plus de vingt langues (prix Clé de verre du roman noir scandinave, prix Mystère de la critique 2006 et prix Cœur noir), *La Femme en vert* (prix Clé de verre du roman noir scandinave, prix CWA Gold Dagger 2005 et Grand Prix des lectrices de « Elle » 2007), *La Voix, L'Homme du lac* (Prix du polar européen 2008) et *Hiver arctique.* Arnaldur Indridason est président d'honneur du jury du Prix du Meilleur Polar des lecteurs de Points en 2010.

La Cité des jarres

prix Clé de verre du roman noir scandinave 2002
prix Mystère de la critique 2006
prix Cœur noir 2006
Métailié Noir, 2005
et « Points Policier », n° P1494

La Femme en vert

prix Clé de verre du roman noir scandinave 2003
prix CWA Gold Dagger 2005
prix Fiction du livre insulaire d'Ouessant 2006
Grand Prix des lectrices de « Elle » 2007
Métailié Noir, 2006
et « Points Policier », n° P1598

La Voix

Grand Prix de littérature policière 2007
Trophée 813, 2007
Métailié Noir, 2007
et « Points Policier », n° P1831

L'Homme du lac

Prix du polar européen 2008
Métailié Noir, 2008
et « Points Policier », n° P2169

Hypothermie

Métailié Noir, 2010

Arnaldur Indridason

HIVER ARCTIQUE

ROMAN

Traduit de l'islandais
par Éric Boury

Éditions Métailié

TEXTE INTÉGRAL

TITRE ORIGINAL
Vetrarborgin

Published by agreement with Edda Publishing, Reykjavik, www.edda.is

© Arnaldur Indridason, 2005

ISBN 978-2-7578-1689-9
(ISBN 978-2-86424-673-2, 1ʳᵉ publication)

© Éditions Métailié, 2009, pour la traduction française

« ... lequel des deux suis-je,
de celui qui survit
ou de l'autre qui meurt ? »

Steinn Steinarr, *Au cimetière*

1

On parvenait à deviner son âge, mais il était plus difficile de se prononcer avec précision sur l'endroit du monde dont il était originaire.

Ils lui donnaient environ dix ans. Vêtu d'une doudoune déboutonnée grise à capuche et d'un pantalon couleur camouflage, une sorte de treillis militaire, l'enfant avait encore son cartable sur le dos. Il avait perdu l'une de ses bottes. Les policiers remarquèrent à l'extrémité de sa chaussette un trou duquel dépassait un orteil. Le petit garçon ne portait ni moufles ni bonnet. Le froid avait déjà collé ses cheveux noirs au verglas. Il était allongé sur le ventre, une joue tournée vers les policiers qui regardaient ses yeux éteints fixer la surface glacée de la terre. Le sang qui avait coulé sous son corps avait déjà commencé à geler.

Elinborg s'agenouilla près de lui.

– Mon Dieu, soupira-t-elle, que se passe-t-il donc ?

Elle tendit le bras, comme pour poser sa main sur le corps sans vie. L'enfant semblait s'être couché pour se reposer. Elinborg avait du mal à se maîtriser. Comme si elle refusait de croire ce qu'elle voyait.

– Ne le touche pas, demanda Erlendur d'un ton calme, debout à côté du corps avec Sigurdur Oli.

– Il a dû avoir froid, marmonna Elinborg en ramenant son bras.

La scène se passait au milieu du mois de janvier. L'hiver était resté clément jusqu'à la nouvelle année, puis le temps s'était considérablement refroidi. Une coque de glace enserrait la terre, le vent du nord sifflait et fredonnait contre l'immeuble. De grandes nappes de neige recouvraient le sol. La poudreuse s'accumulait par endroits en formant de petits monticules dont les flocons les plus fins s'envolaient en volutes. Le vent leur mordait le visage, les pénétrant jusqu'aux os à travers leurs vêtements. Saisi d'un frisson, Erlendur enfonça profondément ses mains dans les poches de son épais manteau. Le ciel était chargé de nuages. Il était à peine quatre heures. La nuit avait déjà commencé à tomber.

– Quelle idée d'aller fabriquer des pantalons militaires pour des enfants ! observa-t-il.

Les trois policiers se tenaient en cercle autour du cadavre. Les gyrophares bleus projetaient leur lueur sur l'immeuble et les maisons alentour. Quelques passants s'étaient agglutinés à côté des véhicules de police. Les premiers journalistes étaient arrivés sur les lieux. Les policiers de la Scientifique prenaient des clichés, rivalisant de flashs avec les gyrophares. Ils faisaient des relevés de l'emplacement où se trouvait le corps de l'enfant ainsi que des abords immédiats. C'était la première étape de l'investigation sur la scène du crime.

– Les treillis sont à la mode, nota Elinborg.

– Tu trouves quelque chose à redire au fait que les gamins portent ce genre de pantalons ? s'agaça Sigurdur Oli.

– Je ne sais pas, répondit Erlendur avant d'ajouter : en effet, cela me semble étrange.

Il laissa son regard glisser le long de la façade de l'immeuble. À certains étages, des gens étaient sortis, bravant le froid, pour observer la scène depuis leur balcon. D'autres se calfeutraient chez eux et se contentaient de regarder depuis leur fenêtre. La plupart des habitants de l'immeuble n'étaient toutefois pas rentrés du travail, l'obscurité régnait derrière les vitres. Ils allaient devoir frapper aux portes de tous ces appartements pour interroger leurs occupants. Le témoin qui avait découvert l'enfant leur avait précisé qu'il vivait dans ce bâtiment. Peut-être la victime avait-elle été laissée seule à la maison, peut-être était-elle tombée du balcon, événement qui entrerait alors dans la catégorie des accidents domestiques stupides. Erlendur préférait cette hypothèse à celle d'un assassinat, à quoi il ne parvenait pas à se résoudre.

Il scruta les alentours. L'ensemble des immeubles qui formaient comme une cour ne semblait pas très bien entretenu. Au centre, une petite aire de jeu délimitée par du gravier abritait deux balançoires dont une cassée : son assise secouée par le vent pendait jusqu'à terre. Il y avait aussi un toboggan usé et rouillé à la vieille peinture rouge écaillée, ainsi qu'un tape-cul sommaire avec deux petits sièges en bois. L'une des extrémités était fichée dans la terre, piégée par le gel, alors que l'autre pointait en l'air, tel un gigantesque canon.

– Il faut que nous retrouvions sa botte, observa Sigurdur Oli.

Tous les trois avaient le regard rivé sur la chaussette trouée.

– Je n'arrive pas à y croire, soupira Elinborg.

Des policiers de la Scientifique recherchaient des empreintes sur les lieux, mais la nuit tombait et le verglas ne semblait receler aucune trace. Le terrain tout entier était recouvert d'un épais bouclier de glace mortellement glissant où affleuraient çà et là quelques taches d'herbe. Le médecin régional de Reykjavik avait confirmé le décès et, ayant trouvé un endroit où il imaginait pouvoir s'abriter du vent du nord, il s'efforçait de s'allumer une cigarette. N'étant pas certain de l'heure du décès, qu'il pensait remonter à une heure tout au plus, il affirmait qu'un expert médicolégal devrait effectuer des recoupements entre la température extérieure et celle du corps afin de la déterminer avec précision. L'examen préliminaire ne lui avait pas permis d'en déceler la cause. Probablement une chute, avait-il observé en parcourant du regard l'immeuble morne et terne.

Le corps n'avait pas été déplacé. Un expert médicolégal était en chemin. S'il parvenait à trouver un créneau dans son emploi du temps, il voulait être présent sur la scène de crime afin d'examiner les circonstances du décès en compagnie de la police. Erlendur s'inquiétait à la vue du nombre grandissant de curieux qui se massaient devant la façade de l'immeuble d'où on pouvait voir le corps, illuminé par les flashs. Les voitures passant au ralenti étaient autant d'yeux qui buvaient la scène. On installa un petit projecteur qui permettrait d'explorer les lieux avec plus de précision. Erlendur suggéra à un policier de protéger le périmètre des badauds.

Vues d'en bas, toutes les portes des balcons dont le petit garçon aurait pu tomber semblaient fermées. Les fenêtres étaient closes. L'immeuble, plutôt imposant, se composait de six étages desservis par quatre cages d'escalier. Il était vétuste. Les rambardes métalliques des balcons étaient rouillées. La peinture, délavée, s'écaillait çà et là à la surface du ciment. De l'endroit où se tenait Erlendur, on distinguait deux baies vitrées de salle à manger fendues sur toute leur longueur, donnant chacune sur un appartement. Nul n'avait jugé bon de les remplacer.

– C'est peut-être un crime raciste ? suggéra Sigurdur Oli en regardant le corps de l'enfant.

– Je crois que nous ne devrions pas formuler d'hypothèses trop précises, répondit Erlendur.

– Est-ce qu'il aurait tenté d'escalader la façade ? demanda Elinborg en levant les yeux sur l'immeuble.

– Les mômes font les trucs les plus insensés, convint Sigurdur Oli.

– En effet, il faut vérifier qu'il n'a pas tenté de grimper au mur, observa Erlendur.

– D'où vous croyez qu'il vient ? se demanda Sigurdur Oli à voix haute.

– J'ai l'impression qu'il est d'origine asiatique, répondit Elinborg.

– Il pourrait être philippin, vietnamien, coréen, japonais, chinois, énuméra Sigurdur Oli.

– On ne devrait pas tout bonnement dire qu'il est islandais jusqu'à preuve du contraire ? proposa Erlendur.

Debout dans le froid, ils regardaient en silence la neige fine et poudreuse qui s'accumulait autour du corps du petit garçon. Erlendur toisa de loin les badauds rassemblés devant l'immeuble, à côté des voitures de police. Puis il enleva son manteau afin d'en recouvrir l'enfant.

– Ça ne risque pas de compromettre l'enquête ? demanda Elinborg en lançant un regard aux policiers de la Scientifique. En effet, Erlendur et son équipe auraient dû attendre leur feu vert avant de s'approcher si près du cadavre au risque de brouiller les indices.

– Je n'en sais rien, répondit Erlendur.

– Pas très professionnel, lança Sigurdur Oli.

– Personne n'a signalé la disparition de ce gamin ? demanda Erlendur sans relever l'observation. Personne n'a cherché à retrouver un garçon qui lui ressemblerait et se serait perdu ?

– J'ai vérifié en route, rien de tel n'a été signalé à la police, répondit Elinborg.

Erlendur baissa les yeux vers son manteau. Il grelottait.

– Où est celui qui l'a découvert ?

– Nous lui avons demandé de patienter dans une cage d'escalier, répondit Sigurdur Oli. Il a attendu que nous arrivions. C'est lui qui nous a appelés avec son téléphone portable. Tous les mômes ont des portables, aujourd'hui. Il nous a dit qu'il a coupé par le terrain entre les immeubles en rentrant de l'école et que c'est là qu'il est tombé sur le corps.

– Je vais aller l'interroger, répondit Erlendur. Vérifiez si le gamin n'aurait pas laissé une piste quelconque sur le terrain. S'il a saigné, il a dû laisser des traces derrière lui. Ce n'est peut-être pas une chute.

– Ça ne serait pas plutôt à la Scientifique de s'occuper de ça ? marmonna Sigurdur Oli sans que ses deux collègues l'entendent.

– En tout cas, je n'ai pas l'impression qu'il ait été agressé ici, observa Elinborg.

– Et pour l'amour de Dieu, essayez de retrouver sa botte, supplia Erlendur avant de s'en aller.

– L'adolescent qui l'a trouvé… commença Sigurdur Oli.

– Oui ? s'enquit Erlendur en se retournant.

– Il est aussi basa… Sigurdur Oli hésitait.

– Quoi donc ?

– C'est un jeune d'origine étrangère, corrigea Sigurdur Oli.

L'adolescent était assis sur une marche dans l'une des cages d'escalier de l'immeuble, aux côtés d'une policière. Il avait près de lui ses vêtements de sport entortillés dans un sac en plastique jaune. Il lança à Erlendur un regard méfiant. Ils n'avaient pas voulu le mettre au chaud dans une voiture de police. Cela aurait pu éveiller des soupçons quant à son implication dans le décès du petit garçon, et quelqu'un avait émis l'idée de le faire plutôt patienter dans cette cage d'escalier.

Le couloir était sale, il y régnait une odeur de crasse mêlée à celles de cigarette et de cuisine qui filtraient des appartements. Le sol était recouvert d'un lino usé, les murs salis de graffitis qu'Erlendur parvenait difficilement à déchiffrer. Les parents de l'adolescent, encore au travail, avaient été prévenus. Il avait le teint mat, des cheveux noir corbeau et lisses, encore humides après la douche, et de grandes dents bien blanches. Vêtu d'une épaisse doudoune et d'un jeans, il tenait un bonnet à la main.

– Quel froid de canard ! commença Erlendur en se frottant les mains pour se réchauffer.

Le gamin ne lui répondit pas.

Erlendur vint s'asseoir à côté de lui. L'adolescent déclara s'appeler Stefan. Il avait treize ans. Il habitait depuis toujours dans l'immeuble juste à côté. Il expliqua que sa mère venait des Philippines.

– Tu as dû être très choqué quand tu l'as découvert, observa Erlendur au bout d'un moment.

– Oui.

– Et tu sais qui c'est ? Tu le connaissais ?

Stefan avait indiqué à la police le nom du petit garçon en précisant qu'il habitait dans l'un des appartements de cet immeuble, mais dans une autre cage d'escalier. Les policiers avaient tenté de contacter les parents de la victime. Personne n'avait répondu quand ils étaient allés frapper à la porte. Tout ce que Stefan savait de la famille de l'enfant, c'était que sa mère fabriquait des bonbons et qu'il avait un frère. Il avait affirmé ne pas bien les connaître. Il n'y avait pas très longtemps qu'ils s'étaient installés là.

– Tout le monde l'appelait Elli, mais son vrai nom, c'était Elias, précisa Stefan.

– Est-ce qu'il était mort quand tu l'as découvert ?

– Oui, je crois. Je l'ai secoué, mais il n'a pas bougé.

– Alors, tu nous as appelés ? compléta Erlendur comme s'il lui semblait légitime de réconforter l'adolescent. Tu as bien fait. Tu as eu parfaitement raison. Qu'est-ce que tu veux dire par « sa mère fabrique des bonbons » ?

– Euh, ben, qu'elle travaille dans une usine où on fait des bonbons.

– Tu as une idée sur ce qui aurait pu arriver à Elli ?

– Non.

– Est-ce que tu connais certains de ses camarades ?

– Pas très bien.

– Qu'est-ce que tu as fait après l'avoir secoué ?

– Rien, répondit l'adolescent. J'ai seulement téléphoné à la police.

– Tu connais le numéro de la police ?

– Oui, je suis tout seul à la maison quand je rentre de l'école et ma mère veut pouvoir me surveiller. Elle…

– Quoi donc ?

– Elle me dit toujours d'appeler immédiatement la police au cas où…

– Au cas où quoi ?

– Au cas où il se passerait quelque chose.

– Qu'est-ce que tu crois qu'il est arrivé à Elli ?

– Je ne sais pas.

– Tu es né en Islande ?

– Oui.

– Tu sais si c'est aussi le cas d'Elli ?

L'adolescent, qui avait passé son temps à fixer le lino de l'escalier, leva les yeux vers Erlendur.

– Oui, répondit-il.

Elinborg fit irruption dans le sas de l'immeuble, séparé de la cage d'escalier par une simple vitre, et Erlendur vit qu'elle lui avait rapporté son manteau. Il adressa un sourire à l'adolescent en lui disant qu'il reviendrait peut-être plus tard pour discuter un peu plus longuement avec lui, avant de se lever et de rejoindre Elinborg.

– Tu sais que tu n'as le droit d'interroger des enfants qu'en présence de leurs parents, de leur tuteur, des services de la Protection de l'enfance ou de tout le saint-frusquin, reprocha-t-elle d'un ton cassant en lui tendant son vêtement.

– Je n'étais pas en train de l'interroger, je me contentais de lui poser quelques questions, rétorqua Erlendur en regardant son manteau. Je dois comprendre qu'ils ont emmené le corps ?

– Il est en route pour la morgue. Ce n'était pas une chute. La Scientifique a relevé des traces.

Erlendur grimaça.

– Le petit est arrivé au pied de l'immeuble par le côté ouest, informa Elinborg. Il y a un sentier qui devrait être éclairé, mais un habitant du quartier nous a signalé que l'ampoule de l'un des lampadaires était constamment cassée. L'enfant est entré sur le terrain en passant par-dessus une clôture sur laquelle on a trouvé des traces de sang. C'est là qu'il a perdu sa botte, probablement en l'enjambant.

Elinborg inspira profondément.

– Il a été poignardé, poursuivit-elle. Il est probablement mort après avoir reçu un coup de couteau dans le ventre. En enlevant le corps, on a découvert une mare de sang qui a gelé instantanément.

Elinborg s'accorda une pause.

– Il rentrait chez lui, reprit-elle.

– Est-on en mesure de remonter la piste jusqu'au lieu de l'agression ?

– Nous sommes en train.

– Avez-vous contacté ses parents ?

– Sa mère est en route. Elle s'appelle Sunee. Nous ne lui avons pas dit ce qui s'est passé. Ça promet d'être affreux.

– Tu restes avec elle, répondit Erlendur. Et le père ?

– Je ne sais pas, il y a trois noms sur la sonnette. L'un d'entre eux est quelque chose comme Niran.

– J'ai cru comprendre qu'il avait un frère, observa Erlendur.

Il ouvrit la porte, puis ils sortirent tous les deux affronter le vent du nord. Elinborg attendit la mère afin de l'accompagner à la morgue. Un policier escorta Stefan à son domicile où serait enregistrée sa déposition. Erlendur retourna sur le terrain au pied de l'immeuble. Il remit son manteau. Le sol était noir à l'endroit où le petit garçon avait été retrouvé.

Tombé je suis à terre[1].

Un vieux quatrain revint à la mémoire d'Erlendur alors qu'il se tenait immobile, profondément plongé dans ses pensées. Il leva les yeux sur l'immeuble terne avant de traverser prudemment l'épaisse carapace de verglas qui le séparait de l'aire de jeux et d'aller poser sa main sur l'acier glacé du toboggan. Il sentit le froid mordant remonter le long de son bras.

Tombé je suis à terre,
Transi et à jamais…

---

1. Les vers sont tirés d'un poème de Jonas Hallgrimsson, un immense poète du XIXe siècle. (Toutes les notes sont du traducteur.)

2

Elinborg accompagna la mère de l'enfant à la morgue de Baronsstigur. C'était une femme de petite taille, gracile, âgée d'environ trente-cinq ans, fatiguée après sa longue journée. Son épaisse chevelure noire était nouée en queue de cheval, elle avait un visage rond et sympathique. La police avait trouvé son employeur et deux hommes étaient allés la chercher sur son lieu de travail. Il leur avait fallu un certain temps pour lui exposer ce qui était arrivé et lui expliquer qu'elle devait les suivre. Ils étaient retournés à l'immeuble. Elinborg s'était installée dans la voiture où elle avait compris qu'ils auraient besoin d'un interprète. On avait contacté la Maison internationale qui avait envoyé une femme les rejoindre à la morgue.

L'interprète n'était pas encore là quand Elinborg et la mère de la victime arrivèrent. Les deux femmes entrèrent directement dans le bâtiment où le légiste les accueillit. En voyant son fils, la mère poussa un cri déchirant avant de s'effondrer dans les bras d'Elinborg. Elle hurla des mots dans sa langue maternelle. À ce moment, l'interprète entra. C'était une Islandaise qui ressemblait à Sunee. Elle essaya de la consoler, assistée par Elinborg qui eut l'impression que les deux femmes se connaissaient. L'interprète s'efforçait de s'adresser à Sunee sur un ton apaisant, mais celle-ci, folle de douleur autant que d'impuissance, se libéra de son emprise pour aller se précipiter sur le corps de son fils en pleurant à chaudes larmes.

Au bout d'un moment, elles parvinrent à la tirer de la morgue et elles montèrent dans un véhicule qui les conduisit au domicile de Sunee. Elinborg expliqua à l'interprète que la mère de la victime devait contacter sa famille ou ses amis pour qu'ils viennent la soutenir dans cette terrible épreuve. Il fallait trouver un proche en qui elle avait confiance. L'interprète traduisit les propos d'Elinborg, mais Sunee ne manifesta aucune réaction. Elle ne répondit même pas.

Elinborg précisa à l'interprète les circonstances dans lesquelles Elias avait été retrouvé, couché à terre sur le terrain au pied de l'immeuble. Elle l'informa de l'enquête de police, puis lui demanda de traduire.

– Elle a un frère qui habite en Islande, annonça l'interprète. Je vais le contacter.

– Vous la connaissez ? demanda Elinborg.

L'interprète hocha la tête.

– Vous avez vécu en Thaïlande ?

– Oui, pendant quelques années. J'y suis allée dans le cadre d'un échange.

L'interprète précisa s'appeler Gudny. Elle avait des cheveux bruns et d'épaisses lunettes. Maigre et plutôt petite, elle portait un jeans et un épais pull-over en dessous de son manteau noir. Un châle de laine blanc lui couvrait les épaules.

Quand les trois femmes arrivèrent à l'immeuble, Sunee demanda à voir l'endroit où on avait trouvé son fils et les deux autres l'y accompagnèrent. Il faisait maintenant nuit noire. La Scientifique avait installé des projecteurs et délimité le périmètre. La nouvelle du meurtre s'était répandue à toute vitesse. Elinborg remarqua la présence de deux bouquets devant la façade de l'immeuble où un nombre grandissant de gens s'étaient rassemblés afin de regarder, en silence, non loin des véhicules de la police.

La mère de l'enfant entra dans le périmètre protégé. Les policiers en combinaisons blanches interrompirent leur travail et l'observèrent. Bientôt, elle se retrouva seule avec l'interprète à l'endroit où son fils avait été découvert sans vie. Elle se mit à pleurer et s'agenouilla pour placer la paume de sa main sur la terre.

Erlendur sortit de l'obscurité et la regarda.

– Nous devrions monter chez elle, suggéra-t-il à Elinborg qui répondit d'un hochement de tête.

Ils restèrent un long moment dans le froid à attendre que les deux femmes les rejoignent. Ils les suivirent ensuite jusqu'à la cage d'escalier. Elinborg lui présenta Erlendur en lui disant qu'il était le commissaire de police chargé de l'enquête sur le décès de son fils.

– Vous préféreriez peut-être que nous vous interrogions plus tard, observa Erlendur. Mais en réalité, plus tôt nous obtiendrons des informations, mieux ce sera. Plus le temps passe depuis le crime, plus il nous sera difficile de retrouver le coupable.

Erlendur marqua une pause afin que l'interprète puisse traduire ses paroles. Il s'apprêtait à poursuivre quand la mère lui lança un regard et posa une question en thaï.

– Qui est-ce qui a fait ça ? transmit aussitôt Gudny.

– Nous ne le savons pas, répondit Erlendur. Mais nous allons le découvrir.

La mère se tourna vers l'interprète pour lui dire quelque chose avec un air extrêmement soucieux.

– Elle a un autre fils, elle se demande où il est, transmit Gudny.

– Est-ce qu'elle a une idée sur la question ? renvoya Erlendur.

– Non, répondit l'interprète. Il finissait ses cours à peu près à la même heure que son petit frère.

– C'est l'aîné ?

– De cinq ans, répondit l'interprète.

– Par conséquent, il a… ?

– Quinze ans.

La mère de l'enfant monta l'escalier devant eux d'un pas pressé jusqu'au cinquième étage, l'avant-dernier. Erlendur s'étonna de l'absence d'ascenseur dans un immeuble aussi haut[1].

Sunee ouvrit la porte et cria quelque chose à l'intérieur de l'appartement avant que la porte ne se referme derrière eux. Erlendur imagina que ça devait être le prénom de son autre fils. Elle parcourut rapidement l'appartement, constata immédiatement qu'il n'y avait personne, puis se planta face à eux, désemparée, comme esseulée, jusqu'à ce que l'interprète la prenne dans ses bras pour l'emmener s'asseoir avec elle dans le canapé de la salle à manger. Erlendur et Elinborg les imitèrent, suivis d'un homme maigre qui venait de monter l'escalier en courant. C'était le pasteur de l'église du quartier, spécialisé dans les urgences psychologiques. Il se présenta à Erlendur et proposa son aide.

– Il faut que nous retrouvions le frère de la victime, observa Elinborg. Espérons qu'il ne lui est rien arrivé.

– Espérons que ce n'est pas lui qui a fait ça, répondit Erlendur.

Elinborg lui lança un regard ahuri.

– Franchement, tu as de ces idées !

Elle balaya les lieux du regard. Sunee habitait un trois-pièces exigu. L'entrée donnait directement sur la salle à manger. Sur la droite, un petit couloir menait aux toilettes et aux deux chambres à coucher. La cuisine était attenante à la salle à manger. Une forte odeur d'épices orientales et de plats exotiques planait dans

---

1. La majeure partie des immeubles de Reykjavik ne dépassent en effet pas trois ou quatre étages.

l'appartement très propre et décoré d'objets importés de Thaïlande. Sur tous les murs et toutes les tables, on voyait des photographies qu'Erlendur s'imaginait représenter la famille de la mère, restée aux antipodes.

Erlendur se tenait sous un parasol en carton rouge où était dessiné un dragon jaune. Fixé au plafond, il faisait office de grand abat-jour. L'interprète proposa d'aller préparer du thé et Elinborg la suivit à la cuisine. Sunee s'installa dans le canapé. Erlendur se taisait en attendant le retour de Gudny. Le pasteur vint s'asseoir à côté de Sunee.

Gudny connaissait certains détails de l'histoire de Sunee qu'elle retraça pour Elinborg à voix basse dans la cuisine. La mère de la victime était originaire d'un village situé à environ deux cents kilomètres de Bangkok. Elle avait grandi dans une maison modeste où cohabitaient trois générations. La fratrie était nombreuse, deux de ses frères étaient partis à la capitale en l'emmenant avec eux alors qu'elle n'avait que quinze ans. Elle y avait gagné sa vie dans des emplois pénibles, principalement dans des laveries, et avait partagé jusqu'à vingt ans le logement insalubre et étroit de ses frères. Elle affirmait qu'ensuite, elle s'était débrouillée seule en travaillant dans un grand atelier de couture qui fabriquait des vêtements à bas prix destinés au marché occidental. Le personnel était exclusivement féminin, les salaires peu élevés. C'était à cette époque, dans un lieu de distraction en vogue à Bangkok, qu'elle avait rencontré un homme venu d'un pays lointain, un Islandais. Il était son aîné de quelques années. Jamais elle n'avait entendu parler de l'Islande.

Pendant que l'interprète racontait l'histoire à Elinborg et que le pasteur apportait des mots de consolation à Sunee, Erlendur déambulait dans la salle à manger. Une ambiance orientale flottait dans ce foyer. Un petit autel était installé au milieu du mur, avec des fleurs découpées dans du papier, de l'encens, un petit bol rempli d'eau et une jolie photographie montrant la campagne thaïlandaise. Il s'attarda sur les bibelots bon marché, les souvenirs, les photos encadrées où on voyait parfois deux garçons à des âges divers. Erlendur supposa que c'étaient la victime et son frère. Il prit l'un des cadres sur la table, s'imaginant qu'il s'agissait du frère aîné : il posa la question à Sunee qui lui répondit d'un hochement de tête. Il demanda à emprunter la photo avant d'aller la confier au policier posté à la porte, lui donnant l'ordre de la diffuser dans les commissariats, de lancer des recherches pour retrouver ce garçon et d'interroger ses camarades d'école, ses enseignants et ses voisins.

Erlendur tenait son téléphone portable à la main au moment où il se mit à sonner. C'était Sigurdur Oli.

Il avait remonté la piste laissée par le petit garçon. Elle partait du terrain en bas de l'immeuble, suivait un chemin étroit puis une rue peu fréquentée, longeait des bâtiments et des espaces verts jusqu'à aboutir au pied d'un transformateur électrique aux parois couvertes de graffs. Le transformateur était situé à environ cinq cents mètres du domicile de la victime, non loin de l'école du quartier. Sigurdur Oli n'avait, à première vue, rien décelé qui laisse penser qu'il y avait eu lutte. Plusieurs policiers équipés de lampes de poche se mirent à la recherche de l'arme du crime dans les jardins des maisons et les terrains des immeubles voisins, explorant les chemins, les rues et la cour du groupe scolaire.

– Tiens-moi au courant, demanda Erlendur. Cet endroit n'est pas loin de l'école, dis-tu ?

– En réalité, il est juste à côté. Mais le fait que la piste s'arrête ici ne prouve pas que ce soit à cet endroit que l'enfant a été poignardé.

– Je sais, répondit Erlendur. Va voir le personnel de l'école, le directeur et les professeurs. Il faut que nous interrogions ses enseignants et ses camarades. Ses copains de quartier aussi. Tous ceux qui le connaissaient ou pourraient nous apprendre quelque chose sur lui.

– C'est mon ancienne école, observa platement Sigurdur Oli.

– Ah bon ? s'étonna Erlendur. Sigurdur Oli dévoilait rarement quoi que ce soit de personnel. Tu as été élevé ici, dans ce quartier ?

– Je n'y ai pratiquement pas remis les pieds depuis, répondit Sigurdur Oli. Nous y avons habité pendant deux ans. Ensuite, nous avons à nouveau déménagé.

– Et ?

– Et rien du tout.

– Tu crois qu'ils se souviennent de toi, tes anciens professeurs ?

– J'espère que non, répondit Sigurdur Oli. En quelle classe était-il, ce gamin ?

Erlendur entra dans la cuisine.

– Nous avons besoin de connaître la classe que fréquentait l'enfant, annonça-t-il à l'interprète.

Gudny retourna à la salle à manger pour poser la question à Sunee et revint avec le renseignement.

– Vous savez s'il y a des tensions ou des conflits raciaux dans le quartier ? demanda Erlendur.

– Rien de tel ne nous a été signalé à la Maison internationale, répondit Gudny.

– Les immigrés du quartier se sont-ils plaints de préjugés racistes à leur égard ?

– Je ne crois pas, non, en tout cas, rien d'inhabituel.

– Il faut que nous enquêtions sur d'éventuels problèmes de racisme dans le quartier afin de savoir s'il existe des conflits, observa Erlendur avant de communiquer à Sigurdur Oli la classe fréquentée par Elias. De même que les tensions qui pourraient exister dans les autres quartiers. Je me souviens d'événements qui ne remontent pas à si longtemps. Quelqu'un a sorti un couteau. Il faut que nous nous penchions sur tout cela.

Le thé était prêt, Elinborg et l'interprète retournèrent à la salle à manger avec Erlendur. Le pasteur se retira et Gudny vint s'asseoir à côté de Sunee. Elinborg alla chercher une chaise à la cuisine. Gudny parlait à Sunee qui hochait la tête. Erlendur espérait qu'elle était en train de lui expliquer que plus vite la police obtiendrait des renseignements précis sur les allées et venues de son fils au cours de la journée, mieux ce serait pour l'enquête.

Tenant encore à la main son portable qu'il s'apprêtait à replonger dans sa poche, Erlendur hésita et l'examina un long moment. Il pensa au jeune témoin qui en avait également un parce que sa mère craignait de le savoir seul après les cours.

– Est-ce que son fils possédait un téléphone portable ? demanda-t-il à l'interprète qui traduisit aussitôt.

– Non, répondit-elle.

– Et son fils aîné ?

– Non, répondit Gudny. Ils n'ont pas de portable. Elle n'en a pas les moyens. Tout le monde ne peut pas s'offrir ces téléphones, ajouta-t-elle. Erlendur se fit la réflexion qu'elle n'exprimait là qu'une opinion personnelle.

– Il fréquente l'établissement qui se trouve ici, à côté de l'immeuble ? demanda-t-il.

– Oui, ses deux fils vont dans cette école.

– À quelle heure est-ce qu'Elias termine sa journée ?

– Son emploi du temps est collé sur le réfrigérateur, indiqua l'interprète. Il finit aux alentours de quatorze heures le mardi, ajouta-t-elle en consultant sa montre. Il y a donc trois heures qu'il a quitté l'école pour rentrer chez lui.

– Que fait-il habituellement après les cours ? Est-ce qu'il rentre directement à la maison ?

– Oui, pour autant qu'elle sache, répondit l'interprète après s'être renseignée auprès de Sunee. Mais elle n'est pas certaine, il lui arrive de jouer un moment au foot dans la cour de l'école. Ensuite, il rentre seul à la maison.

– Et le père ?

– Il est maçon. Il vit à Reykjavik, ils ont divorcé l'an dernier.

– Oui, il s'appelle Odinn, n'est-ce pas ? demanda Erlendur.

Il savait que la police tentait de contacter le père d'Elias qui n'avait pas encore appris la nouvelle du décès de son fils.

– Sunee et lui n'entretiennent plus beaucoup de relations. Elias va parfois passer le week-end chez lui.

– Y a-t-il un beau-père ?

– Aucun, répondit l'interprète. Sunee vit seule avec ses deux fils.

– Est-ce que, normalement, le fils aîné est rentré à ce moment de la journée ?

– L'horaire auquel ils rentrent à la maison est très variable, répéta l'interprète, immédiatement après Sunee.

– Il n'y a pas de règle en la matière ? demanda Elinborg.

Gudny se tourna vers Sunee ; les deux femmes discutèrent un long moment. Erlendur remarqua l'exceptionnelle qualité du soutien que l'interprète apportait à la mère de la victime. Gudny leur avait confié que Sunee comprenait la plupart de ce qu'on lui disait en islandais et qu'elle parvenait à s'exprimer convenablement dans cette langue, mais qu'étant très pointilleuse, elle demandait l'assistance d'un interprète aux moments où elle jugeait la chose nécessaire.

– Elle ne sait pas exactement ce qu'ils font de leur journée, annonça enfin l'interprète en se tournant vers Erlendur et Elinborg. Ils ont tous les deux un double de la clé de l'appartement. Elle ne termine pas avant six heures à l'usine de confiserie les jours où on lui demande de faire des heures supplémentaires. Ensuite il lui faut rentrer chez elle et aussi faire les courses. Parfois, on lui propose encore plus d'heures, alors elle rentre encore plus tard. Elle est obligée de travailler le plus possible, c'est elle qui assure tous les revenus du foyer.

– Elle ne demande pas à ses enfants de l'informer de l'endroit où ils vont après l'école, de lui dire où ils sont ? demanda Elinborg. Elle ne leur demande pas de téléphoner à son travail ?

– Elle n'a pas le droit de rester pendue au téléphone sur son lieu de travail, précisa l'interprète après avoir traduit la question.

– Donc, elle ne sait rien d'eux une fois l'école terminée ? demanda Erlendur.

– Si, elle sait ce qu'ils font, enfin, ils le lui racontent plus tard, quand ils la retrouvent le soir.

– Est-ce qu'ils jouent au football ou pratiquent un autre sport ? Ils suivent des entraînements ? Ils ont des activités ?

– Le plus jeune jouait au foot, mais il n'avait pas d'entraînement aujourd'hui, répondit l'interprète. Vous devez bien voir à quel point sa situation de mère divorcée avec deux enfants est difficile, ajouta-t-elle, exprimant là, encore une fois, son opinion personnelle. Ça n'a rien d'une partie de plaisir. Il n'y a pas d'argent, pas plus pour les activités que pour les téléphones portables.

Erlendur hocha la tête.

– Vous m'avez dit qu'elle a un frère qui vit en Islande, reprit-il.

– Oui, je l'ai contacté. Il est en route.

– Il y a d'autres parents, de la famille à qui Sunee pourrait se confier ? De la famille du père ? Est-il possible que l'aîné soit chez eux ? Est-ce que les enfants ont un grand-père et une grand-mère ?

– Elias va parfois chez sa grand-mère, son grand-père du côté islandais est décédé. Sunee entretient de bonnes relations avec la grand-mère qui habite en ville. Vous devriez l'informer de ce qui s'est passé. Elle s'appelle Sigridur.

L'interprète obtint le numéro de Sunee, puis le communiqua à Elinborg qui sortit son portable.

– Il ne vaudrait pas mieux qu'elle vienne ici pour rester auprès de sa belle-fille ? proposa Elinborg.

Sunee écouta la traduction de Gudny en hochant la tête.

– Oui, demandons-lui de nous rejoindre, convint l'interprète.

À ce moment-là, un jeune homme apparut à la porte, Sunee se leva d'un bond pour courir à sa rencontre. C'était son frère. Ils s'embrassèrent, le jeune homme s'efforça de consoler sa sœur qui s'affaissa en pleurant dans ses bras. Il portait le prénom de Virote, il avait quelques années de moins qu'elle. Erlendur et Elinborg échangèrent un regard en voyant la douleur envelopper le frère et la sœur. Un journaliste arriva, tout essoufflé, en haut de l'escalier. Elinborg le força à tourner les talons et le raccompagna au rez-de-chaussée. Erlendur et Gudny restèrent seuls dans l'appartement en compagnie de Sunee et Virote. L'interprète et le frère ramenèrent Sunee à la salle à manger en la soutenant, et ils prirent place à ses côtés sur le canapé.

Erlendur entra dans le couloir menant aux chambres. La plus grande était manifestement celle de la mère. L'autre abritait deux lits superposés, c'était là que dormaient les garçons. Il découvrit un grand poster représentant une équipe de foot britannique qu'il reconnaissait pour l'avoir vue dans les journaux. Une autre affiche montrait une jolie chanteuse islandaise. Un vieil ordinateur Apple était posé sur un petit bureau. Des manuels scolaires, des jeux électroniques et des jouets jonchaient le sol : des fusils, des dinosaures et une épée. Les lits n'avaient pas été faits. Des vêtements sales étaient posés sur une chaise.

Une vraie chambre de garçons, pensa Erlendur en repoussant du pied une chaussette. L'interprète apparut à la porte.

– C'est quel genre de famille ? lui demanda Erlendur.

Gudny haussa les épaules.

– Des gens sans histoires. Des personnes comme vous et moi. Des gens pauvres.

– Pouvez-vous me dire s'ils se sont déjà sentis victimes de préjugés ?

– Très peu, enfin, je crois. Je ne sais pas exactement pour Niran, mais en ce qui concerne Sunee, elle s'est bien intégrée dans le quartier avec ses deux fils. Les préjugés pointent toujours leur nez et ils ont évidemment ressenti leur existence. L'expérience montre qu'on les rencontre surtout chez ceux qui manquent de confiance en eux et n'ont pas eu une bonne éducation, ceux qui ont été eux-mêmes victimes de manque d'attention et se sont sentis mis à l'écart.

– Et le frère de Sunee, il y a longtemps qu'il habite ici ?

– Oui, quelques années. Il est ouvrier. Il travaillait dans le Nord, à Akureyri, mais il vient de s'installer à Reykjavik.

– Ils s'entendent bien ?

– Oui, ils sont très proches.

– Que pouvez-vous me dire à propos de Sunee ?

– Elle est arrivée en Islande il y a une bonne dizaine d'années, répondit Gudny. Elle se plaît énormément ici.

Sunee lui avait un jour confié qu'elle avait eu de la peine à réaliser combien ce pays lui avait semblé froid et désolé à son arrivée à Reykjavik dans la navette de l'aéroport de Keflavik. Il pleuvait, le ciel était chargé de nuages. Par la vitre du bus, elle n'apercevait rien qu'un champ de lave tout plat et des montagnes bleutées dans le lointain. Nulle part on ne voyait de végétation, aucun arbre et même pas un bout de ciel bleu. Quand elle était sortie de l'avion et qu'elle avait descendu la passerelle, elle avait senti l'air polaire se cogner contre elle, comme une muraille glaciale. Cela lui avait donné la chair de poule. Elle était arrivée à la mi-octobre par une température de trois degrés. Elle venait d'un endroit où il en faisait trente.

Elle avait épousé cet Islandais rencontré à Bangkok. Il avait tout fait pour la séduire. Il l'avait invitée plusieurs fois de suite, s'était montré poli et lui avait parlé de l'Islande en anglais, langue qu'elle connaissait à peine et qu'elle ne comprenait qu'approximativement. Cet homme ne lui avait pas semblé manquer d'argent, il lui avait offert diverses babioles, des vêtements et des bijoux bon marché.

Il était retourné en Islande après leur rencontre, mais ils avaient décidé de garder le contact. Une amie de Sunee qui maîtrisait mieux l'anglais qu'elle lui écrivait parfois quelques lignes. Il était revenu six mois plus tard pour un séjour de trois semaines qu'ils avaient entièrement passées ensemble. Il lui plaisait, tout ce qu'il lui racontait sur l'Islande la séduisait. Malgré la petite taille de ce pays éloigné de tout, froid et peu peuplé, il y vivait l'une des nations les plus riches au monde. Il avait mentionné des salaires vertigineux par rapport à ceux pratiqués à Bangkok. Si elle déménageait là-bas, elle pourrait sans difficulté soutenir sa famille restée en Thaïlande.

Il l'avait portée dans ses bras pour lui faire franchir le seuil de leur foyer, un deux-pièces qu'il possédait sur le boulevard Snorrabraut. Ils étaient venus à pied depuis l'hôtel Loftleidir où la navette de l'aéroport les avait déposés. Ils avaient traversé un grand boulevard très passant dont elle apprendrait plus tard qu'il portait le nom de Miklabraut avant de descendre le boulevard Snorrabraut avec le vent glacial du nord qui lui cinglait le visage. Elle avait mis les vêtements d'été qu'elle portait en Thaïlande : un léger pantalon de soie qu'il lui avait offert, un joli chemisier et une veste d'été de couleur claire. Elle portait des sandales en plastique aux pieds. Son nouvel époux ne l'avait aucunement préparée à l'arrivée en Islande.

L'appartement était devenu confortable après qu'elle l'avait arrangé. Elle avait trouvé un travail à l'usine de confiserie. La cohabitation fonctionnait bien au début, mais il apparut bientôt que chacun des deux avait menti à l'autre.

– Comment ça ? demanda Erlendur à l'interprète. À propos de quoi s'étaient-ils menti ?

– Il avait déjà fait ça, répondit Gudny. Une autre fois.

– Déjà fait quoi ?

– Il était déjà allé en Thaïlande pour se trouver une femme.

– Ah bon, ce n'était pas la première fois ?

– Oui, il existe des hommes qui tentent leur chance plusieurs fois.

– Et est-ce que c'est… légal ?

– En tout cas, aucune loi ne l'interdit.

– Et Sunee, sur quel point lui a-t-elle menti ?

– Ils étaient ensemble depuis quelques années quand elle a décidé de faire venir son fils ici.

Erlendur dévisagea l'interprète.

– Elle lui a avoué qu'elle avait un fils en Thaïlande dont elle ne lui avait jamais parlé.

– Il s'agit de Niran ?

– Oui, c'est lui. Il porte également un prénom islandais, mais il veut qu'on l'appelle Niran ; d'ailleurs, tout le monde le connaît sous ce nom.

– Par conséquent, il est…

– Le demi-frère d'Elias. Thaïlandais jusqu'au bout des ongles, il a eu du mal à s'intégrer ici, comme un certain nombre de gamins confrontés à une situation comparable.

– Et son mari ?

– Ils ont fini par divorcer, répondit Gudny.

– Niran, répéta Erlendur comme pour lui-même afin d'éprouver la sonorité du prénom. Cela a une signification précise ?

– Cela signifie éternel, précisa l'interprète.

– Éternel ?

– Oui, les prénoms thaïs ont un sens, tout comme ceux des Islandais.

– Et Sunee, qu'est-ce que ça veut dire ?

– Quelque chose de bon, répondit Gudny, de bénéfique.

– Elias avait-il également un prénom thaïlandais ?

– Oui, Aran, mais je ne suis pas certaine du sens exact. Il faut que je demande à Sunee.

– Il existe une tradition expliquant le choix de ces prénoms ?

– Les Thaïlandais se servent de diminutifs afin d'induire les mauvais esprits en erreur. Cela fait partie de leurs croyances. On attribue un prénom à l'enfant, mais on se sert d'un diminutif afin de tromper les esprits qui pourraient lui nuire et qui ne doivent pas connaître son véritable prénom.

De la musique leur parvint depuis la salle à manger, Erlendur et l'interprète quittèrent la chambre. Le frère de Sunee avait mis un disque de musique thaï apaisante dans le lecteur CD. Prostrée sur le canapé, Sunee se mit à monologuer à voix basse.

Erlendur lança un regard à l'interprète.

– Elle parle de son autre fils, de Niran.

– Nous sommes à sa recherche, précisa Erlendur. Nous allons le retrouver. Dites-lui que nous allons le retrouver.

Sunee secoua la tête, le regard vide.

– Elle a peur qu'il soit mort, lui aussi, répondit l'interprète.

3

Sigurdur Oli rejoignit l'école à toutes jambes, accompagné par trois policiers qui se répartirent la cour de récréation et les abords immédiats de l'établissement afin d'y rechercher l'arme du crime. Les cours étaient terminés, le bâtiment terne et sans vie, ainsi plongé dans la nuit de l'hiver. On voyait de la lumière à quelques-unes des fenêtres, mais l'entrée principale était fermée à clé. Sigurdur Oli frappa à la porte. L'école était une imposante construction grisâtre à trois étages reliée à une petite piscine et à un atelier. Les souvenirs des matinées d'hiver glaciales revinrent à l'esprit de Sigurdur Oli : les gamins mis en rangs par deux dans la cour, les bourrades et les taquineries, les bagarres quelquefois interrompues par les professeurs. La pluie, la neige et l'obscurité qui s'étiraient sur l'ensemble de l'automne et duraient tout l'hiver jusqu'à l'arrivée du printemps où les jours rallongeaient, où la météo se faisait plus clémente et où le soleil brillait à nouveau. Sigurdur Oli promena son regard sur la cour goudronnée, le terrain de basket, le terrain de foot, et crut entendre l'écho des cris des gamins à travers les années.

Il se mit à donner des coups de pied dans la porte, et la concierge, une femme âgée d'une cinquantaine d'années, fit enfin son apparition. Elle ouvrit en lui demandant ce que signifiait ce raffut. Sigurdur se présenta et la pria de lui dire si l'enseignant chargé des CM2-D était encore dans les murs.

– Que se passe-t-il donc ? interrogea la concierge.

– Rien du tout, répondit Sigurdur Oli. Alors, l'enseignant ? Vous savez s'il est encore là ?

– Les CM2-D, dites-vous ? Ils ont cours dans la salle 304, au troisième étage. Je ne sais pas si Agnes est déjà partie, je vais vérifier.

Sigurdur Oli avait déjà disparu. Il se rappelait où se trouvait l'escalier dont il monta les marches quatre à quatre. Les CM2 occupaient également le troisième étage à son époque, si sa mémoire était bonne. Peut-être les choses étaient-elles toujours organisées de la même manière qu'au moment où il avait fréquenté l'établissement à la fin des années 70 du siècle dernier. Au moment où cette maudite phrase lui traversa l'esprit, il se sentit brusquement vieillir d'une décennie écrasante. Les années 70 du siècle dernier.

Toutes les salles de classe de l'étage étaient fermées à clé. Il redescendit l'escalier à vive allure. Entretemps, la concierge s'était rendue à la salle des professeurs, elle l'attendait dans le couloir pour l'informer que l'enseignante était rentrée chez elle.

– Agnes ? C'est bien son nom ?

– Oui, confirma la concierge.

– Et le directeur, il est encore là ?

– Oui, il est dans son bureau.

Sigurdur Oli faillit la bousculer en lui passant devant pour entrer dans la salle des professeurs. Le bureau du directeur se trouvait dans une petite pièce attenante, pour autant qu'il se souvienne. La porte étant ouverte, il s'y précipita immédiatement. Il constata que son ancien directeur était toujours en poste. Ce dernier se préparait à rentrer chez lui, il se nouait une écharpe autour du cou au moment où Sigurdur Oli vint l'interrompre.

– Vous désirez ? demanda le directeur, surpris par cette irruption.

Sigurdur Oli hésita un instant, ne sachant si l'homme l'avait reconnu.

– Puis-je vous aider en quoi que ce soit ? reprit le directeur.

– C'est à propos des CM2-D, répondit Sigurdur Oli.

– Oui ?

– Il est arrivé quelque chose.

– Avez-vous un enfant qui fréquente cette classe ?

– Non, je suis de la police. Un élève de CM2-D a été retrouvé mort en bas de chez lui. Il a été poignardé, il est décédé des suites de ses blessures. Nous devons interroger tous les enseignants de l'école et surtout ceux qui auraient quelque chose à nous apprendre sur ce garçon, il faut que…

– Qu'est-ce que vous… ? soupira le directeur. Sigurdur Oli le vit devenir pâle comme un linge.

– Il faut que nous interrogions ses camarades, le personnel de l'école, les enfants qui fréquentaient la même classe que lui et les autres qui le connaissaient. Nous pensons qu'il s'agit d'un meurtre. Il a reçu un coup de couteau dans le ventre.

La concierge qui avait suivi Sigurdur Oli jusqu'au bureau suffoquait à la porte et n'avait pu se retenir de porter sa main à sa bouche. Elle fixait le policier comme si elle n'en croyait pas ses oreilles.

– Le petit garçon en question était à moitié thaïlandais, continua Sigurdur Oli. Y en a-t-il beaucoup comme lui dans votre établissement ?

– Beaucoup comme lui… ? répéta le directeur d'une voix lointaine en s'affaissant dans son fauteuil. Il approchait les soixante-dix ans, avait passé toute sa vie dans l'enseignement et attendait la retraite avec une certaine impatience. Ce qui venait d'arriver échappait à son entendement. L'effarement se lisait sur son visage.

– Qui est-ce ? demanda la concierge derrière Sigurdur Oli. Qui est-ce qui est mort ?

Sigurdur Oli se retourna.

– Pardonnez-moi, nous vous interrogerons peut-être plus tard, répondit-il en repoussant la porte. Il me faut la liste des élèves de la classe avec les adresses et les noms des parents, reprit-il en se tournant à nouveau vers le directeur au moment où la porte se referma. Il me faut aussi celle de tous les enseignants du petit garçon. J'ai également besoin d'informations sur d'éventuels conflits au sein de l'école, sur les bandes, s'il y en a, sur les relations qu'entretiennent les divers groupes ethniques, tout ce qui serait susceptible de nous aider à comprendre ce qui s'est produit. Y a-t-il une explication qui vous vienne à l'esprit à chaud ?

– Il… il ne me vient rien à l'esprit, je n'arrive pas à croire ce que vous me dites ! Est-ce que c'est vrai ? Une chose pareille peut réellement se produire ?

– Malheureusement. Et nous devons nous dépêcher. Plus le temps passe, plus…

– De qui s'agit-il ? coupa le directeur.

Sigurdur Oli lui communiqua le prénom d'Elias. Le directeur se tourna vers son ordinateur, se connecta au site de l'école, trouva la classe et la photo de l'enfant.

– Autrefois, je connaissais chacun des élèves de mon établissement par son nom. Aujourd'hui, ils sont si nombreux. C'est lui, n'est-ce pas ?

– Oui, c'est bien lui, confirma Sigurdur Oli en jetant un œil à la photographie.

Il parla du frère d'Elias au directeur. Ils trouvèrent une photo de Niran dans le trombinoscope. Les deux frères se ressemblaient beaucoup. Tous deux avaient la peau mate, des cheveux noirs qui retombaient en frange sur leurs yeux marron. Ils expédièrent la photo de Niran à l'adresse électronique de la police. Sigurdur Oli appela le commissariat pour prévenir de son envoi.

Le cliché devait être immédiatement diffusé, accompagné de celui qu'Erlendur leur avait déjà communiqué.

– Y a-t-il eu des conflits entre les différents groupes ethniques de l'école ? demanda Sigurdur Oli après sa conversation téléphonique.

– Vous pensez que l'école est impliquée dans cette histoire ? répondit le directeur sans quitter des yeux l'écran de son ordinateur, entièrement absorbé par la photo d'Elias qui leur souriait timidement. L'enfant ne regardait pas droit vers l'objectif, mais légèrement vers le haut, comme si le photographe lui avait dit de lever les yeux où s'il avait été perturbé par quelque chose. Il avait un visage finement dessiné, avec un front haut, un regard à la fois innocent et inquisiteur.

– Nous n'écartons aucune éventualité, répondit Sigurdur Oli. Je ne peux pas vous en dire plus.

– Cela serait lié à des problèmes de racisme ? Que disiez-vous déjà ?

– Non, c'est juste que la mère de l'enfant est thaïlandaise, voilà tout, répondit Sigurdur Oli. Nous ne savons pas ce qui s'est passé.

Sigurdur Oli était soulagé que le directeur ne se souvienne pas de lui à l'époque où il avait fréquenté les lieux. Il se fit la réflexion qu'il n'avait aucune intention d'engager la discussion sur le bon vieux temps, ses anciens enseignants, ce qu'étaient devenus ses anciens camarades et ce genre de balivernes.

– Je n'ai rien entendu qui aille dans ce sens, répondit le directeur. En tout cas, le peu qui ait été porté à ma connaissance n'était pas bien grave, et il est exclu que cela ait été le point de départ de cette tragédie. Je n'arrive simplement pas à croire qu'une chose pareille soit arrivée !

– C'est pourtant la vérité, répondit Sigurdur Oli.

Le directeur imprima la liste des camarades de classe d'Elias. On y trouvait les adresses, numéros de téléphone ainsi que les noms des parents ou des responsables légaux. Il tendit le document au policier.

– Lui et son grand frère sont arrivés ici l'automne dernier. Dois-je également transmettre cette liste à l'adresse électronique que vous m'avez communiquée ? demanda-t-il. C'est terrifiant, soupira-t-il, les yeux baissés sur son bureau, comme paralysé.

– Absolument, convint Sigurdur Oli. Il me faut également l'adresse et le numéro de téléphone des enseignants de la classe. Dites-moi, que s'est-il passé ?

Le directeur le dévisagea.

– Où voulez-vous en venir ?

– Vous m'avez parlé d'un événement en disant qu'il n'était pas bien grave, précisa Sigurdur Oli. Vous avez dit qu'il était exclu qu'il ait été à l'origine de cette tragédie. De quoi s'agissait-il ?

– L'un de nos professeurs a manifesté sa forte hostilité à l'installation d'étrangers ici en Islande.

– En incluant les femmes originaires de Thaïlande ?

– Également. Les Asiatiques en général, les gens venus des Philippines, du Viêtnam, de ces régions-là. Il a des opinions très arrêtées sur la question, mais il ne s'agit là que d'opinions. Il n'irait jamais faire une chose pareille. Jamais.

– Cependant, vous avez pensé à lui. Son nom ?

– Ce serait complètement ridicule !

– Nous devons l'interroger, opposa Sigurdur Oli.

– Il sait comment s'y prendre avec les gamins, reprit le directeur. Il est comme ça. Bourru et rugueux en surface, mais il a un bon contact avec les mômes.

– Est-ce qu'il a eu Elias en cours ?

– Nécessairement à un moment ou à un autre. Il est professeur d'islandais, mais il donne souvent des heures de soutien et il a enseigné à la plupart des gamins de l'école.

Le directeur lui communiqua le nom de l'homme que Sigurdur Oli nota sur son calepin.

– Il m'est arrivé une fois de le rappeler à l'ordre. Nous ne tolérons pas les préjugés racistes dans cet établissement, précisa le directeur d'un ton ferme. N'allez pas vous imaginer ce genre de chose. Nous ne supportons rien de tel. Nous débattons des problèmes de racisme comme ailleurs, y compris en écoutant le point de vue des immigrés. Il n'existe chez nous aucune discrimination ; ni les enseignants ni les élèves n'accepteraient qu'il en aille autrement.

Sigurdur Oli sentait que le directeur résistait encore.

– Que s'est-il passé ? répéta-t-il.

– Ils ont failli en venir aux mains, lui et Finnur, un autre enseignant, annonça le directeur. Ça s'est passé ici, dans la salle des profs. Nous avons dû les séparer. Il s'est permis des remarques qui ont agacé Finnur et ça a déclenché un combat de coqs.

– Quelles remarques ?

– Finnur a refusé de me les répéter.

– Y a-t-il d'autres personnes que nous devrions interroger, à votre avis ? demanda Sigurdur Oli.

– Je ne peux quand même pas dénoncer les gens pour leurs convictions.

– Naturellement, cela n'a rien à voir avec de la dénonciation, répondit Sigurdur Oli. L'agression dont a été victime ce petit garçon ne laisse pas supposer qu'il s'agisse d'une affaire de convictions. Loin de là. Mais nous procédons à une enquête de police et nous avons besoin d'informations. Nous avons besoin de parler aux gens. Nous devons cartographier la situation. Tout cela n'a rien à voir avec des convictions.

– Egill, le professeur de menuiserie, s'est disputé avec quelqu'un l'autre jour. Ils discutaient des sociétés multiculturelles ou de quelque chose dans ce style, je ne sais pas trop. Il s'emporte facilement. Il suit bien l'actualité. Vous devriez peut-être voir ça avec lui.

– Combien d'enfants d'origine étrangère accueillez-vous dans vos murs ? demanda Sigurdur Oli en notant le nom du professeur de menuiserie.

– Nous devons en avoir une trentaine en tout. Nous sommes un gros établissement.

– Et vous n'avez pas été confrontés à des problèmes spécifiques ?

– Évidemment, il y a eu quelques anicroches, mais rien de bien sérieux.

– De quoi s'agit-il exactement ?

– Des surnoms, diverses petites chamailleries. Rien qui soit arrivé jusqu'à mon bureau, mais dont les profs discutent entre eux. Naturellement, ils surveillent de près ce qui se passe et n'hésitent pas à prendre le taureau par les cornes. Nous n'acceptons aucune discrimination, quelle que soit sa nature, au sein de notre école, et nos élèves le savent parfaitement. Eux-mêmes en sont tout à fait conscients et nous signalent immédiatement le moindre problème. Alors, nous intervenons.

– Toutes les écoles ont leurs problèmes, enfin, j'imagine, observa Sigurdur Oli. Des fauteurs de troubles, des garçons et des filles qui ne se tiennent jamais tranquilles.

– En effet, il y a des élèves de ce genre dans tous les établissements.

Le directeur fixa Sigurdur Oli d'un air pensif.

– J'ai l'impression de vous avoir déjà vu, annonça-t-il tout à coup. Pourriez-vous me rappeler votre prénom ?

Sigurdur soupira intérieurement. Ah, ce pays tout petit et tellement peu peuplé…

– Sigurdur Oli, répondit-il.

– Sigurdur Oli, répéta le directeur. Sigurdur Oli ? Vous avez fréquenté notre école ?

– Il y a longtemps, avant 1980, très brièvement.

– Sigurdur Oli… marmonna encore une fois le directeur.

Sigurdur voyait le vieil homme s'efforcer de se souvenir de lui et se disait qu'il ne faudrait pas attendre longtemps avant que ne lui vienne l'illumination. Il décida donc de s'éclipser au plus vite. La police devrait revenir pour interroger les élèves, les enseignants et le reste du personnel. Il était en train de passer la porte au moment où le directeur commençait à s'approcher du but.

– Vous n'avez pas participé à la bagarre générale qui a eu lieu ici en mille neuf cent soixante-dix n… ?

Sigurdur Oli n'attendit pas la fin de la question. Il quitta la salle des professeurs comme une flèche. La concierge avait disparu. Le bâtiment était désert à cette heure avancée de la journée. Il s'apprêtait à ressortir directement dans le froid, mais, pris d'hésitation, il s'arrêta en levant les yeux vers le plafond. Il s'attarda un instant avant de remonter l'escalier et se retrouva au troisième étage en moins de temps qu'il n'en faut pour le dire. Aux murs étaient accrochées de vieilles photos portant le nom de la classe ainsi que l'année. Il trouva celle qu'il cherchait, se planta devant et regarda ce à quoi il avait ressemblé, à douze ans, à l'époque où il avait fréquenté cet établissement. Les élèves étaient disposés sur trois rangées, il fixait l'objectif d'un air sérieux depuis le dernier rang vêtu d'une chemise légère à col pelle à tarte imprimée d'un drôle de motif, avec une coiffure à la dernière mode disco.

Sigurdur Oli observa longuement la photographie.

– Pitoyable ! soupira-t-il.

4

Le portable d'Erlendur n'arrêtait pas de sonner. Sigurdur Oli l'appela pour lui raconter son entrevue avec le directeur de l'école. Il l'informa qu'il était en route vers le domicile d'un des enseignants de l'enfant et qu'il se rendrait ensuite chez un autre professeur qui voyait d'un mauvais œil l'installation d'étrangers en Islande. Elinborg l'appela elle aussi pour lui annoncer qu'un témoin habitant dans la même cage d'escalier que Sunee croyait avoir aperçu le frère aîné plus tôt dans la journée. Le chef de la Scientifique, quant à lui, tenait de l'expert médicolégal que l'enfant avait été poignardé une unique fois à l'aide d'un objet pointu, très probablement un couteau.

– De quel type ? demanda Erlendur.

– La lame devait être d'une bonne largeur, plutôt épaisse et particulièrement tranchante, répondit le chef de la Scientifique. Ses agresseurs n'ont sûrement pas eu beaucoup de mal à lui asséner le coup. L'enfant était probablement allongé à terre quand il a été frappé. Le dos de sa doudoune est sale, on y remarque un accroc visiblement récent, suggérant qu'il y a eu lutte. On peut supposer qu'il a essayé de se défendre. La seule blessure qu'il ait reçue c'est ce coup de couteau qui, d'après le médecin, lui a perforé le foie, entraînant la mort par hémorragie.

– Si je comprends bien, vous suggérez que ses agresseurs n'ont pas eu besoin de beaucoup forcer pour enfoncer le couteau aussi profondément, n'est-ce pas ?

– C'est en effet probable.

– Cela pourrait même avoir été un enfant ou un adolescent ? Quelqu'un qui aurait son âge ?

– C'est difficile à dire. En tout cas, la blessure suggère le recours à un outil extrêmement tranchant.

– Et l'heure du décès ?

– Compte tenu de la température extérieure, nous avons déduit qu'il est mort une heure avant d'être découvert. Vous pourrez voir ça avec l'expert médicolégal.

– Donc juste au moment où il rentrait de l'école.

– En effet.

Erlendur reprit sa place dans le fauteuil en face de Sunee et de son frère. Gudny se rassit sur le canapé, à côté d'eux. Erlendur lui transmit les renseignements qu'il venait d'obtenir. Sunee écoutait en silence. Elle avait cessé de pleurer. Son frère se mêla à leur conversation et ils discutèrent à voix basse un long moment.

– Qu'est-ce qu'ils disent ? demanda Erlendur.

– Que sa doudoune n'était pas déchirée quand il a quitté la maison ce matin, informa l'interprète. Elle n'était pas toute neuve, mais en bon état.

– Évidemment, il y a eu lutte, précisa Erlendur. Je ne peux pas me prononcer sur le caractère raciste de l'agression dont Elias a été victime. On m'a dit que l'école accueille une trentaine d'enfants d'origine étrangère. Nous devons interroger ses camarades et les gens qui avaient des relations avec lui. Cela vaut également pour son frère. Je sais que tout cela est difficile, mais il faudrait que Sunee puisse nous dresser une liste de noms. Si elle ne se souvient pas des noms eux-mêmes, elle peut nous donner des renseignements sur ses camarades, leur âge, l'endroit où ils habitent, enfin, ce genre de choses. C'est une course contre la montre. J'espère qu'elle le comprend.

– Avez-vous seulement idée de ce qu'elle ressent ? répondit sèchement l'interprète.

– Je ne peux malheureusement que me l'imaginer, convint Erlendur.

Elinborg frappa à la porte. Elle se trouvait au deuxième étage de l'immeuble de Sunee. Elle fut accueillie par le policier en uniforme auprès duquel s'était manifesté le témoin qui l'attendait maintenant, assis dans la salle à manger. C'était une femme âgée de soixante-cinq ans portant le prénom de Fanney, veuve et mère de trois enfants, aujourd'hui adultes. Elle avait préparé un café pour le policier qui s'était éclipsé dès l'apparition d'Elinborg. Les deux femmes s'assirent, chacune devant leur tasse.

– C'est absolument affreux, soupira Fanney. Qu'une chose pareille se produise ici, dans notre immeuble ! Je me demande où on va.

Si on excluait la lumière qui brillait dans la cuisine et une petite lampe dans la salle à manger, l'obscurité régnait dans l'appartement qui avait la même configuration que celui de Sunee. Le sol était recouvert d'une épaisse moquette, les murs de l'entrée et de la salle de séjour tapissés de papier vert.

– Est-ce que vous connaissiez un peu ces garçons, ces deux frères ? commença Elinborg.

Pressée par le temps, il fallait qu'elle récolte les informations les plus importantes avant de continuer ; il fallait qu'elle se dépêche en prenant toutefois garde à ce que rien n'échappe à son attention.

– Oui, un petit peu, répondit Fanney. Elias était un adorable petit. Son frère est légèrement plus méfiant et timide, mais c'est aussi un bon garçon.

– Vous avez déclaré l'avoir aperçu plus tôt dans la journée, poursuivit Elinborg, s'efforçant de dissimuler sa fatigue. Sa fille, malade, était restée à la maison, elle avait de la fièvre, des vomissements, et Elinborg n'avait pratiquement pas fermé l'œil de la nuit. Elle avait simplement eu l'intention de passer au bureau, mais avait dû revoir ses projets quand ils avaient appris le décès de l'enfant.

– Il m'arrive de parler avec Sunee dans le couloir, continua Fanney comme si elle n'avait pas entendu Elinborg. Il n'y a pas très longtemps qu'ils habitent ici. Ça doit être sacrément difficile pour elle d'être aussi seule. J'imagine qu'elle travaille beaucoup, les salaires sont plutôt maigres pour les gens sans formation.

– À quel endroit se trouvait Niran quand vous l'avez aperçu aujourd'hui ? demanda Elinborg.

– Derrière la pharmacie, répondit Fanney.

– Quelle heure était-il ? Est-ce qu'il était seul ? Est-ce qu'il est entré dans la pharmacie ?

– Je descendais du bus qui me ramenait du centre-ville, il était environ quatorze heures, répondit Fanney. Je passe toujours par là et je l'ai vu. Il n'était pas seul. Il n'est pas entré dans la pharmacie. Il était avec quelques copains, des camarades d'école, évidemment.

– Et qu'est-ce qu'ils faisaient ?

– Rien, ils traînaient juste à l'arrière de l'officine.

– À l'arrière ?

– Oui, on aperçoit très bien l'intérieur de la ruelle en passant au coin.

– Combien étaient-ils ?

– Cinq ou six. Je ne les connais pas. Je ne les avais jamais vus avant.

– Vous en êtes bien sûre ?

– En tout cas, je ne les avais pas remarqués, corrigea Fanney en reposant sa tasse vide.

– Ils avaient le même âge que Niran ?

– Oui, je suppose qu'ils avaient tous plus ou moins le même âge. Et ils avaient la peau mate.

– Mais vous ne les connaissiez pas ?

– Non.

– Vous me disiez qu'il vous arrivait de discuter avec Sunee ?

– Oui.

– Est-ce que vous lui avez parlé récemment ?

– Eh bien, il y a quelques jours. Je l'ai croisée dehors. Elle rentrait juste du travail, elle avait l'air sacrément fatiguée. Elle m'a raconté diverses choses sur la Thaïlande malgré son islandais sommaire. Elle s'exprime simplement, ça ne me déplaît pas.

– Et que vous a-t-elle raconté ?

– Un jour que nous discutions toutes les deux, je lui ai demandé ce qu'il y avait de plus difficile dans la vie en Islande ou dans le fait de venir s'installer ici pour une personne originaire de Thaïlande. Elle m'a répondu que la société islandaise était plutôt fermée par rapport à la société thaïlandaise. Que les relations entre les gens là-bas étaient plus ouvertes. Là-bas, tout le monde parle à tout le monde, de parfaits inconnus discutent ensemble. Si vous êtes assis sur un trottoir en train de prendre votre repas, vous invitez les passants à se joindre à vous sans la moindre timidité.

– Et le climat n'est pas franchement le même, précisa Elinborg.

– Non. Les gens restent évidemment beaucoup à l'extérieur avec le temps magnifique qu'ils ont là-bas. Nous passons la majeure partie de l'année enfermés et ici, chacun vit dans son propre univers. Ici, on ne voit rien que des portes closes. Tenez, regardez cette cage d'escalier. Je ne dis pas que c'est mieux ou pire, c'est simplement autre chose. Ce sont deux mondes différents. Quand on fait connaissance avec Sunee, on a l'impression que la vie en Thaïlande est nettement plus calme et détendue qu'ici. Croyez-vous que je devrais monter la voir ?

– Vous feriez peut-être mieux d'attendre un ou deux jours, elle est en état de choc.

– Pauvre femme, observa Fanney. Cette fois, on ne peut pas dire que c'est *sanuk, sanuk.*

– Que voulez-vous dire ?

– Elle a essayé de m'enseigner quelques rudiments de thaï. Comme ce *sanuk, sanuk.* Elle m'a expliqué que cette expression définissait tous les Thaïlandais. Cela signifie simplement profiter de la vie, s'adonner à quelque chose de sympathique et d'agréable. Jouir de la vie ! Elle m'a aussi appris le mot *baenae.* C'est une formule de politesse quotidienne en Thaïlande, comme quand nous souhaitons le bonjour. Cependant, le sens du mot est totalement différent. *Baenae* ne signifie pas bonjour mais « où vas-tu » ? C'est à la fois une salutation et une question amicale. Une salutation très respectueuse, les Thaïlandais respectent énormément l'individu.

– Si je comprends bien, vous êtes amies.

– C'est possible. En tout cas, elle ne dit pas tout, la petite.

– Ah bon ?

– Je ne devrais peut-être pas me livrer à ce genre de ragots, mais…

– Mais…

– Elle a reçu des visites.

– Nous en recevons tous, observa Elinborg.

– Évidemment, mais là, je me suis demandée s'il ne s'agissait pas de son petit ami. J'en ai bien l'impression.

– Avez-vous vu cet homme ?

– Non, je me suis mise à soupçonner ça l'été dernier, et ça recommence depuis le début de l'hiver. J'entends des bruits de pas chez elle, tard dans la soirée.

– Et c'est tout ?

– Oui, c'est tout. Je ne lui ai jamais posé la question.

– Vous n'êtes quand même pas en train de parler de son ex-mari ?

– Non, répondit Fanney, il vient à d'autres moments.

Elinborg la remercia de sa précieuse collaboration avant de prendre congé. Elle sortit son téléphone et composa un numéro. Elle était sur le palier au moment où Sigurdur Oli décrocha. Elle lui parla du groupe de garçons qui traînaient derrière la pharmacie.

– Il se pourrait que ce soient ses camarades d'école, précisa Elinborg en descendant les marches d'un pas pressé. Il est peut-être chez l'un d'entre eux. Ils semblaient avoir le même âge que lui.

– Je crois qu'Erlendur a dressé la liste des amis des deux frères, observa Sigurdur Oli. Je suis en route vers chez l'un des professeurs du petit. Elle s'appelle Agnes, je lui poserai la question à propos de la pharmacie. Je me demande d'ailleurs si nous ne devrions pas les appeler pour savoir s'ils ont vu ces garçons traîner dans les parages.

– Elle est peut-être encore ouverte, répondit Elinborg, je vais vérifier.

Sigurdur Oli salua Elinborg et monta en courant l'escalier d'un immeuble de trois étages situé non loin de l'école. Agnes, le professeur principal d'Elias, habitait au deuxième et vint lui ouvrir la porte. Il la reconnaissait pour l'avoir vue en photo à l'école. Elle toisa Sigurdur Oli, cette coupe de cheveux impeccable et nette, ce nœud de cravate soigné, cette chemise blanche, cet imperméable noir couvrant le costume noir. Elle lui ôta les mots de la bouche alors qu'il s'apprêtait à se présenter.

– Non merci, fit-elle en souriant. Je ne suis même pas croyante.

Là-dessus, elle lui ferma la porte au nez.

Sigurdur Oli resta pensif un moment avant de sonner une seconde fois.

– Vous n'avez pas appris la nouvelle, n'est-ce pas ? s'enquit-il d'un ton grave quand la femme ouvrit à nouveau sa porte.

– Quelle nouvelle ?

– Je suis de la police. L'un de vos élèves a été retrouvé mort près de son domicile. Il semble bien qu'il ait reçu un coup de couteau.

Le visage de la femme ne fut plus qu'un point d'interrogation.

– Qu'est-ce que vous dites ? s'exclama-t-elle. Mort ? Qui ça ?

– Elias, répondit Sigurdur Oli.

– Elias ?!!

Sigurdur Oli hocha la tête.

– C'est impossible ! Mais comment… ? Pourquoi ? Qu'est-ce que… enfin, qu'est-ce que c'est que cette histoire ?

– Je pourrais peut-être entrer, suggéra Sigurdur Oli. Nous avons besoin de recueillir des renseignements sur sa classe, ses camarades, ses fréquentations, de savoir s'il a eu des problèmes à l'école, s'il a des ennemis. Ça nous arrangerait bien si vous pouviez nous aider. Nous devons aller vite. Plus rapidement nous obtiendrons ces renseignements, mieux ce sera. Vous me voyez désolé de venir vous déranger chez vous, mais…

– J'ai… J'ai cru que vous faisiez du porte à porte pour une secte religieuse, soupira Agnes, vous avez l'air tellement…

– Pourrais-je m'asseoir un moment avec vous pour discuter… ?

– Pardonnez-moi, oui, je vous en prie, répondit Agnes.

Elle l'invita à l'intérieur. Il se retrouva dans une petite entrée avec un miroir et vit que la famille de l'enseignante prenait son dîner, attablée dans la cuisine. Trois enfants, deux garçons et une fille, le dévisageaient d'un air curieux. Le père se leva pour venir lui serrer la main. Agnes emmena son mari à l'écart pour lui expliquer à mi-voix la raison de cette visite inattendue, puis elle conduisit Sigurdur Oli dans le bureau du couple.

– Qu'est-il arrivé à ce garçon ? demanda-t-elle une fois qu'elle eut refermé la porte derrière elle. Il a été agressé ?

– Il semble que oui.

– Mon Dieu, c'est… Pauvre petit. Qui donc peut se livrer à de telles horreurs ?

– Auriez-vous une idée sur des personnes à l'intérieur de l'école ou sur des camarades de classe qui auraient pu lui vouloir du mal ?

– Absolument aucune, répondit Agnes. Elias était un petit garçon extrêmement doux et je crois qu'il ne voulait de mal à personne. Et c'était un bon élève. Pourquoi voulez-vous impliquer l'école là-dedans ? Avez-vous en main des indices indiquant qu'il y aurait un rapport ?

– Non, aucun, répondit Sigurdur Oli sans hésiter. Mais nous devons bien commencer quelque part. Vous n'avez pas remarqué qu'il ait été particulièrement chahuté par les autres ? Rien ne s'est produit qui pourrait être lié à l'agression qu'il a subie ? Rien qui aurait pu vous inquiéter ?

– Rien du tout, répondit Agnes. Autant que je sache, il n'est rien arrivé à l'école qui aurait pu se terminer de cette façon. Absolument rien.

Elle poussa un profond soupir.

– Avez-vous entendu parler d'une bande de gamins qui traînent à côté de la pharmacie, ici dans le quartier ? Des amis des deux frères, probablement immigrés eux aussi ?

– Non, je n'en ai jamais entendu parler. Et leur mère, comment va-t-elle ? Pauvre femme ! Il faut que je passe la voir, je ne sais pas ce que je vais lui dire.

– Je crois qu'étant donné les événements, elle ne va pas très bien, répondit Sigurdur Oli. Vous la connaissez personnellement ?

– Je n'irai pas jusque-là, répondit Agnes. Elle a eu quelques difficultés avec l'apprentissage de l'islandais alors on a nommé pour les deux frères une médiatrice qui assure le lien entre l'école et la maman, une femme charmante du nom de Gudny. Il n'est pas rare qu'on ait recours à cette solution quand on veut établir un meilleur contact avec les enfants et leurs parents. Certains viennent de Croatie, d'autres du Viêtnam, des Philippines ou encore de Pologne. Il y a des catholiques, des bouddhistes, des musulmans. J'ai rencontré la maman d'Elias plusieurs fois, elle m'a semblé très gentille. Ça doit être très dur pour elle d'être si seule.

– Comment les élèves immigrés sont-ils accueillis dans l'école ? demanda Sigurdur Oli. Comment s'intègrent-ils au groupe ?

– À présent, nous essayons plutôt de parler d'élèves d'origine étrangère, précisa Agnes. Certains mettent plus de temps à s'adapter que d'autres. Ceux qui parlent et comprennent l'islandais s'intègrent plus rapidement, de même que ceux qui sont nés ici et qui, évidemment, sont tout bonnement des Islandais, comme c'est le cas pour Elias. Il en va autrement de Niran. Vous savez qu'ils sont demi-frères, n'est-ce pas ?

– Oui, confirma Sigurdur Oli. Erlendur lui avait résumé la discussion qu'il avait eue avec l'interprète. Que pouvez-vous me dire sur Niran ?

– Vous feriez mieux d'en parler avec son professeur principal, répondit Agnes. C'est parfois difficile pour ces gamins qui arrivent ici déjà presque adolescents et qui ne connaissent pas notre langue.

– Et Niran appartient à cette catégorie, observa Sigurdur Oli.

– Oui. Je ne suis pas autorisée à tenir ce type de propos sur un élève en particulier, mais la situation est exceptionnelle. Il semble qu'il n'ait pas le moindre désir d'apprendre notre langue. Il lit à peine l'islandais et le comprend mal. C'est vrai que notre langue est très difficile pour ces pauvres gamins qui parlent une langue à ce point éloignée. Par exemple, la leur fonctionne avec des tons : la hauteur du ton modifie le sens du mot. L'islandais obéit à des règles radicalement différentes.

– Vous m'avez dit qu'Elias était bon élève, reprit Sigurdur Oli.

– Oui, en effet, répondit Agnes. Sunee, sa mère, est une femme qui sait ce qu'elle veut : elle veut que ses garçons étudient, et ils sont intelligents, même s'ils sont différents par certains côtés.

– Comment ça, différents ?

– Je connais nettement mieux Elias, précisa Agnes, mais j'ai également enseigné à son frère. Elias est aimé de tous et il est gentil avec tout le monde, souriant, doux et amical, même si j'ai l'impression qu'il n'a pas beaucoup d'amis, le pauvre.

– Ils viennent d'arriver dans le quartier, observa Sigurdur Oli.

– Son frère est très différent de lui, continua Agnes.

– En quoi ?

– Je ne le connais pas très bien, comme je viens de vous le dire, mais j'ai l'impression qu'il est beaucoup plus dur. Il n'a pas peur de répondre pour se défendre, il est fier de ses origines, fier d'être thaïlandais. On ne voit pas souvent ça chez les enfants. En général, ils savent très peu de choses sur leurs origines et leur histoire personnelle. J'ai remarqué ça chez Niran un jour où je faisais un remplacement dans sa classe. Il parlait de son arrière-grand-père pour qui il éprouve un immense respect. De même que pour ses ascendants restés en Thaïlande.

Le voisin de palier de Sunee était un homme d'environ soixante-dix ans, célibataire. N'ayant pas eu vent de l'événement, il expliqua qu'à son retour chez lui il n'en avait pas cru ses yeux en voyant les voitures de police et le branle-bas de combat déployé aux abords de l'immeuble. Il avait eu maille à partir avec les policiers postés à la porte d'entrée qui lui avaient demandé son nom ainsi que son domicile, l'interrogatoire lui avait déplu. Les policiers avaient refusé de lui raconter ce qui s'était passé. Il était donc considérablement agacé quand Erlendur l'accueillit sur le palier de l'avant-dernier étage et qu'il se présenta en lui expliquant qu'il travaillait à la Criminelle.

– Qu'est-ce qui se passe donc ici ? demanda-t-il, essoufflé après avoir gravi les marches. Il tenait un sac en plastique à la main. C'était un homme de taille moyenne qui portait un costume élimé avec une cravate mal assortie sous une doudoune verte. Erlendur lui trouva mauvaise mine, comme à la plupart des célibataires qu'il pouvait croiser. Il avait un visage émacié, les tempes dégarnies, de grands yeux qui sortaient presque de leurs orbites, des sourcils fins surmontés par un front haut et intelligent.

Erlendur expliqua la situation à l'homme qu'il vit réagir violemment à l'annonce de la nouvelle.

– Elias ! s'exclama-t-il en jetant un œil à la porte de Sunee. Ce n'est pas vrai ! Pauvre petit ! Qui est-ce qui a fait ça ? Est-ce que vous avez trouvé le coupable ?

Erlendur secoua la tête.

– Vous les connaissez bien ? demanda-t-il.

– Je n'arrive pas à le croire, alors toutes ces voitures de police… c'est à cause d'Elias… Comment va sa mère ? Pauvre femme ! Elle doit se sentir affreusement mal.

– Ils sont vos voisins de palier depuis… éluda Erlendur.

– Qui donc peut faire une chose pareille ?

– Vous devez vous connaître, continua Erlendur.

– Hein, ah si, oui, oui, j'ai fait leur connaissance. Elias est parfois allé à la boutique pour moi, c'est un gentil petit. Il descend tous ces escaliers en moins de deux. C'est incroyable.

– Étant donné que vous étiez voisins, je dois vous poser quelques questions, si ça ne vous dérange pas, poursuivit Erlendur.

– À moi ?

– Oui, ça ne prendra pas très longtemps.

– Alors, entrez, répondit l'homme en sortant son trousseau de clés. Il alluma la lumière dans son appartement. Erlendur remarqua la présence d'une grande bibliothèque, d'un vieux canapé, de deux fauteuils, et nota que la moquette était usée. Deux des murs de la salle à manger étaient tapissés de papier peint expansé qui gondolait par endroits et commençait à jaunir sérieusement. L'homme, qui à en juger par la petite plaque en cuivre fixée sur sa porte s'appelait Gestur, referma derrière eux et invita Erlendur à s'asseoir dans le canapé. Pour sa part, il s'installa face à lui dans l'un des fauteuils. Il avait enlevé son épaisse doudoune verte, déposé le sac en plastique dans la cuisine et allumé la cafetière.

– Que pouvez-vous me dire de Sunee et de ses deux fils ? demanda Erlendur.

– Rien que du bien. Leur mère est une femme très courageuse, d'ailleurs, elle n'a pas le choix ; elle est tellement seule. Les garçons ont toujours été avec moi d'une grande politesse. Elias est souvent allé me faire des courses pour me rendre service, quant à Niran… à propos, où est Niran ? Comment est-ce qu'il va prendre ça ? s'interrogea Gestur d'un air soucieux.

Erlendur hésita.

– Il n'a tout de même pas été agressé lui aussi ? soupira Gestur.

– Non, répondit Erlendur, mais nous ignorons où il se trouve. Auriez-vous une idée ?

– De l'endroit où il pourrait être ? Non, aucune.

Erlendur s'inquiétait terriblement pour le frère aîné. Il devait cependant se contenter d'espérer qu'il rentre rapidement chez sa mère ou que quelqu'un le retrouve au plus vite. Il lui semblait prématuré de diffuser son portrait à la télévision.

– Espérons qu'il est simplement en train de traîner quelque part, observa Erlendur. Dites-moi, comment s'entendaient les deux frères ?

– Il admirait énormément Niran, je parle d'Elias, évidemment. Je crois qu'il vénérait son frère. Il parlait tout le temps de lui. De ce que Niran disait, de ce qu'il faisait, des victoires qu'il remportait aux jeux vidéo. Il racontait que c'était un as du foot, qu'il l'emmenait au cinéma avec lui et ses amis même s'ils étaient plus âgés. Aux yeux d'Elias, Niran pouvait tout et il savait tout. Les deux garçons étaient très différents, comme le sont parfois les frères. Elias se lie facilement d'amitié, Niran est plus réservé, il faut plus de temps pour gagner sa confiance. Mais il est diablement intelligent, l'esprit vif : il comprend vite. Il ne croit pas tout ce qu'il voit ou tout ce qu'il entend, il est prudent.

– Vous semblez les connaître plutôt bien.

– Le pauvre Elias se sentait un peu seul. Il préférait l'endroit où il habitait avant. Leur mère rentre souvent tard le soir après son travail. Il arrive qu'il passe tout ce temps à traîner dans l'escalier ou dans la cave où il n'y a que des box et des couloirs.

– Et Sunee ?

– Si seulement tout le monde était aussi courageux qu'elle ! Elle réussit à assurer sa subsistance et celle de ses deux fils. J'éprouve pour elle une immense admiration.

– Sans aucune aide extérieure ?

– Oui, autant que je sache. Je crois bien que son ex-mari ne la seconde pas beaucoup.

– Elias connaissait-il d'autres personnes que vous dans l'immeuble ?

– Je ne pense pas. Nous entretenons peu de relations entre voisins. Tout le monde ici est locataire. Vous savez bien le genre de gens qu'on trouve sur le marché de la location. Ils arrivent et repartent sans crier gare. Des célibataires, des couples, des mères isolées comme Sunee et même des pères célibataires. Certains sont expulsés, d'autres paient leur loyer régulièrement.

– L'immeuble appartient à un seul propriétaire ?

– Cette cage d'escalier, en tout cas, je suppose qu'elle appartient à un maquignon quelconque. Je ne l'ai jamais vu. Quand j'ai pris l'appartement, c'est l'employée d'une agence immobilière qui s'est occupée de tout et m'a communiqué un numéro de compte en banque. En cas de problème, je contacte l'agence.

– Et le loyer, il est élevé ?

– J'imagine qu'il l'est pour Sunee. À moins que son bail ne soit différent du mien.

Erlendur se leva. Le café n'avait pas été touché dans la cafetière de la cuisine. Son odeur envahissait tout l'appartement. Gestur se leva également. Il n'avait pas offert de tasse à Erlendur. Ce dernier plongea son regard dans l'obscurité de l'entrée. Sur la porte, juste au-dessus de la plaque portant le nom, il y avait un judas par lequel on avait vue sur l'appartement de Sunee et des garçons. Erlendur regarda Gestur dans les yeux et le remercia.

5

Le téléphone d'Erlendur sonna à nouveau. Bien que ne connaissant pas le numéro qui s'affichait sur l'écran, il reconnut immédiatement sa correspondante en entendant sa voix.

– Je te dérange ? demanda Eva Lind.

– Non, répondit Erlendur qui n'avait pas eu de nouvelles de sa fille depuis longtemps.

– Je viens de voir ce truc à la télé avec le petit garçon. C'est toi qui suis l'affaire ?

– Oui, moi et d'autres. Nous la suivons tous, je crois.

– Tu sais ce qui est arrivé ?

– Non, nous ne savons pas grand-chose.

– C'est… c'est vraiment horrible.

– En effet.

Eva marqua une pause.

– Il y a quelque chose qui ne va pas ? demanda Erlendur au bout d'un moment.

– J'ai envie de te voir.

– D'accord, tu n'as qu'à passer.

Eva marqua un nouveau silence.

– Elle n'est pas constamment chez toi ? demanda-t-elle.

– Qui ça ?

– Cette femme que tu fréquentes ?

– Valgerdur ? Non, juste de temps en temps.

– Je ne voudrais pas déranger.

– Tu ne dérangeras pas.

– Vous êtes en couple ?

– Nous sommes bons amis.

– Elle est sympa ?

– Valgerdur est très… Erlendur hésita. Qu'entends-tu par : sympa ?

– Mieux que maman ?

– Je crois qu'elle…

– Elle doit être mieux que maman puisque tu la fréquentes. Et sûrement mieux que moi aussi.

– Elle n'est ni mieux ni pire que qui que ce soit, répondit Erlendur. Je ne vous compare pas, chose dont tu devrais également t'abstenir.

– C'est quand même la première femme que tu fréquentes depuis que tu nous as plaqués. Elle doit bien avoir quelque chose.

– Il faudrait que tu la rencontres.

– J'ai envie de te voir, toi.

– D'accord.

– Salut.

Eva raccrocha. Erlendur remit son portable dans sa poche.

La dernière fois qu'il avait vu Valgerdur remontait à deux jours. Elle était passée chez lui tard dans la soirée après avoir terminé sa journée de travail. Il lui avait offert un verre de chartreuse et ils avaient trinqué. Elle lui avait annoncé avoir demandé le divorce de son médecin de mari. Elle avait engagé un avocat.

Valgerdur était biologiste à l'hôpital National. Erlendur l'avait connue par hasard au cours d'une enquête criminelle. Il avait peu à peu découvert les difficultés de sa vie sentimentale. Elle était mariée, mais son époux la trompait de façon répétée et elle avait fini par le quitter. Elle et Erlendur avaient décidé de laisser les choses évoluer sans les précipiter. Valgerdur désirait vivre seule un moment après ce long mariage. Quant à Erlendur, il n'avait pas vécu avec une femme depuis des dizaines d'années. D'ailleurs, cela ne pressait pas. Erlendur appréciait la solitude. Parfois, elle lui téléphonait et lui rendait visite. Parfois, ils sortaient ensemble au restaurant. Un jour, elle était même arrivée à le traîner jusqu'à un théâtre où ils étaient allés voir une pièce d'Ibsen. Il avait commencé à piquer du nez au bout d'un quart d'heure de représentation. Elle avait essayé de le pincer, mais ça n'avait servi à rien et il avait dormi jusqu'à l'entracte, où ils avaient décidé de rentrer. Tout ce drame fabriqué, s'était-il excusé, ça ne m'apporte pas grand-chose. Le théâtre, c'est aussi la réalité, avait-elle protesté. Oui, une réalité qui n'a rien à voir avec celle-là, avait répondu Erlendur en lui tendant l'un des deux volumes des *Récits des postiers de campagne*. Erlendur lui avait prêté quelques-uns de ses livres d'histoires de gens qui, autrefois, se perdaient dans la nature à cause du mauvais temps ou qui parlaient des morts et des destructions occasionnés par les avalanches. Au début, elle n'avait pas été franchement séduite, mais sa curiosité s'était éveillée au fil de ses lectures. En outre, elle percevait l'intérêt inextinguible d'Erlendur sur ces sujets.

– Mon avocat pense que nous pouvons séparer l'ensemble de nos biens en deux parties à peu près égales, avait-elle observé en avalant une gorgée de liqueur.

– C'est une bonne chose, avait répondu Erlendur.

Il savait que le couple avait vécu dans une grande maison du quartier de Landakot et il s'interrogeait sur la possibilité de demander lequel des deux allait la garder. Il avait demandé à Valgerdur si cela avait de l'importance à ses yeux.

– Non, avait-elle répondu. Il a toujours aimé cette maison nettement plus que moi. De plus, je crois savoir qu'il s'est trouvé une autre femme.

– Ah bon ?

– Une fille qui travaille à l'hôpital, une jeune infirmière.

– Tu crois qu'il est possible de construire une relation saine quand les deux ont chacun de leur côté trompé leur ex-conjoint ? avait-il demandé en pensant à une disparition sur laquelle il était en train d'enquêter. Tu crois qu'il est possible de construire une relation de confiance quand, dans un couple, tous les deux ont déjà été infidèles par le passé ?

– Je ne l'ai pas trompé, avait corrigé Valgerdur. Il m'a été constamment infidèle avec toutes les femmes qui passaient à sa portée.

– Je ne parle pas de toi, mais d'une enquête sur laquelle je travaille.

– Cette femme qui a disparu ?

– Exactement.

– Elle et son mari avaient tous les deux trompé leurs ex avant de se mettre ensemble ?

Erlendur avait hoché la tête. Sauf avec ses collègues, il ne discutait que rarement des enquêtes qu'il avait en cours. Valgerdur, comme Eva, faisait figure d'exception.

– Je ne sais pas, avait observé Valgerdur. Cela complique évidemment les choses si les deux ont quitté leurs ex dans ces conditions. Il doit bien y avoir un certain nombre de conséquences sur la nouvelle relation.

– Et pourquoi la chose ne se reproduirait-elle pas ? avait interrogé Erlendur.

– Il ne faut pas oublier l'amour.

– L'amour ?

– Tu ne dois pas le sous-estimer. Parfois, les deux personnes sont prêtes à tout sacrifier pour leur nouvelle histoire. Peut-être que c'est ça, le véritable amour.

– Certes, mais qu'est-ce qui se passe quand l'une des personnes en question retrouve ce véritable amour à intervalle régulier ? avait objecté Erlendur.

– Est-ce qu'elle est partie parce qu'il la trompait ? Il avait recommencé ?

– Je n'en sais rien, avait répondu Erlendur.

– Est-ce que tu trompais ta femme au moment où tu l'as quittée ?

Surpris par la question, il avait souri.

– Non, d'ailleurs, je n'ai aucune idée de la façon dont on pratique ce genre de chose. Tu as remarqué que la langue islandaise dit qu'on pratique l'infidélité, comme s'il s'agissait d'un sport ou d'un passe-temps.

– Si je comprends bien, tu te demandes si cet homme a trahi la confiance de cette femme, c'est ça ?

Erlendur avait haussé les épaules.

– Pour quelle raison a-t-elle disparu ?

– Voilà la question.

– Vous n'en savez pas plus ?

– En réalité, non.

Valgerdur avait marqué un silence.

– Comment peux-tu avaler cette chartreuse ? avait-elle ensuite demandé en grimaçant.

– Mon côté original, avait répondu Erlendur avec un sourire.

Quand Erlendur revint à l'appartement de Sunee, son ancienne belle-mère était arrivée sur les lieux. C'était une femme plutôt frêle, vive, âgée d'une soixantaine d'années. Elle avait monté l'escalier en vitesse puis embrassé Sunee qui l'attendait sur le palier. Sunee semblait soulagée d'avoir la grand-mère d'Elias à ses côtés. Erlendur avait l'impression que les deux femmes s'entendaient bien. On n'était toujours pas parvenu à contacter le père qui n'était pas à son domicile et dont le portable était éteint. Sunee pensait qu'il venait de changer d'emploi et ne connaissait pas le nom de la nouvelle entreprise où il travaillait.

La grand-mère parlait à sa belle-fille à voix basse. Le frère et l'interprète se tenaient à l'écart. Erlendur leva les yeux vers l'abat-jour en papier rouge avec le dragon jaune. Il avait l'impression que le dragon s'enroulait autour d'un petit chien, mais ne parvenait pas à décider si c'était pour le protéger ou pour causer sa perte.

– Quelle tragédie ! se lamenta la belle-mère en lançant un regard à l'interprète qu'elle semblait connaître. Qui donc a pu faire une chose pareille ?

Sunee adressa quelques mots à son frère et ils allèrent à la cuisine en compagnie de Gudny. La belle-mère lança un regard à Erlendur.

– Et vous, qui êtes-vous ? s'enquit-elle.

Erlendur déclina son identité. La femme se présenta : elle s'appelait Sigridur. Elle lui demanda de lui exposer ce qui s'était passé, ce qu'avait entrepris la police, les éventualités qu'elle envisageait et si des indices avaient été découverts. Erlendur lui répondit du mieux qu'il put, mais ne pouvait pas lui dire grand-chose. Cela sembla la contrarier. Elle s'imaginait manifestement qu'il lui cachait des informations, ce qu'elle lui fit d'ailleurs remarquer. Il parvint à la convaincre que ce n'était pas le cas : l'enquête n'en était qu'à ses débuts et la police n'avait que peu d'éléments en main.

– Peu d'éléments en main ! Un petit garçon de dix ans est poignardé et vous affirmez n'avoir que peu d'éléments en main ?

– Je vous présente toutes mes condoléances pour votre petit-fils, dit Erlendur. Nous ferons évidemment tout ce qui est en notre pouvoir pour découvrir ce qui s'est passé et retrouver le responsable de cet acte.

Il avait déjà été confronté à une situation semblable dans une famille paralysée par la douleur après un drame incompréhensible et insoutenable. Il reconnaissait le déni et la colère. L'événement était tellement écrasant qu'il était impossible de le regarder en face et que l'esprit cherchait à y échapper par toutes les issues afin d'atténuer la souffrance. Comme s'il était encore possible de préserver quoi que ce soit.

Erlendur connaissait ce sentiment depuis l'âge de dix ans, époque où lui et son frère cadet Bergur s'étaient perdus dans la tempête. Pendant un certain temps, un espoir avait subsisté que son frère soit retrouvé enfoui dans la neige comme cela avait été le cas pour lui. C'était cette perspective qui avait poussé les gens à poursuivre les recherches longtemps après que le destin de Bergur avait été scellé. Son corps n'avait jamais été retrouvé. Lorsque l'espoir avait décliné avec les jours avant de disparaître avec les semaines, les mois, les années, une sorte de torpeur laissée par l'événement avait pris le relais. Certains étaient arrivés à s'en préserver alors que d'autres, comme Erlendur, l'avaient cultivée en choisissant la douleur comme compagnon de route.

Il savait que la chose qui importait le plus en ce moment était de retrouver Niran, le demi-frère. Il espérait que l'adolescent rentrerait chez lui au plus vite et qu'il pourrait éclaircir ce qui s'était produit. Plus le temps passait en l'absence de Niran, plus Erlendur pensait probable que sa disparition soit liée au meurtre de son petit frère. Dans le pire des cas, il lui était également arrivé quelque chose, mais Erlendur se refusait à envisager cette éventualité avec toutes ses conséquences.

– Est-ce que je peux vous aider en quoi que ce soit ? demanda Sigridur.

– Son frère aîné vous a-t-il donné des nouvelles ? renvoya Erlendur.

– Niran ? Non, et Sunee se fait un sang d'encre pour lui.

– Nous faisons tout ce que nous pouvons, répondit Erlendur.

– Vous croyez qu'il lui est également arrivé quelque chose ? demanda Sigridur, d'un air terrifié.

– J'en doute, rassura Erlendur.

– Il faut qu'il rentre à la maison, martela Sigridur. Il faut qu'il rentre chez Sunee.

– Il va revenir, répondit Erlendur d'un ton calme. Auriez-vous une idée de l'endroit où il pourrait se trouver ? Il devrait être rentré de l'école depuis longtemps. Sa mère nous a dit qu'il ne pratiquait aucune activité en dehors, ni entraînement ni quoi que ce soit d'autre.

– Je n'ai aucune idée de l'endroit où il peut être, répondit Sigridur. Je n'ai pas beaucoup de relations avec lui.

– Et ses amis du boulevard Snorrabraut ? Serait-il possible qu'il soit chez eux ? suggéra Erlendur.

– Aucune idée.

– Ils s'entendaient bien, Niran et Elias ? demanda Erlendur.

– Oui, très bien.

– Il n'y a pas très longtemps qu'ils habitent ici, n'est-ce pas ?

– En effet. Ils ont quitté le boulevard Snorrabraut au printemps dernier. Les garçons ont changé d'école cet automne. Je crois que tout cela les a beaucoup éprouvés, que ce soit le divorce, l'arrivée dans ce nouveau quartier ou le changement d'école.

– Il faut que j'aie une discussion avec votre fils, observa Erlendur.

– Moi aussi, répondit Sigridur. Il travaille pour une nouvelle entreprise dont j'ignore le nom.

– On m'a dit que Sunee n'était pas sa première épouse d'origine étrangère.

– Je ne saisis pas le comportement de ce garçon, répondit Sigridur. Je ne l'ai jamais compris. Et vous avez raison, il avait déjà épousé une Thaïlandaise avant Sunee.

– Donc… Elias et son frère entretenaient de bonnes relations ? demanda précautionneusement Erlendur. Sigridur perçut son hésitation.

– De bonnes relations ? Évidemment. Et puis quoi encore ? Qu'est-ce que vous insinuez, évidemment qu'ils s'entendaient bien !

Elle s'avança d'un pas vers Erlendur.

– Croyez-vous que ce soit lui qui ait fait ça ? chuchota-t-elle. Vous imaginez que Niran s'en serait pris de cette façon à son petit frère ? Vous êtes marteau ou quoi ?

– Pas du tout, répondit Erlendur. Je…

– Ça serait la solution idéale, n'est-ce pas ? poursuivit Sigridur, cinglante.

– Ne vous méprenez pas sur mes paroles, plaida Erlendur.

– Moi, je me méprends ? Je comprends au contraire parfaitement, éructa Sigridur, les dents serrées. Vous vous imaginez que ce ne sont que des Thaïlandais qui s'amusent à s'entretuer ? Voilà qui vous arrangerait bien, vous et vos collègues ! C'est rien que des Thaïlandais ! C'est pas notre affaire ! C'est bien ça que vous me dites ?

Erlendur hésita. Peut-être était-il prématuré de questionner la famille sur les relations qu'entretenaient les deux frères. Il n'aurait pas dû aller semer la suspicion avec ses questions insidieuses au risque d'ajouter encore à la colère et à l'épuisement.

– Je vous prie de m'excuser si j'ai laissé entendre quoi que ce soit de ce genre, répondit calmement Erlendur. En revanche, nous devons obtenir des informations, si dérangeantes qu'elles puissent être. Je ne pense pas que l'aîné ait quoi que ce soit à voir dans cette histoire, mais je crois que plus vite nous le retrouverons, mieux ce sera pour tout le monde.

– Niran va bientôt rentrer, assura Sigridur.

– Est-il possible qu'il soit allé chez Odinn, son beau-père ?

– Cela m'étonnerait. Ils ne s'entendent pas très bien, lui et mon fils…

Sigridur hésita. Erlendur attendit patiemment.

– Enfin, je ne sais pas, soupira-t-elle.

Sigridur lui confia qu'elle avait vécu en province. Jusqu'à récemment, elle ne venait à Reykjavik que quelques fois par an pour y passer deux ou trois jours. Elle rendait toujours visite à la famille de son fils qui l'hébergeait parfois bien que l'appartement de Snorrabraut soit exigu. Elle avait perçu en voyant son fils qu'il ne se sentait pas bien et même si Sunee ne se plaignait de rien, elle avait compris que quelque chose clochait dans leur couple. C'est à cette époque-là que Sunee avait avoué avoir un autre fils en Thaïlande en disant qu'elle voulait le faire venir en Islande.

Odinn n'avait pas raconté à sa mère qu'il avait rencontré Sunee. Il avait déjà vécu avec une autre Thaïlandaise auparavant. Celle-ci l'avait quitté au bout de trois ans de vie commune. Il ne l'avait jamais rencontrée en chair et en os quand il l'avait fait venir, il ne l'avait vue qu'en photo. Elle avait obtenu un permis de séjour d'un mois. Ils s'étaient mariés deux semaines après son arrivée en Islande. Elle avait apporté de Thaïlande tous les papiers nécessaires pour que le mariage soit légal.

– Plus tard, elle a déménagé au Danemark, précisa Sigridur. Elle est probablement venue jusqu'ici dans l'unique but d'obtenir le passeport islandais.

Ensuite, Sigridur avait appris qu'il avait fait la connaissance de Sunee puis l'avait épousée. Les deux femmes s'étaient immédiatement bien entendues. Sigridur redoutait de rencontrer sa nouvelle bru après ce qui s'était passé et s'inquiétait beaucoup de l'avenir de ce nouveau couple. Elle s'efforça de ne pas se montrer pleine de préjugés et se sentit soulagée dès qu'elle serra la main de Sunee. Elle avait tout de suite pressenti ses grandes qualités. La première chose qu'elle avait remarquée, c'est qu'elle avait transformé l'appartement repoussant de Snorrabraut en un charmant foyer propret à forte inspiration orientale. Sunee avait apporté des objets dans ses bagages ou s'en était fait expédier de Thaïlande afin de décorer les lieux : une statue du Bouddha, des photos et diverses jolies choses.

En dépit de ses voyages peu fréquents à Reykjavik à cette époque, Sigridur s'efforçait de faciliter l'existence de Sunee en Islande. Sa belle-fille ne maîtrisait pas la langue qu'elle avait grand-peine à s'approprier. Elle parlait un peu l'anglais ; de plus, Sigridur savait que son fils n'avait jamais été très sociable : ils n'avaient donc que peu d'amis susceptibles d'aider Sunee à s'adapter à son nouveau mode de vie et à cette société radicalement différente. Sunee rencontra peu à peu d'autres Thaïlandaises qui l'aidèrent à prendre ses marques. En revanche, elle n'avait aucune amie islandaise, à l'exclusion peut-être de sa belle-mère.

Sigridur admirait Sunee qui s'adaptait sans broncher à l'obscurité, au froid et à cette terre étrangère. On s'habille mieux, lui avait confié Sunee, toujours souriante et positive. Son fils ne se montrait pas toujours aussi satisfait de l'ingérence de sa mère, avec laquelle il s'était disputé le jour où celle-ci avait compris qu'il n'aimait pas entendre Sunee parler thaï à leur fils. À cette époque, Sunee s'était mise à parler un petit peu l'islandais. Je ne sais pas ce qu'elle raconte à ce garçon, s'était plaint Odinn à sa mère. Il faut qu'il apprenne l'islandais. C'est un Islandais ! C'est mieux pour lui. Il faut penser à l'avenir.

Sigridur avait découvert par la suite que son fils n'était pas le seul à défendre ce point de vue. Dans certains cas, les hommes islandais mariés à des Asiatiques interdisaient à leurs épouses de s'adresser à leurs enfants dans leur langue maternelle parce qu'ils ne la comprenaient pas. Quand la mère ne parlait pas l'islandais ou qu'elle le maîtrisait mal, les enfants accumulaient un retard dans l'acquisition de la langue, ce qui pouvait avoir des conséquences sur l'ensemble de leur scolarité. C'était dans une certaine mesure le cas pour Elias qui excellait en mathématiques, mais éprouvait plus de difficultés dans les matières telles que l'islandais ou l'orthographe.

Odinn avait refusé de discuter du divorce. Il n'avait pas écouté sa mère quand elle lui avait parlé de ses obligations, de ses devoirs.

– J'ai commis une erreur, avait-il répondu, je n'aurais jamais dû me marier !

À cette époque-là, Sigridur avait déménagé à Reykjavik. Elle entretenait d'excellents rapports avec Sunee et Elias qu'elle considérait comme sa véritable famille. Même Niran, qui acceptait difficilement sa situation, s'entendait plutôt bien avec elle, pour le peu qu'il avait à en dire. Elle s'efforça d'obtenir de son fils qu'il paie à Sunee ce qui lui revenait après le divorce. Il s'agissait entre autres choses de sa part de l'appartement, mais il avait refusé catégoriquement, arguant du fait qu'il le possédait avant d'avoir connu Sunee. Elias rendait parfois visite à sa grand-mère. Il passait la nuit chez elle, c'était un garçon doux et gentil qui se mettait en quatre pour lui faire plaisir.

Niran avait tout de suite pris son beau-père en grippe et avait des difficultés à s'intégrer à la société islandaise. Il avait neuf ans à l'époque de son arrivée en Islande, en même temps que Virote, le frère cadet de Sunee. Virote s'adapta très vite, il trouva un travail dans l'industrie du poisson et se mit à caresser le rêve d'ouvrir un restaurant thaïlandais.

– Niran n'a jamais considéré Odinn comme son père, ce qui se comprend bien, observa Sigridur. Ils n'avaient rien en commun.

– Qui est le père de Niran ? glissa Erlendur.

Sigridur haussa les épaules.

– Je n'ai jamais posé la question.

– Ça ne doit pas être facile pour un garçon de cet âge d'arriver ici dans ces conditions.

– Oui, les choses ont évidemment été difficiles, convint Sigridur. Et elles le sont encore. Il est en échec scolaire et pour ainsi dire au ban de la société islandaise.

– Il n'est pas le seul dans ce cas, observa Erlendur. Ils trouvent refuge en se regroupant parce qu'ils ont une histoire semblable. Il y a eu parfois quelques frictions entre eux et les gamins islandais même si ça n'a jamais été bien grave. Peut-être aussi qu'on voit plus d'armes qu'autrefois. Des poings américains, des couteaux.

– Niran n'est pas un mauvais garçon, assura Sigridur, mais je sais que Sunee se fait du souci pour lui. Il a toujours été très gentil avec son frère. Leur relation était un peu particulière. Ils s'entendaient bien, je crois, étant donné la situation. Sunee y veillait.

Gudny revint de la cuisine.

– Sunee veut sortir pour aller à la recherche de Niran, annonça-t-elle. Je l'accompagne.

– Pas de problème, répondit Erlendur. Je crois quand même qu'il serait préférable d'attendre encore un petit moment, on ne sait jamais, il risque de se manifester.

– Je ne bouge pas d'ici au cas où il arriverait, proposa Sigridur.

– Sunee ne peut pas rester à attendre simplement les bras croisés, expliqua l'interprète. Il faut qu'elle sorte, il faut qu'elle fasse quelque chose.

– Je le comprends parfaitement, répondit Erlendur.

Sunee était déjà dans l'entrée où elle enfilait sa doudoune. Elle jeta un regard vers la chambre des garçons qui était ouverte. Elle s'avança jusqu'à la porte et se mit à raconter quelque chose. L'interprète et Erlendur s'approchèrent.

– Il a fait un rêve, traduisit l'interprète. Quand Elias s'est réveillé ce matin, il l'a raconté à sa mère. Un petit oiseau est venu le voir, il lui a fabriqué une petite maison, alors Elias et l'oiseau sont devenus amis.

Debout à la porte de la chambre des garçons, Sunee continuait de parler à l'interprète.

– Il en voulait un peu à sa mère, continua Gudny.

Sunee lança un regard à Erlendur avant de poursuivre.

– Dans son rêve, il était heureux, il avait trouvé un véritable ami, reprit l'interprète. Il était en colère que sa mère l'ait réveillé. Il aurait voulu s'attarder un peu plus à l'intérieur du rêve.

Sunee raconta le souvenir qu'elle gardait d'Elias cet ultime matin. Il était allongé dans son lit, se cramponnait au rêve de l'oiseau en se blottissant sous sa couette trop petite, dans un pyjama trop court d'où dépassaient ses jambes toutes minces. Couché en chien de fusil, il fixait le mur dans l'obscurité. Sa mère avait allumé la lumière de la chambre, mais il avait tendu sa main vers l'interrupteur pour l'éteindre. Son frère était déjà debout. Sunee était en retard, elle ne trouvait pas son sac à main. Elle lui avait crié de sortir du lit. Elle savait qu'il aimait se pelotonner sous la couette bien chaude, surtout quand le matin était glacial, qu'il faisait noir et qu'une longue journée d'école l'attendait.

– Nous devons interroger ses amis, déclara Erlendur après que l'interprète ait fini de traduire les paroles de Sunee.

Elle jeta à nouveau un regard dans la chambre.

– Est-ce qu'il a beaucoup d'amis ? demanda Erlendur. L'interprète répéta ses mots en thaï.

– Je crois qu'il n'en avait pas beaucoup dans ce nouveau quartier, répondit Sunee.

– En tout cas, il en rêvait, observa Erlendur.

– Il rêvait de trouver un véritable ami, répéta Gudny à la suite de Sunee. Je l'ai réveillé, mais il est resté longtemps dans son lit avant de venir à la cuisine.

74

J'étais en train de partir quand il a fini par arriver. Je lui avais crié de se presser un peu. Niran avait terminé son petit-déjeuner et il l'attendait. En général, ils allaient ensemble à l'école. Niran a perdu patience, il est parti et moi, je devais m'en aller aussi.

Sunee se força à continuer.

– Je n'ai même pas pu lui dire au revoir convenablement. Ce sont les dernières paroles qu'il m'a dites.

– Lesquelles ? s'enquit Erlendur en fixant l'interprète du regard.

Sunee prononça sa phrase d'une voix si faible que l'interprète dut se pencher vers elle. Quand Gudny se redressa, elle traduisit en islandais les dernières paroles qu'Elias avait dites à sa mère avant de la voir partir à toute vitesse à son travail.

– J'aurais voulu ne jamais me réveiller.

6

On informa Erlendur qu'on était enfin arrivé à contacter le père d'Elias qui avait demandé l'autorisation d'aller voir son fils à la morgue de Baronsstigur. Il attendait maintenant Erlendur dans son bureau au commissariat de la rue Hverfisgata. Erlendur prit congé de Sunee, de son frère et de l'interprète en bas de l'immeuble. Deux policiers allaient les escorter dans le quartier à la recherche de Niran. Sigridur restait à l'appartement. Erlendur considérait avoir recueilli tous les renseignements que la mère d'Elias était à même de lui fournir pour l'instant. Il apparaissait clairement qu'elle ne comprenait pas la raison pour laquelle son plus jeune fils avait été agressé, pas plus qu'elle ne s'expliquait pourquoi Niran ne rentrait pas. Elle n'avait aucune idée de l'endroit où il pouvait bien être. Il n'y avait pas très longtemps qu'ils s'étaient installés dans le quartier, elle ne connaissait que peu ses amis et ne savait pas précisément où ils demeuraient. Erlendur comprenait parfaitement qu'elle ne puisse pas rester chez elle les bras croisés à attendre de recevoir des nouvelles. Toutes les brigades de police de la ville étaient à la recherche de Niran. Des photos de lui avaient été diffusées dans les commissariats. Peut-être qu'il était en danger. Peut-être qu'il se cachait. Il était très important de le retrouver le plus vite possible.

Elinborg avait rappelé Erlendur pour lui dire qu'elle avait interrogé le personnel de la pharmacie près de laquelle Niran et ses amis étaient censés parfois se donner rendez-vous. Les employés n'avaient absolument pas remarqué la présence répétée d'adolescents dans les parages. Ils n'avaient pas vu de groupe particulier de jeunes gens à l'arrière du bâtiment et étaient tombés des nues quand Elinborg leur avait posé des questions très précises à ce sujet : de toute façon, les gamins de l'école venaient régulièrement traîner dans le coin. Les murs étaient tagués, des mégots de cigarettes jonchaient le sol du petit porche à l'arrière du bâtiment. Elinborg allait continuer à interroger les camarades de classe d'Elias.

– Une voisine, une certaine Fanney, m'a affirmé avoir entendu des allées et venues chez Sunee, informa-t-elle.

– Comment ça, des allées et venues ?

– C'était plutôt vague. Elle pense que Sunee reçoit peut-être des visites, enfin, qu'il y a un homme qui vient la voir.

– Un petit ami ?

– Possible. Elle ne sait pas. Elle ne l'a jamais vu. En tout cas, c'est ce qu'elle croit. D'après elle, cela a commencé cet été.

– Il faut poser la question à Sunee. Vérifie sur sa ligne les appels téléphoniques entrants et sortants.

– D'accord.

Le portable d'Erlendur sonna à nouveau au moment où il arrivait au commissariat. C'était Valgerdur. Elle avait appris pour le meurtre de l'enfant. Elle était abasourdie de surprise et d'effroi. Elle et Erlendur s'étaient fixé un rendez-vous plus tard dans la soirée. Erlendur lui expliqua qu'il ne pourrait peut-être pas être là. Elle lui répondit que ce n'était pas grave.

– Vous avez une idée de ce qui s'est passé ? demanda-t-elle, d'une voix inquiète.

– Aucune, répondit Erlendur.

– Bon, je ne veux pas te déranger, à bientôt.

Sur ce, ils raccrochèrent.

Erlendur resserra son manteau autour de lui pendant qu'il avançait d'un pas pressé vers le commissariat. Il lui vint à l'esprit qu'il était peu probable que Niran soit dans les rues par ce froid de canard. Le vent sec et glacial mordait le visage. En levant les yeux, il aperçut la lune, pâle et grisâtre.

À l'accueil, un homme énervé, âgé d'une cinquantaine d'années, expliquait à l'agent en service que sa voiture avait été endommagée. L'homme reprochait à la police d'être trop laxiste et d'agir comme si des dégâts s'élevant à plusieurs dizaines de milliers de couronnes n'avaient rien d'un délit. Erlendur ne saisissait pas exactement la nature du crime dont le plaignant avait été victime, mais crut comprendre que sa voiture avait été méchamment rayée.

Le père d'Elias était assis, tête baissée, dans le bureau d'Erlendur. C'était un homme maigre d'une quarantaine d'années, chauve au sommet de la tête, mais auquel il restait quelques cheveux bruns sur le devant. Il portait une barbe clairsemée de plusieurs jours. Il avait une minuscule bouche et de grandes dents qui avançaient, donnant à son visage un air un peu grossier. Il se leva à l'arrivée d'Erlendur et les deux hommes se saluèrent.

– Odinn, précisa l'homme à voix basse. Ses yeux étaient rouges, il avait pleuré.

Erlendur pendit son manteau à un cintre avant de s'installer à son bureau.

– Je vous présente toutes mes condoléances pour votre fils, annonça-t-il. C'est tellement affreux que les mots me manquent.

Il laissa un bref silence s'écouler en observant le père. Odinn vivait seul dans son appartement du boulevard Snorrabraut d'après ce qu'il avait déclaré à la

79

police. Pendant qu'il se dirigeait vers son bureau, quelqu'un avait informé Erlendur que le père avait violemment réagi à la visite de la police et à l'annonce du décès d'Elias. Il portait un jeans usé, un coupe-vent clair et léger et une vieille écharpe rouge aux couleurs d'un club de foot étranger.

– Auriez-vous une idée de l'endroit où pourrait se trouver votre beau-fils ? demanda Erlendur.

– Niran ? Pourquoi donc ?

– Nous sommes à sa recherche. Il n'est pas rentré à la maison.

– Je n'en ai pas la moindre idée, répondit l'homme. J'ai…

Il s'interrompit.

– Oui ? sollicita Erlendur.

– Rien du tout, répondit l'homme.

– À quand remonte votre dernier contact avec votre famille ?

– Nous nous voyons toujours de temps en temps. Nous avons divorcé, vous le savez peut-être.

– Et vous n'avez aucune idée non plus du déroulement de la journée des deux garçons ?

– Je… C'est affreux, tout simplement affreux… Je n'aurais jamais imaginé qu'une chose pareille puisse arriver chez nous en Islande. S'en prendre comme ça à un enfant !

– Que croyez-vous qu'il soit arrivé ?

– Ce n'est pas évident ? Il s'agit d'un crime raciste. Il y a une autre raison pour s'en prendre à un enfant ? Quel mal un enfant peut-il donc faire aux gens ?

– Nous ne savons pas encore ce qui s'est passé, précisa Erlendur. Vous n'avez ni téléphoné ni vu les garçons récemment ?

– Non. J'ai emmené Elias au cinéma l'autre jour. Je n'ai jamais été très proche de Niran.

– Et vous n'avez aucune idée de ce qui est arrivé ?

Odinn secoua la tête.

– Vous croyez que quelque chose est aussi arrivé à Niran ?

– Nous n'en savons rien. Nous sommes à sa recherche. Auriez-vous une idée ?

– Du lieu où il est ? Non, aucune. Rien ne me vient à l'esprit.

– Sunee a déménagé après votre divorce, reprit Erlendur. Les garçons ne semblent pas s'être très bien adaptés à leur nouveau quartier. Est-ce que vous vous tenez au courant de l'évolution ?

Odinn ne répondit pas immédiatement.

– Vous ne les avez jamais entendus parler de leurs difficultés ?

– Je n'ai pas conservé beaucoup de relations avec Sunee, annonça enfin Odinn. C'est terminé entre nous.

– La question que je vous pose concerne plutôt les deux garçons, précisa Erlendur. Et plus spécialement votre fils.

Odinn garda un moment le silence.

– Elias a toujours été plus proche de sa mère, répondit-il. Nous nous disputions souvent au sujet de son éducation. Elle n'en faisait qu'à sa tête. Elle allait même jusqu'à appeler mon fils par son prénom thaïlandais. Elle l'appelait rarement Elias.

– Elle est très loin de chez elle. Elle veut conserver un lien entre son passé et son nouveau pays, observa Erlendur.

Odinn le fixa en silence.

– Votre mère ne tarit pas d'éloges sur son compte, précisa Erlendur. J'ai cru comprendre qu'elles étaient très amies. Elle a accouru chez Sunee dès qu'elle a appris la nouvelle.

– Elles se sont toujours bien entendues.

– On m'a dit que Sunee était la deuxième Thaïlandaise que vous aviez épousée.

– Exact, répondit Odinn.

– J'ai cru comprendre que vous n'avez pas beaucoup apprécié d'apprendre que Sunee avait déjà un fils dans son pays et qu'elle voulait le faire venir en Islande, n'est-ce pas ?

– Je m'en doutais, répondit Odinn. Ça ne m'a pas vraiment surpris même si elle m'avait affirmé qu'elle était seule.

– Quelle a été votre réaction ?

– Ça ne me plaisait pas du tout d'accueillir son fils aîné. Mais j'ai quand même laissé faire. Je ne m'en suis pas mêlé, je l'ai laissée décider.

– Et vous n'avez pas voulu divorcer immédiatement ?

– Sunee n'était pas mal, précisa Odinn.

– Elle n'a pas appris beaucoup d'islandais depuis tout le temps qu'elle vit ici, observa Erlendur.

– En effet, convint Odinn.

– Est-ce que vous l'avez aidée ?

– Pourquoi cette question ? Qu'est-ce que ça a à voir avec l'enquête ? Vous ne devriez pas essayer de retrouver le coupable plutôt que de me poser ces questions idiotes qui n'ont rien à voir avec l'enquête ? Qu'est-ce que ça veut dire ?

– Votre fils a probablement été agressé dans l'après-midi, reprit Erlendur. Où étiez-vous à ce moment-là ?

– Au travail, répondit Odinn. J'étais à mon travail quand vous êtes venus me prévenir. Vous croyez que j'ai tué mon fils ? Vous êtes givré ou quoi ?

Il avait prononcé ces phrases sans hausser le ton, sans s'énerver, comme si l'hypothèse était d'une telle sottise qu'elle ne valait même pas qu'on s'insurge contre elle.

– L'expérience montre que ce genre de chose est souvent lié à des histoires de famille, poursuivit Erlendur sans ciller. Il n'y a rien d'anormal à ce que je vous demande où vous avez passé la journée.

Odinn ne répondit rien.

– Y a-t-il des personnes travaillant avec vous susceptibles de confirmer où vous étiez ?

– Oui, deux. Je n'arrive pas à croire que vous puissiez imaginer que j'ai joué un rôle là-dedans !

– C'est notre travail, précisa Erlendur. Je suis confronté dans ma profession à des tas de scénarios bien plus incroyables que celui-là.

– Vous suggérez que je m'en serais pris à mon fils pour me venger de Sunee ?

Erlendur haussa les épaules.

– Dites donc, vous seriez pas un peu cinglé ?

– Tenez-vous tranquille, commanda Erlendur en voyant Odinn se lever. Notre travail consiste à envisager toutes les éventualités. Pourquoi voudriez-vous vous venger de Sunee ?

– Comment ça ? Je n'ai aucune envie de me venger d'elle !

– Je n'ai pas mentionné de raison, précisa Erlendur. C'est vous qui en avez parlé. C'est vous-même qui venez de suggérer cette idée.

– Je n'ai rien dit du tout.

Erlendur marqua une pause.

– Vous êtes en train de m'embrouiller, poursuivit Odinn, désormais hors de ses gonds. Vous essayez de me faire dire un truc que je ne devrais pas ! Vous êtes en train de jouer avec moi !

– C'est ce que vous avez dit.

– Nom de Dieu ! tonna Odinn en assénant un coup de pied au bureau. Erlendur demeurait impassible dans son fauteuil, penché en arrière, les bras croisés sur la poitrine. On aurait dit que l'homme allait lui sauter dessus.

– Je n'irais jamais faire le moindre mal à mon fils ! hurla-t-il. Jamais !

Erlendur ne laissait transparaître aucune réaction.

– Vous avez interrogé son petit ami ? demanda Odinn.

– Son petit ami ?

– Elle ne vous a pas parlé de lui ?

– De qui s'agit-il ? Qui est ce petit ami ?

Odinn ne répondit pas. Il se contentait de fixer Erlendur qui s'était avancé sur son siège.

– Il aurait quelque chose à voir dans votre divorce ? demanda prudemment Erlendur.

– Non, je ne l'ai appris que récemment.

– Quoi donc ?

– Qu'elle avait rencontré quelqu'un.

7

Comme personne ne l'avait invitée à s'asseoir, Elinborg était debout dans la cuisine, chez l'un des camarades de classe d'Elias. Le jeune garçon était installé à côté de son père. La sœur et le frère étaient également à table. La scène se passait dans une petite maison mitoyenne, située non loin de l'immeuble où vivaient Elias et Niran. Elinborg avait dérangé la famille à l'heure du dîner. D'autres policiers s'acquittaient d'une tâche comparable dans d'autres familles dont les enfants avaient été en contact avec Elias.

Elle s'excusa à plusieurs reprises. La mère déclara avoir vu les informations télévisées : elle était sous le choc de la nouvelle. Le père, quant à lui, ne manifestait aucune réaction, pas plus que les enfants.

Elinborg regarda le plat au menu : des spaghettis à la bolognaise. L'odeur de la viande grillée flottait dans la maison, mêlée à celle du basilic et de la sauce tomate cuite. Elle eut une pensée pour sa famille. Elle n'avait pas trouvé le temps d'aller faire les courses depuis des lustres. Il n'y avait plus rien dans le réfrigérateur.

– Il est venu ici pour fêter l'anniversaire de Birgir, précisa la mère, debout à côté de la table. Nous avons souhaité inviter toute la classe. Il m'a semblé être un petit garçon tout à fait adorable. Je ne comprends absolument pas ce qui a bien pu se passer. Ils ont dit à la télé qu'il avait été poignardé. Comme si quelqu'un avait délibérément voulu lui faire du mal. Ils ont laissé entendre qu'il s'agissait d'une agression préméditée. Est-ce que c'est vrai ?

– Nous n'en avons aucune idée, répondit Elinborg. L'enquête ne fait que commencer. Je n'ai pas vu les informations, mais je doute que les agences de presse tiennent ces renseignements des services de police. Pour l'instant, nous ne disposons que de très peu d'éléments. C'est pour cela, Birgir, que j'aimerais bien discuter un petit moment avec toi, précisa-t-elle en s'adressant au petit garçon.

Birgir la regarda en ouvrant de grands yeux.

– Vous étiez amis, n'est-ce pas ? demanda Elinborg.

– En fait, pas vraiment, répondit Birgir. Il était dans ma classe, mais…

– Birgir ne le connaît pas très bien, coupa la mère en affichant un sourire embarrassé.

– Non, je comprends, dit Elinborg.

Le père restait assis sans prononcer un mot. Son repas l'attendait dans son assiette et il n'avait aucune intention de le manger sous le nez de la police. Les garçons avaient déjà commencé à enfourner les spaghettis. La mère était venue à la porte au moment où Elinborg avait sonné et elle avait hésité à la laisser entrer. Elinborg avait perçu très clairement que sa présence venait perturber la tranquillité du foyer.

– Est-ce qu'il t'arrive de t'amuser avec lui ? demanda Elinborg.

– Je ne crois pas que Birgir joue beaucoup avec lui, précisa le père.

C'était un homme maigre au visage émacié, il avait des cernes de fatigue sous les yeux et portait une barbe de quelques jours. Il était vêtu d'un bleu de travail dont il n'avait enlevé que le haut en prenant place à la table. Ses mains étaient usées par le travail, son visage et ses cheveux couverts d'une pellicule grise qu'Elinborg pensait être de la poussière de ciment. Elle en déduisit machinalement qu'il était maçon.

– J'aurais voulu… commença Elinborg.

– Je voudrais bien pouvoir manger en paix avec ma famille, interrompit l'homme. Si cela ne vous dérange pas.

– Je comprends, répondit Elinborg, et je vous présente encore une fois mes excuses pour le dérangement. Mais je désirerais simplement poser quelques questions à Birgir dès maintenant car nous devons rassembler des renseignements aussi vite que possible. Cela ne prendra que très peu de temps.

– Rien ne vous empêche de le faire plus tard, rétorqua l'homme.

Il dévisageait Elinborg. Debout devant la table, la mère se taisait. Les enfants s'empiffraient. Birgir leva les yeux vers Elinborg tout en aspirant un spaghetti. Il avait de la sauce tomate tout autour de la bouche.

– Tu sais si Elias était seul en rentrant de l'école aujourd'hui ? demanda Elinborg.

Birgir secoua immédiatement la tête, la bouche pleine de spaghettis.

L'homme lança un regard à son épouse.

– Je ne crois pas que cette histoire concerne Birgir en quoi que ce soit, observa le mari.

– Comme je viens de vous le dire, ce petit était vraiment adorable, poli et bien élevé, reprit la femme. Il a été le seul à me remercier après la fête d'anniversaire. Et puis, il était nettement moins bruyant que les autres gamins.

Elle lança un regard à son mari en prononçant ces mots, comme pour justifier le fait d'avoir invité Elias à l'anniversaire de son fils. Elinborg les dévisagea à tour de rôle tout en observant les enfants qui regardaient leurs parents avec une expression douloureuse, comme s'ils sentaient qu'une dispute se préparait.

– À quand remonte cette fête ? demanda Elinborg en se tournant vers la mère.

– À trois semaines.

– Aux alentours de Noël ? Et tout s'est bien déroulé, non ?

– Si, parfaitement bien. Tu ne trouves pas, Birgir ? demanda la femme, adressant un regard à son fils tout en fuyant celui de son mari.

Birgir répondit d'un hochement de tête. Il regardait son père, ne sachant s'il devait se risquer à répondre ce qu'il avait envie de dire.

– Voudriez-vous, maintenant, nous laisser tranquilles, déclara l'homme en se mettant debout. Nous aimerions bien pouvoir manger.

– Vous avez vu Elias quand il est venu à l'anniversaire ?

– Je travaille dix-huit heures par jour, informa l'homme.

– Il n'est jamais à la maison, précisa la femme. Mais ce n'est pas une raison pour être à ce point désagréable avec elle, ajouta-t-elle en surveillant son mari du coin de l'œil.

– Les immigrés vous tapent sur les nerfs ? demanda Elinborg.

– Je n'ai rien contre ces gens-là, répondit l'homme. Birgir ne connaît pratiquement pas ce garçon. Ils n'étaient pas amis et nous ne pouvons pas vous aider en quoi que ce soit. Pourriez-vous maintenant nous laisser tranquilles !

– Cela va de soi, répondit Elinborg en baissant les yeux sur les assiettes de spaghettis. Elle hésita l'espace d'un instant avant de renoncer et de s'en aller.

– Je crois pouvoir affirmer que c'était une journée des plus banales à l'école, précisa Agnes, le professeur principal d'Elias, à Sigurdur Oli. En dehors du fait que j'ai changé Elias de place, ce que j'envisageais depuis un moment. Je m'en suis occupée ce matin.

Ils étaient toujours assis dans le bureau, au domicile d'Agnes. Elle avait attrapé une cigarette à l'intérieur d'un tiroir. Sigurdur Oli l'observa alors qu'elle lançait à la porte un regard furtif tout en s'asseyant à la fenêtre pour allumer sa cigarette et rejeter la fumée à l'extérieur. Il ne comprenait pas les gens qui s'entêtaient à se tuer ainsi à petit feu. Il était persuadé que le tabac causait plus de dommages dans le monde que tout autre phénomène isolé et tenait parfois de longs discours sur ce thème au commissariat. Cela rentrait par une oreille et ressortait aussitôt par l'autre pour ce fumeur invétéré qu'était Erlendur, qui avait un jour répondu qu'il était persuadé que le phénomène isolé qui causait le plus de dommages dans le monde était les masochistes qui s'autoflagellaient à la petite semaine de l'acabit de Sigurdur Oli.

– Elias est arrivé avec un léger retard, poursuivit Agnes. Ce n'était pas dans ses habitudes, même s'il traînait parfois un peu. Il était souvent le dernier à quitter la salle de cours, le dernier à sortir ses livres, enfin, ce genre de choses. Dans ces moments-là, il avait la tête complètement ailleurs. Il était un peu « hôtesse de l'air », précisa Agnes en dessinant des guillemets dans l'air avec ses mains.

– Comment ça, hôtesse de l'air ?

– C'est comme ça que Vilhjalmur, le prof d'éducation physique, les appelle. Il est originaire des îles Vestmann.

Sigurdur Oli la dévisagea sans rien comprendre.

– Je veux dire, les gamins qui sortent toujours les derniers après les cours d'éducation physique.

– Et vous l'avez changé de place ? demanda Sigurdur Oli sans avoir compris un traître mot de cette histoire d'hôtesse de l'air et de prof originaire des îles Vestmann.

– Cela n'a rien d'inhabituel, précisa Agnes, diverses raisons peuvent nous y inciter. Je l'ai déplacé pour des motifs qui n'avaient pas grand-chose à voir avec lui. Elias était très doué en mathématiques. Il était très en avance sur les autres élèves et même sur le programme de l'année. En revanche, le garçon qui était assis à côté de lui, le pauvre Birgir, a bien du mal à comprendre comment deux et deux peuvent bien faire quatre.

Agnes regarda Sigurdur Oli.

– Je ne devrais pas me laisser aller à dire de telles choses, observa-t-elle, honteuse. Enfin bon, la mère de Birgir est venue me parler. Elle m'a dit que son fils se plaignait souvent d'être nul et incapable d'apprendre quoi que ce soit. Quand elle lui a tiré les vers du nez afin de comprendre ce qui se passait, il lui a répondu qu'Elias était nettement meilleur que lui dans toutes les matières. En réalité, cela a mis la mère très mal à l'aise. Mais la chose n'a rien d'inhabituel et il est facile d'y remédier. J'ai donc déplacé Elias pour le mettre à côté d'une adorable petite fille qui travaille très bien.

Agnes aspira la fumée avant de la rejeter par la fenêtre.

– Mais, en ce qui concerne Elias, il n'éprouvait aucune difficulté ?

– Si, répondit Agnes. L'apprentissage de l'islandais lui donnait du fil à retordre. Lui et son frère parlaient thaï entre eux et aussi au domicile familial. Ce genre de chose est susceptible d'embrouiller les gamins.

Elle éteignit sa cigarette.

– En résumé, Elias était légèrement en retard ce matin ? reprit Sigurdur Oli.

Agnes hocha la tête avec son mégot à la main.

– J'avais commencé l'appel au moment où Elias est finalement arrivé. Toute la classe l'a regardé s'asseoir. Il avait les cheveux en bataille et l'air endormi. Comme s'il n'était pas encore complètement sorti de son sommeil. Je lui ai demandé si tout allait bien et il m'a répondu d'un hochement de tête. Pourtant, il avait vraiment l'air dans la lune. Assis, avec son cartable posé sur sa table, il regardait la cour de récréation par la fenêtre et semblait totalement plongé dans son monde. Il ne m'a même pas entendue quand j'ai commencé le cours. Il est resté là assis à regarder fixement par la fenêtre. Je me suis approchée de lui pour lui demander à quoi il pensait. « À l'oiseau », m'a-t-il répondu. « Quel oiseau ? » « Celui dont j'ai rêvé, a-t-il précisé. L'oiseau qui est mort. »

Agnes plongea son mégot dans sa poche, puis referma la fenêtre. Le froid avait envahi la pièce. Elle frissonna en se levant de sa chaise. On prévoyait une tempête dans la soirée et dans la nuit.

– Je ne lui ai pas demandé plus de précisions, reprit-elle. Les enfants disent souvent des choses de ce genre. Je ne l'ai revu qu'à la pause de midi et au repas. À ce moment-là, je n'ai pas fait particulièrement attention à lui. Ils étaient en cours d'arts plastiques pendant la matinée, vous devriez peut-être aussi aller interroger Brynhildur. Ensuite, je les ai vus deux heures pendant l'après-midi et ils avaient sport avec Vilhjalmur en dernière heure. C'est l'enseignant avec lequel Elias a terminé sa journée.

– Il est le prochain sur ma liste, précisa Sigurdur Oli. Pourriez-vous me parler un peu de… (Il feuilleta son calepin à la recherche du nom que lui avait communiqué le directeur de l'école.)… Kjartan, le professeur d'islandais ?

– Kjartan n'a rien d'un rigolo, commença Agnes. Vous ne tarderez pas à vous en rendre compte. Il ne mâche pas ses mots. Il est plutôt emmerdant, le pauvre. C'est un ancien champion de handball et quelque chose lui est arrivé. Je n'en sais pas assez là-dessus. Il n'est pas idiot. Il enseigne principalement aux classes supérieures.

Sigurdur Oli hocha la tête, remit son calepin dans sa poche et prit congé d'Agnes. Alors qu'il retournait vers sa voiture, son portable se mit à sonner. C'était Bergthora, sa femme. Elle avait regardé les informations télévisées et savait qu'il rentrerait tard à la maison.

– C'est épouvantable, observa-t-elle. Il a réellement été poignardé ?

– Oui, confirma Sigurdur Oli. Il me reste beaucoup de travail, nous ne savons pas par où commencer. Ne m'attends pas pour aller te coucher.

– Vous n'avez aucune idée de qui est le coupable ?

– Non, et son frère aîné reste introuvable. Il se pourrait qu'il sache quelque chose. Tout du moins, c'est ce que croit Erlendur.

– Que ce serait lui le responsable ?

– Non, mais…

– Il a peut-être été agressé lui aussi. Cette idée n'a pas effleuré Erlendur ?

– Je vais lui en parler, répondit sèchement Sigurdur Oli. Bergthora laissait parfois inconsciemment transparaître qu'elle avait plus de considération pour Erlendur que pour son mari en ce qui concernait les enquêtes policières. Sigurdur Oli savait que ce n'était pas par méchanceté, mais cela l'agaçait malgré tout.

Il afficha une grimace. Ce genre de mimique était susceptible de mettre Bergthora en colère contre lui, mais il était fatigué et il avait les nerfs à fleur de peau. Il savait qu'elle avait envie de le voir rentrer à la maison au plus vite. Il fallait qu'ils discutent plus longuement un problème que Bergthora avait soulevé. Quelques jours plus tôt, elle lui avait proposé d'examiner la possibilité d'adopter un enfant étranger puisqu'ils ne parvenaient pas à en avoir un ensemble. Sigurdur Oli avait accueilli l'idée avec réticence. Avec une certaine hésitation, il avait proposé qu'ils en restent là pour l'instant. Leurs tentatives de conception avaient beaucoup pesé sur leur couple. Sigurdur Oli voulait qu'ils laissent passer une année sans s'inquiéter de problèmes d'enfant ou d'adoption. Bergthora se montrait plus impatiente. Elle désirait ardemment devenir mère.

– Enfin, je ne devrais évidemment pas me mêler de tout ça, admit-elle à l'autre bout de la ligne.

– Il n'est absolument pas exclu que son frère ait, lui aussi, été agressé, convint Sigurdur Oli. Nous sommes en train d'explorer toutes les pistes.

Il y eut un silence.

– Dis-moi, est-ce qu'Erlendur a retrouvé cette femme ? demanda Bergthora pour finir.

– Non, elle reste introuvable.

– Avez-vous quelque peu avancé dans cette enquête-là ?

– En réalité, non.

– Au cas où je serais endormie, tu veux bien me réveiller quand tu rentreras ?

– D'accord, répondit Sigurdur Oli avant de lui dire au revoir.

8

Les garçons se démenaient au football à l'intérieur du gymnase. Ils se battaient pour chaque ballon et n'hésitaient pas à avoir recours à des coups tordus. Sigurdur Oli vit l'un d'entre eux tendre à un membre de l'équipe adverse un croche-pied susceptible de lui casser la jambe. La victime poussa un hurlement. Elle atterrit violemment sur le sol en se tenant la cheville.

– Doucement, les gars ! cria l'entraîneur. Ça ne va pas du tout, Geiri ! Raggi, viens là, lança-t-il au garçon qui se remettait debout.

Il envoya un autre joueur sur le terrain pour y chercher Raggi et la partie reprit, tout aussi violemment. Il y avait à l'entraînement nettement plus de monde que ne pouvait en contenir le terrain, et l'entraîneur passait son temps à en faire entrer et sortir les gamins. Sigurdur Oli observait en se tenant à l'écart. Vilhjalmur, le professeur de sport d'Elias, s'assurait un revenu complémentaire en entraînant des équipes de benjamins au foot, d'après ce que sa femme avait raconté à Sigurdur Oli quand il était venu frapper à sa porte. C'était elle qui l'avait orienté vers le gymnase.

L'entraînement touchait à sa fin. Vilhjalmur souffla dans le sifflet qu'il portait autour du cou. Un garçon, apparemment mécontent du résultat, tapa violemment dans le ballon qui vint atterrir derrière la tête de l'un de ses camarades. Il s'ensuivit une dispute, mais Vilhjalmur donna un nouveau coup de sifflet, puis cria aux garçons d'arrêter leurs conneries et d'aller à la douche. Il semblait les avoir bien en main. Les deux garçons cessèrent leurs chamailleries.

– Vous n'êtes pas un peu dur avec eux ? demanda Sigurdur Oli en s'approchant de Vilhjalmur.

Les gamins regardèrent Sigurdur Oli avec de grands yeux tout en se dirigeant vers les vestiaires. Jamais ils n'avaient vu un homme aussi bien habillé à l'intérieur du gymnase.

– Ils sont parfois un peu difficiles, précisa Vilhjalmur en serrant la main de Sigurdur Oli.

Il rassembla les balles et les plots, puis les jeta dans un placard qu'il ferma à clé. C'était un petit homme, grassouillet, d'une trentaine d'années.

– Ces gamins ont besoin d'être endurcis. Ils arrivent ici, gras et fainéants, nourris à la pizza et aux jeux vidéo, et moi, je m'arrange pour qu'ils bougent. Vous êtes venus pour Elias ? demanda-t-il.

– J'ai cru comprendre que c'était avec vous qu'il avait son dernier cours aujourd'hui, précisa Sigurdur Oli.

Vilhjalmur avait appris le meurtre. Il expliqua qu'il avait eu du mal à y croire.

– Il y a de quoi être complètement déconcerté, observa-t-il. Elias était un garçon fantastique, très doué en sport et je crois qu'il adorait le foot. On a du mal à trouver les mots.

– Vous avez remarqué quelque chose de spécial ou d'inhabituel dans son comportement aujourd'hui ?

– C'était une journée des plus banales. J'ai fait courir une partie de la classe pendant que les autres s'entraînaient au cheval d'arçons, puis j'ai inversé les rôles. Mais ce qu'ils préfèrent, c'est le foot. Et le hand.

– Vous croyez qu'Elias est rentré chez lui directement en partant d'ici ?

– Je n'ai aucune idée de l'endroit où il est allé, répondit Vilhjalmur.

– Est-ce qu'il est parti en dernier ?

– Elias était toujours le dernier à partir, précisa Vilhjalmur.

– Est-ce qu'il était un peu du genre « hôtesse de l'air » ?

– Alors comme ça, vous aussi vous êtes originaire des îles Vestmann ?

– Non, pas franchement. Et vous… ?

– Je les ai quittées il y a douze ans.

– Est-ce qu'Elias traînassait ou bien… ?

– Non, il était simplement comme ça, précisa Vilhjalmur, il mettait toujours longtemps à sortir. Longtemps à enfiler sa tenue de sport. Il était toujours un peu engourdi et il fallait souvent le pousser.

– Et que faisait-il ?

– Eh bien, il était plongé dans son monde à lui.

– Aujourd'hui aussi ?

– Probablement, je n'ai pas spécialement remarqué, j'avais une réunion.

– Avez-vous vu si certains élèves l'attendaient à l'extérieur du gymnase ? S'il a croisé quelqu'un ? S'il avait peur de rentrer chez lui ? Avez-vous décelé quelque chose dans son comportement ou y a-t-il quelque chose dont il se serait confié à vous ?

– Non, rien de ce genre. Je n'ai rien constaté d'inhabituel en sortant du gymnase. Les gamins étaient en train de rentrer chez eux. Je ne crois pas que quiconque l'ait attendu. Enfin, bien sûr, je n'aurais jamais imaginé ce genre de chose, vous comprenez. Ce genre de chose, on n'y pense pas.

– Sauf après coup, remarqua Sigurdur Oli.

– Oui, évidemment. Mais comme je viens de vous le dire, je n'ai rien noté d'inhabituel. Il n'a manifesté aucun signe de peur pendant l'heure de cours. Il ne m'a rien dit. Il se comportait comme d'habitude. D'ailleurs, une telle chose ne s'est jamais produite ici. Jamais. Je ne comprends pas que quelqu'un ait pu s'en prendre à Elias, je n'arrive pas à le croire. C'est épouvantable.

– Connaissez-vous le professeur d'islandais qui s'appelle Kjartan ?

– Oui.

– Il a des idées bien arrêtées sur les immigrés.

– C'est le moins qu'on puisse dire.

– Et vous partagez ses opinions ?

– Moi ? Non, à mes yeux, c'est un imbécile. Il…

– Quoi donc ?

– Il est un peu aigri, poursuivit Vilhjalmur. Est-ce que vous l'avez interrogé ?

– Non.

– C'est un ancien champion sportif, précisa Vilhjalmur. Je me rappelle bien de lui quand il jouait au handball. Il était rudement bon. Mais quelque chose lui est arrivé, il s'est gravement blessé et il a dû arrêter. À cette époque, il était sur le point de devenir professionnel. Il avait l'intention d'aller en Espagne. Je crois qu'il ne l'a pas digéré. Il n'a rien d'un homme sympathique.

Des cris provenant du vestiaire des garçons parvinrent dans le couloir. Vilhjalmur se mit en route pour aller les calmer.

– Savez-vous ce qui s'est passé ? demanda-t-il.

– Pas encore, répondit Sigurdur Oli.

– Espérons que vous allez coincer cette ordure. Est-ce que c'est un crime raciste ?

– Nous n'en savons rien.

L'épouse de Kjartan, le professeur d'islandais, était âgée d'une bonne trentaine d'années. Elle était un peu plus jeune que Kjartan et plutôt mal attifée dans son pantalon de jogging qui la rendait moins attirante

qu'elle aurait pu l'être. Deux enfants se tenaient derrière elle. Sigurdur Oli regarda à la dérobée à l'intérieur
de l'appartement sombre. Le couple n'avait pas l'air
d'être spécialement soigneux. Il pensa machinalement
à son appartement où chaque chose était à sa place.
Cela lui réchauffa le cœur alors qu'il se tenait dehors
dans ce froid et ce vent mordant. L'appartement se trouvait au rez-de-chaussée d'une maison qui comptait
quatre étages.

La femme appela son mari qui vint à la porte, également vêtu d'un pantalon de jogging et d'un maillot de
corps apparemment trop petit de deux tailles qui mettait
en valeur la bedaine grandissante de son propriétaire.
Il semblait se contenter de se raser une fois par semaine
et on lisait sur son visage un air méchant dont Sigurdur
Oli ne comprenait pas la raison, quelque chose qui
exprimait à la fois de l'agressivité et de la colère. Il se
rappela avoir déjà vu quelque part cette expression, ce
visage, et se souvint des mots de Vilhjalmur à propos
de la chute du champion sportif.

Un visage du passé, aurait commenté Erlendur qui
disait parfois des choses que Sigurdur Oli ne supportait
pas car il ne les comprenait pas, des choses sorties de
ces vieilles histoires qui constituaient l'unique centre
d'intérêt d'Erlendur dans la vie. Un gouffre insondable
séparait leur façon de penser. Alors qu'Erlendur était
assis chez lui à lire des documents islandais ou de la
poésie, Sigurdur Oli se trouvait devant sa télévision à
regarder des séries policières américaines avec un sala-
dier de pop-corn sur la poitrine et une canette de soda
sur la table basse. À l'époque où il avait commencé sa
carrière dans la police, il avait pris ce genre de séries
comme modèle. Il n'était pas le seul à croire que la
profession de flic pouvait renforcer la capacité d'imagination. Il ne restait plus aux nouvelles recrues qu'à venir
au boulot habillées comme des flics de séries télévisées

américaines, en jeans et avec une casquette de base-ball à l'envers sur la tête.

– Vous êtes là à cause du garçon ? demanda Kjartan qui ne s'apprêtait manifestement pas à soustraire Sigurdur Oli au froid en l'invitant à entrer.

– À cause d'Elias, en effet.

– Ce n'était qu'une question de temps, commença Kjartan, d'un ton qui laissait transparaître de l'agacement. On ne devrait pas laisser ces gens-là entrer dans notre pays, continua-t-il. Ils ne font qu'engendrer de la violence. Il fallait que ce genre de chose arrive tôt ou tard. Qu'il s'agisse de ce garçon-là dans cette école-là, dans ce quartier-là, à ce moment-là, ou d'un autre garçon à un autre moment… ne change rien à l'affaire. Cela serait arrivé et arrivera à nouveau. Soyez-en sûr.

L'histoire de Kjartan revint à l'esprit de Sigurdur Oli alors qu'il le voyait, campé les jambes écartées, une main posée sur la poignée de la porte, l'autre sur le chambranle et sa brioche qui dépassait de son T-shirt. Sigurdur suivait assidûment l'actualité du sport, même s'il préférait nettement le football américain et le base-ball à la vie sportive islandaise. Il se rappelait toutefois cet homme qui avait été l'étoile montante du handball en Islande. Il se souvenait qu'il était entré dans l'équipe nationale au moment où, âgé d'une bonne vingtaine d'années, il s'était blessé lors d'un match et avait dû abandonner la compétition. Les médias avaient beaucoup parlé de lui pendant un certain temps, puis Kjartan avait disparu des feux de l'actualité aussi subitement qu'il y avait été propulsé.

– Vous pensez donc que cette agression est liée à des préjugés racistes ? déduisit Sigurdur Oli tout en se faisant la réflexion qu'il lui avait sans doute été difficile de dire adieu à sa carrière de handballeur. Si rien ne s'était produit, en ce moment, il serait peut-être en train d'achever une brillante carrière sportive au lieu d'enseigner à des enfants de collège et de primaire.

– Y a-t-il une autre possibilité ? demanda Kjartan.

– Vous avez eu Elias comme élève.

– Oui, au cours de remplacements.

– Quel genre de garçon c'était ?

– Je ne le connais pas du tout. J'ai appris qu'il avait été poignardé. Je n'en sais pas plus. Ça ne sert à rien de m'interroger là-dessus. Je ne suis pas payé pour garder un œil sur ces gamins. Je ne suis pas surveillant dans un jardin d'enfants !

Sigurdur Oli le toisait d'un air interrogateur.

– Il y en a trois comme lui dans sa classe, continua Kjartan. Et plus de trente dans l'ensemble de l'école. On ne le remarque même plus quand il y en a de nouveaux qui arrivent. Et c'est partout comme ça. Vous êtes allé au marché aux puces de Kolaport ? On se croirait à Hong-Kong ! Et personne ne s'en inquiète. Personne ne s'inquiète de ce qui est en train d'arriver à notre pays.

– Je…

– Vous trouvez que ça ne pose pas de problème ?

– Ça ne vous concerne en rien, répondit Sigurdur Oli.

– Je ne peux pas vous aider, reprit Kjartan en s'apprêtant à refermer sa porte.

– Vous trouvez que c'est trop vous demander que de répondre à quelques questions ? s'agaça Sigurdur Oli. Nous pouvons également régler cela au commissariat. Vous êtes le bienvenu pour m'y accompagner. De plus, nous y serons plus tranquilles.

– Ne vous avisez pas de me menacer, répondit Kjartan avec aplomb. Et laissez-moi vous dire que je ne sais rien sur cette affaire.

– Il avait peut-être peur de vous, précisa Sigurdur Oli. Vous ne semblez pas exactement vous être montré très amical à son égard. Pas plus d'ailleurs qu'avec les autres enfants que vous avez en cours.

– Ohé ! répondit Kjartan, je n'ai rien fait à ce gamin. Je ne suis pas payé pour surveiller les mômes après l'école. Ils ne sont pas sous ma responsabilité.

– Si je découvre que vous avez menacé Elias d'une manière ou d'une autre parce que vous le considériez comme un étranger, alors nous nous reverrons pour discuter tous les deux.

– Oui, ouh là là, je suis mort de trouille, rétorqua Kjartan. Fichez-moi la paix ! Je ne sais rien de ce qui est arrivé à ce garçon et ça ne me concerne pas du tout.

– C'est quoi cette altercation qui a eu lieu entre vous et un enseignant du nom de Finnur ? demanda Sigurdur Oli.

– Quelle altercation ?

– Dans la salle des professeurs, précisa Sigurdur Oli. Que s'est-il passé ?

– Il n'y a eu aucune altercation, répondit Kjartan. Nous nous sommes un peu disputés. Il fait partie de ceux qui trouvent que ce n'est pas grave : plus il y a d'étrangers qui viennent ici, mieux c'est. Il ne lui sort jamais rien d'autre de la bouche que des conneries de gauchiste. C'est ce que je lui ai dit. Il s'est emporté.

– Et vous trouvez que ça ne pose pas de problème ? demanda Sigurdur Oli.

– Quoi donc ? répondit Kjartan.

– De parler des gens de cette manière. Vous êtes sûr d'être à la bonne place dans la vie ?

– De quoi je me mêle ! Et vous, vous êtes peut-être à votre place dans la vie, à farfouiller comme ça dans celle de gens qui ne vous ont rien demandé ?

– Possible que non, convint Sigurdur Oli. Dites-moi, vous jouiez bien au handball dans le temps ? demanda-t-il. Vous étiez presque une star.

Kjartan hésita un instant. On aurait cru qu'il s'apprêtait à répondre quelque chose, quelque chose d'insultant qui prouverait qu'il se fichait comme de sa première chemise de ce que Sigurdur Oli pouvait dire ou penser de lui. Mais, rien ne lui venant à l'esprit, il referma la porte sans un mot.

– Quel bel exemple vous auriez été, conclut Sigurdur Oli devant la porte close.

Plus tard dans la soirée, Erlendur retourna à l'immeuble. Les recherches pour retrouver Niran n'avaient donné aucun résultat. Sunee et son frère étaient rentrés. La police avait demandé à la population de l'aider en lui communiquant tout renseignement par téléphone et en parcourant le quartier à la recherche d'un jeune homme d'origine asiatique, d'assez petite taille, âgé d'environ quinze ans, vêtu d'une doudoune bleue et portant un bonnet noir sur la tête.

Odinn, le père d'Elias, avait pris une part active aux recherches. Il avait rencontré Sunee et ils avaient discuté seul à seul un bon moment. Plus tôt dans la soirée, il en avait dévoilé un peu plus à Erlendur sur son mariage avec Sunee. Il lui avait confié avoir demandé la garde d'Elias après le divorce, mais comme le garçon préférait rester avec sa mère, il y avait renoncé. Il ne pouvait pas apprendre grand-chose à Erlendur à propos du nouvel homme entré dans la vie de Sunee. Elle n'avait d'ailleurs pas mentionné son existence à la police. Peut-être avaient-ils mis fin à leur relation. Odinn n'en savait rien.

Erlendur s'arrêta devant l'immeuble. Il conduisait une Ford Falcon âgée d'une bonne trentaine d'années qu'il avait acquise à l'automne précédent – une voiture noire avec un intérieur blanc. Il laissa le moteur tourner et s'alluma une cigarette. C'était la dernière clope du paquet qu'il écrasa dans sa main, s'apprêtant à le balancer sur la banquette arrière, conformément à l'habitude qu'il avait prise dans son ancien véhicule, mais il se ravisa et plongea le paquet vide dans la poche de son imperméable. Il éprouvait à l'égard de cette Ford un certain respect.

Erlendur aspira la fumée bleutée. La confiance, se dit-il. Il devait faire confiance aux gens. Il pensa à la femme qu'il recherchait depuis quelques semaines. Les dossiers s'empilaient sur son bureau et l'un des plus sérieux était indirectement lié à une affaire de trahison conjugale, tout du moins, c'était son opinion. Il s'agissait d'une disparition. La théorie d'Erlendur était qu'elle avait pour origine une histoire d'infidélité. Tout le monde n'était pas d'accord avec lui sur la question.

Une femme avait quitté son domicile peu avant Noël et n'était pas réapparue. Avant que le petit garçon ne soit découvert au pied de l'immeuble, Erlendur avait été absorbé par cette affaire au point que Sigurdur Oli et Elinborg s'étaient dit que sa vieille obsession l'avait repris. Chacun savait qu'Erlendur ne supportait pas la vue d'affaires irrésolues sur son bureau, surtout quand il s'agissait de disparitions. Alors que d'autres secouaient la tête en se persuadant qu'ils avaient fait de leur mieux, Erlendur creusait toujours plus profond, se refusant à renoncer.

La femme s'appelait Ellen. Son mari s'inquiétait terriblement pour elle, ce qui était compréhensible. Âgés d'une quarantaine d'années, ils s'étaient mariés deux ans plus tôt et, à l'époque où ils s'étaient rencontrés, ils étaient mariés chacun de leur côté. L'ancienne épouse de l'homme occupait un poste de chef de bureau dans une administration. Ils avaient trois enfants, de trois à quatorze ans. L'ex-mari de la femme était employé de banque, elle avait eu de lui deux enfants, maintenant adolescents. Chacun semblait mener une existence heureuse à laquelle rien ne manquait. L'homme avait un bon travail dans une compagnie d'informatique en pleine expansion. La femme travaillait dans une agence de voyages, elle s'occupait d'organiser des excursions et des voyages-surprise sur les terres désertes du centre de l'Islande. Leur première rencontre avait eu lieu alors qu'il emmenait un petit groupe de Suédois collaborant avec son entreprise d'informatique dans l'une de ces excursions-surprise sur le glacier de Vatnajökull. Elle l'avait rencontré en tant qu'organisatrice lors des réunions préparatoires et ils étaient partis tous les deux accompagner le groupe. De là était née une liaison amoureuse qu'ils avaient tenue secrète pendant un an et demi.

À en croire le mari, il ne s'agissait au début que d'un écart stimulant dans la routine quotidienne. Il leur était facile de se voir. Elle avait l'habitude de participer à des excursions. Quant à lui, il pouvait toujours s'inventer des excuses, par exemple en jouant au golf, un sport pour lequel son ex-femme n'éprouvait aucun intérêt. Il avait même un jour acheté une coupe sur laquelle il avait fait graver une inscription dans le style *3e place au tournoi de Borgarholt* pour la montrer à son ex-femme. Il voyait là une sorte d'humour. Il jouait beaucoup au golf, mais ne remportait pratiquement jamais rien.

Erlendur éteignit sa cigarette. Il se souvint des coupes qu'il avait vues au domicile de l'homme. Il s'était demandé la raison qui l'avait poussé à ne pas s'en débarrasser. Elles n'étaient que les accessoires d'un mensonge qui n'avait plus lieu d'être. À moins qu'il n'ait continué à mentir en affirmant à qui voulait l'entendre qu'il avait remporté ces trophées. Peut-être les conservait-il en souvenir de son infidélité réussie. S'il avait été capable d'abuser son épouse en faisant graver un résultat imaginaire sur un trophée, pouvait-il y avoir une limite à ses mensonges ?

Erlendur s'était débattu avec cette question depuis le moment où l'homme avait appelé la police pour signaler la disparition de sa femme. Ce qui avait commencé par un simple désir d'aventure, de changement dans l'existence, ou peut-être par un coup de foudre, s'était terminé en catastrophe.

Erlendur fut tiré de ses réflexions au moment où l'on vint frapper à la vitre de sa voiture. Il ne distinguait pas qui était là à cause de la buée qui s'était posée sur le verre, et ouvrit sa portière. C'était Elinborg.

– Il va quand même falloir que je rentre chez moi, annonça-t-elle.

– Viens donc me rejoindre un moment, demanda Erlendur.

– Et merde ! soupira-t-elle en contournant l'avant du véhicule pour aller s'asseoir sur le siège du passager.

– Qu'est-ce que tu fabriques comme ça, tout seul dans ta voiture ? demanda-t-elle après un silence.

– Je réfléchissais à cette femme qui a disparu, répondit Erlendur.

– Tu sais parfaitement qu'elle a mis fin à ses jours, affirma Elinborg. Il ne nous reste plus qu'à trouver le corps. On le découvrivra quelque part sur les côtes de la péninsule de Reykjanes au printemps. Il y a plus de trois semaines qu'elle a disparu. Personne ne sait où elle est. Personne ne la cache. Elle n'a contacté personne. Elle n'avait pas d'argent sur elle et nous n'avons enregistré aucune opération sur sa carte de crédit. Elle n'a probablement pas quitté le pays. Nous n'avons aucune piste, excepté celle qui mène à la mer.

Elinborg hésita.

– À moins que tu penses que son nouveau mari l'a assassinée.

– Il s'est confectionné de faux trophées de golf, répondit Erlendur. Il savait que son ex-femme ne s'intéressait pas à ce sport, qu'elle ne lisait pas les informations sportives et qu'elle ne parlait jamais de golf à qui que ce soit. C'est elle-même qui me l'a affirmé. Il ne montrait d'ailleurs jamais ces coupes à personne d'autre qu'à elle parce qu'elles lui servaient d'alibi. Ce n'est que plus tard, une fois qu'il a été divorcé, qu'il les a exposées sans vergogne. Si ce n'est pas le signe d'un manque de morale…

– Est-ce que c'est sur lui que tu te focalises en ce moment ?

– Nous arrivons toujours à la même conclusion, répondit Erlendur.

– Disparitions et crimes, compléta Elinborg, qui avait souvent entendu Erlendur décrire le phénomène comme des *crimes typiquement islandais*. Sa théorie était que les Islandais ne s'inquiétaient que peu des disparitions, considérant la plupart du temps qu'elles s'expliquaient de façon « normale » dans un pays où le taux de suicide était plutôt élevé. Erlendur allait plus loin en reliant dans une certaine mesure cette absence de préoccupation aux connaissances qu'avait acquises le peuple islandais sur les conditions climatiques de son pays : cet enfer météorologique impitoyable où les gens se perdaient, mouraient dans la nature et s'évanouissaient, comme si la terre les avait engloutis. Nul ne connaissait mieux qu'Erlendur les histoires de gens qui s'étaient égarés en pleine nature. Il avait pour thèse qu'à la faveur de l'indifférence des Islandais face au phénomène, c'était un jeu d'enfant de commettre un crime. Au cours de réunions avec Elinborg, Sigurdur Oli et d'autres policiers de la Criminelle, il avait tenté de couler la disparition de cette femme dans le moule de sa théorie, mais ses collaborateurs étaient restés sourds à ses arguments.

– Rentre chez toi, dit Erlendur. Va t'occuper de ta fille. Dis-moi, est-ce que Sunee est revenue ?

– Oui, ils viennent de rentrer, répondit Elinborg. Odinn était avec eux, mais je crois qu'il est reparti chez lui. Niran est toujours introuvable. Mon Dieu, j'espère que rien ne lui est arrivé.

– Je crois qu'il va finir par se montrer, rassura Erlendur.

– Toi et tes grandes théories sur les disparitions, observa Elinborg en ouvrant la portière. Au fait, tu as eu des nouvelles de ta fille ces jours-ci ?

– Rentre donc chez toi, répéta Erlendur.

– J'ai discuté avec Gudny, l'interprète. Elle m'a dit que Sunee tenait à ce que ses fils apprennent ce qu'elle-même avait appris dans sa jeunesse : se montrer respectueux envers les personnes âgées. C'est l'un des principes de base dans l'éducation des enfants thaïlandais et il les accompagne tout au long de leur existence. Les personnes âgées, le grand-père et la grand-mère, l'arrière-grand-père et l'arrière-grand-mère occupent une place d'honneur au sein des grandes familles. Les anciens transmettent leur expérience aux plus jeunes qui devront garantir leur sécurité durant leur vieillesse. Ce n'est pas une contrainte, mais une évidence. Quant aux enfants, ils sont…

Elinborg soupira profondément en pensant à Elias.

– Elle m'a dit que dans les autobus en Thaïlande, ce sont les adultes qui se lèvent pour céder leur place aux enfants.

Ils se turent un moment.

– Tout cela est tellement neuf pour nous. Les problèmes liés à l'immigration et au racisme… nous en savons si peu sur la question, commenta finalement Erlendur.

– C'est vrai. Je crois quand même que nous nous efforçons de faire de notre mieux.

– Sans doute. Allez, maintenant, rentre chez toi.

– On se voit demain, conclut Elinborg en descendant de la voiture avant de claquer la portière.

Erlendur aurait bien aimé qu'il lui reste une cigarette. Il redoutait d'avoir à remonter chez Sunee. Il pensait à sa fille, Eva Lind. Elle était brièvement passée le voir à Noël, mais il ne l'avait pas revue depuis. L'homme avec qui elle vivait avait été incarcéré à la prison de Hraunid juste avant les fêtes et elle s'imaginait qu'Erlendur avait le pouvoir d'arranger l'affaire. Ce petit ami était son fournisseur. Il avait été condamné à une peine de trois ans pour introduction de cocaïne et de pilules d'ecstasy sur le territoire. Eva s'attendait à une période difficile pendant son séjour en taule.

Les relations entre Eva et Erlendur s'étaient considérablement détériorées au cours des mois précédents. Erlendur ne comprenait pas vraiment pourquoi. Cela faisait longtemps qu'Eva n'avait plus manifesté aucun désir de réduire sa consommation et elle s'était éloignée de lui au cours de cette période. Elle avait suivi une cure de désintoxication forcée et, dès sa sortie, elle était retombée dans le même travers. C'était en vain que son frère Sindri avait essayé de la ramener à la raison. Le frère et la sœur s'étaient toujours bien entendus. Les relations qu'entretenaient Eva et Erlendur étaient en revanche fluctuantes et dépendaient en général de l'humeur d'Eva Lind. Parfois, elle allait bien, donnait de ses nouvelles et discutait avec son père. Puis il y avait des périodes où elle ne se manifestait pas et où elle ne voulait pas entendre parler de lui.

Erlendur ferma sa Ford à clé et promena son regard depuis la base jusqu'au sommet de l'immeuble monstrueux de six étages qui le surplombait, inquiétant, tapi dans les ténèbres. Il se souvint qu'il devait aller interroger le propriétaire de l'appartement au cas où cela lui apporterait un éclairage sur les conditions de vie de Sunee et de ses fils. Il repoussa encore le moment d'aller la rejoindre en se dirigeant vers le terrain à l'arrière du bâtiment. On avait terminé l'examen de la scène de crime. Les Scientifiques avaient ramassé leur outillage et tout était redevenu comme avant. Comme si rien ne s'était jamais passé à cet endroit.

Il retourna vers le terrain de jeu. Le froid glacial le mordait au visage, il enfonça profondément ses mains dans ses poches et resta un long moment immobile. Plus tôt dans la journée, il avait appris que Marion Briem, son ancien supérieur à la Criminelle, avait été admise dans le service des soins palliatifs de l'hôpital National. Il y avait des années que Marion était à la retraite et la vie abandonnait maintenant peu à peu cette ancienne collègue de travail. On pouvait difficilement qualifier les relations qu'ils entretenaient d'amitié. Erlendur avait toujours trouvé Marion plus dérangeante qu'autre chose, peut-être parce qu'elle était la seule personne dans son existence à l'interroger de manière infatigable et à exiger qu'il ne se voile pas la face. Marion était également l'une des créatures les plus curieuses à avoir arpenté la surface de la Terre, une base de données vivante sur les affaires criminelles islandaises. Elle avait souvent mis Erlendur sur la bonne voie, même après la fin de sa carrière. Marion n'avait personne. Erlendur était donc pratiquement tout pour elle : ami, collègue et famille.

Le vent glacial soufflait sur Erlendur à côté du terrain de jeu où Elias était mort. Son esprit s'en alla déambuler au-delà des montagnes et des landes jusqu'à un autre enfant dont il avait autrefois lâché la main, un enfant qui le suivait comme une ombre triste à travers la vie.

Il leva les yeux. Il savait qu'il ne pouvait plus repousser le moment d'aller s'asseoir en compagnie de Sunee. Il fit demi-tour et quitta d'un pas pressé l'arrière de l'immeuble. En arrivant devant l'entrée, il remarqua que la porte du local à poubelles était ouverte. Pas en grand, on ne distinguait qu'une petite fente donnant sur la remise. Jusque-là, il n'avait pas remarqué l'existence de ce réduit. La porte se confondait avec le mur de l'entrée, elle était peinte de la même couleur que l'immeuble. Le fait que cette porte soit entrouverte n'impliquait pas nécessairement quelque chose de particulier. Peut-être quelqu'un était-il descendu jeter ses ordures. Le policier posté à l'entrée se tenait à l'intérieur du sas pour se réchauffer.

Erlendur hésita un instant avant d'ouvrir grand la porte pour descendre dans le local à poubelles. L'endroit était plongé dans l'obscurité, il chercha à tâtons le bouton pour allumer la lumière. Une ampoule nue pendait au plafond. Les containers étaient rangés le long des murs et sous le vide-ordures, l'un d'eux était plein à ras bord. Il faisait froid dans ce réduit où flottait une odeur aigre de vieux restes de nourriture et d'autres déchets. Erlendur hésita. Puis il éteignit la lumière avant de refermer doucement la porte.

C'est alors qu'il entendit les sanglots.

Il lui fallut un certain temps pour identifier la nature du bruit. Peut-être était-ce une hallucination. Peut-être en donnait-il une interprétation erronée. Il ouvrit à nouveau la porte et ralluma la lumière.

– Il y a quelqu'un ? cria-t-il.

Comme il n'obtenait aucune réponse, il entra dans la remise en déplaçant les containers pour regarder entre eux. Il les déplaça jusqu'à parvenir à l'arrivée du vide-ordures. Il enleva celui qui se trouvait en dessous et découvrit, assis derrière, un garçon aux cheveux noirs recroquevillé sur lui-même, la tête entre les genoux, comme pour se rendre invisible.

– Niran ? demanda Erlendur.

L'adolescent ne bougeait pas.

– Niran, c'est toi ?

L'adolescent ne lui répondit pas. Erlendur s'agenouilla, essayant de le forcer à lever les yeux, mais il enfonça sa tête encore plus profondément entre ses genoux, se bloquant ainsi totalement dans sa position.

– Allez, viens avec moi, demanda Erlendur alors que Niran agissait comme s'il n'était pas là. Ta mère est en train de te chercher.

Erlendur lui prit la main. Elle était froide, aussi froide qu'une stalactite de glace. L'adolescent s'obstinait à rester tête baissée. Il s'attendait apparemment à ce qu'Erlendur s'en aille et le laisse tranquille.

Au bout d'un moment, Erlendur se dit qu'il avait tout essayé. Il se leva lentement et sortit à reculons de la remise. Il alla sonner chez Sunee. Ce fut l'interprète qui lui répondit. Erlendur lui expliqua qu'il pensait avoir retrouvé Niran. Qu'il était sain et sauf, mais qu'il fallait que sa mère descende pour lui parler. Il ne fallut pas longtemps pour que Sunee, son frère et son ex-belle-mère dévalent l'escalier en courant, accompagnés par l'interprète. Erlendur les attendait à la porte et fit entrer Sunee seule dans la remise.

Dès qu'elle vit son fils recroquevillé sous l'arrivée du vide-ordures, elle poussa un petit cri et l'enveloppa de ses bras. Ce ne fut qu'alors que l'adolescent se détendit pour se blottir contre sa mère.

À un moment de la nuit, Erlendur rentra dans sa tanière, c'était ainsi qu'Eva Lind avait autrefois qualifié son appartement, à l'époque où il pensait que leurs relations finiraient par s'améliorer. Elle lui avait dit qu'il allait s'y terrer afin d'y vénérer le malheur. Ce n'étaient pas les termes qu'elle avait utilisés. Eva avait un vocabulaire très limité et simple, mais c'était le sens de ses propos. Il n'alluma pas la lumière. Depuis la rue, une clarté blafarde venait éclairer la pièce où se trouvaient ses livres. Il alla s'asseoir dans son fauteuil. Il était souvent resté ainsi assis dans le noir à regarder par la grande fenêtre de la salle à manger. Quand il était dans cette position, il ne voyait rien d'autre à sa fenêtre que le ciel infini. Parfois, les étoiles scintillaient dans le calme des nuits d'hiver. Parfois, il regardait la lune qui passait devant sa fenêtre dans toute sa splendeur, froide et inaccessible. Parfois, le ciel était menaçant et sombre, comme en ce moment, et Erlendur fixait l'obscurité afin de se délester de ses soucis en les abandonnant au néant.

L'image du corps d'Elias allongé sur le terrain de l'immeuble lui vint à l'esprit, entraînant immédiatement celle, ancienne, d'un autre petit garçon qui, des années plus tôt, une insondable éternité plus tôt, avait péri dans une tempête déchaînée. C'était son frère, âgé de huit ans. Ce ne fut qu'alors, au moment où il se trouva plongé dans la tranquillité nocturne de sa salle à manger, seul avec lui-même, qu'il comprit combien la découverte de petit garçon au pied de l'immeuble l'avait ébranlé. Erlendur ne pouvait s'empêcher de penser à son propre frère, à la blessure que sa mort avait laissée derrière elle et qui n'était jamais parvenue à se refermer. Depuis cette époque il avait toujours été rongé par la culpabilité car il lui semblait être responsable du destin de son petit frère. On lui avait confié la tâche de s'occuper de lui et il avait failli. Il était le seul à avoir envers lui-même cette exigence injuste. Personne ne lui avait jamais dit qu'il aurait pu mieux faire. Pourtant, s'il n'avait pas perdu son frère dans la tempête, ils auraient été retrouvés ensemble au début des recherches, au moment où on avait découvert Erlendur enterré sous la neige, étonnamment indemne.

Il pensa à Niran au moment où Sunee l'avait sorti du local à ordures. Il avait peut-être lui aussi l'impression qu'il aurait dû s'occuper de son frère.

Erlendur soupira profondément en fermant les yeux, agité par ces pensées sans fin qui, comme autant d'éclats de verre, venaient taillader sa conscience en route vers un sommeil sans rêve.

Il imagina Elinborg se blottir, épuisée, tout contre sa petite fille comme pour la protéger de tous les maux du monde.

Il vit Sigurdur Oli, inquiet, rentrer chez lui à pas de loup pour ne par réveiller Bergthora.

Elias est allongé sur le terrain en bas de l'immeuble, vêtu de sa doudoune déchirée, son regard éteint fixe la neige balayée par le vent.

Odinn arpente son appartement du boulevard Snorrabraut.

Niran est couché dans sa chambre, les lèvres tremblantes d'une angoisse muette.

Sunee est assise seule dans son canapé et pleure en silence sous un dragon jaune.

La femme dont il est à la recherche est doucement bercée par les vagues de la mer.

Son frère de huit ans est couché, gelé, dans une tempête de neige qui durera pour l'éternité.

Dans un rêve empli de soleil, un petit oiseau agite gaiement sa queue à l'intérieur de sa nouvelle maison : il chante pour son ami.

9

Quand Erlendur arriva à l'école tôt le lendemain matin accompagné d'Elinborg et de Sigurdur Oli, le début de la récréation venait de sonner. Les enfants avançaient en silence dans les couloirs. Les enseignants et les surveillants dirigeaient le flux et toutes les portes de l'école étaient grandes ouvertes. Il avait neigé dans la matinée. Les plus jeunes avaient l'intention de profiter de chaque minute de la récréation pour s'amuser dans la neige. Ceux des classes supérieures prenaient la vie avec plus de philosophie, ils stationnaient à l'abri d'un mur ou se dirigeaient, par petits groupes, vers la *sjoppa*[1].

Erlendur savait qu'une cellule de soutien psychologique avait été mise en place pour les camarades de classe d'Elias et certains parents y avaient eu recours. Ils avaient accompagné leurs enfants à l'école pour faire part de leur inquiétude au professeur principal. Le directeur avait décidé de convoquer les élèves et le personnel dans la salle de réunion à l'heure de la récréation pour marquer une minute de silence à la mémoire d'Elias. Le pasteur du quartier avait l'intention de s'adresser aux élèves et un représentant de la police demanderait à

---

1. Une sjoppa (pluriel sjoppur, dérivé de l'anglais shop) est une particularité islandaise qui n'a pas son équivalent en France. C'est un petit magasin qui vend cigarettes, friandises, sodas, hot-dogs, magazines et journaux.

quiconque sachant quelque chose des allées et venues d'Elias ou connaissant un élément susceptible de faire progresser l'enquête de se manifester auprès d'un professeur, du directeur ou de la police elle-même. On communiquerait des numéros de téléphone où il serait possible d'appeler sans décliner son identité. Chaque indice, même infime, serait exploité. Sigurdur Oli et Elinborg interrogeraient les élèves de la classe d'Elias à propos de la dernière journée de la vie du jeune garçon, mais la chose posait problème car il leur fallait, pour ce, obtenir la permission de l'ensemble des parents. Agnes, le professeur principal d'Elias, s'était montrée très coopérative. Elle leur avait téléphoné tôt dans la matinée afin d'obtenir l'aval de la plupart d'entre eux pour qu'en collaboration avec les services de la Protection de l'enfance de Reykjavik, la police puisse collecter ces informations capitales. Elle leur avait clairement précisé qu'il ne s'agissait pas de véritables interrogatoires, mais que l'unique but était de récolter des informations. Certains demandèrent à être au côté de leur progéniture au moment où elle serait interrogée – ils patientaient dans le couloir avec une mine inquiète. Sigurdur Oli et Elinborg étaient déjà assis avec les élèves qu'ils interrogeaient un par un dans une salle de classe vide qu'on leur avait attribuée.

Erlendur s'occupa de discuter avec le directeur à qui il posa principalement des questions sur le professeur de menuiserie. Il avait cru comprendre que ce dernier avait, tout comme le professeur d'islandais, manifesté son opposition à l'installation de femmes d'origine asiatique en Islande. Le directeur qui, très affecté, préparait la réunion de midi avec le représentant de la police, indiqua à Erlendur le chemin de l'atelier. Il n'y trouva personne et retourna à la salle des professeurs où on lui apprit que l'enseignant en question devait se trouver dans sa voiture sur le parking. Cette récréation était longue et il disparaissait parfois dans son véhicule pour y fumer une ou deux cigarettes, avait-on expliqué à Erlendur.

L'enquête de police se concentrait toujours sur les environs immédiats, l'école et le quartier. Il était apparu qu'un repris de justice condamné plusieurs fois vivait à proximité de l'immeuble d'Elias. On l'avait emmené pour interrogatoire dans la matinée. Fortement aviné, il avait violemment pris les policiers à partie et on l'avait placé en cellule. On avait obtenu un mandat de perquisition, mais on n'avait rien trouvé dans son appartement qui puisse avoir un lien avec le meurtre d'Elias. La police avait également interrogé quelques-unes de ses vieilles connaissances susceptibles de poignarder quelqu'un, des encaisseurs et divers individus qui avaient atterri entre ses mains à cause de différends avec les immigrés, voire avec les touristes.

Niran n'avait pas prononcé un mot depuis qu'on l'avait retrouvé. On avait appelé un pédopsychiatre au cours de la nuit ainsi qu'un spécialiste de la Protection de l'enfance de Reykjavik. Mais rien n'y avait fait, il était resté enveloppé dans sa couverture, obstinément muet. On lui avait plusieurs fois demandé où il avait passé la journée, s'il savait quoi que ce soit sur les allées et venues de son frère, s'il savait ce qui s'était passé, qui aurait pu commettre le meurtre, à quel moment il avait vu son frère pour la dernière fois, de quoi ils avaient parlé. Ces questions avaient plu sur Niran, également posées par sa mère, mais il n'avait pas ouvert la bouche, se contentant de rester sous sa couverture, silencieux, le regard perdu dans le vide. On aurait dit qu'il s'était réfugié dans un monde mental fermé à double tour – un refuge que lui seul connaissait.

Erlendur avait finalement renvoyé la clique des spécialistes. Il était rentré chez lui afin de laisser Niran et Sunee tranquilles. Sigridur, l'ex-belle-mère, était repartie, de même que l'interprète, rentrée chez elle alors que le frère de Sunee était resté à l'appartement, en compagnie de la mère et du fils.

On ne parlait pas beaucoup du fait que Sunee ait un nouveau petit ami. Quand Erlendur avait posé la question à Gudny, elle n'avait pas compris de quoi il parlait et lui avait répondu n'avoir jamais entendu parler de cet homme. Sigridur lui avait donné le même son de cloche. Elle était tombée des nues. Ce ne fut qu'en questionnant Virote, le frère, qu'Erlendur avait obtenu une réaction. Il savait qu'il y avait un homme dans la vie de sa sœur, mais la relation était récente. Il avait précisé ne jamais l'avoir rencontré et ne même pas connaître son identité. Erlendur n'avait pas voulu déranger Sunee maintenant qu'elle avait retrouvé Niran, mais avait demandé à Virote de poser à sa sœur des questions plus précises sur cet homme et de le recontacter, ce que Virote avait fait.

Erlendur trouva sans difficulté la voiture gris métallisé du professeur de menuiserie. Il frappa à la vitre côté conducteur et l'homme l'abaissa. Le nuage de fumée émanant de la cigarette qu'il tenait entre ses doigts s'échappa dans l'air froid de l'hiver.

– Est-ce que je peux venir m'asseoir à côté de vous ? demanda Erlendur. Je suis de la police.

Le professeur marmonna quelque chose. Il hocha lentement la tête, comme s'il se disait qu'il n'avait pas d'autre choix que d'accepter de parler à Erlendur. Il n'appréciait manifestement pas d'être importuné comme ça pendant sa pause cigarette. Erlendur ne se laissa pas décontenancer. Il prit place sur le siège du passager et sortit son paquet.

– Vous êtes Egill, n'est-ce pas ?

– Exact.

– Cela ne vous dérange pas que je fume aussi ? demanda Erlendur en agitant une cigarette.

Egill fit une grimace qu'Erlendur eut du mal à interpréter.

– On n'est plus tranquille nulle part, commenta l'homme.

Erlendur alluma sa cigarette. Les deux hommes dégustèrent chacun la leur en silence pendant quelques instants.

– Vous venez évidemment me voir pour ce garçon ? consentit enfin à dire Egill. C'était un homme grand, corpulent et âgé d'une cinquantaine d'années, qui n'était pas très à l'aise à la place du conducteur. Complètement chauve, il avait une stature massive, un grand nez, une barbe, des pommettes hautes et saillantes. Quand il portait la cigarette à sa bouche, elle disparaissait presque dans sa main imposante. À l'avant de sa tête, il avait une grosse bosse rose clair qu'Erlendur regardait parfois à la dérobée quand il pensait qu'Egill ne le voyait pas. Il ne savait pas pourquoi, mais cette bosse attirait son attention.

– Il était doué pour le travail du bois ? demanda Erlendur.

– Oui, plutôt, répondit Egill en avançant son battoir pour éteindre son mégot dans le cendrier. L'effort occasionné fit craquer ses doigts. Vous avez une idée de ce qui s'est passé ?

– Non, aucune, répondit Erlendur, excepté le fait qu'il a été poignardé aux abords de l'école.

– Cette société se met à dérailler complètement, marmonna Egill. Et vous n'y pouvez rien. Est-ce que c'est une spécialité islandaise, cette mollesse dont on fait preuve envers les criminels ? Vous le savez ?

Erlendur ne voyait pas très bien où voulait en venir l'enseignant.

– J'ai lu dans les journaux, l'autre jour, poursuivit Egill, que des imbéciles s'étaient introduits chez des gens à cause d'une petite dette. Ils ont tout cassé, tout

119

mis sens dessus dessous, et s'en sont violemment pris au propriétaire. On les a arrêtés sur le fait, et puis on a relâché tout ce beau monde après un interrogatoire ! Dites-moi un peu, c'est quoi ces âneries ?

– Eh bien, je…

Erlendur n'eut pas le temps de lui répondre.

– Il faut attraper ces gars-là et les coller au mitard sur-le-champ, poursuivit Egill. Quand on les chope comme ça ou qu'ils avouent eux-mêmes, il faut les condamner immédiatement. Ils ne devraient pas revoir la lumière du jour avant au minimum une dizaine d'années au trou. Mais vous les relâchez comme si rien ne s'était passé. Faut-il s'étonner que tout ici foute le camp ? Pourquoi les récidivistes sont invariablement condamnés à des peines ridicules ? Qu'est-ce qui fait donc que notre société se met à plat ventre devant les criminels ?

– Ce sont les lois, répondit Erlendur. Elles leur permettent toujours de s'en tirer.

– Dans ce cas, il faut les changer, s'enflamma Egill.

– J'ai cru comprendre que vous aviez quelque chose contre les immigrés, annonça Erlendur, qui avait déjà entendu des discours sur les peines trop légères encourues pour les crimes violents en Islande ainsi que sur la douceur du traitement réservé aux criminels.

– Qui vous a dit que j'avais une dent contre eux ? renvoya Egill, étonné.

– Personne en particulier, répondit Erlendur.

– Est-ce que c'est à cause de la réunion de l'autre jour ?

– Quelle réunion ?

– Je me suis permis de prendre la défense de Jonas Hallgrimsson, notre grand poète du XIXe. Au cours d'une soirée avec les parents d'une classe de l'école, l'un d'eux a proposé que nous chantions quelques-unes des premières lignes du poème *Islande, terre de bonheur* avec les enfants. Ils avaient étudié Jonas, il arrive qu'on enseigne des choses intéressantes dans cette école. Certains parents ont commencé à crier au scandale en demandant si les composantes de notre établissement ne constituaient pas une société multiculturelle. Comme si le fait de chanter un poème islandais relevait d'un acte raciste. Se sont ensuivies quelques discussions au cours desquelles je me suis exprimé en demandant si c'étaient des remarques dignes de gens adultes. Je crois que ce sont les termes précis que j'ai employés. Certains sont évidemment allés se plaindre de moi auprès du directeur. En disant que je m'étais montré insultant. Ce brave petit vieux m'en a fait part en tremblant comme une feuille. Je lui ai dit de ne pas hésiter à me virer. Il y a plus d'un quart de siècle que j'enseigne ici et je serais donc ravi si quelqu'un consentait à m'asséner le coup de pied nécessaire. Je n'ai pas la force d'en partir de moi-même.

Une autre cigarette apparut dans la grosse patte d'Egill et, en jetant un œil à la bosse sur son crâne, Erlendur constata qu'elle s'était teintée de rouge. Il crut y voir le signe qu'Egill se mettait en colère à la seule pensée de cette réunion de parents. Ou peut-être était-ce à celle du quart de siècle qu'il avait gâché à enseigner la menuiserie dans cette école.

– Je n'ai rien contre les immigrés, reprit Egill tout en allumant sa cigarette. En revanche, je ne suis pas d'accord pour qu'on dénature tout ce qui fait de nous des Islandais au profit d'exigences nées au nom d'un fourre-tout multiculturel. Je m'élève également contre le conservatisme et je suis aussi contre le fait de devoir rester assis ici dans mon tacot pour fumer. Mais en quoi est-ce que je décide ?

– Cela ne se limitait pas à Jonas Hallgrimsson, à ce que j'ai compris, reprit Erlendur. Certaines remarques sur les femmes venues d'Asie ont été mal perçues par les gens. Si j'ai bien compris, vous avez vigoureusement clamé votre opposition à leur installation en Islande.

La fin de la récréation sonna et les enfants commencèrent à rentrer dans l'école. Egill semblait n'y prêter aucune attention. Il restait immobile, occupé à aspirer le poison de sa cigarette.

– Vigoureusement clamé mon opposition ! rétorqua-t-il, en imitant Erlendur. Je n'ai rien contre les immigrés, quels qu'ils soient ! Cette bande-là a commencé à me chercher des noises et je leur ai dit mon opinion. On a peut-être encore le droit d'en avoir une, non ? J'ai expliqué que je trouvais indignes les conditions dans lesquelles nombre de ces femmes viennent s'installer ici. On a l'impression qu'en général, elles fuient une existence terrifiante en s'imaginant trouver une vie meilleure en Islande. Voilà le genre de propos que j'ai tenus. Je n'ai rien dit de mal sur ces femmes. J'ai beaucoup de respect pour les gens qui essaient de s'en tirer, quels qu'ils soient, et je crois qu'en général, elles se débrouillent très bien dans notre pays.

Egill toussota en allongeant une fois de plus le bras vers le cendrier pour éteindre sa cigarette.

– Je crois que c'est vrai pour tous les individus issus de toutes les nations qui viennent s'installer ici, poursuivit-il. Mais ça ne signifie pas qu'on doive cesser de respecter notre propre culture et de la promouvoir partout, en premier lieu dans les écoles. Il me semble au contraire qu'au fur et à mesure que le nombre d'immigrés augmente, nous devons nous employer encore plus à leur enseigner notre histoire, notre culture, et à encourager ceux qui veulent vivre ici dans le froid à ne pas lui tourner complètement le dos. Nous devons promouvoir l'enseignement du christianisme au lieu de lui tordre le cou comme si nous en avions honte. Voilà ce que j'ai dit à ceux qui s'extasiaient devant une société multiculturelle. Mon opinion c'est que ceux qui désirent vivre ici doivent en avoir le droit et que nous devons les y aider par tous les moyens, ce qui n'implique en rien que nous devions perdre la langue et la culture islandaises.

– Ne devriez-vous pas…

– Ce qui me semble évidemment être un minimum, c'est qu'on puisse prendre soin de notre culture en dépit de l'installation de gens d'origine étrangère.

– Ne devriez-vous pas être en cours depuis longtemps ? demanda Erlendur quand il parvint enfin à en placer une. Egill ne semblait pas remarquer que les cours avaient repris depuis un moment et que la récréation était terminée.

– Je n'ai pas cours à cette heure-là, grommela-t-il. Je suis parfaitement d'accord pour dire que la société évolue et qu'il faut prendre le taureau par les cornes dès le début de façon positive. Il est important de s'attaquer au plus vite aux préjugés. Tout le monde doit avoir les mêmes chances, et si des enfants d'origine étrangère connaissent plus de difficultés à l'école pour obtenir de bons résultats et pour obtenir une bonne formation, il faut s'employer à remédier au problème dès la maternelle. Cela dit, je ne crois pas que vous devriez perdre votre temps avec moi, simplement parce que je m'emporte un peu dans des réunions. Il y a bien des choses ici qui sont plus importantes que cela quand des enfants sont poignardés.

– On rassemble des informations, c'est le travail de routine. Connaissiez-vous bien les deux frères ?

– Non, pas vraiment. Ils ne fréquentaient pas l'école depuis très longtemps. Je crois savoir qu'ils ont emménagé dans le quartier au printemps dernier. Ils sont arrivés chez nous à l'automne. J'ai eu Elias comme élève, peut-être même que c'est moi qui l'ai eu en dernier en cours avant-hier. Il était très adroit, ce petit. Même si nous ne nous lançons pas de travaux compliqués avec les enfants de cet âge, nous nous contentons de scier du bois, enfin, ce genre d'apprentissage.

– Il était apprécié dans sa classe ?

– Autant que j'ai pu le constater. C'était un élève comme les autres.

– Vous arrive-t-il d'être témoin de frictions entre les basanés et les autres ? demanda Erlendur.

– Rien de bien grave, répondit Egill en se caressant la barbe. Mais on voit en effet que des bandes se forment. Ce Kjartan, notre professeur d'islandais, ne me plaît pas beaucoup. Je crains qu'il ne soit à l'origine de certaines tensions dans ce domaine. Ce pauvre gars est à moitié crétin. Il a chuté au handball au moment où il arrivait au sommet. Les gens ont du mal à se remettre de ce genre d'événement. Mais vous devriez lui parler de tout cela, il les connaît mieux que moi.

Les deux hommes se turent un moment. Tout était calme dans la cour de l'école.

– En résumé, tout fout le camp, commenta enfin Erlendur.

– J'en ai bien peur.

Ils restèrent un long moment silencieux dans la voiture enfumée jusqu'à ce qu'Erlendur se mette à penser à Sigurdur Oli, qui avait autrefois fréquenté cet établissement. Il lui vint à l'idée d'interroger Egill. Il lui fallut longuement réfléchir avant de se souvenir du petit garçon affreusement soigné qui s'était trouvé là bien des années plus tôt.

– C'est absolument surprenant, ce qu'on se rappelle et ce qu'on oublie de ces gamins, précisa Egill. Je crois que son père était plombier.

– Plombier ? répéta Erlendur, qui ne savait rien d'autre de Sigurdur Oli que ce qu'il en voyait au travail même s'ils enquêtaient ensemble sur des crimes depuis des années. Ils ne parlaient jamais de leur vie privée, ce qui leur convenait parfaitement. Ils partageaient au moins ce point commun.

– Et communiste enragé, ajouta Egill. Il se faisait un peu remarquer à l'époque parce que c'était toujours lui qui se rendait aux réunions de parents ou qui venait si quelque chose se passait à l'école. En ce temps-là, il était exceptionnel que les pères accompagnent leurs enfants. Mais le bonhomme s'y collait à chaque fois et tenait des discours tonitruants sur cette saloperie de conservatisme.

– Et la mère ?

– Je ne l'ai jamais vue, répondit Egill. Il avait un surnom, ce gars-là. Un terme employé chez les plombiers. Mon frère étant du métier, il a tout de suite reconnu le mot. Comment est-ce qu'ils le surnommaient déjà ?

Erlendur regarda la bosse rouge du coin de l'œil. Elle avait recommencé à perdre de la couleur.

– Comment est-il possible que je ne m'en souvienne pas ? s'agaça Egill.

– Je n'ai aucun besoin de le savoir, précisa Erlendur.

– Ah, ça y est, je me rappelle. Ils l'appelaient l'Arrivée d'eau.

Finnur, le professeur principal de la classe de CM1, se trouvait dans la salle des professeurs. Ses élèves étaient en éducation musicale et il s'occupait de corriger des devoirs quand Elinborg vint le déranger.

– On m'a raconté que vous aviez eu une dispute avec l'un des enseignants de cet établissement, un certain Kjartan, commença Elinborg après s'être présentée. C'était la secrétaire de l'accueil qui lui avait indiqué où se trouvait Finnur.

– Kjartan et moi ne sommes pas bons amis, précisa Finnur.

Âgé d'une bonne trentaine d'années, il avait des cheveux noirs et broussailleux. Il était svelte, vêtu d'un polaire et d'un jeans.

– Que s'est-il passé ?

– Est-ce que vous l'avez interrogé ?

– Oui, mon collègue s'en est chargé.

– Et ?

– Et rien du tout. Que s'est-il passé ?

– Kjartan est un crétin, répondit Finnur. On devrait lui retirer le droit d'enseigner. Mais bon, ce n'est que mon opinion.

– A-t-il fait des remarques ?

– Il passe son temps à ça. Il prend toutefois garde à ne pas dépasser les bornes car, sinon, on ne le supporterait plus dans cette école. Mais il ne se montre pas aussi couard lors d'une discussion en tête à tête.

– Que vous a-t-il dit ?

– C'était à propos des immigrés, des enfants d'origine étrangère. Je ne crois pas que cela ait un rapport quelconque avec la chose affreuse qui est arrivée.

Finnur hésita.

– Je savais qu'il s'efforçait de me mettre en colère. Je ne vois aucun problème à ce que des gens d'autres pays viennent s'installer ici et je me fiche éperdument des raisons qui les y poussent tant qu'elles ne sont pas purement et simplement criminelles. Ça ne change rien qu'ils viennent d'Europe ou d'Asie. Nous avons besoin d'eux et c'est une richesse pour notre société. Kjartan voudrait qu'on ferme le pays aux immigrés. Nous nous sommes disputés sur cette question comme d'habitude, mais il était d'une virulence inhabituelle.

– À quand cela remonte-t-il ?

– À hier matin. Enfin, nous nous disputons constamment. C'est tout juste si nous pouvons nous croiser sans que ça démarre.

– Vous vous êtes souvent querellés ?

Finnur hocha la tête.

– Les enseignants se sentent généralement très concernés par les questions d'égalité, ils ne désirent et ne comprennent rien d'autre. Ils sont attentifs à leurs élèves, prennent garde à ce qu'on ne fasse pas de différence. C'est une question capitale et sacrée pour nous.

– Et Kjartan est l'exception, je me trompe ?

– Il est absolument insupportable. Je devrais le dénoncer au conseil pédagogique. Nous n'avons rien à faire avec des enseignants de cette sorte.

– Et… reprit Elinborg.

– C'est probablement à cause de mon frère, interrompit Finnur. Il est marié à une Thaïlandaise. Voilà pourquoi Kjartan se comporte ainsi avec moi. Mon frère a rencontré une femme en Thaïlande il y a huit ans. Ils ont deux filles. Ce sont les gens les plus adorables que je connaisse. Finalement, tout cela ne concerne peut-être que moi. Je ne supporte pas sa manière de s'exprimer et il le sait parfaitement.

10

Le portable d'Erlendur se mit à sonner au moment où il descendit du véhicule d'Egill. C'était Gudny, l'interprète, qui venait d'arriver chez Sunee. Erlendur lui avait demandé de se rendre disponible pour la mère d'Elias de jour comme de nuit et de le prévenir au cas où quelque chose surviendrait. Niran était réveillé après une nuit difficile. La situation n'avait pas évolué. Il refusait de parler à qui que ce soit. Sa mère avait exigé qu'on le laisse tranquille. Elle ne voulait pas voir de spécialistes autour de lui. Elle avait refusé ce genre de visites et s'était également opposée à ce que les policiers entrent et sortent de chez elle comme bon leur semblait. Erlendur promit qu'il passerait bientôt les voir et ils mirent fin à la conversation.

Elinborg et Sigurdur Oli continuaient d'aller à la pêche aux informations sur Elias auprès de ses camarades de classe au moment où Erlendur arriva à l'école. Il assista un moment aux entretiens. Il semblait que toutes sortes de doléances agitaient le groupe des gamins, mais que bien peu d'entre elles étaient en rapport direct avec Elias. L'un avait taquiné deux filles, un autre avait été privé de foot, un troisième avait lancé une boule de neige si violemment dans la cuisse d'un garçon que ce dernier s'était mis à pleurer, mais ce n'était pas Elias. Sigurdur Oli lança un regard en direction d'Erlendur en lui faisant signe que toute chose prenait son temps. Choqués et terrifiés par le sort d'Elias, certains des enfants pleuraient.

Erlendur appela le chef de la brigade des stupéfiants en lui demandant d'examiner les affaires de drogue qui avaient eu lieu dans le quartier et qui pouvaient être liées à l'école.

Le directeur avait les cheveux ébouriffés, il était mal attifé et ne semblait pas avoir passé une bonne nuit. Devant son bureau attendaient les représentants de l'Église, de l'association de parents d'élèves et de la police qui avaient l'intention de s'adresser aux élèves dans la salle de réunion à la pause de midi. Tous ces gens s'agglutinaient autour du directeur qui ne semblait rien contrôler. On aurait dit que cette histoire le dépassait. Sa secrétaire apparut pour l'informer d'un appel téléphonique urgent auquel il devait répondre, mais le directeur refusa la conversation d'un geste de la main. Erlendur examina le groupe et s'en alla à reculons. Il suivit la secrétaire pour lui demander à quel endroit il pouvait trouver le professeur principal de Niran.

Elle fixa Erlendur alors qu'il se tenait, hésitant, devant elle.

– Vous vouliez autre chose ? dit-elle.

– Vous diriez que cette école est multiculturelle ? se décida-t-il enfin à demander.

– Il est peut-être possible de s'exprimer ainsi, répondit-elle. Environ dix pour cent des élèves qui la fréquentent sont d'origine étrangère.

– Et, de façon générale, vous n'y voyez pas à redire ?

– Cela se passe très bien.

– Vous n'avez pas connaissance de problèmes particuliers engendrés par cette situation ?

– Je ne vois rien qui mérite d'être mentionné, il me semble, ajouta-t-elle, comme pour s'excuser.

Le professeur principal de Niran était une femme d'une trentaine d'années, manifestement choquée par la nouvelle du décès d'Elias, comme tout un chacun. La nation avait déjà commencé à débattre sur la condition des immigrés et sur les responsabilités de la société. On fit appel à de nombreux spécialistes et experts afin de mesurer le chemin qui avait d'ores et déjà été parcouru et de se prononcer sur la conduite à tenir pour qu'un tel événement ne se reproduise pas. On cherchait à identifier les responsables. Le système avait-il trahi les immigrés, n'était-ce là que l'étincelle marquant le début d'un futur incendie ? On parlait de conflits raciaux larvés qui avaient subitement explosé au grand jour. On affirmait qu'il fallait réagir par le débat et l'information ; mieux utiliser le système scolaire afin de présenter, d'expliquer et de tordre le cou aux préjugés.

La classe de Niran était en plein cours au moment où Erlendur frappa à la porte. Il présenta ses excuses pour le dérangement. L'enseignante lui adressa un vague sourire. Saisissant immédiatement ce qui l'amenait, elle le pria de patienter un instant. Peu après, elle réapparut dans le couloir. Elle se présenta en précisant s'appeler Edda Bra et sa petite main disparut dans la paume d'Erlendur au moment où ils se saluèrent. Elle avait une expression grave sur le visage. Ses cheveux étaient bruns, coupés court. Elle était vêtue d'un jeans et d'un épais pull-over.

– Je ne vois pas vraiment ce que je pourrais vous dire à propos de Niran, commença-t-elle sans ambages comme si elle s'était attendue à recevoir tôt ou tard la visite d'un policier, à moins que ce ne soit parce qu'elle était pressée et que sa classe l'attendait. Niran peut se montrer difficile et il arrive parfois que je sois obligée de m'occuper de lui individuellement, continua-t-elle. C'est tout juste s'il écrit l'islandais et il ne le parle pas très bien, ce qui rend les relations avec lui plutôt compliquées. Il n'étudie pratiquement pas chez lui et ne semble avoir aucun intérêt pour l'école. Je n'ai jamais eu son frère en cours, mais on m'a dit qu'il était adorable. Niran est différent. Il est capable d'agacer les autres et de les provoquer. Il est souvent mêlé à des bagarres. La dernière remonte à avant-hier. Je sais bien qu'il est toujours difficile pour les enfants de changer d'école comme ça et cela a posé problème pour lui dès le début.

– Il devait avoir environ neuf ans à son arrivée en Islande et il n'est pas spécialement bien parvenu à y trouver ses marques, observa Erlendur.

– Il n'est pas le seul dans son cas, reprit l'enseignante. Ils connaissent souvent des difficultés, ces gamins qui arrivent ici presque adolescents et ne parviennent pas à s'intégrer.

– Que s'est-il passé avant-hier ? demanda Erlendur.

– Vous feriez peut-être mieux d'en parler avec l'autre garçon impliqué.

– Est-ce qu'il est également dans sa classe ?

– Les mômes en ont discuté ce matin, précisa Edda. Le garçon en question connaît des difficultés familiales ; ce n'est pas la première fois qu'il a des problèmes chez nous. Lui et d'autres gamins en avaient après Niran et ses camarades. Parlez-en avec lui, voyez ce qu'il vous en dit. Moi, il ne me raconte jamais rien. Il se prénomme Gudmundur. Tout le monde l'appelle Gummi.

– Eh bien, pourquoi pas ? répondit Erlendur.

Edda retourna dans la salle de classe et en ressortit quelques instants plus tard suivie d'un garçon qu'elle plaça face à Erlendur. Il se réjouit de son efficacité. Elle ne perdait pas de temps en palabres, savait de quoi il retournait et savait aussi comment se rendre utile. Edda Bra, pensa-t-il, quel drôle de nom.

– Vous m'avez dit que vous vouliez me redonner mon portable, couina le gamin en voyant Erlendur.

– Voilà la seule chose que ces mômes comprennent, observa Edda Bra en lançant un regard à Erlendur. Je n'allais quand même pas claironner à sa classe que la police désirait l'interroger. Ça aurait tout mis sens dessus dessous étant donné la situation. Dites-moi si vous avez besoin d'autre chose, ajouta-t-elle avant de disparaître à nouveau dans la salle de cours.

– Gummi ? demanda Erlendur.

Le garçon leva les yeux vers lui. Sa lèvre supérieure était légèrement enflée et il avait une éraflure sur le nez. Il était grand pour son âge. Il avait des cheveux blonds et des yeux bleus dans lesquels on lisait une profonde méfiance.

– Vous êtes policier ? demanda-t-il.

Erlendur acquiesça et conduisit le garçon derrière une cloison où quelques ordinateurs étaient posés sur une longue table. Erlendur s'assit sur la table et Gummi prit place sur une chaise face à lui.

– Vous avez un insigne de flic ? demanda le gamin. Je peux le voir ?

– Je ne possède pas d'insigne, précisa Erlendur. Je suppose que tu veux parler de cette chose que portent les flics dans les films. Évidemment, ils n'ont rien de véritables policiers. Ce ne sont que des acteurs ratés.

Gummi dévisagea Erlendur comme si l'espace d'un instant il était devenu sourd.

– Que s'est-il passé entre toi et Niran avant-hier ? demanda Erlendur.

– En quoi est-ce que ça vous… commença Gummi, d'une voix chargée de la même méfiance que celle qu'affichaient ses yeux.

– Je suis simplement curieux, interrompit Erlendur. Cela n'a rien de grave, ne t'inquiète pas.

Gummi hésitait encore.

– Il m'a attaqué, répondit-il finalement.

– Pour quelle raison ?

– Je n'en sais rien.

– Est-ce qu'il s'en est pris à d'autres qu'à toi ?

– Je n'en sais rien. Il m'a sauté dessus tout à coup, comme ça.

– Pourquoi ?

– Je n'en sais rien, répéta Gummi.

Erlendur s'accorda un moment de réflexion. Il se leva, jeta un œil par-dessus la cloison avant de se rasseoir. Il ne pouvait pas se permettre de rester trop longtemps seul avec l'adolescent.

– Tu sais ce qui arrive aux garçons comme toi qui mentent à la police ? demanda-t-il.

– Je ne vous raconte pas de mensonges, répondit Gummi, les yeux écarquillés.

– Nous appelons immédiatement leurs parents pour leur expliquer le problème. Nous leur disons que le gamin nous a menti et leur demandons de descendre avec lui au commissariat afin de prendre une déposition et de décider de la suite des événements. C'est-à-dire que si tu es libre après les cours, nous pouvons venir te chercher avec ton père et ta mère pour…

– C'est juste qu'il a pété les plombs quand je lui ai dit ça.

– Quand tu lui as dit quoi ?

Gummi hésitait encore. Puis il prit son courage à deux mains.

– Qu'il avait un visage couleur de merde. Il m'a sorti des trucs bien pires que ça, s'empressa-t-il d'ajouter.

Erlendur grimaça.

– Et ça t'étonne qu'il s'en soit pris à toi ?

– C'est un crétin !

– Et toi, tu ne l'es pas ?

134

– Ils n'arrêtent pas de nous chercher.

– Qui ça, ils ?

– Ses copains sont aussi thaïlandais ou philippins. Ils traînent à côté de la pharmacie.

Erlendur se souvint qu'Elinborg lui avait parlé d'un groupe d'adolescents aperçus aux abords de la pharmacie lorsqu'elle lui avait fait son rapport dans la voiture, la veille au soir.

– Est-ce qu'ils forment une bande ?

Gummi hésitait. Erlendur attendait. Il savait que Gummi se demandait s'il valait mieux raconter les faits tels qu'ils se présentaient pour mettre le policier de son côté ou de feindre l'ignorance, répondre que non en espérant que cela suffirait à la police.

– Ça n'a rien à voir, indiqua finalement Gummi. Ce sont eux qui ont commencé.

– Commencé quoi ?

– À nous les casser.

– Vous les casser ?

– Ils s'imaginent être au-dessus de nous. Plus malins. Plus intelligents que nous, les Islandais. Tout ça parce qu'ils viennent de Thaïlande, des Philippines ou du Viêtnam. Ils racontent que tout est beaucoup mieux là-bas, qu'ils ont une histoire bien plus intéressante que nous.

– Et vous vous battez ?

Gummi baissa les yeux à terre au lieu de lui répondre.

– Tu sais ce qui est arrivé à Elias, le frère de Niran ? demanda Erlendur.

– Non, répondit Gummi, la tête toujours baissée. Il n'était pas avec eux.

– Comment tu as expliqué à tes parents les blessures que tu as sur la figure ?

Gummi leva les yeux.

– Ils s'en tapent complètement.

Sigurdur Oli et Elinborg apparurent tout à coup dans le couloir. Erlendur fit signe à Gummi qu'il pouvait retourner en cours. Les trois policiers le regardèrent refermer la porte de la salle derrière lui.

– Ça avance ? demanda Erlendur.

– Pas d'un pouce, répondit Elinborg. L'un des gamins que j'ai interrogés m'a quand même raconté que ce Kjartan, le prof d'islandais, était « super nul ». J'ai compris qu'il passait son temps à casser les pieds aux mômes, mais je n'ai pas réussi à savoir exactement comment.

– Tout est super cool de mon côté, observa Sigurdur Oli.

– Super cool ?! grommela Erlendur. Pourquoi faut-il toujours que tu t'exprimes comme un imbécile ?

– Quoi… ?

– Il n'y a absolument rien qui soit *super cool* dans tout ça !

Des appareils médicaux bipaient à intervalle régulier à l'intérieur d'une des salles, mais le calme régnait dans la chambre où Marion Briem était allongée à attendre la mort. Erlendur se tenait au pied du lit d'où il regardait la malade qui semblait endormie. De son visage ne subsistaient que les os, les yeux creusés, la peau pâle et toute ridée. Ses mains reposaient sur la couette, avec leurs longs doigts fins encore jaunis par la fumée et leurs ongles noirs que personne n'avait coupés. Personne n'était venu lui rendre visite depuis qu'elle avait été admise dans le service des soins palliatifs, quelques jours plus tôt. Erlendur avait posé la question au personnel. Probablement qu'il n'y aura personne à l'enterrement non plus, pensa-t-il. Marion était célibataire, elle l'avait toujours été et n'avait jamais désiré qu'il en aille autrement. Parfois, en venant la voir, Erlendur se projetait dans l'avenir et imaginait son propre futur, cette solitude, ce célibat.

Pendant longtemps, Marion s'était apparemment considérée comme la conscience d'Erlendur. Elle l'interrogeait infatigablement sur sa vie privée, surtout sur son divorce et sur les relations qu'il entretenait avec les enfants qu'il avait laissés derrière lui et dont il ne s'occupait pas. Erlendur, qui éprouvait un certain respect pour Marion, était contrarié par sa curiosité, et leurs conversations s'étaient souvent terminées par des jurons et des exclamations. Marion considérait avoir certains droits sur la personne d'Erlendur : c'était elle qui l'avait formé à son arrivée à la Criminelle. Elle avait été son supérieur, ce qui avait été difficile pour Erlendur les premières années.

– Vas-tu te décider à faire quelque chose dans cette histoire avec tes enfants ? lui avait-elle un jour demandé, d'une voix précautionneuse.

La scène se passait dans un appartement en sous-sol. Trois marins s'étaient battus au terme d'une semaine passée à boire. L'un d'eux avait sorti un couteau et poignardé son camarade par trois fois au moment où ce dernier avait formulé une remarque méprisante sur le compte de sa petite amie. L'homme avait été transféré à l'hôpital où il avait succombé à ses blessures. Ses deux camarades avaient été placés en détention. La scène de crime était toute maculée de sang. La victime s'était pratiquement vidée alors que les deux autres avaient continué à boire. Une livreuse de journaux avait vu un homme gisant dans son sang par la fenêtre de l'appartement et elle avait donné l'alerte. Les deux autres hommes étaient alors endormis à cuver leur alcool et n'avaient aucune idée de ce qui s'était passé au moment où on les avait réveillés.

– Je m'en occupe, avait répondu Erlendur en regardant la flaque de sang à terre. Ne te mêle pas de ça.

– Il faut bien que quelqu'un s'en charge, avait observé Marion. Il est impossible que tu te sentes bien étant donné la situation.

– Que j'aille bien ou mal ne te concerne pas du tout, avait précisé Erlendur.

– Cela me regarde si ton travail ici s'en ressent.

– Mon travail ne s'en ressent absolument pas. Je vais régler ça. Ne t'inquiète pas.

– Tu crois qu'ils vont devenir quelque chose ?

– Qui ça ?

– Tes enfants.

– Je te prie d'arrêter ça, avait répondu Erlendur en fixant le sang sur le sol.

– Tu devrais réfléchir à ce que c'est que d'être élevé sans la présence d'un père.

Le couteau ensanglanté reposait sur une table.

– Ce meurtre n'a rien d'une grande énigme, avait commenté Marion.

– C'est rarement le cas dans cette ville, avait conclu Erlendur.

Et maintenant qu'il regardait le corps flétri allongé sur ce lit, il savait une chose qu'il ignorait alors : à cette époque-là, Marion avait tenté de lui venir en aide.

Pour sa part, Erlendur ne détenait aucune explication satisfaisante sur la raison qui l'avait poussé à laisser ses enfants à la suite de son divorce et à ne presque rien faire pour obtenir un droit de visite. Son ex-femme s'était mise à le haïr, elle s'était solennellement juré qu'il ne les verrait jamais, ne fût-ce que pour une journée, et il ne s'était pas battu avec une conviction suffisante. Bien des années plus tard, il avait eu les pires regrets quand il avait découvert la situation dans laquelle se trouvaient ses deux enfants devenus adultes.

Marion ouvrit lentement les yeux et distingua Erlendur au pied de son lit.

Il repensa aux paroles que sa mère avait prononcées à propos d'un vieil oncle des fjords de l'Est couché sur son lit de mort. Elle était allée lui rendre visite, s'était assise à la tête de son lit et, en rentrant à la maison, elle avait déclaré qu'il lui avait semblé *tout drôle et très bizarre.*

– Voudrais-tu… me lire quelque chose… Erlendur ?

– Bien sûr.

– Ton histoire, précisa Marion. Ton histoire et… celle de ton frère.

Erlendur garda le silence.

– Tu m'as dit… un jour… qu'on la trouvait… dans tes livres… sur les gens qui… se perdent dans la nature.

– En effet, elle existe, confirma Erlendur.

– Tu veux bien… me la lire ?

À ce moment-là, le portable d'Erlendur sonna. Marion le dévisagea. C'était Elinborg qui avait installé cette sonnerie un jour de pluie alors qu'ils attendaient dans une voiture de police à l'arrière de la cour de justice de Reykjavik. Ils s'occupaient d'un transfert de prisonnier et elle avait remplacé sa sonnerie par la 9e symphonie de Beethoven.

L'*Hymne à la joie* emplit la petite chambre d'hôpital.

– D'où vient cette musique ? s'étonna Marion, complètement droguée par les fortes doses de calmants.

Erlendur parvint enfin à attraper son téléphone dans la poche de son imperméable et à répondre. L'hymne se tut.

– Oui, allô, fit Erlendur.

Il entendit qu'il y avait quelqu'un à l'autre bout, mais personne ne lui répondit.

– Allô, répéta-t-il, en haussant un peu le ton.

Aucune réponse.

– Qui êtes-vous ?

Il allait couper la communication au moment où son correspondant raccrocha.

– Oui, je vais te la lire, cette histoire, promit Erlendur en replongeant son téléphone dans sa poche.

– J'espère bien… que cela… sera bientôt… terminé, observa Marion d'une voix rauque et légèrement tremblante comme si le fait de parler exigeait d'elle un énorme effort. Ce n'est pas marrant… ce machin-là.

Erlendur esquissa un sourire. Son téléphone sonna à nouveau. L'*Hymne à la joie*.

– Oui, dit-il.

Personne ne lui répondit.

– Qu'est-ce que c'est que ces conneries ! gronda-t-il. Qui êtes-vous ? demanda-t-il d'une voix bourrue.

C'était toujours le silence de l'autre côté.

– Qui êtes-vous ? répéta Erlendur.

– Je…

– Oui, allô ?

– Oh, mon Dieu, c'est au-dessus de mes forces, chuchota une femme à son oreille.

Erlendur sursauta en percevant le désespoir de cette voix affaiblie. Il crut d'abord qu'il s'agissait de sa fille. Elle l'avait plus d'une fois appelé à l'aide alors qu'elle se trouvait en grand danger. Mais ce n'était pas Eva.

– Qui êtes-vous ? demanda à nouveau Erlendur, en prenant un ton nettement plus doux quand il entendit que la femme à l'autre bout de ligne s'était mise à sangloter.

– Oh, mon Dieu… reprit-elle.

On aurait dit qu'elle était incapable de composer une phrase.

Un bref moment s'écoula en silence.

– Ça ne peut pas se passer comme ça, conclut-elle avant de raccrocher.

– Comment ? Allô ?

Erlendur cria dans le téléphone, mais ne reçut que la tonalité pour toute réponse. Il regarda l'écran qui n'affi-

chait aucun numéro et constata que Marion s'était ren-
dormie. Il regarda à nouveau son téléphone et distingua
tout à coup à travers ses pensées le visage bleuté et
blanchâtre doucement bercé par les vagues qui levait
vers lui des yeux éteints.

11

Assis dans la salle d'interrogatoire, Erlendur gardait l'esprit tourné vers l'appel téléphonique qu'il avait reçu à l'hôpital. *Oh, mon Dieu, c'est au-dessus de mes forces,* soupirait encore et encore cette voix faible à l'intérieur de la tête d'Erlendur qui ne pouvait réfréner la pensée que, peut-être, cette femme disparue avant Noël se manifestait pour la première fois depuis tout ce temps. Elle avait pu obtenir son numéro de portable au standard de la police sans difficulté. C'était son numéro professionnel. Son nom était parfois mentionné dans la presse au cours des enquêtes. Il avait été cité à l'occasion de celle sur la disparition de cette femme et, actuellement, à cause du décès d'Elias. Erlendur ne connaissait pas la voix de la disparue, il ne pouvait donc pas savoir s'il s'agissait bien d'elle, mais il allait en parler à son mari dès que l'occasion se présenterait.

Il se rappela avoir lu un jour que seuls cinq pour cent des mariages ou des relations ayant débuté par une infidélité duraient jusqu'à la fin de la vie. La proportion lui semblait plutôt faible et il se demandait s'il n'était pas compliqué de construire une relation solide après avoir trahi quelqu'un. Mais peut-être était-il trop dur de parler de trahison. Peut-être les relations qui liaient les gens avaient-elles évolué et changé. Peut-être un nouvel amour avait-il pris naissance à un moment difficile. Ce genre de chose se produisait constamment. À en croire ses proches, cette femme disparue pensait avoir rencontré le véritable amour. Elle aimait son nouvel époux de toute son âme.

Ses amis, ceux avec lesquels elle avait conservé des relations après son divorce, avaient clairement précisé ce détail au moment où Erlendur était venu les voir pour trouver une explication à sa disparition. Elle avait quitté son ex-mari et épousé le nouveau en grande pompe. Alors qu'elle était réputée très terre à terre, elle avait brusquement semblé changer du tout au tout. Ses relations ne doutaient pas de l'authenticité de son amour pour son nouveau mari et elle laissait elle-même entendre que son premier mariage appartenait au passé et qu'elle était désormais « une tout autre personne », pour reprendre les termes utilisés par l'une de ses amies. Quand Erlendur demanda plus de précisions, il apparut que la femme avait été très exaltée à la suite de son divorce, elle parlait d'une vie nouvelle et affirmait ne jamais s'être sentie aussi bien. Un grand mariage avait été célébré. Un pasteur connu les avait unis. Une foule de gens était venue se réjouir avec le jeune couple par une belle journée d'été. Ils étaient partis en voyage de noces en Toscane, pendant trois semaines. En rentrant en Islande, ils étaient parfaitement reposés, hâlés et heureux.

Le seul élément qui avait manqué à ce beau mariage était ses enfants à elle. Son ex-mari avait refusé de les autoriser à prendre part à « cette mascarade ».

Il ne fallut pas attendre longtemps pour que la fougue et la passion de cette nouvelle relation disparaissent et se transforment en leur contraire. Ses amies expliquèrent qu'avec le temps, la femme avait été envahie par la tristesse et les regrets, puis par un fort sentiment de culpabilité devant la manière dont elle s'était comportée avec sa famille. Le fait que l'ex-femme de son nouveau conjoint n'ait pas cessé de l'accuser d'avoir détruit leur couple n'était pas pour arranger les choses. Alors qu'elle se débattait pour obtenir la garde de ses enfants, ceux de son nouveau mari avaient emménagé chez eux, la rappelant constamment à ses responsabilités. Tout cela provoqua une profonde dépression.

Ce n'était pas la première fois que son mari divorçait à la suite d'une infidélité. Erlendur avait découvert qu'il avait été marié trois fois. Il avait retrouvé la première épouse qui habitait à Hafnarfjördur et s'était depuis longtemps trouvé un autre mari dont elle avait eu un enfant. C'était exactement la même histoire. Cet homme expliquait son absence du foyer par de longues réunions, des voyages en province pour les besoins de son travail, des tournois de golf. Un beau jour, il l'avait prise complètement au dépourvu en lui annonçant que c'était fini, qu'ils avaient évolué chacun de leur côté et qu'il envisageait de la quitter. La nouvelle s'était abattue sur elle, tel un coup de tonnerre dans un ciel limpide. Elle n'avait ressenti aucune usure dans la relation, n'avait constaté que son absence.

Erlendur avait également interrogé l'épouse numéro deux. Elle ne s'était pas remariée et il avait eu l'impression qu'elle était encore en train de se remettre du divorce. Elle avait décrit le processus avec précision tout en se reprochant sa naïveté. Erlendur s'était efforcé de la réconforter en lui disant que c'était probablement une chance pour elle d'en être libérée. Elle avait eu un vague sourire. Je pense surtout aux enfants, avait-elle expliqué. Elle lui avait affirmé qu'elle ne le savait pas marié au moment où il l'avait séduite. Ce ne fut qu'après plusieurs mois de liaison qu'un jour, très embarrassé, cet homme lui avait annoncé qu'il devait lui confesser quelque chose. Il l'avait invitée à passer une nuit dans un petit hôtel de campagne et, pendant la soirée, assis dans la salle de restaurant, lui avait annoncé qu'il était marié. Elle l'avait dévisagé, incrédule, et il n'avait pas tardé à lui dire que son mariage était à la dérive, qu'il ne s'agissait que d'une question de temps pour qu'il quitte sa femme et que, d'ailleurs, il lui avait déjà annoncé son projet. Elle lui avait vertement reproché de ne pas lui avoir avoué qu'il était marié, mais il avait réussi à la calmer et, pour finir, à la convaincre.

Après avoir entendu ce témoignage ainsi qu'un autre de gens qui connaissaient la femme qui avait disparu, Erlendur commença à éprouver du dégoût pour cet homme. Il savait que plus le temps passait, plus la probabilité que la disparue ait mis fin à ses jours augmentait, et les propos qu'on lui avait tenus quant à sa dépression venaient soutenir cette théorie. Le coup de téléphone inattendu raviva en Erlendur l'espoir que ce n'était pas le cas. Peut-être avait-elle quitté son mari : elle ne voulait pas qu'il sache où elle se trouvait. Peut-être qu'elle se cachait et ne savait vers qui se tourner.

Deux années seulement s'était écoulées entre le beau mariage et le moment où elle avait confié à mots couverts à une amie proche que son mari se mettait à participer le week-end à des tournois de golf dont elle n'avait jamais entendu parler.

Erlendur se détacha de ses pensées et adressa un hochement de tête à Sigurdur Oli qui vint s'asseoir à côté de lui dans la salle. L'interrogatoire pouvait commencer. L'homme assis face à eux était âgé de quarante-cinq ans et avait à plusieurs reprises eu affaire à la police depuis l'âge de vingt ans pour des délits plus ou moins graves : des effractions, des vols et des agressions, pour certaines très violentes. Il habitait à deux immeubles de chez Sunee et ses fils. La police avait constitué une liste de multirécidivistes susceptibles d'avoir croisé la route d'Elias alors qu'il rentrait de l'école. C'était lui qui figurait en tête.

Ils avaient un mandat de perquisition au moment où ils étaient venus l'emmener pour l'interroger. Ils avaient trouvé quantité de matériel pornographique illégal, entre autres des publications pédophiles, ce qui suffisait à l'inculper encore une fois.

Andrés, c'est ainsi qu'il s'appelait, regardait Erlendur et Sigurdur Oli à tour de rôle, s'attendant au pire. C'était un homme qui avait toujours bu et ça se voyait à son visage morne et grisâtre, à ses petits yeux à la fois fuyants et inquisiteurs. Il était plutôt petit, râblé et costaud.

Erlendur le connaissait bien, il l'avait arrêté plusieurs fois.

– Pourquoi est-ce que vous m'emmerdez comme ça ? demanda Andrés, la tête ébouriffée, anesthésié par son alcoolisme de longue date. Qu'est-ce qui se passe ici ? reprit-il en regardant les policiers à tour de rôle. Il s'efforça de prendre une voix grave, mais termina sa phrase en un couinement.

– Connaissez-vous un petit garçon prénommé Elias qui vit dans votre quartier ? demanda Erlendur. Un enfant d'origine thaïlandaise à la peau basanée, âgé de dix ans.

Un magnétophone qui grinçait légèrement était posé sur la table. Considérant l'état d'ébriété dans lequel Andrés se trouvait au moment de son transfert en cellule pendant la nuit, il pouvait parfaitement se permettre d'affirmer n'avoir pas entendu parler du meurtre d'Elias, même s'il ne fallait habituellement pas croire un mot de ce qu'il disait.

– Je ne connais aucun Elias, répondit Andrés. Est-ce que vous allez m'inculper pour quelque chose ? De quoi vous allez m'accuser ? Je n'ai rien fait. Pourquoi est-ce que vous vous en prenez à moi ?

– Ne vous inquiétez pas de ça, répondit Sigurdur Oli.

– Qui est cet Elias dont vous me parlez ? demanda Andrés en regardant Erlendur.

– Vous rappelez-vous où vous étiez hier après-midi ?

– Chez moi, répondit Andrés. J'étais à mon domicile.
J'ai passé toute la journée chez moi, toute la journée
d'hier, je veux dire. Qui est ce gamin dont vous parlez ?

– Un petit garçon de dix ans est mort après avoir été
poignardé à deux immeubles du vôtre, précisa Erlendur. Vous étiez avec quelqu'un dans la journée d'hier ?
Quelqu'un qui pourrait confirmer vos dires ?

– Un petit garçon assassiné ? sursauta Andrés.
Qu'est-ce que… ? Poignardé, vous dites ?

– Est-ce qu'au moins vous savez quel jour nous
sommes aujourd'hui ? interrogea Erlendur.

Andrés secoua la tête.

– Je vous prie de bien vouloir parler dans le magnétophone, commanda Sigurdur Oli.

– Je ne sais rien. Je ne me suis attaqué à aucun petit
garçon. Je n'ai entendu parler d'aucune agression. Je ne
sais rien du tout. Je n'ai fait aucun mal. Vous ne pouvez
pas me laisser tranquille ?

– Est-ce que vous connaissiez ce garçon, ne serait-ce
que de vue ? demanda Erlendur.

Andrés secoua la tête. Sigurdur Oli lui montra le
magnétophone du doigt.

– Je ne vois absolument pas de quoi vous parlez.

– Il a un frère de cinq ans son aîné, précisa Erlendur.
Ils ont emménagé dans le quartier au printemps dernier.
Il y a plus de cinq ans que vous y habitez. Vous devez
quand même connaître les gens des environs, vous tenir
au courant de ce qui s'y passe. N'essayez pas de nous
jouer la comédie.

– La comédie ! Je n'ai rien fait !

– Vous connaissez ce garçon ? insista Erlendur en
sortant une photo d'Elias de la poche de son imperméable pour la tendre à Andrés.

Il la prit dans sa main et regarda longuement le visage
de l'enfant.

– Non, je ne le connais pas, répondit-il.

– Il n'a jamais croisé votre route ? demanda Erlendur.

Avant de se rendre à la salle d'interrogatoire, Erlendur avait appris qu'au cours de la fouille complète de l'appartement de l'homme, on n'avait découvert aucun indice prouvant qu'Elias ou Niran y étaient venus. Andrés s'était en revanche comporté de façon très étrange quand la police avait finalement réussi à s'introduire chez lui. Il n'avait pas répondu quand elle avait frappé à sa porte. Après que les policiers l'avaient forcée, ils avaient découvert un endroit dégoûtant, à l'odeur pestilentielle. Andrés avait posé deux verrous supplémentaires à sa porte et on l'avait retrouvé caché sous le lit d'où on l'avait extirpé alors qu'il appelait à l'aide. Il se débattait dans tous les sens, apparemment sans se rendre compte qu'il était aux mains de la police, luttant contre un ennemi imaginaire qu'il apostrophait sans cesse en criant pitié.

– Il est possible que je l'aie vu dans le quartier à un moment où à un autre, mais je ne le connais pas, répondit Andrés. Et je ne lui ai rien fait.

Il lançait alternativement des regards furtifs à Erlendur et Sigurdur Oli comme s'il réfléchissait à une décision sur laquelle il hésitait encore. Peut-être prévoyait-il de s'en tirer en inventant toute une histoire. Sigurdur Oli s'apprêta à dire quelque chose, mais Erlendur l'interrompit en lui faisant signe de se taire, ce qui sembla plaire à Andrés.

– Est-ce que vous me ficheriez la paix ? annonça-t-il finalement.

– Si quoi ? fit Erlendur.

– Est-ce que vous me laisserez rentrer chez moi ?

– Votre appartement est plein à craquer de pornographie pédophile, lança Sigurdur Oli d'une voix qui ne dissimulait pas son dégoût. Erlendur l'avait maintes fois conjuré de ne pas montrer devant les récidivistes ce manque de respect auquel il était enclin. Rien ne lui portait plus sur les nerfs que les multirécidivistes qui avaient dépassé la quarantaine et persistaient dans leurs travers.

– Si quoi ? répéta Erlendur.

– Si je vous le dis.

– Je vous ai prévenu de ne pas transformer cet interrogatoire en une putain de comédie, tonna Erlendur. Dites-nous ce que vous avez à dire et arrêtez de tourner autour du pot.

– Il doit y avoir un an qu'il a emménagé dans le quartier, annonça Andrés.

– Elias est arrivé au printemps, comme je viens de vous le dire.

– Je ne parle pas de ce gamin, répondit-il en regardant les policiers l'un après l'autre.

– De qui alors ?

– Il a pris un coup de vieux, le bonhomme. C'est la première chose que j'ai remarquée.

– De quoi est-ce que vous parlez ? lança Sigurdur Oli, d'un air arrogant.

– D'un homme dont j'imagine qu'il possède nettement plus de porno pédophile que moi, annonça Andrés.

Sigurdur Oli et Erlendur échangèrent un regard.

– Je n'ai jamais tué personne, reprit Andrés. Vous le savez. Erlendur, il faut que vous me croyiez. Je n'ai jamais tué personne.

– N'essayez donc pas de me prendre pour confident, répondit Erlendur.

– Je n'ai jamais tué personne, répéta Andrés.

Erlendur le regarda sans rien dire.

– Je n'ai tué personne, répéta encore une fois Andrés.

– Vous tuez tout ce que vous touchez, le contredit Erlendur.

– Qui est cet homme dont vous parlez ? demanda Sigurdur Oli. Qui est cet homme qui a emménagé dans le quartier ?

Andrés ne lui répondit pas. Il continuait de fixer Erlendur.

Il se pencha par-dessus la table en inclinant légèrement la tête comme une vieille femme qui adresserait un gentil bonjour à un petit enfant.

– Il est le cauchemar dont je ne me débarrasserai jamais.

12

Elinborg attendait de rencontrer l'enseignante d'Elias dans l'école que les frères avaient fréquentée avant de déménager du boulevard Snorrabraut. On lui avait précisé que la réunion serait bientôt terminée et elle s'était assise devant la salle de classe fermée. Elle pensait au plus jeune de ses enfants, sa fille, restée à la maison avec la grippe. Son mari, mécanicien, allait passer une partie de la journée à son chevet, ensuite Elinborg prendrait le relais.

La porte de la salle s'ouvrit et une femme d'une quarantaine d'années la salua. Elle avait reçu un message disant que la police désirait s'entretenir avec elle. Elinborg se présenta en lui serrant la main et lui expliqua qu'elle voulait la voir à la suite du meurtre d'Elias dont elle avait sans doute entendu parler. La femme hocha la tête d'un air peiné.

– Nous avons abordé la question à la réunion, dit-elle à voix basse. Il n'y a pas de mot pour décrire ce genre de… d'ignominie. Qui dont peut commettre un tel acte ? Qui serait capable de s'en prendre ainsi à un enfant ?

– C'est ce que nous cherchons à découvrir, répondit Elinborg en parcourant les lieux du regard, comme à la recherche d'un endroit où les deux femmes pourraient s'entretenir tranquillement.

L'enseignante se prénommait Emilia. Elle était petite et mince, ses longs cheveux bruns qui commençaient tout juste à grisonner étaient noués en queue de cheval. Elle lui précisa qu'elles pouvaient aller s'installer dans la salle de classe. Les enfants étant en cours de musique, la salle était libre. Elinborg l'y suivit. Les murs étaient couverts de dessins d'enfants qui attestaient de divers degrés de maturité. On partait de dessins très sommaires représentant des bonshommes ronds avec deux jambes et deux bras pour arriver à de véritables portraits. Elinborg remarqua la présence de quelques dessins montrant des vieilles fermes islandaises typiques au pied de montagnes, entourées d'un ciel limpide où voguaient quelques nuages à côté d'un soleil étincelant. Elle se souvenait de ce motif classique depuis l'époque où elle avait fréquenté l'école, mais s'étonna qu'il soit encore à la mode.

– Voici un dessin d'Elias, précisa Emilia en sortant une feuille d'un tiroir de son bureau. Les deux frères ne sont jamais venus chercher les leurs après avoir quitté l'école et je n'ai pas eu le cœur de jeter celui-là. Il montre à quel point il était doué, malgré son jeune âge.

Elinborg attrapa la feuille. L'enseignante avait raison, on y percevait l'exceptionnelle maîtrise qu'Elias avait du crayon. Il avait dessiné un visage de femme avec des yeux démesurément grands et bruns, des cheveux noirs et des lignes de couleurs vives tout autour.

– Il est censé représenter sa mère, expliqua Emilia en souriant. Je plains les pauvres gens qui sont confrontés à cette épreuve.

– L'avez-vous eu en cours dès son arrivée à l'école ? demanda Elinborg.

– Oui, depuis l'âge de six ans, rendez-vous compte, il n'y a que quatre ans. C'était un petit garçon toujours tellement gentil et doux. Un peu dans la lune. Il lui était parfois difficile de se concentrer sur les apprentissages et il fallait de temps en temps se donner du mal pour l'amener à travailler. Il pouvait regarder le plafond pendant des heures et rester plongé quelque part dans son monde.

Emilia se tut, pensive.

– Tout cela doit être très dur pour Sunee, observat-elle.

– Oui, évidemment, c'est très difficile, confirma Elinborg.

– Elle aimait tellement ses enfants, nota l'enseignante en montrant le dessin. Je les ai eus tous les deux en cours. Également Niran, le frère d'Elias. Il maîtrisait très mal l'islandais. Je crois savoir qu'ils parlaient surtout le thaï chez eux. J'en ai discuté avec Sunee en lui disant que cela pouvait être source de difficultés pour eux. Elle-même parlait islandais comme ci comme ça et préférait venir accompagnée d'un interprète aux réunions de parents.

– Et le père, vous avez fait sa connaissance ? demanda Elinborg.

– Non, pas du tout. Il n'était jamais présent à aucun événement, que ce soit aux fêtes de Noël ou à quoi que ce soit d'autre. Par exemple, il n'est jamais venu aux réunions parents-professeurs. Elle venait toujours seule.

– Il est possible que le déménagement dans un nouveau quartier et l'inscription à une nouvelle école ait été problématique pour Elias, reprit Elinborg. Il n'est pas certain qu'il se soit bien adapté là-bas. Il ne s'était pas encore fait d'amis et passait beaucoup de temps seul.

– Je le crois sans peine, observa Emilia. Je me rappelle comment il était son premier jour chez nous. Je croyais qu'il n'allait jamais lâcher sa mère et il nous a fallu, à moi et au conseiller pédagogique, un bon moment pour l'amener à se détendre et à comprendre que tout allait bien même si sa mère partait.

– Et Niran ?

– Les deux frères sont tellement différents, répondit Emilia. Niran est un dur à cuire. Il s'en tire où qu'il soit. Il est tout sauf pleurnichard.

– Est-ce qu'ils s'entendaient bien ?

– J'avais l'impression que Niran prenait grand soin de son frère et je sais qu'Elias le vénérait. Beaucoup de ses dessins le représentaient. La différence entre eux c'était qu'Elias désirait s'intégrer au groupe, faire partie de la classe. Niran était plus en rébellion. Contre la classe, les professeurs, les autorités scolaires, les élèves plus âgés. Il y avait ici un petit groupe d'immigrés, composé de cinq ou six garçons que Niran fréquentait. Ils se tenaient à l'écart, ne s'intéressaient que peu aux études et se contrefichaient de l'histoire de l'Islande ou de ce genre de chose. Un jour, une bagarre a eu lieu entre eux et des Islandais en dehors de l'école. Cela s'est passé pendant la soirée, les deux groupes se sont servi de barres de fer ou de matraques, quelques vitres ont été cassées. On a parfois des échos de faits similaires. Je suppose que ça vous dit quelque chose.

– En effet, la police est au courant, répondit Elinborg. En général, il s'agit surtout de rivalités pour des histoires de filles.

– Après cela, deux des principaux meneurs ont quitté le quartier l'hiver dernier et le calme est revenu. Les empêcheurs de tourner en rond n'ont pas besoin d'être bien nombreux. Ensuite, Elias et Niran ont changé d'école. Je n'ai revu aucun des deux depuis. Et voilà maintenant qu'on apprend cette chose-là par la presse et qu'on ne comprend absolument pas ce qui est en train de se passer.

Emilia parlait beaucoup et à toute vitesse. Elinborg se garda de répondre aux questions qu'elle lui posa sur le devenir des deux frères après leur départ de l'école et sur d'autres détails personnels concernant Sunee. Emilia était une femme curieuse qui ne craignait pas de le montrer. Elle ne déplaisait pas à Elinborg, mais elle ne voulait pas dévoiler quoi que ce soit de l'enquête dont elle lui avait précisé qu'elle était encore à ses débuts. La curiosité d'Emilia était toutefois parfaitement compréhensible. Les médias ne parlaient que du meurtre d'Elias. La police avait interrogé une foule de gens, probablement une bonne centaine de personnes dans le quartier, les immeubles alentour, l'école, les magasins et les *sjoppur*. On avait diffusé des photos d'Elias pour cartographier le plus précisément possible ses allées et venues au cours de cette journée marquée par le destin. On avait demandé à quiconque l'aurait aperçu rentrer de l'école de se manifester. Tout cela n'avait encore donné aucun résultat significatif. Les seuls éléments connus de la police étaient qu'Elias avait quitté l'école seul dans l'intention de rentrer chez lui et qu'il avait été arrêté en route.

Elinborg lui adressa un sourire en regardant sa montre. Elle remercia Emilia pour la précision de ses réponses et l'enseignante l'accompagna dans le couloir, jusqu'à l'une des portes de sortie. Elles se serrèrent la main.

– Donc, vous n'avez pas beaucoup avancé ? demanda Emilia.

– Non, répondit Elinborg, très peu.

– Eh bien, en fait, je… Dites-moi, Sunee et son mari sont-ils toujours ensemble ?

– Non. Que… ?

– Je vous demande ça à cause d'un dessin que m'a rendu Elias, s'empressa Emilia. Il représentait sa mère, comme très souvent, et à côté d'elle, on voyait un homme. Cela remonte au printemps dernier. Après que la famille a quitté le quartier, les garçons ont terminé leur année chez nous. Je me souviens avoir demandé à Elias qui était cet homme. La question m'a échappé.

Ben voyons, pensa Elinborg. Il était impossible qu'Emilia n'ait pas elle-même conscience de la curiosité qui la caractérisait.

– Et il m'a répondu que c'était un ami de sa mère, poursuivit Emilia.

– Je vois, vous lui avez demandé son nom ? interrogea Elinborg.

– Oui, répondit Emilia avec un sourire. Elias m'a affirmé qu'il ne le connaissait pas. Enfin, en tout cas, il ne me l'a pas communiqué.

– Et cet homme sur le dessin, comment… ?

– Il aurait parfaitement pu être islandais.

– Islandais ?

– Oui, je ne voulais pas me montrer trop curieuse, mais je me souviens que, sur le moment, j'ai eu l'impression qu'Elias l'appréciait beaucoup.

Andrés se pencha en arrière sur sa chaise dans la salle d'interrogatoire. On entendit un petit déclic dans le magnétophone quand la bande arriva à son terme. L'appareil avait cessé d'enregistrer. Sigurdur Oli tendit le bras pour l'attraper, retourna la cassette et le remit en route. Pendant tout ce temps, Erlendur ne quitta pas Andrés des yeux.

– Qu'entendez-vous par *ce cauchemar dont vous ne vous libérerez jamais* ? Qu'est-ce que ça signifie ?

– Je doute que vous ayez envie de l'entendre, précisa Andrés. Je doute que quiconque ait envie d'entendre de telles horreurs.

– Qui est cet homme ? demanda Sigurdur Oli. Vous sous-entendez qu'il vous a fait quelque chose ?

Andrés ne répondit rien.

– Êtes-vous en train de nous dire que c'est un violeur d'enfants ? questionna Erlendur.

Andrés gardait le silence en regardant fixement Erlendur.

– Il y avait des années que je ne l'avais pas vu, annonça-t-il finalement. Des années entières. Jusqu'à ce que, tout à coup… je suppose qu'il doit y avoir un an…

Andrés s'interrompit.

– Quoi donc ?

– Ça fait le même effet que de rencontrer son bourreau, poursuivit Andrés. Il ne m'a pas vu. Il ne sait pas que je sais qu'il est là. Je sais à quel endroit il habite.

– Où est-ce ? Où habite-t-il ? Qui est cet homme ?

Sigurdur Oli laissait pleuvoir ses questions sur Andrés qui demeurait assis, impassible, comme totalement imperméable.

– Je passerai peut-être lui rendre une petite visite un de ces jours, poursuivit Andrés. Juste histoire de dire bonjour. Je suppose que je pourrais me charger de lui maintenant, que je pourrais avoir le dessus.

– Mais il a d'abord fallu que vous vous donniez du courage en buvant comme un trou, remarqua Erlendur.

Andrés ne lui répondit pas.

– Il a d'abord fallu que vous vous cachiez, n'est-ce pas ?

– Je me suis toujours caché. Vous n'imaginez même pas à quel point j'étais doué pour me cacher. Je trouvais toujours de nouvelles planques où j'essayais de me faire aussi petit que possible.

– Croyez-vous qu'il aurait pu faire du mal à ce garçon ? demanda Erlendur.

– Peut-être a-t-il arrêté depuis longtemps. Je n'en sais rien. Comme je vous l'ai dit, je ne l'avais pas vu depuis des années et nous voilà tout à coup voisins. Tout à coup, après toutes ces années, il marche devant moi de l'autre côté de la rue où j'habite. Vous ne me croiriez pas si je vous disais ce que j'ai réellement vu quand il est passé devant moi. Je veux dire, là-haut, précisa Andrés en tapotant son index contre sa tempe.

– Vous croyez qu'il figure dans nos fichiers ? demanda Erlendur.

– Ça m'étonnerait.

– Vous allez vous décider à nous dire comment nous pouvons le trouver ? persévéra Sigurdur Oli qu'Andrés continuait d'ignorer. Qui est-ce ? persévéra Sigurdur Oli en essayant une nouvelle approche. Nous pouvons vous aider à le coincer. Si vous voulez porter plainte contre lui, nous pouvons le mettre au trou avec votre aide. Est-ce que c'est ce que vous voulez ? Vous voulez nous dire qui il est pour qu'on puisse l'envoyer à la prison de Hraunid ?

Andrés lui éclata de rire au nez.

– Alors, celle-là, elle est bien bonne ! lança-t-il en regardant Erlendur. Puis, cessant subitement de rire, il se pencha en avant vers Sigurdur Oli : qui pourrait bien croire une épave comme moi ?

Le portable d'Erlendur se mit à sonner. L'*Hymne à la joie* emplit la salle d'interrogatoire. Erlendur essaya d'attraper l'appareil aussi vite que possible, cette sonnerie l'insupportait. Il appuya sur le bouton réponse. Sigurdur Oli lui lança un regard. Andrés s'était mis à l'écart. Erlendur écouta son correspondant et son visage s'assombrit. Il éteignit son téléphone sans dire au revoir et pesta à voix basse en se levant d'un bond.

– Existe-t-il pire chose que cet enfer ?! marmonna-t-il entre ses dents serrées avant de partir à toute vitesse.

Le policier en faction avait été pris de remords en retournant à l'immeuble. Avant de partir au volant de sa voiture, l'interprète lui avait demandé d'aller acheter du pain et du lait pour la femme thaïlandaise et son fils qui étaient restés seuls à l'appartement. Il était entré dans la police deux ans plus tôt en se disant que ce travail n'était pas pire qu'un autre. Jusque-là, il avait été confronté aux déchaînements qui secouaient le centre-ville au moment où les réjouissances nocturnes des week-ends battaient leur plein. Il avait été envoyé sur les lieux d'un terrible accident de voiture mortel. Cela ne l'avait pas trop perturbé. On disait de lui qu'il ferait un bon flic, on lui prévoyait une belle carrière au sein de la police. Maintenant, on lui avait confié la tâche de surveiller la porte de la Thaïlandaise et de son fils. Une armée de spécialistes et d'experts dépêchés par diverses institutions avait gravi son escalier pendant toute la matinée. Il était resté là à leur demander leur nom, leur profession et la raison de leur visite. Il avait laissé monter tout le monde. Tous étaient redescendus aussitôt. La Thaïlandaise voulait qu'on la laisse tranquille avec son fils. Il le comprenait bien étant donné la terrible épreuve qu'elle traversait.

Puis, l'interprète était descendue au pas de course, lui avait donné un billet de mille couronnes et une petite liste de commissions en lui demandant d'aller chercher quelques courses pour la femme et son fils. Il avait gentiment protesté, secoué la tête avec un sourire en lui expliquant qu'il ne pouvait pas s'absenter. Que malheureusement, il ne le pouvait pas. Qu'il était policier, pas coursier.

– Cela ne vous prendra que cinq minutes, avait plaidé l'interprète. Je m'en chargerais bien moi-même, mais je suis pressée.

Là-dessus, elle avait couru à sa voiture avant de s'en aller.

Il était resté planté là avec la liste, le billet de mille couronnes et sa conscience avec laquelle il s'était débattu un bref moment. Puis il était parti. Il ne s'était pas absenté bien longtemps, contrairement à ce que prétendait cet Erlendur qui l'avait réprimandé avec une telle violence qu'il avait failli pleurer comme un gamin. Peut-être aurait-il dû appeler du renfort. Peut-être n'aurait-il absolument pas dû aller faire ces courses, ce qui lui avait

161

rappelé son enfance et l'époque où sa mère l'envoyait à la boutique. Peut-être était-ce là le problème. En son for intérieur, il ne pouvait s'empêcher de trouver cela normal. Il avait traînassé un peu, s'était plongé un instant dans le divorce d'un couple de journalistes connus en feuilletant un magazine à sensation. Il n'osa pas raconter ce détail de son excursion au représentant de la Criminelle. Le bonhomme était tellement énervé qu'il se demandait s'il n'allait pas finir par lui sauter dessus. Sigurdur Oli qu'il connaissait un peu avait été forcé de s'interposer.

En rentrant du magasin, il avait remonté les escaliers quatre à quatre et sonné à la porte. Il avait frappé, mais n'obtenant aucune réponse, il avait entrouvert en criant ohé ! Personne ne s'était manifesté. La porte n'étant pas fermée à clé, il était entré dans l'appartement en appelant dans toutes les directions. En vain. Les lieux étaient déserts.

Il était resté planté là comme un imbécile, son filet de commissions à la main, osant à peine prévenir le commissariat central de la rue Hverfisgata que Sunee et son fils avaient disparu.

13

En dépit de l'impensable et incompréhensible maladresse avec laquelle le policier en faction avait mené sa tâche, Erlendur ne lui colla pas la disparition de Sunee et de Niran sur le dos. Il était persuadé que l'interprète, dernière personne à avoir quitté l'appartement, avait aidé la mère et le fils à aller se cacher. Elle s'était débrouillée pour que le policier s'absente un moment, avant de les conduire vers un endroit qu'elle refusait de révéler. Après avoir vertement réprimandé le policier, Erlendur convoqua l'interprète. Entre-temps, la police recherchait des indices susceptibles de lui apprendre où Sunee avait bien pu aller avec son fils. Son téléphone fixe ne permettait pas de consulter l'historique des appels, mais Elinborg avait déposé auprès du parquet une requête où elle demandait que lui soit remise la liste des appels entrants et sortants sur la ligne au cours du mois qui venait de s'écouler.

Elinborg appela Erlendur pour lui rapporter son entrevue avec l'ancienne enseignante d'Elias.

– Tu ne crois pas qu'elle essaie simplement de protéger son fils en s'enfuyant avec lui ? demanda-t-elle à Erlendur après qu'il lui eut annoncé leur disparition.

– C'est l'explication qui me semble la plus évidente, convint-il. La question qui se pose est : de quoi s'imagine-t-elle le protéger ?

– Qui sait ? Peut-être qu'il s'est confié à elle.

Erlendur venait juste de raccrocher quand son téléphone sonna à nouveau. Le chef de la brigade des stupéfiants l'informa avoir mis la main sur une jeune fille qui avait tenté de revendre de la drogue dans le périmètre de l'école. Elle n'avait jusque-là jamais eu affaire à eux, mais sa sœur aînée était une vieille connaissance des Stups. Complètement accro elle-même, elle avait souvent été arrêtée pour trafic. Les deux sœurs avaient un frère aîné, une petite ordure incarcérée à la prison de Litla-Hraun pour meurtre. Il avait agressé un passant dans le centre-ville, lui infligeant des blessures qui avaient entraîné sa mort.

– Comme qui dirait, du premier choix, observa Erlendur.

– La crème de la crème, convint le chef des Stups. Tu veux les interroger ?

– Oui, amène-les, dit Erlendur.

À ce moment-là, l'interprète fit son apparition dans l'appartement. Erlendur raccrocha et plongea son portable dans la poche de son imperméable.

– Où sont-ils ? tonna-t-il en s'approchant de Gudny. Pourquoi ils ont filé ? Vous les avez emmenés où ?

– Vous avez réellement l'intention de me mettre ça sur le dos ? rétorqua-t-elle.

– Vous avez tendu un piège au policier de garde. Ensuite, vous êtes repassée les chercher. Je pourrais vous coller au trou pour entrave à l'enquête de police. Je n'hésiterai pas, menaça Erlendur.

– Je n'ai rien à voir avec cette histoire, répondit Gudny. Je ne suis jamais revenue pour les chercher. Et ça ne sert à rien de me menacer. Si votre intention est de me « coller au trou », je vous en prie, faites !

– Vous allez devoir nous fournir quelques explications, annonça Sigurdur Oli qui arriva du couloir en entendant la conversation. Vous êtes la dernière à leur avoir parlé. Comment se fait-il qu'ils aient disparu ?

– Je n'en ai pas la moindre idée, répondit Gudny en soupirant. J'ai été aussi choquée que vous en recevant le coup de fil du commissariat. Quand je les ai quittés tout à l'heure, il y a, disons, trois quarts d'heure, précisa-t-elle en regardant sa montre, rien ne laissait présager que Sunee se préparait à s'enfuir. Elle m'a dit avoir besoin de quelques petites courses à la boutique. J'étais en retard à ma réunion. Le policier a eu la gentillesse de l'aider. Je ne me doutais pas qu'elle complotait quelque chose. Elle ne m'a pas fait de confidence. Je me fiche complètement que vous me croyiez ou non, mais je n'étais au courant de rien.

– Vous savez où ils pourraient être allés ? demanda Sigurdur Oli.

– Non, je n'en ai aucune idée. Je ne suis même pas certaine qu'ils soient partis se cacher. Peut-être va-t-elle revenir bientôt. Peut-être a-t-elle simplement fait un saut quelque part. Peut-être ne se cache-t-elle absolument pas. Avez-vous réfléchi à cette éventualité ?

– Elle a été en contact avec quelqu'un ce matin ? questionna Sigurdur Oli.

Gudny leur expliqua qu'elle était arrivée chez Sunee tôt dans la matinée. À ce moment-là, un policier surveillait la porte et un véhicule occupé par deux agents stationnait sur le parking. Peu après, la voiture a été appelée ailleurs. Sunee lui a immédiatement précisé qu'elle voulait qu'on la laisse tranquille avec Niran qui se sentait très mal. Elle n'était pas arrivée à convaincre son fils de lui parler et, puisqu'elle avait échoué, ce n'était certainement pas un flic ou un expert qui y parviendrait. Elle avait besoin de temps avec Niran pour le tirer de son enfermement. Le décès de son petit frère lui avait manifestement causé un important choc émotionnel et elle désirait s'employer de son mieux à lui venir en aide. C'était la priorité absolue, étant donné la situation. Gudny était restée avec eux en proposant de les aider et, quand Sunee avait compris que l'interprète allait devoir s'absenter, elle lui avait dit avoir besoin de quelques petites courses.

– À ce moment-là, elle savait que le véhicule de police était parti ? demanda Erlendur.

– Oui, elle l'avait vu quitter le parking.

– Où cette satanée voiture a-t-elle donc été envoyée ? demanda Erlendur à Sigurdur Oli qui connaissait parfaitement la réponse. Le véhicule en question avait été appelé sur les lieux d'un grave accident de la circulation à un carrefour fréquenté, quelques rues plus bas. C'était lui qui en était le plus proche. On avait considéré que cela ne posait aucun problème de l'envoyer s'acquitter d'une brève mission.

Erlendur secoua la tête, accablé.

– Qui est le petit ami de Sunee ? demanda-t-il à Gudny.

– Je vous ai déjà dit que je ne sais rien sur ce prétendu petit ami, répondit Gudny, hésitante.

– Est-il possible qu'elle se soit réfugiée chez lui ? suggéra Erlendur.

– Il semble bien qu'elle n'ait que peu d'endroits où aller, observa Sigurdur Oli.

– Qui est cet homme ? interrogea Erlendur en lançant un regard furieux à Sigurdur Oli. Ce dernier le dérangeait parfois en venant mettre son grain de sel, ce qui lui tapait sur les nerfs.

– Je ne lui connais aucun petit ami, répéta l'interprète. Elle est peut-être chez sa belle-mère. Vous avez vérifié ? Ou encore chez son frère.

– C'est le premier endroit où nous nous rendrons, répondit Erlendur.

Elinborg entra à ce moment-là.

– Comment est-il possible qu'ils aient disparu ?! s'exclama-t-elle. Je croyais qu'ils étaient sous bonne garde !

– Elle a peur, précisa Gudny. Qui ne serait pas terrifié à sa place ? Si elle a pris la poudre d'escampette, c'est afin de protéger le seul fils en vie qui lui reste. Elle ne pense à rien d'autre en ce moment. Elle n'a pas confiance en vous. C'est évident. Elle n'a confiance qu'en elle-même, comme cela a toujours été le cas.

– Et pourquoi elle n'aurait pas confiance en nous ? s'étonna Elinborg. Il y a un motif précis ?

Gudny la regarda.

– Je n'en sais rien. Je n'ai pas les réponses à toutes vos questions.

– Qui est son petit ami ? répéta Erlendur. Quel genre de relation entretiennent-ils ? Quand se sont-ils rencontrés ? Était-il à l'origine du divorce de Sunee et de son mari ? Connaissait-il bien les enfants ? Comment s'entendait-il avec eux ?

Gudny les regarda à tour de rôle.

– Elle a récemment fait la connaissance d'un homme, concéda-t-elle finalement.

– Oui, et ? s'impatienta Erlendur.

– Je ne crois pas qu'elle soit chez lui. Quant au divorce de Sunee et d'Odinn, j'ignore tout de la question. Je ne sais pas précisément à quand remonte sa rencontre avec cet homme.

– Et qui est-ce ?

– Un ami de Sunee.

– Comment ça, un ami ? s'entêta Erlendur.

Sigurdur Oli adressa un signe à Elinborg pour qu'elle ne montre pas trop clairement sa consternation quant à la tournure que prenait cette enquête. Gudny lui lança un coup d'œil, observa Sigurdur Oli, passa à nouveau à Erlendur et haussa les épaules.

– Est-ce qu'il a un travail ? Vous savez où il habite ?

– Sunee ne m'a jamais rien dit de lui. Je ne connais même pas son prénom.

– Qu'est-ce qui vous amène à croire qu'elle n'est pas allée chez lui ? Vous venez de nous dire que vous ne pensiez pas qu'elle soit chez lui, pourquoi donc ?

– C'est juste une intuition personnelle, précisa Gudny.

Erlendur se souvint des paroles de l'ex-mari de Sunee. Il lui avait raconté qu'elle avait un petit ami, tout en expliquant ne pas savoir grand-chose de cet homme. Virote le connaissait. Quant à Gudny, elle avouait enfin être au courant de son existence. L'ancienne enseignante d'Elias, Emilia, pensait que c'était un Islandais.

– Est-ce qu'il est islandais ? demanda Erlendur.

– Oui, répondit Gudny.

– Et il y a longtemps qu'ils sont ensemble ?

– Je ne sais pas exactement.

– Tout cela pose un autre problème, puisque vous venez de mentionner la confiance, reprit Erlendur. Certes, vous n'avez pas toutes les réponses à nos questions. Il y en a cependant une que nous ne pouvons plus nous permettre d'ignorer, qu'on le veuille ou non, c'est celle qui porte sur Niran lui-même. Et comme Sunee a maintenant pris la fuite avec lui, cette question se fait de plus en plus pressante.

– De quoi est-ce que vous parlez ? demanda l'interprète.

Sigurdur Oli et Elinborg se dévisagèrent comme s'ils ne voyaient absolument pas où Erlendur voulait en venir.

– Pour quelle raison s'est-elle enfuie avec Niran ? demanda Erlendur en baissant la voix.

– Je n'en sais rien, répondit Gudny.

– Est-il possible qu'elle envisage de quitter le pays avec lui ?

– De quitter le pays ?!

– Et pourquoi pas ?

– Ce que je crois, c'est qu'elle s'efforce de protéger Niran. Je ne sais pas au juste de quoi. En revanche, je ne pense pas qu'elle projette de le faire sortir du pays. Je crains d'ailleurs qu'elle n'ait pas la moindre idée sur la manière de procéder.

– Il se peut qu'elle connaisse quelqu'un. Voire plusieurs personnes.

– Vous racontez n'importe quoi !

– Moi aussi, je pense qu'elle essaie de protéger Niran, remarqua Erlendur. Je crois qu'elle est allée se cacher avec lui parce qu'il lui a enfin confié quelque chose. Parce qu'il sait ce qui s'est passé.

– Je n'arrive pas à croire que vous pensez que Niran est impliqué dans le meurtre de son propre frère ! s'écria Gudny, scandalisée.

– Nous devons envisager toutes les éventualités et la disparition de Sunee et de son fils ne nous facilite pas la tâche. Il est possible qu'elle veuille simplement le protéger de cette façon, mais il se peut également qu'elle sache quelque chose que nous ignorons. Je suppose qu'il lui a raconté un détail capital.

– Si Niran avait commis une bêtise, Sunee nous le dirait. Je la connais. Dans ce cas-là, elle ne protégerait pas son fils.

– Nous ne devons écarter aucune hypothèse.

– Mais celle-là est justement exclue ! s'écria l'interprète.

– Ne me dites pas ce qui est exclu ou non, rétorqua Erlendur.

– Toujours est-il que vous ne pouvez pas les retenir prisonniers en les enfermant dans cet appartement, remarqua Gudny. Ils ont quand même le droit d'aller et venir librement.

– Je veux éviter qu'il leur arrive quoi que ce soit d'autre, précisa Erlendur. Il faut qu'ils nous informent sur les endroits où ils se rendent.

– N'importe quoi ! s'exclama Gudny.

– Tenez, justement, la voilà !

Sigurdur Oli fixait la porte ouverte sur la cage d'escalier. Sunee était là avec son frère, mais sans Niran.

Gudny s'approcha d'eux et leur demanda quelque chose en thaï. Ce fut Virote qui lui répondit. Sunee regardait Erlendur, hésitante.

– Niran rien fait, annonça-t-elle.

– Où est-il ? demanda Erlendur.

Sunee discuta longuement avec Gudny.

– Elle n'est pas certaine de pouvoir le protéger, résuma l'interprète. Il est en sécurité là où il se trouve. Sunee sait que vous voulez l'interroger. Elle dit que c'est inutile. Il n'a rien fait et ne sait rien. Il est rentré seul à la maison hier soir, il a vu les voitures de police autour de son frère et il a eu un choc. Il est allé se cacher, incapable de parler à sa mère jusqu'à ce matin. Il a persuadé Sunee qu'il n'avait aucune idée de ce qui était arrivé à son frère, qu'il n'était en rien impliqué dans le meurtre et qu'il n'avait ni vu ni croisé Elias dans la journée d'hier. Il avait peur.

– Peur de quoi ?

– Peur de subir le même sort, répondit Gudny.

– Pouvez-vous dire à Sunee qu'elle a tort de cacher son fils. Que ce procédé éveille nos soupçons et que c'est même dangereux tant que nous n'avons pas avancé dans notre enquête. Nous ne savons pas ce qui est arrivé à Elias et, si elle croit Niran en péril, elle doit nous faire confiance pour le protéger. Sa conduite ne fait que compliquer notre travail.

Gudny traduisit les propos d'Erlendur et Sunee se mit à hocher la tête. Elle décida d'en finir au plus vite.

– Niran rien fait, répéta-t-elle en fusillant Erlendur du regard.

– Voulez-vous la prier de nous dire où se trouve son fils ? demanda Erlendur.

170

– Elle dit vous que n'avez aucun souci à vous faire pour lui. Elle vous demande plutôt de retrouver la personne qui a tué Elias. Vous avez fait des progrès de ce côté-là ?

– Non, répondit Erlendur en s'efforçant de se mettre à la place de Sunee. Peut-être avait-elle raison d'agir ainsi. Il n'avait aucun moyen de le savoir. On nous a dit que vous aviez rencontré un homme, un Islandais, ajouta-t-il. Je n'ai pas encore eu l'occasion de vous interroger à son sujet.

Gudny traduisit.

– Il n'a rien à voir avec cette histoire, répondit Sunee.

– Qui est cet homme ? demanda Sigurdur Oli. Que pouvez-vous nous dire de lui ?

– Rien, déclara Sunee.

– Vous savez où nous pourrons le trouver ?

– Non, répondit Sunee.

– Est-ce qu'il a un travail ? Vous savez où il travaille ?

– Cela ne vous regarde pas, persista Sunee.

– Quel type de relation avez-vous ? demanda Erlendur.

– C'est un ami.

– Quel genre d'ami ?

– Je ne comprends pas la question.

– Cela se borne à de la simple amitié ?

– Oui, il n'y a rien d'autre.

– Pensez-vous que cet homme pourrait avoir joué un rôle dans le meurtre de votre fils ? demanda Sigurdur Oli.

– Non, répondit Sunee.

– Vous ne croyez pas que ça suffit pour l'instant ? remarqua Gudny.

Erlendur hocha la tête.

– Nous reviendrons la voir plus tard dans la journée. Essayez de lui faire comprendre qu'elle n'arrange rien en cachant Niran.

– Peut-être qu'elle lui sauve la vie, objecta Gudny. Essayez un peu de vous mettre à sa place et de mesurer l'épreuve qu'elle doit subir.

Les trois policiers descendirent et s'installèrent dans la voiture d'Erlendur.

– Qui est cette femme qui traduit de manière si professionnelle ? demanda Erlendur en sortant son paquet de cigarettes.

– Tu ne vas quand même pas fumer ? s'offusqua Sigurdur Oli, assis sur la banquette arrière.

– Tu veux parler de Gudny ? répondit Elinborg. Elle a vécu en Thaïlande de nombreuses années. Elle s'y rend régulièrement. Elle est amoureuse de ce pays et de ce peuple, elle y travaille même comme guide touristique pendant l'été. Je trouve qu'elle s'en est rudement bien tirée, vu la difficulté de la situation. Elle me plaît bien.

– Elle ne peut pas te sentir, précisa Sigurdur Oli à l'intention d'Erlendur.

Erlendur alluma sa cigarette en s'efforçant de rejeter la fumée vers l'arrière du véhicule.

– Alors, tu as réussi à tirer les vers du nez à cet Andrés ? demanda-t-il.

Sigurdur Oli était resté seul à interroger Andrés au moment où Erlendur s'était levé d'un bond pour partir au pas de course. Il expliqua qu'il avait, sans résultat, tenté d'extorquer à Andrés le nom de cet homme qui s'était récemment installé dans le quartier. Sigurdur raconta l'ensemble de l'interrogatoire à Elinborg en précisant qu'à son avis, Andrés les menait en bateau. C'était une vieille ruse éculée.

– Il a refusé de me donner un signalement ou de me communiquer quelque information que ce soit sur ce type, conclut Sigurdur Oli.

– Si ce gars a effectivement fait du mal à Andrés alors qu'il était encore enfant, il est donc, de toute manière, un peu plus âgé que lui, nota Erlendur. Je ne sais pas, mais il pourrait avoir entre soixante et soixante-dix ans aujourd'hui. Cela dit, je ne pense pas qu'Elias ait été tué par un pédophile. En général ils n'assassinent pas leurs victimes. Tout du moins, pas au sens propre du terme.

L'enquête en était à son deuxième jour et ils ne disposaient pas d'assez d'éléments pour formuler des conclusions précises. Aucun témoin n'était venu se manifester en leur disant avoir aperçu Elias dans la journée de la veille. L'endroit où il avait été poignardé, aux abords du transformateur d'électricité, était situé sur un chemin qui formait un goulot d'étranglement au pied de l'immeuble à cause des garages qui se trouvaient de l'autre côté. On pouvait apercevoir la scène du crime depuis les étages supérieurs des bâtiments alentour. La police avait effectué des relevés afin de déterminer les appartements concernés, mais leurs occupants n'avaient rien remarqué d'inhabituel ou de suspect. Peu de gens étaient chez eux au moment où Elias avait été agressé.

Erlendur se concentrait surtout sur l'école. Elinborg leur raconta que Niran avait fait partie d'un groupe d'immigrés qui posaient des problèmes dans l'établisse-ment que lui et Elias avaient fréquenté auparavant. Elle suggéra qu'il avait peut-être exporté les mauvaises influences qu'il avait subies là-bas dans sa nouvelle école. Erlendur émit la remarque qu'il faisait partie d'une bande qui, d'après un des élèves, traînait à côté de la pharmacie, une bande qui avait parfois maille à partir avec les autres élèves.

– Nous avons donc un violeur d'enfants, un multiré-cidiviste et un petit ami islandais, résuma Sigurdur Oli. Sans oublier un enseignant qui, manifestement, hait tous les immigrés et crée des dissensions à l'intérieur de l'école. Voilà un charmant petit monde !

Il était évident que Niran devait être un témoin capital dans cette affaire, et sa disparition – ou plutôt sa fuite –, et le fait qu'il soit allé se cacher avec l'aide de sa mère ne faisait que souligner son importance. Ils l'avaient laissé leur filer entre les doigts de la manière la plus stupide. Erlendur eut recours, pour la décrire, à de nombreux termes fleuris. Mais c'est à lui-même qu'il s'en prenait avant tout. À personne d'autre.

– Comment aurions-nous pu prévoir ça ? protesta Elinborg qui en avait assez. Sunee se montrait très coopérative. Rien n'indiquait qu'elle allait commettre une telle bêtise.

– Il faut que nous retournions immédiatement interroger le père, la belle-mère et le frère, proposa Sigurdur Oli. Ce sont eux qui lui sont le plus proches. Ce sont eux qui sont susceptibles de l'aider.

Erlendur regarda longuement ses collègues.

– Je crois bien que la femme m'a appelé aujourd'hui, annonça-t-il enfin.

– La femme qui a disparu ? s'étonna Elinborg.

– Il me semble, en effet, confirma Erlendur en leur décrivant le coup de téléphone qu'il avait reçu alors qu'il rendait visite à Marion à l'hôpital. Elle m'a dit : « Ça ne peut pas se passer comme ça », puis elle a raccroché.

– Ça ne peut pas se passer comme ça ? répéta Elinborg comme un perroquet. Ça ne peut pas se passer comme ça ? Qu'est-ce qu'elle entend par là ?

– Enfin, s'il s'agit effectivement de cette femme, précisa Erlendur. En tout cas, je ne vois pas qui d'autre ça pourrait être. Maintenant, il faut que j'aille voir son mari pour lui dire qu'elle est probablement encore en vie. Il n'a aucune nouvelle d'elle depuis tout ce temps et c'est moi qu'elle appelle. À moins qu'il ne soit au courant de tout ce qui se passe. Mais que signifie donc ce « Ça ne peut pas se passer comme ça » ? Ça donne presque l'impression qu'ils manigancent quelque chose tous les deux. Est-ce qu'il est possible qu'ils essayent de monter ensemble une sorte d'escroquerie ?

– Est-ce qu'elle avait contracté une importante assurance vie ? demanda Sigurdur Oli.

– Non, répondit Erlendur. Rien de ce genre. Nous ne sommes pas dans un film américain.

– Tu ne commencerais pas à soupçonner le mari de l'avoir assassinée ? demanda Elinborg.

– Ce n'est pas logique que cette femme soit en vie, observa Erlendur. Tout porte à croire qu'elle a mis fin à ses jours. Ce coup de fil est en complète contradiction avec le reste. Avec tout le reste.

– Qu'est-ce que tu vas raconter à son mari ? demanda Elinborg.

Erlendur s'était débattu avec la question depuis qu'il avait reçu cet appel. Le peu de considération qu'il avait pour cet homme diminuait au fur et à mesure qu'il en apprenait sur son passé. Il semblait avoir un besoin insatiable de tromper ses épouses. L'infidélité relevait chez lui d'une sorte de manie. Pourtant ses collègues et amis, interrogés par Erlendur, n'avaient dit que du bien de lui. Certains avaient affirmé qu'il avait toujours eu un gros faible pour les femmes, le qualifiant même de tombeur. Bien que marié, il abusait sans vergogne toutes celles qui passaient à sa portée. L'un de ses collègues avait raconté à Erlendur qu'un jour, il avait dragué une fille qui lui avait fait des avances alors qu'ils étaient sortis s'amuser dans un bar. Il avait retiré son alliance en douce et l'avait profondément enfoncée dans un pot de fleurs. Le lendemain, il avait été obligé de retourner au bar pour la déterrer.

À l'époque, il n'avait pas encore rencontré sa dernière épouse. Erlendur ne croyait pas cette femme portée sur les aventures amoureuses. L'homme l'avait enjôlée en lui cachant évidemment qu'il était marié et les choses étaient allées de plus en plus loin, bien plus loin qu'elle ne l'avait imaginé au début, jusqu'au moment où il lui avait été impossible de reculer. Ils s'étaient retrouvés seul l'un en face de l'autre. Elle, en proie à une profonde culpabilité, à la dépression, à une grande solitude. L'homme avait affirmé n'avoir rien remarqué de tel quand Erlendur l'avait interrogé sur l'état psychologique de sa femme avant sa disparition. Elle était en forme, avait-il répondu. Elle ne m'a jamais dit qu'elle ne se sentait pas bien. Quand Erlendur l'avait cuisiné à propos des soupçons qu'elle pouvait avoir sur sa probable infidélité au bout de seulement deux ans de mariage, il avait haussé les épaules comme si cela ne le regardait pas et que ça n'avait rien à voir avec l'affaire. Quand Erlendur s'était montré plus pressant, il avait répondu qu'il s'agissait de sa vie privée et que cela ne concernait que lui.

Personne n'avait été témoin de la disparition. La femme avait appelé son employeur pour se déclarer malade et avait passé la journée seule chez elle. Les enfants de son mari étaient chez leur mère. Lorsqu'il était rentré, vers six heures, elle était absente. Il n'avait eu aucun contact avec elle de toute la journée. Voyant que la soirée passait sans qu'elle se manifeste, il avait commencé à s'inquiéter. Il n'avait pas fermé l'œil de la nuit. Le lendemain matin, il s'était rendu à son travail d'où il avait appelé à intervalle régulier à son domicile sans obtenir de réponse. Il avait téléphoné à leurs amis communs, à ses collègues à elle et partout où il pensait pouvoir la trouver. La journée s'écoulait et il s'entêtait à ne pas contacter la police. Voyant qu'elle n'avait toujours pas réapparu le lendemain matin, il s'était enfin décidé à appeler le commissariat et à signaler sa disparition. Il ne savait même pas ce qu'elle portait sur elle au moment où elle avait quitté la maison. Les voisins ne l'avaient pas vue. Aucun de ses amis, récents ou de longue date, n'avait de nouvelles d'elle. Le couple possédait deux voitures et elle n'avait pas pris la sienne. Elle n'avait pas non plus appelé de taxi.

Erlendur se l'était imaginée sortant de sa maison et disparaissant, seule et abandonnée, dans l'obscurité interminable de la nuit hivernale. Quand il s'était rendu à leur domicile pour la première fois, le quartier était illuminé par de jolies décorations de Noël et il s'était dit qu'elle n'avait probablement jamais remarqué leur présence.

– Il ne peut exister aucune confiance entre les gens quand ils commencent une relation sur des bases pareilles, observa Elinborg, agacée, comme chaque fois qu'elle parlait de cette affaire.

– De plus, la question de la quatrième femme demeure en suspens, nota Sigurdur Oli. Existe-t-elle vraiment ?

– Le mari nie catégoriquement avoir été infidèle et je n'ai rien découvert qui prouve le contraire, précisa Erlendur. Nous n'avons que la parole de l'épouse qui pensait qu'il s'était mis à voir une autre femme. Ainsi que les regrets qu'elle éprouvait à cause de toute cette histoire. Elle semble avoir eu de sacrés remords.

– Puis, un beau jour, elle voit ton nom dans le journal à cause du meurtre et elle te passe un coup de fil, reprit Elinborg.

– Comme si elle était sortie de sa tombe, observa Erlendur.

Ils gardèrent un moment le silence en pensant à cette femme qui avait disparu, à Sunee et au petit Elias sur le terrain au pied de l'immeuble.

– Dis-moi, tu crois vraiment sérieusement que Niran serait responsable de la mort de son frère ? interrogea Elinborg.

– Non, la rassura Erlendur, pas une seconde.

– Il semble quand même que la mère ait voulu nous soustraire son fils, sinon elle serait tranquillement restée chez elle, nota Sigurdur Oli.

– Peut-être qu'il a peur, répondit Erlendur. Peut-être ont-ils peur tous les deux.

– Niran a probablement eu des problèmes avec une, voire plusieurs personnes qui l'ont menacé, avança Elinborg.

– Probablement, convint Sigurdur Oli.

– Il doit au moins avoir dit quelque chose pour déclencher chez Sunee une réaction aussi violente, reprit Elinborg.

– À part ça, quelles nouvelles de Marion ? demanda Sigurdur Oli.

– C'est bientôt la fin, l'informa Erlendur.

Debout à la fenêtre de son bureau de la rue Hverfisgata, il fumait en regardant la neige poudreuse balayée par le vent à la surface des rues. La nuit commençait à tomber et le froid resserrait encore son emprise sur la ville dont le pouls ralentissait avant que n'arrive le soir et qu'elle aille se coucher.

L'interphone posé sur son bureau grésilla et l'accueil lui annonça qu'un jeune homme du nom de Sindri Snaer demandait à le voir. Erlendur pria qu'on le fasse entrer et son fils ne tarda pas à apparaître dans l'embrasure de la porte.

– Je me suis dit que je pouvais bien te rendre une petite visite en allant à ma réunion, annonça-t-il.

– Entre donc, répondit Erlendur. Quelle réunion ?

– Les Alcooliques anonymes, leur bureau se trouve ici, dans Hverfisgata.

– Tu n'as pas froid, habillé comme ça ? demanda Erlendur en désignant sa veste d'été légère.

– Pas vraiment, répondit Sindri.

– Assieds-toi. Tu veux un café ?

– Non, merci. J'ai appris pour le meurtre. C'est toi qui enquêtes dessus ?

– Avec d'autres personnes, oui.

– Vous avancez ?

– Non.

Quelque temps plus tôt, Sindri s'était installé à Reykjavik après avoir quitté les fjords de l'Est où il avait travaillé dans le poisson. Il avait appris là-bas que son père et son oncle s'étaient autrefois perdus sur la lande d'Eskifjardarheidi et qu'Erlendur faisait des voyages dans l'Est tous les deux ou trois ans pour aller sur la lande où il avait failli perdre la vie. Sindri n'en voulait pas autant à son père qu'Eva Lind. Jusqu'à une époque très récente, il lui avait été totalement indifférent. Il avait désormais pris l'habitude de lui rendre des visites à l'improviste, chez lui ou à son travail. Il ne s'attardait généralement que le temps de fumer une cigarette.

– Des nouvelles d'Eva ? demanda-t-il.

– Elle m'a appelé. Pour me demander comment allait Valgerdur.

– Ta femme ?

– Ce n'est pas ma femme, précisa Erlendur.

– Eva ne dit pas la même chose. Elle m'a raconté qu'elle s'était pratiquement installée chez toi.

– Est-ce que Valgerdur l'inquiète à ce point ?

Sindri hocha la tête en sortant son paquet de cigarettes.

– Je ne sais pas. Elle s'imagine peut-être que tu vas la préférer.

– Par rapport à qui ?

Sindri aspira la fumée et la rejeta par le nez.

– Par rapport à elle ? demanda encore Erlendur.

Sindri haussa les épaules.

– Elle t'a dit quelque chose là-dessus ?

– Non, répondit Sindri.

– Il y a longtemps qu'Eva ne m'a pas contacté. À part ce coup de fil d'hier. Tu crois que c'est pour ça ?

– Peu importe. Je crois qu'elle essaie de se remettre sur les rails. Elle a rompu avec ce dealer et elle m'a dit qu'elle allait chercher un travail.

– Toujours la même rengaine.

– Oui, en effet, convint Sindri.

– Et toi, comment vas-tu ?

– Très bien, répondit Sindri en se levant. Il éteignit sa cigarette dans le cendrier du bureau. Est-ce que tu prévois d'aller dans l'Est l'été prochain ?

– Je n'y ai pas réfléchi. Pourquoi ?

– Bêtement, je suis allé voir la maison un jour, pendant que je travaillais là-bas. Je ne me rappelle pas si je t'en ai parlé.

– Elle est abandonnée.

– C'est un endroit plutôt terrifiant. Entre autres parce qu'on sait pourquoi vous en êtes partis. Sindri ouvrit la porte du couloir. Enfin, tu n'as qu'à me prévenir, conclut-il, si jamais tu y allais.

Il n'attendit pas la réponse et referma doucement derrière lui. Erlendur était assis sur son fauteuil à fixer la porte du regard. En l'espace d'un instant, il se retrouvait chez lui, dans la ferme où il était né, la ferme qui l'avait vu grandir. La maison abandonnée était encore debout au pied de la lande. Il y avait dormi alors qu'il était allé visiter les lieux de sa jeunesse dans un but imprécis. Peut-être pour entendre à nouveau les voix de ses disparus et se souvenir de ce qu'autrefois, il avait eu et aimé.

C'était dans cette maison, aujourd'hui nue, sans vie, ouverte à tous les vents, qu'il avait pour la première fois entendu ce mot inconnu et détestable qui s'était profondément gravé dans sa conscience.

Assassin.

14

La jeune fille lui rappelait un peu Eva Lind, en version plus juvénile et nettement plus en chair. Eva avait toujours été maigre comme un clou. Vêtue d'un blouson en cuir noir, d'un léger T-shirt verdâtre, d'un pantalon de treillis douteux, elle avait un piercing à l'arcade sourcilière, un œil cerclé de noir et du rouge à lèvres également noir. Elle faisait l'effet d'une sacrée terreur, assise face à Erlendur avec sa mine butée qui manifestait sa haine de tout ce que la police pouvait représenter. Installée à côté d'Erlendur, Elinborg observait la demoiselle comme si elle n'avait eu qu'une seule envie : la coller dans une machine à laver avant d'enclencher le programme rinçage.

Ils avaient déjà interrogé la sœur aînée qui semblait, dans les grandes lignes, servir de modèle à l'adolescente. Elle avait joué les grandes gueules, du reste elle n'en était pas à son coup d'essai, ayant plusieurs fois été condamnée pour trafic de stupéfiants. Comme on n'était jamais parvenu à la coincer en possession de grosses quantités, elle n'avait écopé que de condamnations avec sursis. Elle avait, comme à son habitude, refusé de donner les noms de ceux pour qui elle revendait, et quand les policiers lui avaient demandé si elle se rendait compte du tort qu'elle causait à sa sœur en l'entraînant dans le monde de la drogue, elle leur avait ri au nez en leur répondant : « *Go get a life !* »

Erlendur s'efforça d'amener la cadette à comprendre que les activités auxquelles elle se livrait dans le périmètre de l'école ne l'intéressaient pas, que le trafic de drogue n'était pas sa spécialité et qu'elle ne risquait rien de grave venant de lui de ce côté-là, mais que si elle ne répondait pas correctement à ses questions, il s'arrangerait pour lui trouver une exploitation laitière dans une campagne reculée où elle passerait les deux années à venir.

– Une exploitation laitière ? répéta la gamine, amusée. Qu'est-ce que c'est que ce truc ?

– C'est de là que provient le lait, précisa Elinborg.

– Je ne bois pas de lait, répondit la fille, en ouvrant de grands yeux, comme si cela allait suffire à la tirer d'affaire.

Erlendur la regardait sans parvenir à réfréner un sourire. Il avait devant lui un concentré de tout ce qu'il y avait de pire dans une existence humaine : une jeune fille qui ne connaissait rien d'autre que l'abandon et le malheur. La gamine n'était pas pour grand-chose à sa situation. Elle était issue d'une famille à problèmes tout à fait typique et s'était en gros élevée elle-même. La sœur aînée, son modèle dans la vie et peut-être l'une de celles qui avaient été chargées de son éducation, l'avait incitée à vendre de la drogue, quand ce n'était pas à en consommer. Et peut-être n'était-ce encore pas là le pire. Erlendur avait appris de sa fille la manière dont on payait ses dettes, la façon dont il était possible de se procurer un gramme, les choses auxquelles on devait parfois s'abaisser afin de s'acheter le bonheur. Il savait le genre de vie que menait cette jeune fille.

Celle qu'on appelait Heddy semblait bien correspondre à l'image qu'avait la police de ceux qui revendaient de la drogue aux abords des écoles. Elle terminait sa scolarité obligatoire et s'était acoquinée avec des types d'une vingtaine d'années, les amis de sa sœur aînée. Elle servait de courroie de transmission et la police avait entendu diverses choses sur son compte dans l'école.

– Est-ce que tu connaissais Elias, le petit garçon qui est mort ? lui demanda Erlendur.

Ils étaient assis dans la salle d'interrogatoire. La jeune fille était accompagnée d'une représentante de la Protection de l'enfance de Reykjavik. On n'était pas arrivé à joindre ses parents. Elle ignorait la raison pour laquelle elle avait été convoquée. La représentante de la Protecion de l'enfance lui avait expliqué que ce n'était qu'à titre informatif.

– Non, répondit Heddy, pas du tout. Et je ne sais pas qui l'a tué. En tout cas, c'est pas moi.

– Personne n'a dit que c'était toi, rassura Erlendur.

– C'était pas moi.

– Sais-tu s'il av…

Erlendur hésita. Il s'apprêtait à lui demander si Elias avait eu maille à partir avec un élève précis de l'école, mais n'était pas certain qu'elle comprenne l'expression. Il reformula sa question :

– Sais-tu s'il avait des ennemis à l'intérieur de l'école ?

– Non, répondit la gamine. Je ne sais rien du tout. Je ne sais rien de cet Elias. Et je ne vends rien là-bas. Tout ça, c'est que des conneries !

– Est-ce que vous avez essayé de lui vendre de la drogue ? demanda Elinborg.

– Espèce de pute, éructa la gamine. Je cause pas aux putes comme toi !

Elinborg lui répondit par un sourire.

– Est-ce que vous lui avez vendu de la drogue ? insista-t-elle. On nous a dit que vous pratiquiez le racket à l'école. Que vous forciez les enfants à vous acheter des stupéfiants. Peut-être est-ce votre grande sœur qui vous a appris comment vous y prendre parce qu'elle a de l'expérience en la matière et qu'elle sait comment effrayer les petits. Peut-être avez-vous une peur bleue de votre grande sœur. Tout cela, nous nous en fichons éperdument. Nous nous fichons éperdument des gamines de votre espèce…

– Non, mais dites donc… commença la représentante de la Protection de l'enfance.

– Vous avez très bien entendu comment elle vient de m'appeler, coupa Elinborg en tournant lentement son regard vers la représentante, une femme d'une trentaine d'années. Vous ne l'avez pas ouverte à ce moment-là et vous feriez mieux de la fermer maintenant. Nous voulons savoir si Elias avait peur de vous, reprit-elle en regardant à nouveau Heddy. Si vous le harceliez pour l'effrayer et si vous l'avez poignardé. Nous savons que vous adorez vous en prendre aux plus faibles parce que ce sont les seuls que vous puissiez réellement contrôler dans votre pitoyable existence. Avez-vous agressé Elias ?

Heddy fixa Elinborg du regard.

– Non, répondit-elle après un long silence. Je ne l'ai jamais approché.

– Est-ce que tu connaissais son frère ? demanda Erlendur.

– Je connais Niran, oui, répondit la gamine.

– Comment ça ? Vous êtes amis ? demanda Erlendur.

– Ça non, répondit-elle, pas franchement. Je ne peux pas piffer les bols de riz. Je ne m'en approche pas. Pareil pour cet Elias. Je ne l'ai jamais approché et je ne sais pas qui l'a agressé.

– Dans ce cas, pourquoi tu dis que tu connais Niran ?

La gamine sourit, découvrant ses grandes dents d'adulte, disproportionnées par rapport à sa bouche et à son visage d'enfant.

– Parce que c'est eux, les dealers, répondit-elle. C'est eux qui vendent cette putain de drogue, ces saloperies de bols de riz !

Marion Briem était assoupie au moment où Erlendur vint lui rendre visite à l'hôpital dans la soirée. Le calme régnait dans le service des soins palliatifs. On entendait quelque part un poste de radio qui débitait, monocorde, le bulletin météo. La température avait franchi la barre des moins dix degrés et le vent sec du nord accentuait encore le froid. Peu de gens se risquaient à sortir par ce temps. Ils restaient calfeutrés chez eux, allumaient les lumières et montaient les thermostats des radiateurs. La télévision diffusait des films gorgés de soleil, tournés en Espagne ou en Italie, où tout n'était que ciel bleu, chaleur estivale et féerie de couleurs.

Erlendur se tenait depuis quelques minutes au pied du lit au moment où Marion ouvrit les yeux. Elle leva très lentement sa main posée sur la couette. Après un instant d'hésitation, Erlendur s'approcha, lui prit la main et s'assit sur le bord du lit.

– Comment te sens-tu ? demanda-t-il.

Marion referma les yeux en secouant sa grosse tête, comme si cela n'avait plus la moindre importance. L'heure de la séparation approchait. Il ne restait que peu de temps. Erlendur remarqua la présence d'un petit miroir de poche sur la table de nuit à côté de la mourante et se demanda ce qu'il pouvait bien faire là. Autant qu'il sache, jamais Marion ne s'était préoccupée de son apparence physique.

– L'enquête ? demanda Marion. Où en est l'enquête ?

Erlendur comprit immédiatement de quoi il devait parler. Même sur son lit de mort, Marion s'intéressait à la toute dernière enquête. Ses yeux fatigués regardèrent Erlendur qui y décrypta les questions qu'éveillé ou endormi, il avait retournées dans tous les sens : qui donc peut faire une chose pareille ? Comment une telle horreur peut-elle se produire ?

Il se mit à lui parler de la progression de l'enquête. Marion l'écouta les yeux fermés. Erlendur se demandait si son ancien supérieur s'était rendormi. Il avait presque mauvaise conscience. Ce n'était pas uniquement par bonté d'âme qu'il était venu rendre cette visite à Marion. Il avait envie d'interroger la patiente dont la mort approchait à grands pas sur un point de détail qu'il n'était pas certain de découvrir dans les rapports et autres procès-verbaux de la police. Erlendur se garda de toute précipitation. Cela l'aidait de retracer l'ensemble de l'enquête en toute tranquillité. Au cours de son récit, Marion ouvrit les yeux une seule fois. Il crut qu'elle voulait qu'il s'interrompe, mais elle lui fit signe de poursuivre.

– Il y a une petite chose là-dedans que je voudrais te demander, précisa Erlendur alors qu'il venait de lui raconter la visite de la police au domicile d'Andrés.

Marion semblait endormie. Ses yeux s'étaient refermés, sa respiration était à peine perceptible. La main qui tenait celle d'Erlendur n'avait plus aucune force. Tout à coup, on aurait dit que Marion saisissait qu'Erlendur n'était pas venu pour une simple visite de courtoisie. Ses yeux s'ouvrirent en une petite fente et elle serra plus fort sa main pour lui signaler qu'il devait continuer.

– C'est à propos de cet Andrés, reprit Erlendur.

Marion lui serra la main avec plus de force encore.

– Il nous a parlé d'un homme qu'il a connu dans le passé en nous laissant entendre qu'il s'agissait d'un pédophile, mais il a refusé de nous révéler son identité. Cet homme aurait agressé Andrés dans son enfance. La seule chose que nous sachions, c'est qu'il habite le quartier où le meurtre a été commis. Nous n'avons ni son nom ni son signalement. Et je ne crois pas non plus qu'il ait un casier judiciaire. Andrés nous a dit qu'il était plus malin que ça, alors j'ai pensé que tu pouvais nous être de quelque secours. Pour l'instant, l'enquête part dans toutes les directions et nous devons examiner tout ce qui nous semble suspect. Je n'ai pas besoin de te le dire, tu connais la routine. Nous sommes pressés, comme toujours. Et encore plus maintenant que jamais auparavant. Je me suis dit que tu pourrais peut-être nous faire gagner un peu de temps.

Les paroles d'Erlendur furent suivies d'un long silence. Il crut que Marion s'était assoupie. Sa main avait relâché son emprise et une expression tranquille s'était posée sur son visage.

– Andrés… ? répéta Marion d'une voix qui tenait plus du halètement ou du soupir.

– J'ai vérifié, informa Erlendur. Il est né à Reykjavik où il a passé son enfance. Si quelque chose s'est produit alors, c'est très probablement ici, à Reykjavik. Mais nous ne le savons pas puisque cet Andrés reste muet comme une tombe.

Marion se taisait. Erlendur se demandait si cela servait à quoi que ce soit de s'acharner ainsi. Il ne s'attendait à rien de précis, mais voulait tout de même essayer. Il connaissait les capacités de Marion Briem, connaissait sa mémoire et la faculté qu'elle avait d'établir instantanément un lien entre les données les plus improbables. Peut-être profitait-il de son ancien supérieur. Peut-être dépassait-il les bornes. Il décida de renoncer. Marion avait tout de même le droit de mourir en paix.

– … Il avait… annonça Marion en serrant de plus belle la main d'Erlendur.

– Quoi ? Il avait quoi ?

Erlendur crut voir un petit sourire se dessiner sur le visage de Marion. Il pensa d'abord être victime d'une hallucination, mais fut bientôt convaincu qu'elle souriait en effet.

187

– … un beau-père, soupira Marion.

Ce fut à nouveau le silence.

– Erlendur, marmonna Marion au bout d'un long moment.

Ses yeux s'étaient à nouveau fermés. Sur son visage : une légère grimace.

– Oui, répondit-il.

– Il… ne nous reste… plus… de temps, murmura Marion.

– Je sais, répondit Erlendur. Je…

Il ne savait que répondre. Il ne savait comment lui dire adieu, ne trouvait pas les mots à même d'exprimer l'ultime au revoir qu'elle recevrait sur cette terre. Qu'y avait-il à dire ? Marion continuait de lui tenir la main. Erlendur s'efforçait de trouver les paroles appropriées, celles qu'il croyait qu'elle avait envie d'entendre. Mais comme il ne trouvait rien, il resta assis en silence, à tenir cette vieille main aux ongles longs et aux doigts jaunis par la cigarette.

– Lis-moi… quelque chose, demanda Marion.

Marion devait rassembler ses dernières forces pour articuler. Erlendur se pencha afin de mieux entendre.

– Lis-moi…

Elle tendit une main épuisée en direction du petit miroir posé sur la table de nuit.

Erlendur l'attrapa pour le lui placer dans la paume. Elle l'approcha d'elle pour regarder l'image de son visage à l'agonie.

Erlendur sortit le livre qu'il avait apporté avec lui, un ouvrage lustré, tout usé, qu'il ouvrit à la page à laquelle il l'avait si souvent ouvert, puis il se mit à lire.

Depuis des siècles, il existe un chemin qui traverse la lande d'Eskifjardarheidi et qui mène du village d'Eskifjördur jusqu'à la région de Fljotdalshérad. C'est une ancienne route qu'on parcourait à cheval. Elle part du

*versant nord de la rivière Eskifjardara, remonte la crête
de Langahrygg, longe la rivière Innri-Steinsa, enjambe
la vallée de la Vina, remonte les collines de Midhei-
darendi jusqu'au plateau d'Urdarflöt, en passant au
pied des falaises d'Urdarkletti où elle quitte le territoire
du village d'Eskifjördur. Au nord, on trouve la vallée de
la rivière Thvera qui passe entre les montagnes Andri et
Hardskafi, puis on a la montagne Holafjall et la lande
de Selheidi, encore plus loin vers le nord.*

*La Métairie de Bakkasel était autrefois le nom de la
ferme située au fond du fjord d'Eskifjördur, le long de la
vieille route rejoignant région de Fljotdalshérad. Elle est
aujourd'hui abandonnée, mais au milieu du siècle le pay-
san Sveinn Erlendsson et sa femme, Aslaug Bergsdottir
l'occupaient. Ils avaient deux fils, âgés de huit et dix ans.
Sveinn possédait un petit élevage de moutons...*

Erlendur interrompit sa lecture.

– Marion ! murmura-t-il.

Un profond silence envahit la pièce. L'obscurité de la
nuit hivernale couvrait la ville qui se muait en un océan
de lumières scintillantes. Erlendur vit son propre reflet
dans la fenêtre qui donnait sur l'arrière-cour de l'hôpital.
La grande vitre était comme un tableau grisâtre et morne,
une vanité représentant deux personnages arrivés à leur
heure dernière. Il plongea longuement ses yeux dans la
fenêtre jusqu'à y croiser son propre reflet. Cette image
lui rappela le dernier vers du poème de Steinn Steinarr :

*... lequel des deux suis-je, de celui qui survit ou de
l'autre qui meurt ?*

Erlendur revint à lui au moment où le petit miroir tomba
à terre et se brisa. Il prit la main sans vie pour vérifier le
pouls. Marion venait de faire ses adieux à ce monde.

15

Erlendur gara sa Falcon sur le parking devant son immeuble. Il laissa le moteur tourner quelques instants avant de l'éteindre. Malgré son âge avancé, cette voiture fonctionnait comme une horloge et ronronnait agréablement au ralenti. Erlendur aimait beaucoup sa Ford et parfois, quand il n'avait pas d'autre occupation, il prenait le volant et s'offrait des promenades en dehors de la ville. Il ne s'était jamais adonné à ce genre de chose auparavant. Un jour, il avait proposé à Marion un tour en voiture. Cette fois-là, la destination qu'il avait choisie était le lac de Kleifarvatn. Erlendur avait conduit Marion jusque-là pour lui raconter le dénouement d'une enquête qu'il avait résolue. On avait découvert sur le fond asséché du lac de vieux restes humains en rapport avec un groupe d'étudiants islandais qui avaient séjourné en Allemagne de l'Est dans les années 50. Marion s'était passionnée pour cette affaire. Erlendur voulait faire quelque chose pour elle dans la lutte qu'elle livrait contre la maladie. Il savait qu'à l'approche du moment fatidique, il serait la seule personne sur qui elle pourrait compter.

Il fit une grimace à cette pensée et caressa le volant blanc ivoire. Jamais plus il ne verrait Marion. Désormais, il ne lui restait d'elle que des souvenirs, plutôt inégaux. Il pensa au temps qu'il lui restait à passer sur terre, mesura combien ce temps était court avant que de nouvelles générations ne viennent prendre le relais, avançant toujours plus loin dans l'avenir. Son temps à lui s'était écoulé sans même qu'il le remarque, étranger à toute chose à l'exception de son travail. Avant qu'il n'ait le temps de s'en rendre compte, il se retrouverait comme Marion, allongé dans une salle, à regarder la mort en face.

Autant qu'Erlendur le sache, personne ne viendrait réclamer la dépouille. Il avait discuté avec une infirmière de la suite des événements. Marion lui avait un jour demandé d'organiser ses obsèques.

Avant de rentrer chez lui après sa visite à l'hôpital, Erlendur était passé chez Sunee. Virote, son frère, ainsi que Gudny, l'interprète, se trouvaient avec elle. Gudny était sur le départ au moment où Erlendur arriva. Elle lui proposa de rester un peu plus longtemps et il la remercia d'avoir la gentillesse de lui rendre ce service.

– Vous venez pour quelque chose de particulier ? demanda Gudny. Vous avez du nouveau ?

– Non, pas pour l'instant, répondit Erlendur à Gudny, qui s'empressa de transmettre à Sunee.

– Accepterait-elle maintenant de me dire où se cache Niran ? demanda-t-il.

Gudny traduisit à Sunee qui se mit à secouer la tête en opposant à Erlendur un regard déterminé.

– Elle croit qu'il est mieux là où il est. Elle voudrait savoir quand elle pourra récupérer le corps d'Elias.

– Très prochainement, précisa Erlendur. L'enquête est prioritaire, mais nous ne garderons son corps que le temps strictement nécessaire à son examen.

Erlendur prit place sur un fauteuil en dessous du dragon jaune. Il régnait dans l'appartement une atmosphère plus calme qu'auparavant. Assis côte à côte sur le canapé, le frère et la sœur fumaient tous les deux. Erlendur n'avait jamais vu Sunee fumer jusque-là. Elle

192

avait l'air accablée. Les cernes sous ses yeux lui donnaient un air à la fois fatigué et inquiet.

– Comment vous sentez-vous dans ce quartier ? demanda Erlendur.

– Elle aime bien vivre ici, répondit Gudny après avoir interrogé Sunee. C'est un quartier très tranquille.

– Vous avez fait connaissance avec d'autres gens des environs, des habitants de l'immeuble ?

– Un petit peu.

– Vous avez rencontré des problèmes avec certaines personnes parce que vous venez de Thaïlande ? Ressenti du racisme ou bien de l'hostilité ?

– Un tout petit peu, parfois, quand elle sort s'amuser.

– Et vos fils ?

– Elias ne s'est jamais plaint de rien. En revanche, il y avait un professeur qu'il n'aimait pas beaucoup.

– Kjartan ?

– En effet.

– Pour quelle raison ?

– Il aimait bien aller à l'école, mais il n'aimait pas les cours d'islandais avec Kjartan.

– Et Niran ?

– Il veut rentrer à la maison.

– À la maison, vous voulez dire en Thaïlande ?

– Oui. Mais Sunee veut qu'il vive avec elle. C'était difficile pour lui de venir ici, mais elle voulait l'avoir auprès d'elle.

– Odinn n'a pas été franchement ravi d'apprendre l'existence de Niran longtemps après votre mariage.

– Non, c'est vrai.

– Est-ce la raison de votre divorce ?

Sunee écouta Gudny prononcer la question puis lança un regard intense à Erlendur.

– Peut-être, répondit-elle. Peut-être que c'était l'une des raisons. Ils ne se sont jamais bien entendus.

193

– J'aimerais en savoir un peu plus à propos de votre petit ami, poursuivit Erlendur. Que pouvez-vous me dire sur lui ? Est-ce qu'il s'est immiscé entre vous et Odinn ?

– Non, répondit Sunee. Tout était terminé entre Odinn et moi à l'époque où j'ai rencontré cet homme.

– De qui s'agit-il ?

– C'est un bon ami.

– Pourquoi refusez-vous de nous dire quoi que ce soit sur lui ?

Sunee garda le silence.

– Est-ce parce que c'est lui qui ne le veut pas ?

Sunee continua à se taire.

– Il trouve votre relation embarrassante ?

Sunee lui lança un regard. On eût dit qu'elle s'apprêtait à dire quelque chose, mais elle se ravisa.

– Est-ce que Niran est chez lui ?

– Ne me posez plus de questions sur lui, répondit-elle. Il n'a rien à voir avec tout cela !

– Il est important que nous puissions l'interroger, insista Erlendur. Pas parce que nous croyons qu'il ait fait quoi que ce soit de mal, mais parce qu'il se peut qu'il connaisse des détails qui pourraient nous mettre sur une piste. Vous voulez bien réfléchir à la question d'ici demain ?

Gudny transmit le message, mais Sunee ne répondit rien.

– La Thaïlande ne vous manque jamais ? demanda Erlendur.

– J'y suis allée deux fois depuis la naissance d'Elias, précisa Sunee. Ma famille viendra à l'enterrement. Ça me fera du bien de revoir tout le monde, mais la Thaïlande ne me manque pas.

– Vous avez l'intention d'inhumer Elias en Islande ?

– Évidemment.

Sunee s'interrompit.

– Tout ce que je veux, c'est pouvoir vivre ici en paix, reprit-elle. Je suis venue dans ce pays dans l'espoir d'y trouver une vie meilleure. Je considérais que c'était chose faite. Je ne connaissais rien de l'Islande avant. J'ignorais jusqu'à son existence. Ensuite, c'est devenu le pays de mes rêves. Puis cette horreur est arrivée. Peut-être que je vais rentrer chez moi, avec Niran. Peut-être finalement n'avons-nous pas notre place ici.

– Une source très peu fiable que nous ne prenons pas franchement au sérieux nous a affirmé que Niran fréquentait des garçons mêlés à du trafic de drogue.

– C'est absolument exclu.

– Vous savez ce qu'est un encaisseur ?

Sunee hocha la tête.

– Niran a-t-il déjà eu des problèmes à cause d'eux ?

– Non, répondit Gudny, reprenant Sunee. Niran s'est toujours gardé de toucher à la drogue. Celui qui affirme le contraire est un menteur.

Erlendur coupa le moteur de sa voiture devant l'immeuble et sortit dans le froid de l'hiver. Il resserra son imperméable plus près de son corps et entra d'un pas lent dans son bâtiment. Il alluma une lampe dans son appartement plongé dans l'obscurité. Aucune lune ne venait éclairer la fenêtre, le ciel était chargé de nuages et le vent hurlait à la mort le long des parois de l'immeuble.

Il ignorait pendant combien de temps il était resté assis à penser à Marion au moment où il entendit quelqu'un frapper doucement à sa porte. Il crut qu'il s'était assoupi, mais n'en était pas certain. Il se leva pour aller ouvrir. Quelqu'un sortit lentement de l'obscurité de la cage d'escalier et le salua. Eva Lind.

Erlendur devint fébrile. Il n'avait pas vu sa fille depuis un moment. Leurs relations avaient été si mauvaises pendant si longtemps que l'idée l'avait même effleuré qu'il ne la reverrait plus jamais. Il avait décidé d'arrêter de lui courir derrière, d'arrêter d'aller la chercher dans des taudis à junkies, d'arrêter d'intervenir quand il voyait son nom cité dans des rapports de police, de renoncer à la prendre sous son aile pour s'occuper d'elle, de renoncer à la persuader de suivre une cure de désintoxication. Tous ses efforts n'avaient fait qu'envenimer les choses. Plus ils se voyaient, plus leurs relations se détérioraient. Eva Lind avait sombré dans la dépression à la suite d'une fausse couche et il était resté impuissant. Tout ce qu'il avait tenté avait eu l'effet contraire sur sa fille qui l'avait accusé d'empiéter sur sa vie en se mêlant de ce qui ne le regardait pas. Sa dernière tentative avait consisté à la placer en cure de désintoxication. Après l'échec de la cure, il avait renoncé à l'aider. Il avait eu une foule d'exemples dans sa profession. Bien des parents finissaient par jeter l'éponge et par abandonner à leur sort leurs enfants qui consommaient de la drogue et s'enfonçaient toujours plus profond dans la dépendance sans rien essayer pour s'en sortir ni manifester la moindre bonne volonté.

Il avait donc décidé de la laisser tranquille, ce qui était réciproque. Il avait compris que, le plus souvent, il se fourvoyait en voulant aider sa fille. Il la connaissait à peine. Il passait son temps à se battre contre un poison qui la transformait en quelqu'un d'autre. C'était peine perdue. Eva Lind ne se résumait pas à cette drogue. Il le savait parfaitement, même si elle ne s'était jamais abaissée à s'en servir pour justifier ou excuser sa conduite. La drogue était une chose. Eva Lind en était une autre. De manière générale, il était difficile de discerner l'une de l'autre, mais c'était toutefois possible. Il le savait parfaitement, même si cela ne lui apportait aucune consolation.

– Je peux entrer ? demanda Eva Lind.

Il était plus heureux de la voir qu'il ne voulait se l'avouer. Elle ne portait plus cet affreux blouson en cuir noir, mais un long manteau dans les tons rouges. Elle avait les cheveux propres, ramenés en queue de cheval, ne s'était pas trop maquillée et Erlendur ne remarquait aucune trace de piercing sur son visage. Elle ne s'était pas peinturluré les lèvres en noir, n'avait pas non plus mis de rouge. Elle avait enfilé un épais chandail vert pour affronter le froid, un jeans et des bottes noires qui lui montaient presque aux genoux.

– Bien sûr que oui, répondit-il en lui ouvrant sa porte.

– Bon sang, ce qu'il peut faire sombre chez toi, observa-t-elle en entrant dans le salon. Il referma la porte et la suivit à l'intérieur. Elle repoussa le tas de journaux sur le canapé pour s'asseoir puis sortit son paquet de cigarettes en l'orientant vers Erlendur avec un regard interrogateur. Il lui fit signe qu'elle pouvait parfaitement fumer chez lui, mais refusa la cigarette qu'elle lui offrait.

– Quoi de neuf ? demanda-t-il en s'installant dans son fauteuil. Il avait l'impression que rien n'avait changé, l'impression qu'elle était partie de chez lui avant-hier et qu'elle repassait aujourd'hui.

– *Same old*, répondit Eva.

– *Same old !* reprit Erlendur. Qu'est-ce que tu as donc contre la langue islandaise ?

– Tu ne changeras jamais, n'est-ce pas ?

Eva parcourut du regard les bibliothèques et les piles de livres. Dans la cuisine, il n'y avait que deux chaises, une table, une casserole sur la cuisinière et une cafetière.

– Et toi ? Est-ce que tu changes ?

Eva Lind haussa les épaules sans lui répondre. Peut-être n'avait-elle aucune envie de parler d'elle. En général, cela se terminait par des disputes et des désagréments. Il ne voulait pas la froisser en lui demandant où elle était passée pendant tout ce temps ou en lui posant des questions sur sa situation actuelle. Elle lui avait si souvent claironné que ses activités ne le regardaient pas. Cela ne l'avait jamais concerné et la faute lui en incombait entièrement.

– Sindri est passé me voir, informa-t-il en observant le visage de sa fille. Elle avait parfois des airs de la mère d'Erlendur : c'était d'elle qu'elle tenait ces yeux et ces pommettes hautes.

– Je l'ai croisé il y a une semaine, un truc comme ça. Il vend du bois. Il bosse à Kopavogur. De quoi vous avez parlé ?

– De rien en particulier, répondit Erlendur. Il se rendait à une réunion des Alcooliques anonymes.

– Eh bien, nous, nous avons discuté de toi.

– De moi ?

– Nous le faisons toujours, à chaque fois que nous nous voyons. Il m'a dit qu'il était en contact avec toi.

– Il lui arrive de me téléphoner, confirma Erlendur. Parfois, il passe me voir. Et qu'est-ce que vous racontez donc sur moi ? Pourquoi est-ce que vous discutez de moi ?

– Ben, répondit Eva Lind, tu es un drôle de bonhomme et tu es notre père. Il n'y a rien d'étrange à ce qu'on discute de toi. Sindri parle de toi en bien. Mieux que je ne l'aurais imaginé.

– Sindri est un type bien, répondit Erlendur. Lui, il travaille pour gagner sa vie.

Ses paroles ne se voulaient pas blessantes. Il n'avait pas eu l'intention d'insinuer quoi que ce soit, mais cela lui avait échappé et il voyait qu'Eva en était affectée. Du reste, il ne savait même pas si elle travaillait ou non.

– Je ne suis pas venue ici pour m'engueuler avec toi, observa-t-elle.

– Non, je sais bien, répondit-il. D'ailleurs, il est inutile de discuter avec toi. J'en ai souvent eu la preuve. Autant hurler au vent qui souffle, là, dehors. Je ne sais pas ce que tu fais en ce moment ni ce que tu as fait depuis un bon bout de temps et c'est très bien comme cela. Ça ne me regarde pas. Tu avais parfaitement raison quand tu disais ça. Ça ne me regarde pas. Tu veux un café ?

– Ok, répondit Eva.

Elle éteignit sa cigarette, en prit immédiatement une autre, sans l'allumer. Erlendur alla dans la cuisine pour verser du café et de l'eau dans la cafetière. L'appareil se mit bientôt à hoqueter et le café commença à s'écouler dans la verseuse en verre. Il trouva un paquet de gâteaux secs périmés depuis un mois. Il les jeta à la poubelle. Il sortit deux grandes tasses qu'il apporta au salon.

– Comment avance l'enquête ?

– Comme ci comme ça, répondit Erlendur.

– Vous savez ce qui s'est passé ?

– Non, il est probable qu'il existe un trafic de drogue dans les environs de l'école, si ce n'est pas à l'intérieur de l'établissement lui-même, expliqua-t-il en lui parlant des deux sœurs. Eva Lind ne les connaissait pas. Elle en connaissait pourtant un rayon sur la vente de drogue dans les groupes scolaires, l'ayant elle-même brièvement pratiquée quelques années plus tôt.

Erlendur alla chercher le café pour le servir. Puis, il reprit sa place dans son fauteuil. Il lança un regard à sa fille par-dessus sa tasse. Il avait l'impression qu'elle avait vieilli depuis leur dernière rencontre, vieilli et peut-être aussi mûri. Il ne comprit pas immédiatement ce qui s'était passé. On aurait dit qu'Eva n'avait plus rien à voir avec la gamine constamment en révolte contre son père devant qui elle ne mâchait pas ses mots quand elle avait quelque chose à lui dire. Dans ce manteau, elle ressemblait plus à une jeune femme. Elle avait perdu cette espèce d'impétuosité liée à la jeunesse qui lui avait si longtemps collé à la peau.

– Sindri et moi, nous avons beaucoup parlé de ton frère qui est mort, reprit Eva Lind en allumant sa seconde cigarette.

Elle avait annoncé cela sans ambages, comme si le fait la concernait autant que n'importe quelle information mentionnée dans le journal. L'espace d'un instant, Erlendur ressentit de la colère envers sa fille. Le diable si cette histoire la regardait ! Toute une vie d'homme avait beau s'être écoulée depuis le décès de son frère, cela demeurait pour Erlendur un sujet extrêmement sensible. Il n'avait parlé de ce terrible événement à personne jusqu'au moment où Eva lui avait arraché cette histoire et il regrettait parfois de lui avoir laissé cette porte ouverte sur lui-même.

– Pourquoi donc êtes-vous allés parler de lui ?

– Sindri m'a raconté comment il a appris tout ça, à l'époque où il travaillait à l'Est dans le poisson. Les gens de là-bas se souvenaient bien de toi et de ton frère, de notre grand-père et de notre grand-mère, de personnes dont ni moi ni Sindri n'avons jamais entendu parler de notre vie.

Sindri avait déjà mentionné la chose. Son fils était apparu un beau jour alors qu'il venait de rentrer à Reykjavik pour s'y réinstaller. Il lui avait rapporté ce qu'il avait entendu sur Erlendur, son frère et son père, et sur ce voyage fatal qu'ils avaient entrepris sur la lande au moment où la tempête s'était abattue sans prévenir.

– On a parlé de ce qu'il a entendu dire là-bas, précisa Eva.

– Ce qu'il a entendu dire ? répéta Erlendur. À quel petit jeu est-ce que toi et Sindri vous… ?

– C'est sûrement pour cette raison que j'ai fait ce rêve, coupa Eva Lind. Parce qu'on a parlé de lui, de ton frère.

– Et de quoi as-tu rêvé ?

– Tu sais qu'il y a des gens qui tiennent un journal de leurs rêves ? Ce n'est pas mon genre, mais j'ai une copine qui écrit tous les siens. Moi, je n'en fais jamais. En tout cas, je ne m'en souviens pas. On dit que tout le monde rêve, mais que seules certaines personnes s'en rappellent.

– Que certaines personnes se les rappellent, corrigea Erlendur. Alors, de quoi Sindri et toi vous discutiez ?

– Quel était le prénom de ton frère ? demanda Eva sans lui répondre.

– Il s'appelait Bergur, précisa Erlendur. Mon frère s'appelait Bergur. Alors, qu'est-ce que Sindri a entendu dire dans l'Est ?

– Est-ce qu'il n'aurait pas dû être retrouvé ? insista Eva.

– On a tout essayé, répondit Erlendur. Les équipes de sauvetage et les gens de la région, tous ceux qui en avaient la possibilité se sont lancés à notre recherche. Nous avons été séparés dans la tempête. Moi, on m'a retrouvé, mais pas lui.

– Oui, je sais, mais je veux dire, n'aurait-il pas dû être retrouvé plus tard ? demanda Eva d'une voix autoritaire qui rappelait à Erlendur celle de sa mère. Je veux parler de ses restes, de ses ossements ?

Erlendur savait exactement où Eva voulait en venir, même s'il n'en laissait rien paraître. Sindri avait certainement entendu cela à l'Est, où il était encore question dans les conversations de ces deux petits garçons qui avaient disparu dans la tempête de neige avec leur père bien des années plus tôt. Erlendur avait eu vent de diverses suppositions avant de déménager pour Reykjavik avec ses parents. Et maintenant sa fille, qui, à part ce qu'il lui en avait dit, ne savait que peu de choses sur la question, voulait débattre des hypothèses liées à la disparition de son frère. Elle venait tout à coup chez lui après tout ce temps pour discuter de ça et remuer des souvenirs qui le torturaient depuis l'époque de ses dix ans.

– Pas nécessairement, répondit Erlendur. Cela ne te dérangerait pas qu'on parle d'autre chose ?

– Pourquoi est-ce que tu ne veux pas en discuter ? Pourquoi c'est si difficile que ça ?

– C'est pour ça que tu es venue me voir ? Pour me raconter ton rêve ?

– Pourquoi on ne l'a jamais retrouvé ?

Il ne comprenait pas l'entêtement de sa fille. Le fait qu'au fil du temps, on n'ait jamais retrouvé les restes de son frère avait éveillé la curiosité. Pas même un bonnet, une écharpe, une mitaine. Absolument rien. Les gens avaient différentes idées quant aux explications possibles. Erlendur se gardait de trop y réfléchir.

– Je refuse d'aborder cette question, répondit-il. Peut-être plus tard. Parle-moi plutôt de toi. Il y a longtemps que nous nous sommes vus. Qu'est-ce que tu as fait ?

– Tu y étais, répondit Eva, refusant de lui accorder le moindre répit. Tu étais dans mon rêve. Je n'ai jamais rien rêvé avec autant de précision. Je n'ai pas rêvé de toi depuis que j'étais petite et, à cette époque-là, je ne savais même pas de quoi tu avais l'air.

Erlendur resta silencieux. Sa mère avait essayé de lui enseigner l'interprétation des rêves, mais il avait toujours renâclé et ne s'était pas laissé convaincre. Ce n'était que depuis quelques années qu'il avait légèrement assoupli sa position et que, malgré tout, il s'était laissé aller à un peu de curiosité. Eva venait de lui dire qu'elle ne rêvait jamais ou qu'en tout cas, elle ne s'en souvenait pas. Sa mère lui avait affirmé exactement la même chose. Cette dernière ne s'était mise à rêver de choses intéressantes qu'après l'âge de trente ans. Elle était alors en mesure de prévoir les décès, les naissances, les visites et bien d'autres événements qui se vérifiaient le plus souvent. Elle ne s'était mise à rêver qu'après la mort de son fils et elle ne l'avait vu qu'une fois dans un rêve qu'elle avait décrit à Erlendur. C'était l'été et son petit garçon se tenait debout dans l'embrasure de la porte de la ferme, l'épaule appuyée sur le montant. Il lui tournait le dos et elle ne distinguait que sa silhouette. Ainsi s'était écoulé un long moment sans qu'il lui soit possible de s'approcher de lui. Elle avait eu l'impression qu'elle essayait de tendre son corps vers lui sans qu'il remarque sa présence. Puis, l'enfant s'était redressé, avait baissé la tête, plongé ses mains dans ses poches comme il le faisait parfois. Il était sorti au soleil avant de… disparaître.

Cela s'était passé six ans après les faits. À cette époque, ils avaient déjà déménagé à Reykjavik.

Pour sa part, Erlendur ne rêvait jamais de son frère et ne se rappelait que rarement ses rêves, sauf quand il s'identifiait trop aux protagonistes d'une enquête policière. Il lui arrivait alors de faire des cauchemars, même s'il ne se souvenait pas forcément de leur contenu. Il lui fallut un long moment pour digérer le fait qu'Eva était venue pour lui raconter un rêve qu'elle avait fait au sujet de lui et de son frère.

– Alors ce rêve, Eva ? demanda Erlendur, hésitant. Qu'y avait-il dedans ?

– Dis-moi d'abord comment il est mort.

– Tu le sais, répondit Erlendur. Il s'est perdu sur la lande. Le temps était déchaîné et nous avons été entièrement recouverts par la neige.

– Pourquoi n'a-t-il jamais été retrouvé ?

– Où veux-tu en venir avec cette question, Eva ?

– Tu ne m'as pas tout raconté, n'est-ce pas ?

– Tout quoi ?

– Sindri m'a expliqué ce qui aurait pu se passer.

– Qu'est-ce qu'ils dégoisent donc, là-bas à l'Est ? s'agaça Erlendur. Qu'est-ce qu'ils en savent ?

– Dans mon rêve, il ne s'est en réalité pas perdu dans la montagne. Il n'est pas mort de froid et ça concorde parfaitement avec les dires de Sindri.

– Veux-tu bien arrêter de parler de ça, répondit Erlendur. Arrêtons ça. Je ne veux pas en discuter. Pas maintenant. Plus tard, Eva, je te le promets.

– Mais…

– Tu devrais quand même le sentir, coupa-t-il. Je ne veux pas. Tu ferais peut-être mieux de t'en aller. Je… j'ai beaucoup de choses à faire. J'ai eu une journée difficile. On en reparlera plus tard.

Il se leva. Eva le regardait en silence. Elle ne comprenait pas sa réaction. L'événement avait manifestement sur Erlendur la même emprise qu'autrefois. Il n'était apparemment pas parvenu à s'en libérer depuis toutes ces années.

– Tu ne veux pas entendre mon rêve ?

– Pas maintenant.

– D'accord, répondit-elle en se levant.

– Salue Sindri si tu le vois, demanda Erlendur en se passant la main dans les cheveux.

– Je transmettrai, répondit Eva.

– Cela m'a fait plaisir de te voir, conclut-il, mal à l'aise.

– À moi aussi.

Après son départ, il resta longtemps debout à côté de la bibliothèque, comme plongé dans un autre monde. Eva avait une manière bien à elle de mettre ses blessures à vif. Personne d'autre ne s'y prenait de cette façon. Il n'était pas disposé à entrer dans les détails des on-dit sur la disparition de son frère. Un jour, il avait promis à sa fille de lui raconter toute l'histoire, mais cela n'était pas encore arrivé. Elle ne pouvait pas sauter à pieds joints dans sa vie et exiger de lui des réponses quand bon lui semblait.

Il prit le livre qu'il avait lu à Marion sur la table du salon. Comme bon nombre de ceux qu'il possédait, cet ouvrage traitait de gens qui avaient péri dans la nature. Celui-là différait cependant de tous les autres puisqu'il contenait le bref récit d'un événement survenu bien des années plutôt au moment où un père et ses deux fils avaient été surpris par un temps déchaîné sur la lande d'Eskifjardarheidi.

Erlendur feuilleta le livre jusqu'à trouver le texte, comme il l'avait si souvent fait dans le passé. Les récits, de longueur variable, obéissaient pour la plupart aux mêmes conventions. Il y avait d'abord un titre, suivi d'un sous-titre ou de la mention de la source. Ensuite débutait la narration, en général par la description des lieux. Puis, on relatait l'histoire elle-même avant de terminer par une conclusion laconique et ramassée. Il avait lu ce texte plus souvent que nul autre au cours de son existence et le connaissait absolument mot pour mot. Le ton restait neutre et impersonnel, même s'il racontait la mort solitaire d'un petit garçon de huit ans. Il ne parlait pas des dommages causés par le drame dans le cœur de ceux qui l'avaient vécu.

Il leva les yeux de son livre en pensant à ce qu'il aurait souhaité dire à Marion, sans y être parvenu. Il savait que cela ne changeait rien. L'idée de prononcer des paroles inappropriées lui déplaisait, cela n'avait jamais été son genre. Pourtant, au moment où il avait baissé son regard sur la femme seule en train de faire ses adieux à ce monde, il aurait bien voulu lui adresser les mots qui lui venaient maintenant à l'esprit.

Merci de m'avoir accompagné.

16

La police tenait beaucoup à retrouver Niran dont elle était sans nouvelles depuis la veille. Aidée par le personnel de l'école, elle recueillit des informations sur ses camarades, ceux dont il était le plus proche et avec lesquels il passait le plus de temps. Des investigations d'une nature plus personnelle et plus confidentielle avaient lieu en parallèle. Connues d'Erlendur seul, elles se fondaient exclusivement sur le souvenir de Marion Briem à propos de cet homme qui avait autrefois été le beau-père d'Andrés. Erlendur souhaitait agir avec discrétion car il avait le sentiment qu'Andrés leur mentait. Ce ne serait pas la première fois.

Dès que l'information que Sunee, la mère de la victime, avait caché son fils aîné s'ébruita, la curiosité de la presse et de l'ensemble de la société se déchaîna. Les services de police essuyèrent de virulentes critiques pour leur manque de professionnalisme. Soit ils avaient laissé un témoin clé leur filer entre les doigts, soit, ce qui était encore pire, ils avaient eux-mêmes déclenché sa fuite par leur incompétence. Des soupçons se mirent à peser sur la police, accusée d'avoir tenté de dissimuler au public cette information, comme bien d'autres détails de l'enquête. Des voix s'élevèrent avec force, arguant du devoir de transparence et mentionnant la mauvaise volonté qu'elle affichait dans ses rapports avec les médias.

Rien n'agaçait plus Erlendur que de devoir tenir la presse au courant des fameux *développements de l'enquête*. Il affirmait depuis longtemps que les enquêtes de police ne concernaient pas les médias et que le fait de passer son temps à en discuter avec la presse ne pouvait qu'être néfaste à leur progression. Sigurdur Oli ne partageait pas son opinion sur la question. Il lui semblait parfaitement naturel de communiquer les informations tant que cela ne nuisait pas aux intérêts de l'enquête.

– Aux intérêts de l'enquête ?! s'exclama Erlendur. Qui donc a fabriqué cette monstruosité lexicale ? Ils peuvent tous aller se faire voir. Nous n'avons aucune raison de dévoiler la moindre information tant que nous ne savons pas nous-mêmes ce qui s'est passé. Ça ne sert à rien.

Sigurdur Oli et Elinborg étaient assis dans le bureau d'Erlendur pour préparer la conférence de presse qui devait avoir lieu plus tard dans la journée afin de satisfaire aux exigences des médias. Erlendur avait refusé d'y participer. Sa décision avait donné lieu à quelques discussions entre lui et ses supérieurs hiérarchiques. On décida que Sigurdur Oli jouerait le rôle de porte-parole et qu'avec le chef de la Criminelle, il serait chargé des relations avec la presse. Erlendur trouvait stupide d'employer du personnel à de telles futilités.

La veille, il était allé voir Odinn, le père d'Elias, au moment où on avait découvert la disparition de Niran dont Sunee refusait de révéler la cachette. Erlendur lui avait rendu visite à son appartement du boulevard Snorrabraut. Odinn avait pris quelques jours de congé. Il avait l'air d'avoir mal dormi la nuit précédente, il était hagard et mal en point.

Sigridur, la belle-mère de Sunee, avait également demandé quelques jours à son employeur, elle était donc chez elle quand Sigurdur Oli était venu la voir. Elle avait précisé s'apprêter à partir chez Sunee, elle venait d'apprendre la nouvelle de la disparition de Niran. Elle ne comprenait absolument pas ce qui se passait. Elle avait proposé à sa bru de passer la nuit chez elle, mais Sunee avait décliné son offre. Sigridur avait déclaré ne rien savoir des allées et venues de Sunee et ne pas s'imaginer où Niran pouvait se trouver. Elle se demandait pourquoi Sunee avait eu recours à une solution aussi radicale. Sigurdur Oli laissa entendre qu'elle avait peut-être quelque chose à cacher. Sigridur lui répondit que c'était exclu. Elle pensait plutôt qu'elle voulait protéger son fils.

Il y avait de fortes probabilités pour que Sunee se soit adressée à des gens appartenant à la communauté thaïlandaise. Elinborg était longtemps restée à cuisiner Virote. Elle n'était pas arrivée à savoir s'il lui mentait quand il prétendait n'être au courant de rien. Virote s'inquiétait terriblement pour sa sœur et pour son neveu. Il reprochait à la police d'avoir laissé une telle chose se produire. Elinborg était allée seule voir Virote qui ne parlait pas beaucoup mieux l'islandais que sa sœur. Elle l'avait harcelé de questions, mais il n'avait pas cédé un pouce de terrain.

– Je comprends parfaitement que vous ne vouliez pas me dire où il se trouve, avait dit Elinborg, mais vous devez me croire quand je vous affirme qu'il vaudrait mieux pour lui qu'il sorte de sa cachette.

– Je pas savoir où est Niran, avait répondu Virote. Sunee rien dire à moi.

– Vous devez nous aider, avait plaidé Elinborg.

– Je pas savoir rien du tout.

– Pourquoi est-ce que Sunee a fait ça ? avait demandé Elinborg.

– Je pas savoir ce qu'elle fait. Elle peur. Peur pour Niran.

– Pourquoi ?

– Je pas savoir rien du tout.

Le frère n'en avait pas démordu jusqu'au moment où Elinborg avait renoncé et pris congé.

– Il faut que nous retrouvions Niran pour lui dire qu'il peut avoir confiance en nous, précisa Erlendur. Sunee doit absolument comprendre ça.

– Il ne pourra pas rester caché bien longtemps, remarqua Elinborg. Je suppose que sa mère voudra qu'il assiste à l'enterrement d'Elias. Le contraire est impossible.

– Elle essaie peut-être de l'aider à s'enfuir, nota Sigurdur Oli. Ce drôle de manège met Niran au centre de l'histoire, ce qui souligne qu'il sait ou bien qu'il a fait quelque chose. On ne peut pas négliger cette piste.

– Je n'arrive pas à m'imaginer qu'il s'en soit pris à son petit frère, répondit Elinborg. Je ne peux pas me représenter une chose pareille. Il est possible qu'il sache quelque chose, qu'il ait peur ou je ne sais quoi encore, mais je crois qu'il n'a aucune responsabilité dans ce qui s'est passé.

– Si seulement nous pouvions fonder nos raisonnements sur ton imagination, ma chère Elinborg, le monde serait vraiment super cool, non ? rétorqua Sigurdur Oli.

– Qu'est-ce que ça veut dire ce fichu *super cool* ?

Sigurdur Oli se contenta d'afficher un sourire.

– Nous avons dit à Sunee qu'à cause de l'enquête en cours, nous ne savions pas encore à quel moment précis nous lui remettrions le corps d'Elias, nota Erlendur. Peut-être qu'avec ce petit manège, elle essaie de gagner du temps. Mais dans quel but ?

– Elle attend simplement que nous ayons résolu l'enquête ? suggéra Sigurdur Oli. Quelle que soit la manière dont on s'y prend.

– De vagues tensions raciales mijotent dans cette école et dans ce quartier, reprit Erlendur. Niran n'y est pas entièrement étranger. On a quelques petites chamailleries auxquelles Elias ne prend pas forcément part, contrairement à son frère. Après l'agression d'Elias, Niran disparaît ou, tout du moins, il ne rentre pas chez lui. Au moment où on le retrouve finalement, il a manifestement subi un profond traumatisme. Peut-être a-t-il été témoin de ce qui s'est passé. Peut-être l'a-t-il simplement appris par quelqu'un. Il était en état de choc quand je l'ai trouvé dans ce local à poubelles. Il s'était enfermé là où il croyait être en sécurité. Ensuite, Niran confie à sa mère tout ce qu'il sait et la réaction de cette femme consiste à le mettre à l'abri. Qu'est-ce que ça nous apprend ?

– Qu'ils savent ce qui est arrivé, conclut Sigurdur Oli. Niran le sait et il l'a confié à sa mère.

Erlendur lança un regard à Elinborg.

– Quelque chose se produit au moment où Niran se retrouve seul avec sa mère, nous n'en savons pas plus que ça, objecta-t-elle. Tout le reste n'est que suppositions. Il n'est absolument pas certain qu'ils sachent quoi que ce soit. Elle a déjà perdu l'un de ses fils et n'a pas l'intention de perdre celui qui lui reste.

– Et cette petite dealeuse qui accuse Niran et ses amis de vendre de la drogue ? demanda Erlendur.

– Il ne faut pas croire un mot de ce que raconte cette gamine, trancha Elinborg.

– Il est possible que Sunee ait eu l'impression qu'elle n'était plus en sécurité avec nous ? poursuivit Erlendur. Que sa sécurité n'était plus garantie dans la société islandaise ? Cela peut-il expliquer le fait qu'elle cache son fils ? Nous ne savons pratiquement rien de la vie que mènent les immigrés en Islande. Nous ne savons ni comment ils arrivent ici ni comment ils y vivent, fondent une famille et s'impliquent dans notre société alors qu'ils viennent de l'autre côté de la planète. Ça n'est sûrement pas facile pour eux et je crains qu'il nous soit très difficile de nous mettre à leur place. Bien sûr, les préjugés racistes ne sont pas le pain quotidien des

Islandais, mais nous savons parfaitement que tout le monde n'est pas si content que ça de la tournure que prennent les choses.

– Les sondages montrent que la majorité des jeunes trouve que ça suffit comme ça, informa Sigurdur Oli. Les études soulignent qu'ils ne se réjouissent pas spécialement de l'avènement d'une société multiculturelle.

– Nous sommes d'accord pour que les étrangers viennent chez nous se coltiner le sale boulot sur les chantiers des barrages et dans les usines de poisson ; ça ne nous gêne pas qu'ils fassent le ménage pendant qu'on a besoin d'eux pourvu qu'ensuite, ils repartent ! s'enflamma Elinborg. Merci bien de votre aide et surtout, ne revenez pas ! Que Dieu nous garde de nous mélanger avec ces gens-là et puisqu'ils tiennent tant que ça à vivre ici, qu'ils se tiennent donc à l'écart. Exactement comme les Amerloques de la base de Keflavik qu'on a toujours soigneusement enfermés derrière une clôture. D'ailleurs, l'interdiction de faire venir des militaires noirs sur cette base n'a-t-elle pas pendant longtemps été stipulée dans les accords entre l'Islande et les USA ? Je crois bien que l'idée que les étrangers devraient vivre séparés de nous par des grilles est encore largement répandue.

– Il n'est pas exclu que ce soient eux-mêmes qui érigent ces fameuses grilles, précisa Sigurdur Oli. Les torts sont partagés. Il me semble que tu simplifies trop la réalité. On rencontre également des cas où les immigrés ne veulent pas s'intégrer, où ils se marient entre eux et ce genre de choses. Ils veulent préserver la cohésion du groupe sans se soucier de ce qui se produit dans le reste de la société.

– Il me semble que c'est dans les fjords de l'Ouest que l'intégration a le mieux réussi, nota Elinborg. Il y vit des gens de diverses nationalités, je crois qu'ils sont originaires d'une dizaine de pays différents. Ils occupent un territoire réduit et respectent les divergences culturelles et les origines de chacun tout en s'enracinant fortement dans la société islandaise.

– Si vous me permettez de poursuivre, voilà ce qui, à mon avis, est peut-être arrivé, reprit Erlendur. Sunee s'est adressée aux gens de sa communauté. Elle n'a pas confiance en nous et elle a placé Niran là où elle le croit hors de danger. Il me semble que nous devons orienter nos recherches en fonction de cette donnée. Elle est allée chercher secours auprès de gens en qui elle a confiance.

Elinborg hocha la tête.

– C'est tout à fait probable, convint-elle. Il n'est pas dit que ça ait un rapport avec ce que Niran saurait ou aurait fait.

– Il nous reste qu'à attendre que cela se vérifie, conclut Erlendur.

Vers midi, on leur communiqua la liste des garçons que, d'après le personnel de l'établissement, Niran fréquentait le plus à l'école et dans le quartier. Dès qu'ils l'eurent entre les mains, Sigurdur Oli et Elinborg s'attelèrent à la tâche. Elle comportait les noms de quatre adolescents, tous issus de familles immigrées vivant aux abords de l'école. Le premier était d'origine thaïlandaise, deux autres venaient des Philippines et le dernier du Viêtnam. Excepté le premier, tous étaient nés en Asie et arrivés en Islande après l'âge de dix ans ; ils avaient eu des difficultés à s'adapter à la société islandaise.

Erlendur consacra le reste de la matinée à l'organisation des obsèques de Marion Briem. Il contacta un service de pompes funèbres qui lui proposa de régler tous les détails. Une fois la date déterminée, il appela un journal et rédigea un avis de décès ainsi qu'un faire-part précisant la date des obsèques. Ne s'attendant pas à ce qu'il y ait foule, il ne s'attarda pas longtemps sur l'idée d'un vin d'honneur après la cérémonie. Marion avait précisé ses exigences quant au déroulement de ses funérailles, elle avait communiqué le nom d'un pasteur, choisi les psaumes et les cantiques. Erlendur les respecta à la lettre.

Une fois qu'il se fut acquitté le mieux possible de cette tâche, il se lança à la recherche du beau-père d'Andrés dont Marion lui avait parlé. Il pouvait s'agir de l'homme qu'Andrés avait croisé par hasard dans son quartier. Il retrouva le nom de la mère ainsi que la date de naissance du fils puis se plongea dans le registre de la population de Reykjavik à l'époque où Andrés était encore enfant. D'après le registre, le petit garçon avait perdu son père à l'âge de quatre ans. Après cette date, la mère était recensée comme vivant seule avec son fils unique, lisait Erlendur. Pour peu qu'elle ait vécu avec des hommes pendant des périodes plus ou moins brèves, ces derniers n'étaient pas enregistrés au même domicile qu'elle, excepté un, dont il apparut qu'il était décédé depuis treize ans. Erlendur trouva les noms des rues, les numéros des maisons et immeubles qu'elle avait occupés. Elle passait son temps à déménager, parfois dans un même quartier. Elle avait habité dans le centreville, dans Skuggahverfi, le quartier des Ombres, puis dans la banlieue de Breidholt au moment de sa construction. De là, elle était partie dans le quartier des Vogar avant de rejoindre celui, tout récent, de Grafarvogur. Elle était décédée au début des années 90. À première vue, Erlendur ne trouvait aucune trace du beau-père dont Marion avait parlé sur son lit de mort.

Puisqu'il était plongé dans les archives de la police, il décida de consulter les procès-verbaux concernant les délits liés aux préjugés raciaux ou au racisme. Il savait que d'autres membres de la Criminelle s'occupaient d'explorer cet aspect de l'enquête, mais ne s'arrêta pas à ce détail. Il faisait en général ce qui lui venait à l'esprit sans se préoccuper de la position qu'il occupait dans l'organisation interne des investigations policières. En tout, une trentaine d'hommes travaillaient sur le décès d'Elias. Chacun s'acquittait d'une tâche précise en rapport avec la collecte d'informations, la surveillance des entrées et sorties du territoire national, les paiements effectués auprès des agences de location de véhicules, dans les hôtels et maisons d'hôtes de la ville et des environs. On avait, entre autres choses, contacté la police de Bangkok pour se renseigner sur les éventuels voyages à l'étranger des membres de la famille de Sunee. La police recevait chaque jour une foule d'appels qui lui communiquait toutes sortes d'informations, la plupart étaient prises en note et vérifiées, même si cela prenait du temps. Des gens appelaient après avoir vu le journal télévisé ou lu les journaux, pensant détenir quelque indice important. Une partie de ces renseignements tombaient à côté de la plaque et n'avaient aucun rapport avec l'affaire. Parfois, des individus imbibés qui pensaient avoir résolu l'enquête grâce à leur perspicacité allaient jusqu'à communiquer les noms de membres de leur famille ou de leurs meilleurs ennemis qui n'étaient selon eux qu'un « ramassis de saloperies ». Toutes ces données étaient vérifiées.

Erlendur savait que les fichiers de la police ne grouillaient pas de noms de personnes considérées comme directement dangereuses ou ouvertement racistes. Quelques individus enclins à la violence avaient été arrêtés, parfois à leur domicile, et on avait mis la main sur des barres à mine, des matraques, des couteaux, des poings américains, voire découvert en même temps divers types de propagande qu'on pourrait qualifier de néonazie : des textes glanés sur Internet, des brochures, des livres, des photocopies, des drapeaux et d'autres objets qui incitaient à la haine raciale. La majeure partie de ce matériel avait été confisquée par la police. Il ne s'agissait toutefois pas d'un réseau organisé. Seul un petit nombre de ceux qui se trouvaient entre les mains de la police l'étaient de façon directe à cause de leur haine des immigrés. Les plaintes déposées pour haine et préjugés raciaux relevaient pour la plupart de cas isolés et individuels.

Erlendur farfouillait dans les cartons. Dans l'un d'eux, il trouva un drapeau sudiste soigneusement plié, accompagné d'un autre portant la croix gammée. Il y avait également là diverses publications en langue anglaise qui soutenaient que l'Holocauste se résumait à un complot sioniste mensonger, à en croire leurs titres, de même que des livrets sur les races, illustrés par des photos des peuplades *primitives* de l'Afrique. Il trouva des articles fielleux découpés dans des publications britanniques ou américaines et, pour finir, un vieux registre de procès-verbaux des réunions d'une association dénommée les Pères de l'Islande.

Ce registre comportait le compte rendu de quelques réunions remontant à 1990 où il était, entre autres, question de la contribution d'Hitler au relèvement de l'Allemagne après la République de Weimar. Un bref article traitait des immigrés en Islande. Ils y étaient décrits en tant que problème et on discutait sur les solutions à mettre en place pour endiguer leur arrivée. On y mentionnait le danger de disparition qui menaçait les Islandais comme race nordique d'ici une centaine d'années à la suite du métissage constant qu'ils subissaient. On y élaborait une stratégie de riposte : on préconisait un arsenal de lois compliquant l'accession à la nationalité, on émettait même l'idée de fermer les frontières à toute immigration, qu'il s'agisse de gens à la recherche d'un travail, désireux de venir retrouver leur famille ou de demandeurs d'asile. Les comptes rendus s'arrêtaient d'une manière abrupte. Il semblait que l'association était morte de sa belle mort, dissoute

Il replongea l'appareil dans sa poche tout en réfléchissant. Pourquoi cette femme le contactait-elle ? Elle ne lui communiquait aucune information, ne lui dévoilait pas la raison pour laquelle elle se cachait. Elle ne lui parlait pas de son mari et ne laissait rien transparaître des pensées qui l'agitaient. Peut-être lui suffisait-il qu'Erlendur sache qu'elle était en vie. Cela éviterait qu'il continue à la rechercher. Quel secret cachait-elle ? Pourquoi avait-elle quitté son mari ?

Quand il avait posé ces questions à l'époux, il n'avait obtenu que peu de réponses. L'homme avait secoué la tête comme s'il ne comprenait plus rien à rien. C'était là pratiquement la seule réaction qu'il avait eue face à la disparition. La nouvelle année venait de commencer au moment où Erlendur était allé interroger ses ex-épouses pour leur demander ce qui, à leur avis, avait bien pu se produire. L'une d'elles l'avait reçu à son domicile dans la petite ville de Hafnarfjördur. Son nouveau mari avait été envoyé en voyage à l'étranger par l'entreprise pour laquelle il travaillait. La femme désirait ardemment aider Erlendur dans son enquête, elle désirait ardemment lui décrire le genre d'ordure qu'avait été son ex-mari. Il avait écouté tout cela, puis lui avait demandé si elle pensait que cet homme aurait pu faire du mal à sa nouvelle femme. La réponse ne s'était pas fait attendre.

— Absolument, j'en suis tout à fait certaine, avait-elle commenté.

— Pour quelle raison ?

— Les hommes comme lui, avait-elle lancé, méprisante, ils sont capables de tout.

— Vous avez des preuves quelconques de ce que vous avancez ?

— Non, avait répondu la femme, mais je le sais, c'est tout. Il est comme ça. Je parierais qu'il a déjà commencé à la tromper. Ces types-là ne s'arrêtent jamais. Ça finit

par devenir une sorte de maladie. Une maladie que traînent ces salauds de mecs !

La deuxième épouse avait des informations un peu plus tangibles. Elle s'était volontairement présentée au commissariat pour y rencontrer Erlendur, mais avait refusé de le recevoir chez elle. Il lui avait expliqué l'affaire et elle avait écouté avec intérêt, surtout quand Erlendur avait commencé à tourner comme un chat autour d'une assiette de bouillie bien chaude en suggérant l'éventualité que le mari aurait eu une part de responsabilité dans la disparition de son épouse.

– Vous ignorez complètement ce qu'elle est devenue ? avait-elle demandé en balayant du regard le bureau d'Erlendur.

– Vous croyez qu'il lui aurait fait du mal ? avait renvoyé Erlendur.

– Et vous, le pensez-vous ?

– Nous ne pensons rien du tout, avait répondu Erlendur.

– Il doit quand même bien y avoir anguille sous roche, sinon, vous ne me poseriez pas la question.

– Il ne s'agit que d'une simple vérification de routine, avait précisé Erlendur. Nous nous efforçons d'explorer toutes les pistes. Cela ne veut rien dire sur ce que nous croyons ou pas.

– Mais vous croyez qu'il l'a supprimée, avait objecté la femme, manifestement plus stimulée qu'attristée par cette éventualité.

– Je ne crois absolument rien, avait insisté Erlendur, d'un ton plus ferme.

– Il est capable de tout, avait-elle déclaré.

– Qu'est-ce qui vous pousse à dire ça ?

– Un jour, il m'a menacée, avait-elle annoncé. Il a menacé de me tuer. Je refusais de divorcer, ce qui l'empêchait d'épouser en troisièmes noces cette putain que vous recherchez. Je lui ai dit que je ne divorcerai

jamais et qu'il ne pourrait jamais se remarier. J'étais absolument furieuse, peut-être même hystérique. J'ai appris qu'il me trompait par l'une de mes amies. Elle avait entendu des ragots sur son lieu de travail et m'en avait informée. Vous savez combien c'est dégradant pour l'intéressée que tout le monde soit au courant de l'infidélité de son mari sauf elle-même ? J'ai perdu les pédales. Il m'a frappée. Ensuite, il m'a dit qu'il allait me tuer si je m'avisais de m'opposer à lui.

– Il a menacé de vous tuer ?

– Il m'a dit qu'il allait m'étrangler lentement, mais sûrement jusqu'à ce que je crève.

S'arrachant à ses pensées, Erlendur baissa les yeux sur le compte rendu qu'il avait feuilleté avant d'être interrompu pour se concentrer à nouveau sur le nom figurant en bas de page. Il se souvint brusquement que c'était de la bouche de Sigurdur Oli qu'il avait entendu ce prénom, accompagné du celui du père de l'homme en question [1]. Son collègue lui avait expliqué à quel point cet individu s'était montré revêche et déplaisant. S'il s'agissait bien du même homme, Erlendur allait devoir avancer l'entretien qu'il avait prévu avec ce Kjartan, le professeur d'islandais.

Son portable sonna à nouveau. C'était Elinborg. On venait de lui communiquer le relevé des appels téléphoniques reçus par Sunee au cours du mois précédent. Certains émanaient de son ex-belle-mère, d'autres de l'usine de confiserie, de ses amis ou encore de l'école.

– Ensuite, un numéro y figure à huit reprises.

---

1. Le deuxième nom des Islandais n'est pas un nom de famille. Il s'agit du prénom du père auquel on accole le suffixe -son pour les hommes ou -dóttir pour les femmes. Ainsi Erlendur Sveinsson est Erlendur le fils de Sveinn, Eva Erlendsdóttir est Eva la fille d'Erlendur et Sindri Snaer Erlendsson est Sindri Snaer le fils d'Erlendur. C'est toujours par le prénom qu'on réfère à l'individu, le deuxième nom ne servant que de précision destinée à éviter les confusions.

– Il appartient à qui ?

– Il s'agit d'une entreprise, une compagnie d'assurances. C'est le seul qu'il soit étonnant de trouver sur cette liste, enfin, à mon avis.

– Tu as interrogé Sunee à ce sujet ?

– Elle refuse de me dire quoi que ce soit. Elle prétexte que quelqu'un a essayé de leur vendre des assurances par téléphone.

– Tu crois que c'est le petit ami ?

– On verra bien.

17

Dès que la nouvelle du meurtre d'Elias s'était répandue comme une traînée de poudre à travers le pays, les gens s'étaient déplacés jusqu'à l'immeuble au pied duquel ils avaient déposé des fleurs et des cartes de condoléances. Parmi les bouquets, on apercevait des jouets, des peluches et des voitures miniatures. Une veillée à la mémoire du petit garçon était prévue dans la soirée.

Lors de leurs déplacements dans le quartier, Elinborg et Sigurdur Oli étaient passés deux fois devant l'endroit où le corps avait été découvert. Ils avaient vu des gens y déposer des fleurs. Ils consacrèrent la majeure partie de la journée à interroger un par un les camarades de Niran. Leurs témoignages se recoupaient tous. Tous affirmèrent ne pas savoir où Niran s'était trouvé l'après-midi de l'agression d'Elias. Ils furent incapables de dire à quel endroit Sunee avait emmené son fils aîné. Ils nièrent catégoriquement avoir vendu de la drogue dans l'école, objectant qu'il s'agissait d'un mensonge. Ils reconnurent qu'un jour, il y avait eu des bagarres dans la cour, mais considéraient ne pas en avoir été les initiateurs. Aucun n'avait aperçu Elias au cours de cette journée. Deux d'entre eux avaient croisé Niran et passé un peu de temps avec lui après l'école avant de le quitter à peu près au moment où on avait découvert Elias. Ils s'étaient séparés à côté de la pharmacie. Les deux adolescents en question avaient passé le reste de la journée ensemble sans revoir Niran. Ni l'un ni l'autre n'avaient entendu parler d'éventuels problèmes rencontrés par Elias dans son école. Ils dirent n'avoir eu aucunes nouvelles de Niran après la découverte du corps. Pour autant qu'ils savaient, les relations entre les deux frères étaient excellentes.

Le plus volubile des adolescents, qui se révéla également le plus coopératif, s'appelait Kari. Il donnait l'impression de vouloir réellement aider la police alors que les trois autres s'étaient montrés très hésitants, fournissant des réponses laconiques et ne disant rien à moins d'être interrogés avec précision. Kari se comportait différemment. C'est lui que Sigurdur Oli rencontra en dernier. Il s'était attendu à un interrogatoire des plus sommaires, mais il en alla bien autrement. Kari était accompagné par ses parents, sa mère, thaïlandaise, et son père, islandais. Ils dirent connaître Sunee ainsi que son frère et décrivirent l'événement comme une incompréhensible tragédie.

– La plupart du temps, ce n'est que du blabla quand les gens racontent qu'ils n'ont rien contre les immigrés, commença le mari, un ingénieur qui était rentré plus tôt de son travail afin d'être aux côtés de son fils. Assis à la table de la cuisine avec sa femme, il était grand et corpulent. Son épouse, toute mince, avait un visage amical, souriant. Tous deux étaient manifestement très inquiets. Elle avait également écourté sa journée de travail. Elle était chef de service dans une entreprise pharmaceutique. Les parents avaient été contactés par téléphone. L'homme parlait de l'expérience qu'il avait des Islandais en tant que conjoint d'une étrangère.

Sigurdur Oli hocha la tête. Il était seul à la barre. Elinborg avait dû s'absenter pour s'occuper d'autre chose.

– Nous prétendons ne rien avoir contre les immigrés venus d'Asie, rien contre le fait que des gens viennent s'installer chez nous pour y vivre. Nous affirmons que c'est très enrichissant d'aller manger dans des restaurants thaïlandais, de découvrir une autre culture, d'écouter une musique différente. Mais, dès qu'on creuse un peu, on entend invariablement dire qu'il ne faudrait pas qu'un trop grand nombre de « ces gens-là » viennent s'installer ici, poursuivit le mari en dessinant des guillemets avec ses doigts.

– Nous avons souvent abordé cette question, compléta la femme en lançant un regard à son époux. C'est peut-être compréhensible dans une certaine mesure. Les Islandais sont peu nombreux, ils sont fiers de leur histoire et de leur culture qu'ils veulent préserver. Leur petit nombre les rend très perméables aux changements. Puis voilà que les immigrés arrivent pour tout flanquer par terre. Beaucoup de ceux qui viennent ici, que ce soit d'Asie ou d'autres régions, s'isolent. Ils n'apprennent jamais correctement la langue et restent toujours, disons, à l'écart. D'autres parviennent à mieux s'adapter ; ils y travaillent assidûment car ils savent ce qui est important. Il est absolument capital d'apprendre la langue.

L'époux opina du chef. Assis les yeux baissés, Kari attendait qu'arrive son tour.

– Il n'y avait pas l'autre jour un reportage là-dessus à la télévision ? On y parlait de problèmes parmi les immigrés islandais au Danemark. Leurs enfants refusaient d'apprendre le danois. N'est-ce pas exactement la même chose ?

– Les problèmes liés à l'immigration peuvent évidemment toujours survenir, poursuivit la femme en regardant son mari. Ce n'est pas nouveau et ils existent partout dans le monde. Il est absolument nécessaire que les autorités du pays aident les migrants à s'adapter et, en retour, ces derniers doivent évidemment manifester leur désir de s'intégrer s'ils ont réellement l'intention de fonder leur futur foyer en Islande.

– Quelle est la pire chose que vous ayez entendue ? demanda Sigurdur Oli.

– *« Retourne dans ton pays, putain thaïlandaise ! »*

Elle prononça la phrase sans la moindre hésitation et sans laisser transparaître l'effet que ces mots produisaient sur elle. On aurait dit qu'elle avait déjà eu à répondre à ce genre de question et qu'elle s'était formé une carapace afin de ne pas se laisser atteindre par de telles insultes. Comme si elles faisaient partie intégrante de la vie. Kari lança un regard à sa mère.

– Vous avez l'impression que les préjugés augmentent ?

– Je n'en sais rien, répondit le mari.

– Et toi, est-ce que tu ressens ce genre de chose à l'école ? demanda Sigurdur Oli à l'adolescent.

Kari hésitait.

– Euh non, répondit-il timidement.

– Il me semble que vous pouvez difficilement vous attendre à ce qu'il vous parle de ça, précisa l'homme. Et encore moins des moments ou des événements terrifiants de ce genre. Personne n'aime cafter.

– D'autres gamins affirment que Kari et ses camarades vendent de la drogue à l'école. Et eux, ils n'ont absolument pas hésité à nous en parler, remarqua Sigurdur Oli.

– Qui vous a raconté ça ? demanda la mère.

– C'est simplement une chose que nous avons entendue, précisa Sigurdur Oli. Il est peut-être inutile de trop creuser la question pour l'instant. Je peux vous dire que nous ne tenons pas cette information d'un témoin très fiable.

– Je n'ai jamais vendu de drogue, démentit Kari.

– Et tes amis ? demanda Sigurdur Oli.

– Non, eux non plus.

– Et Niran ?

– Aucun de nous, répondit Kari. C'est faux. Nous n'avons jamais vendu de drogue. Ce n'est pas vrai !

– Kari ne consomme rien de tout cela, précisa le père. C'est ridicule. Et il n'en vend pas non plus.

– Vous seriez au courant ? s'étonna Sigurdur Oli.

– Oui, nous le saurions, répondit l'homme.

– Dites-m'en un peu plus sur ces bagarres dont nous avons entendu parler, pria Sigurdur Oli. De quoi s'agit-il exactement ?

Kari baissait les yeux à terre.

– Dis-lui ce que tu sais, commanda la mère. Il ne se sent pas très bien à l'école cette année. Il lui est même arrivé de refuser d'y aller. Il se sent épié, il a l'impression que certains élèves ont une dent contre lui et pourraient l'attaquer.

– Maman ! protesta Kari en regardant sa mère comme si elle venait de dévoiler ses secrets les plus embarrassants.

– L'un de ses camarades a été agressé, précisa son père. Les autorités de l'école semblent impuissantes à contrer le phénomène. Dès qu'une difficulté surgit, on dirait qu'on ne peut plus rien faire. Quelques garçons ont été temporairement exclus de l'établissement et cela n'est pas allé plus loin.

– Les autorités de l'école nient l'existence de véritables préjugés raciaux et de bagarres dans la communauté scolaire, observa Sigurdur Oli. D'après elles, il n'y a pas plus d'agitation ou de bagarres que dans n'importe quel autre établissement de taille comparable. Vous n'êtes pas d'accord avec elles étant donné ce que vous raconte votre fils, n'est-ce pas ?

L'homme haussa les épaules.

– Et pour Niran ?

– Les choses sont souvent compliquées pour les garçons comme lui, répondit la femme. Il ne leur est pas facile de s'adapter à une société à ce point éloignée de la leur, d'apprendre une langue complexe, d'être confrontés au refus des autres et ainsi de suite.

– Ils peuvent avoir des problèmes, ajouta le mari.

– Tu pourrais m'en dire un peu plus là-dessus, Kari ?

Kari toussota, mal à l'aise. Sigurdur Oli se fit la réflexion, et ce n'était pas la première fois, qu'il valait souvent mieux interroger les gamins en l'absence de leurs parents.

– Je ne suis pas certain que tu saisisses le sérieux de l'affaire, précisa Sigurdur Oli.

– Je crois au contraire qu'il comprend très bien ce qui est en jeu, objecta le père.

– Je te serais très reconnaissant si tu pouvais nous venir en aide, renvoya Sigurdur Oli.

Kari regardait ses parents et le policier à tour de rôle.

– Je ne sais pas comment il est mort, annonça-t-il. Je ne connaissais pas du tout Elias. Il n'était pas souvent avec Niran. Niran ne voulait pas qu'il soit avec lui. D'ailleurs, il était nettement plus jeune. Malgré ça, Niran s'occupait bien de son frère, il veillait à ce que personne ne vienne l'embêter. Je ne sais pas comment il est mort. Je ne sais pas qui l'a agressé. Aucun de nous ne le sait. Personne ne sait ce qui s'est passé. Nous ne savons pas où était Niran ce jour-là.

– Comment as-tu rencontré Niran ?

Kari soupira avant de retracer la manière dont il avait fait connaissance avec le nouvel élève à l'école. On avait mis Niran dans sa classe. Seuls enfants d'immigrés, ils n'avaient pas tardé à sympathiser. De son côté, Kari n'était pas arrivé depuis très longtemps dans le quartier et il s'était fait quelques bons copains islandais. Il avait également rencontré deux garçons des

Philippines et du Viêtnam qui connaissaient les copains de Niran dans son ancienne école. Niran était rapidement devenu le chef du groupe. Il leur fournissait des informations sur ce qu'il appelait leur situation en tant qu'immigrés. Ils n'étaient ni ceci ni cela. Ils n'étaient pas des Islandais même s'ils le désiraient vraiment. Une grande partie des gens les considéraient d'abord comme des étrangers, même s'ils étaient nés en Islande. La plupart d'entre eux avaient été confrontés à des préjugés à leur égard ou à l'égard de leur famille : des regards en coin, des incivilités, quand ce n'était pas de la haine pure et simple.

Niran n'était pas islandais et n'avait aucune envie de le devenir. Mais ici, loin au nord, dans la mer, il lui était également difficile de rester thaïlandais. Il avait compris qu'il n'était en réalité ni l'un ni l'autre, qu'il n'appartenait à aucun des ces deux peuples et qu'il n'avait sa place nulle part ailleurs que sur des frontières invisibles et insaisissables. Auparavant, il n'avait jamais eu besoin de réfléchir à l'endroit d'où il venait. C'était un Thaïlandais né en Thaïlande. Il avait trouvé un certain réconfort auprès d'autres enfants d'immigrés qui partageaient une expérience similaire. C'était parmi eux qu'il avait rencontré ses meilleurs amis. Il avait commencé à s'intéresser à son héritage, à l'histoire de la Thaïlande, à celle de ses ancêtres auxquels il vouait une admiration sans limites. Au moment où il avait rencontré d'autres enfants d'immigrés plus âgés que lui dans son ancienne école, ce sentiment avait encore augmenté.

— On nous a dit qu'il ne s'entendait pas très bien avec son beau-père, remarqua Sigurdur Oli.

— Ça ne m'étonne pas, répondit Kari.

— Tu sais pourquoi ?

Kari haussa les épaules.

— Niran m'a dit qu'il était content que sa mère divorce. Comme ça, il ne serait plus obligé de le voir.

– Dis-moi, tu as entendu parler d'un homme que Sunee connaît et qui pourrait être son petit ami ? demanda Sigurdur Oli.

– Non, répondit Kari.

– Niran ne t'a jamais parlé d'un homme avec qui elle sortirait ?

– Non, je ne crois pas. Je ne sais rien là-dessus.

– À quel endroit tu as vu Niran pour la dernière fois ?

– J'ai été malade et je ne suis pas allé à l'école. Je n'ai pas discuté avec mes copains. La dernière fois que j'ai vu Niran c'était il y a quelques jours. Nous avons passé un moment ensemble après l'école, ensuite nous sommes rentrés chez nous.

– C'était à côté de la pharmacie ?

– Oui.

– Qu'est-ce que vous fabriquez à toujours traîner à côté de cette pharmacie ?

– Eh bien, rien de précis. Nous nous donnons parfois rendez-vous là-bas, c'est tout. Nous n'y faisons rien de particulier.

– Où est-ce que vous allez ? Que faites-vous en général quand vous êtes ensemble pendant la journée ? demanda Sigurdur Oli.

– Ben, on traîne, on paresse, on loue des vidéos, on joue au foot, enfin, ce qui nous vient à l'esprit. On va au cinéma.

– Tu crois que c'est Niran lui-même qui a fait du mal à son frère ?

– Il est incapable de répondre à ce genre de questions, coupa le père de Kari. Il est ridicule de s'attendre à ça de sa part.

– Jamais, répondit Kari. Il ne ferait jamais de mal à Elli. Je le sais. Il était fier d'Elli et n'en disait que du bien.

– Mais vous avez été mêlés à une bagarre à l'école ou ici, dans le quartier, est-ce que tu peux m'en parler ?

demanda Sigurdur Oli. L'un de tes camarades a été agressé ? Tu as eu peur d'aller à l'école, n'est-ce pas ?

– Ce n'était pas sérieux, précisa Kari. C'est juste… c'est juste qu'il y a parfois d'autres élèves qui nous cherchent et je ne veux pas me mêler de ça. Je veux seulement qu'on me laisse tranquille.

– Est-ce que tu en as parlé à Niran et à tes camarades ?

– Non.

– Qui est le chef de l'autre bande ? demanda Sigurdur Oli. Puisque Niran est votre chef.

Kari demeura muet.

– Tu ne veux pas me le dire ?

Il secoua la tête.

– Il n'y a pas… de chefs de bande, répondit-il. Niran n'est pas notre chef. Nous ne sommes qu'un petit groupe de copains.

– Qui est-ce qui vous tape le plus sur les nerfs ? demanda Sigurdur Oli.

– Il s'appelle Raggi, répondit Kari. C'est le plus frimeur.

– C'est lui qui a agressé l'un d'entre vous ?

– Oui.

Sigurdur Oli nota le prénom. Les parents de l'adolescent échangèrent un regard. On aurait dit qu'ils avaient l'impression que ça suffisait comme ça.

– Vous m'avez demandé tout à l'heure si je ressentais des préjugés à l'école, déclara tout à coup Kari de son propre chef.

– En effet, observa Sigurdur Oli.

– Ce n'est pas seulement ça… Nous aussi, nous disons des tas de trucs, annonça-t-il. Ils n'ont pas tous les torts, nous en avons aussi. Je ne sais pas comment tout ça a commencé. Niran s'est battu avec Gummi à cause d'un truc que quelqu'un avait dit. C'est vraiment débile.

– Et les profs ?

Kari hocha lentement la tête, hésitant.

– Ils sont très bien, mais il y en a quand même un qui déteste les immigrés, observa-t-il.

– Lequel ?

Kari lança un regard à son père.

– Kjartan.

– Et qu'est-ce qu'il fait ?

– Il ne nous supporte pas, précisa Kari.

– Comment ça ? Il y a des choses précises qu'il dit ou qu'il fait ?

– Il fait des remarques quand personne d'autre ne l'entend.

– Comme par exemple ?

– « Tu pues la merde ! »

– Alors ça, c'est la meilleure ! (Le père de Kari suffoquait.) Pourquoi tu ne nous as rien dit ?

– Ils se sont disputés, précisa Kari.

– Qui ça ?

– Kjartan et Niran. Je ne sais pas de quoi il s'agissait, mais je crois qu'ils ont failli se battre. Niran a refusé de m'en parler.

– Quand est-ce arrivé ?

– Le jour de la mort d'Elias.

Assis en face d'Elinborg, le chargé de relations publiques de la compagnie d'assurances était incroyablement chic avec sa cravate aux coloris raffinés. Il n'avait sur son bureau qu'un clavier et un écran plat. Sur les étagères situées derrière lui, on voyait quelques malheureux cartons contenant des papiers, mais la plupart étaient vides. Elinborg se fit la réflexion qu'il ne croulait pas sous les dossiers. Mais bon, peut-être était-ce aussi sa première journée dans l'entreprise. Elle lui exposa la raison de sa visite. Des coups de téléphone de la compagnie d'assurances avaient été passés vers un numéro bien précis. Elle mentionna Sunee. La liste qu'Elinborg avait entre les mains ne précisait pas de quel poste les appels avaient été passés ; n'y figurait que le numéro principal, celui du standard, et la police avait besoin de connaître l'identité du correspondant.

– Est-ce à cause de la mort de ce petit garçon ? demanda l'élégant chargé de relations publiques.

– Exact, répondit Elinborg.

– Et vous souhaitez savoir… ?

– Si quelqu'un ici a appelé au domicile de l'enfant, répéta Elinborg.

– Je vois, observa son interlocuteur. Vous souhaitez savoir depuis quel poste on a passé ces appels, ici, dans notre société.

Elinborg avait déjà clairement expliqué tout cela. Elle se demandait si l'homme qu'elle avait devant elle était anormalement peu coopératif ou si, ayant enfin quelque chose à faire, il voulait en profiter au maximum.

Elle lui répondit d'un hochement de tête.

– La première chose que nous voudrions savoir, c'est si cette femme est assurée chez vous.

– Pouvez-vous me rappeler son nom, demanda le chargé de relations en posant ses mains joliment manucurées sur le clavier de l'ordinateur.

Elinborg le lui communiqua à nouveau.

– Nous n'avons aucun assuré à ce nom, répondit l'homme.

– Avez-vous mené une campagne commerciale, pratiqué du démarchage téléphonique ou ce genre de choses au cours du mois dernier ?

– Non, notre dernière campagne remonte à trois mois. Et il n'y a rien eu depuis.

– Dans ce cas, je vais vous demander d'être vigilant pour nous aider à découvrir si l'un des employés qui se trouvent ici connaît cette femme. Comment comptez-vous procéder ?

– J'interrogerai les gens, répondit l'homme en se penchant en arrière sur son fauteuil.

– Mais en toute discrétion, précisa Elinborg. Nous voulons simplement nous entretenir avec cette personne. Ça ne va pas plus loin. Il ne pèse sur elle aucun soupçon. Il est possible qu'il s'agisse d'un ami de Sunee, peut-être même de son petit ami. Pensez-vous que vous pourrez vous renseigner sur ce point en restant discret ?

– Cela ne devrait me poser aucun problème, promit le chargé de relations.

Erlendur sonna à la porte. Au moment où il appuya sur la sonnette, il entendit une sorte de grésillement à l'intérieur de l'appartement. Quelques instants s'écoulèrent et il sonna à nouveau. Le même grésillement se fit entendre et il prêta l'oreille. Bientôt, il perçut du mouvement de l'autre côté de la porte qui s'entrouvrit finalement. Erlendur avait réveillé l'homme. C'était pourtant le milieu de la journée. Il avait l'air d'être retraité, il pouvait donc dormir quand bon lui semblait, pensa Erlendur.

Il se présenta à son hôte qui n'était pas encore totalement réveillé. Il dut répéter qu'il était de la police et qu'il venait le voir dans l'espoir qu'il pourrait l'aider sur un point de détail. Debout derrière sa porte entrouverte, l'homme le toisait. On avait l'impression que les visiteurs ne se bousculaient pas précisément à son domicile et que si la sonnette grésillait à ce point, c'était faute d'être utilisée.

– Hein ? Que… ? s'étonna l'homme d'une voix rauque en fronçant les sourcils. Ses joues étaient couvertes d'une barbe blanche de deux jours.

Erlendur répéta tout ce qu'il venait de dire et son interlocuteur prit enfin conscience qu'il recevait de la visite. Il ouvrit plus grand sa porte et invita le policier à entrer. Il était plutôt débraillé, ses cheveux blancs tout ébouriffés. L'appartement en désordre sentait le renfermé. L'homme alla s'asseoir sur son canapé et se pencha en avant. Erlendur s'installa en face de lui. Il remarqua que son hôte avait d'énormes sourcils qui, quand il les haussait ou les fronçait, ressemblaient à deux petits animaux à fourrure qui s'enroulaient sur eux-mêmes au-dessus de ses yeux.

– Je ne comprends pas très bien tout ça, observa l'homme qui se prénommait Helgi. Que me veut exactement la police ?

L'appartement était situé dans un vieil immeuble, non loin d'une rue fréquentée des quartiers est de Reykjavik. Le ronronnement des voitures leur parvenait. L'âge de l'immeuble était visible de l'intérieur autant que de l'extérieur. Il n'était pas très bien entretenu. D'imposantes fissures lézardaient la façade sans qu'aucun des occupants ne s'en soit apparemment préoccupé. La cage d'escalier était étroite, sale, et les marches couvertes d'une moquette usée jusqu'à la trame. Il faisait sombre, en dépit de la clarté qui régnait au-dehors, les fenêtres étaient noircies par les fumées des pots d'échappement.

– Il y a longtemps que vous habitez ici, remarqua Erlendur en observant les deux visons qui surmontaient les yeux de son hôte. Je voudrais vous demander si vous vous souvenez de gens que vous avez eus comme voisins il y a des années. Une femme et un enfant, un petit garçon. Elle vivait probablement avec un homme qui était le beau-père du petit. Cela remonte à loin. Disons peut-être… à trente-cinq ans.

L'homme le regarda sans rien répondre. Un long moment s'écoula. Il commençait à se demander si son hôte ne s'était pas rendormi les yeux ouverts.

– Ils habitaient au premier étage, ajouta Erlendur.

– Et qu'est-ce qu'ils ont donc, ces gens-là ? demanda l'homme qui, finalement, n'avait pas somnolé, mais simplement fouillé dans ses souvenirs.

– Rien, répondit Erlendur. Nous devons transmettre certaines informations au beau-père. Cette femme est décédée il y a peu.

– Et l'enfant ?

– Il nous a demandé de retrouver son ancien beau-père, mentit Erlendur. Vous vous souvenez de cette famille ? Ils vivaient au premier étage.

L'homme continuait de fixer Erlendur sans dire un mot.

– Une femme avec un fils, dites-vous ? observa-t-il au bout d'un moment.

– Ainsi que le beau-père, rappela Erlendur.

– Ça fait un sacré bout de temps, remarqua l'homme, enfin réveillé après sa sieste.

– Je sais, convint Erlendur.

– Et quoi ? Il n'était pas officiellement domicilié ici avec elle ?

– Non, nous n'avons trouvé trace de personne d'autre qu'elle et son fils comme occupants de cet appartement à cette époque-là. En revanche, nous savons que cet homme vivait avec elle.

Erlendur attendit la réaction de son interlocuteur.

– Il nous faut le nom du beau-père, ajouta-t-il, voyant qu'il ne répondait rien et qu'il demeurait immobile à fixer la table de la salle à manger.

– Parce que l'enfant ne le connaît pas ? interrogea finalement Helgi.

Ah, le voilà maintenant qui s'éveille, pensa Erlendur.

– Il était très jeune à l'époque, précisa-t-il en espérant que l'homme se satisferait de cette réponse.

– C'est un ramassis de canailles qui habitent à l'étage du dessous en ce moment, observa Helgi en continuant à fixer la table de la salle à manger devant lui, d'un air absent. Des fripouilles qui passent leur nuit à faire la nouba. Et ça ne sert à rien de téléphoner, ça ne change rien. Ce pauvre type est propriétaire et il n'y a aucun moyen de le foutre dehors.

– On n'a pas toujours de chance avec ses voisins, commenta Erlendur, simplement afin de répondre quelque chose. Alors, vous pouvez nous aider à retrouver cet homme ?

– Comment s'appelait cette femme ?

– Sigurveig. Et le garçon, Andrés. J'essaie de me simplifier la tâche, ça risque d'être difficile et de me prendre tout mon temps de retrouver cet homme dans les rouages du système.

– Je me souviens d'elle, annonça-t-il en levant les yeux. Sigurveig, tout à fait. Mais dites donc, le gamin n'était quand même pas jeune au point de ne pas se souvenir du nom de son beau-père.

Helgi fixa longuement Erlendur du regard.

– Vous ne me dites peut-être pas toute la vérité, reprit-il.

– Non, convint Erlendur, en effet.

Un vague sourire se dessina sur les lèvres de Helgi.

– Le type qui habite en dessous est une véritable nuisance, lança-t-il.

– On ne sait jamais, peut-être est-il possible d'y remédier, répondit Erlendur.

– Celui dont vous me parlez a vécu avec cette femme pendant quelques années, reprit Helgi. Je ne l'ai que très peu connu, il semblait être souvent absent. Est-ce qu'il travaillait en mer ?

– Je n'en ai aucune idée, répondit Erlendur. C'est bien possible. Vous souvenez-vous de son prénom ?

– Absolument pas, répondit Helgi. Malheureusement. D'ailleurs, j'avais également oublié celui de Sigurveig et je viens juste de me rappeler que le gamin s'appelait Andrés. Les choses me rentrent par une oreille et me ressortent par l'autre sans s'éterniser.

– Et évidemment, des tas de gens ont déménagé ou emménagé dans l'immeuble depuis cette époque, concéda Erlendur.

– Je ne vous le fais pas dire, convint Helgi, entièrement remis du grésillement qui avait perturbé sa sieste, tout heureux de constater qu'il avait trouvé là un interlocuteur et, qui plus est, un homme qui manifestait pour lui plus d'intérêt que quiconque ne l'avait fait depuis bien longtemps. En tout cas, je ne garde que peu de souvenirs de ces gens, malheureusement, ajouta-t-il. Extrêmement peu, à dire vrai.

– En règle générale, dans ma profession, toute information, aussi infime soit-elle, est susceptible de nous aider, observa Erlendur. Il avait un jour entendu cette phrase de la bouche d'un policier dans un programme télévisé et s'était dit qu'il pourrait s'en resservir.

– Il a fait une bêtise, cet homme ?

– Non, répondit Erlendur. C'est Andrés qui s'est adressé à nous. En réalité, nous n'avons pas le temps de nous occuper de ce genre de chose, mais…

Erlendur haussa les épaules. Il remarqua que Helgi s'était mis à sourire. Les deux hommes étaient presque devenus des amis de longue date.

– Si je me souviens bien, cet homme était originaire de province, reprit Helgi. Un jour, il l'a accompagnée à la réunion de copropriété. À cette époque-là, ces réunions existaient encore. Aujourd'hui, on reçoit simplement la facture quand quelqu'un a le courage d'entreprendre des travaux, ce qui est très rare. C'est l'une des rares fois où je l'ai croisé.

– Pouvez-vous me le décrire ?

– Pas avec grande précision. Plutôt grand, solidement charpenté. Il avait l'air assez sympathique. Oui, il était plutôt avenant, si je me souviens bien. Je crois qu'il a fini par s'en aller. Je suppose qu'ils se sont séparés, mais je ne sais pas pourquoi. Vous devriez aller interroger Emma. Elle occupait l'appartement en face du leur à l'époque.

– Emma ?

– Une femme vraiment adorable, cette Emma. Elle est partie d'ici il y a, disons, une vingtaine d'années, mais elle a gardé le contact, elle m'envoie des cartes pour Noël et ce genre de chose. Elle se rappelle tout cela sûrement mieux que moi. Allez la voir. Moi, je ne me souviens pas très bien de ces gens.

– Vous avez conservé un souvenir particulier de ce petit garçon ?

– Le gamin ? Non… excepté le fait que…

Helgi eut un moment d'hésitation.

– Oui ? s'enquit Erlendur.

– Eh bien, il avait toujours un air plutôt mélancolique, le pauvre, si je me souviens bien. C'était un petit garçon tristounet et qui n'avait pas l'air très bien. On aurait dit que personne ne s'en occupait réellement. Les quelques fois où j'ai tenté d'engager la conversation avec lui, j'ai eu l'impression qu'il me fuyait.

Debout dans le froid à côté d'une maison en bois recouverte de tôle ondulée de la rue Grettisgata, Andrés fixait des yeux la fenêtre d'un appartement en sous-sol. Il ne distinguait pas ce qu'il y avait à l'intérieur et n'osait pas s'approcher. Environ six mois plus tôt, il avait suivi l'homme dont il avait parlé à la police jusqu'à cette maison dans le sous-sol de laquelle il l'avait vu entrer. Il l'avait filé depuis l'immeuble d'où il était sorti avant de monter dans un bus. L'homme ne l'avait pas remarqué. Ils étaient descendus à la station centrale de Hlemmur et Andrés l'avait suivi jusqu'à cette maison.

Il se tenait maintenant à distance respectable, les mains plongées dans ses poches pour se protéger du vent du nord. Depuis lors, ayant parcouru plusieurs fois le chemin entre Hlemmur et la rue Grettisgata, Andrés avait découvert que c'était là qu'il habitait.

18

Kjartan n'étant pas à son domicile, les policiers déclarèrent qu'ils attendraient son retour. L'épouse de l'enseignant les dévisagea, déconcertée.

– Ici, dehors ? demanda-t-elle alors que son visage s'allongeait d'étonnement. Erlendur haussa les épaules.

– Qu'est-ce que vous voulez encore à Kjartan ? s'agaça-t-elle.

– C'est à cause de ce qui est arrivé à l'école, annonça Elinborg. Simple routine. Nous interrogeons les professeurs et les élèves.

– Je croyais que vous l'aviez déjà interrogé.

– Nous devons recommencer, répondit Elinborg.

La femme les dévisagea à tour de rôle. Ils eurent l'impression qu'elle aurait bien voulu leur claquer sa porte au nez et ne plus jamais les revoir.

– Vous ne préféreriez pas entrer ? proposa-t-elle, d'un ton hésitant, mal à l'aise.

– Si, merci beaucoup, répondit Erlendur en laissant Elinborg passer la première. Deux enfants, un garçon et une fille, les regardèrent entrer et s'asseoir dans la salle à manger. Erlendur aurait préféré interroger Kjartan au commissariat ou à l'école, mais ce dernier les avait fuis. Il ne s'était pas présenté au poste de police comme cela avait pourtant été convenu et, quand on avait essayé d'aller le chercher à l'école, on ne l'y avait pas trouvé.

Comme il ne décrochait pas son téléphone, Elinborg avait suggéré qu'ils aillent à son domicile, ce qu'Erlendur avait accepté.

– Il a emmené la voiture au garage pour un contrôle, précisa l'épouse.

– Ah, je vois, répondit Erlendur.

C'était le soir. La femme était dans la cuisine et préparait le dîner au moment où ils avaient frappé à sa porte. Elle ne donna aucune précision à propos de cette histoire de voiture. Elle expliqua avoir eu Kjartan au bout du fil dans l'après-midi, mais ne pas avoir eu de nouvelles depuis. Erlendur la sentait inquiète de cette visite de la police et il essaya de l'apaiser en lui répétant les mots d'Elinborg quant à une simple affaire de routine.

Elle ne semblait pas entièrement convaincue et, en repartant à la cuisine, elle emporta son portable. Ses deux enfants la suivirent. Ils firent demi-tour dans l'embrasure de la porte et regardèrent avec de grands yeux Erlendur et Elinborg. Elle leur adressa un sourire. La voix de la femme leur parvenait dans la salle à manger. Ils l'entendirent s'énerver, puis ce fut le silence. Au bout d'un certain temps, elle revint les voir, calmée.

– Kjartan a pris un peu de retard, annonça-t-elle en forçant un sourire. Il sera là dans cinq minutes.

– Merci beaucoup, répondit Elinborg.

– Je peux vous offrir quelque chose ? demanda-t-elle.

– Du café, s'il vous plaît, s'il vous en reste dans la cafetière, répondit Erlendur.

Elle retourna à la cuisine. Les enfants continuaient d'observer les deux policiers depuis la porte.

– C'est peut-être un peu exagéré, chuchota Elinborg à Erlendur après un long silence. Elle ne quittait pas les enfants des yeux.

– C'était ton idée, précisa Erlendur.

– Je sais, mais c'est peut-être un peu *too much*.

– Toumeutche ? répéta Erlendur.

– Nous n'avons qu'à prétexter un truc urgent. Je ne m'étais pas imaginé que la situation serait aussi embarrassante. S'il pointe son nez, nous le cueillerons dehors.

– Peut-être que tu n'aurais jamais dû renoncer à la géologie, ironisa Erlendur.

– À la géologie, comment ça ?

– Ce n'est pas une profession de tout repos ? interrogea Erlendur.

– Non, mais dis donc ! s'offusqua Elinborg.

Elle était parvenue à agacer Erlendur durant le trajet en voiture. Elle l'avait harcelé de questions sur Valgerdur, sur la façon dont ils envisageaient l'avenir, et Erlendur était immédiatement devenu muet comme une carpe. Elle n'avait pas renoncé, même quand Erlendur l'avait sommée de cesser ses sempiternelles et satanées questions. Elle lui avait demandé si Valgerdur avait encore des relations avec son ex-mari, ce à quoi Erlendur aurait dû répondre par l'affirmative, s'il avait daigné lui répondre. Elle l'avait cuisiné pour savoir si Valgerdur avait l'intention de s'installer chez lui, chose à laquelle, pour sa part, il n'avait pas encore réfléchi. Les questions que lui posait Elinborg sur sa vie privée lui portaient parfois sur les nerfs, ses questions à propos d'Eva Lind, de Sindri Snaer et de lui-même. On aurait dit qu'elle ne supportait pas de le voir tranquille.

– Vous expérimentez peut-être une sorte de vie commune à distance ? s'était amusée Elinborg. Beaucoup de gens préfèrent ça à la vie commune tout court.

– Tu veux bien arrêter, avait tonné Erlendur. Je ne sais même pas ce que c'est que cette vie commune à distance dont tu parles.

Elinborg s'était tue un moment avant de se mettre à chantonner tout bas un refrain connu du célèbre poème de Steinn Steinarr : *Jon Kristofer cadet de l'armée,*

viendra ce soir nous retrouver, Valgerdur le lieutenant
nous montrer la voie vers les Divines Contrées...

Elle avait fredonné ainsi jusqu'à ce qu'Erlendur perde patience.

– Je ne sais absolument pas ce qu'il en sera, et cela ne te regarde pas, avait-il précisé.

– D'accord, avait répondu Elinborg sans s'arrêter de fredonner.

– *Valgerdur le lieutenant nous montrer...*! avait éructé Erlendur.

– Hein ?

– Quelles drôles d'idées tu peux avoir !

La femme sortit de la cuisine avec des tasses à café. Son visage montrait maintenant une profonde inquiétude. Les enfants, qui la suivaient, restèrent comme désemparés au milieu du salon quand leur mère retourna à la cuisine pour chercher la cafetière. À ce moment-là, la porte s'ouvrit et Kjartan entra. Elinborg et Erlendur se levèrent.

– Faut-il vraiment en arriver là ? demanda Kjartan, manifestement ébranlé.

– Nous avons passé la journée à vous chercher, rétorqua Elinborg.

La femme de Kjartan arriva avec la cafetière.

– Que se passe-t-il ? demanda-t-elle à son mari.

– Ce n'est rien, répondit Kjartan se calmant aussitôt et s'adressant à elle d'une voix calme. Je te l'ai expliqué au téléphone, ils sont là à cause de l'agression de ce garçon de l'école.

– Et alors, tu as quelque chose à voir là-dedans ?

– Non, répondit Kjartan en regardant Erlendur et Elinborg, comme à la recherche d'un soutien.

– Comme je vous l'ai dit tout à l'heure, nous interrogeons l'ensemble des professeurs de l'école, consentit Elinborg. Peut-être pourrions-nous nous asseoir quelque part pour discuter tranquillement ?

Ces paroles s'adressaient à Kjartan. Il hésitait. Il les regarda tous les trois à tour de rôle : ils attendaient sa réponse. Il hocha finalement la tête.

– Mon bureau est à la cave, annonça-t-il à contre-cœur. Nous pouvons nous installer là-bas. Ça ne te dérange pas ? demanda-t-il à son épouse.

– Emportez votre café avec vous, répondit-elle.

Kjartan lui adressa un sourire.

– Merci beaucoup, ma chérie, je remonte dès qu'ils sont partis.

Il prit dans ses bras le plus jeune des enfants pour lui donner un baiser et caressa les cheveux de l'aîné.

– Papa revient tout de suite, rassura-t-il. Il doit parler un petit peu avec le monsieur et la dame et il revient tout de suite.

Touchant, pensa Erlendur.

Kjartan leur indiqua le chemin de l'escalier de la cave. Il y avait installé dans un petit cagibi un bureau avec un ordinateur, une imprimante posée sur la table, des livres et des magazines. Il n'y avait là qu'une seule chaise sur laquelle il s'installa. Elinborg et Erlendur restèrent debout à la porte. Kjartan les avait suivis en silence en descendant, mais il semblait maintenant que la colère bouillonnait en lui.

– Qu'est-ce que ça signifie de venir emmerder les gens comme ça à domicile ? éructa-t-il. Au nez de leur famille ! Vous avez vu la tête de mes enfants ? Vous trouvez que ce sont des méthodes ?

Erlendur garda le silence. Elinborg s'apprêta à riposter, mais Kjartan lui coupa l'herbe sous le pied.

– Est-ce que par hasard je serais un criminel ? Qu'est-ce que j'ai fait pour mériter ce traitement ?

– Nous avons cherché à vous joindre toute la journée, observa Erlendur. Vous ne répondiez pas au téléphone. Nous avons décidé de passer chez vous pour voir si vous y étiez. Votre femme a eu la gentillesse de nous inviter à entrer. Elle nous a même offert un café. Ensuite, vous êtes arrivé. Il y a là de quoi s'emporter ? Nous sommes seulement venus pour voir si vous étiez chez vous. Et la chance nous a souri. Vous désirez peut-être déposer plainte pour ça ?

Kjartan les regarda à tour de rôle.

– Que me voulez-vous ? demanda-t-il.

– Nous pourrions peut-être commencer par une chose qui s'appelle, ou plutôt qui s'appelait les Pères de l'Islande, suggéra Erlendur.

Kjartan sourit.

– Et vous croyez peut-être qu'en ayant dégoté ce truc-là, vous avez résolu votre enquête ?

– Je ne crois rien du tout, répondit Erlendur.

– J'avais dix-huit ans, c'était une erreur de jeunesse, vous devez pouvoir imaginer ça. Les Pères de l'Islande. Il n'y a vraiment que des gamins pour inventer ce genre de bêtises. Des gamins qui veulent jouer aux hommes.

– Je connais bon nombre de gamins de dix-huit ans qui seraient incapables d'épeler « République de Weimar ».

– Nous formions un petit groupe au lycée, reprit Kjartan. C'était une blague et ça remonte à quinze ans. Je n'arrive pas à croire que vous vouliez me coller l'étiquette de raciste à cause de ce qui est arrivé à ce garçon.

Kjartan avait prononcé cette phrase sur un ton humoristique comme si le lien qu'il avait avec toute cette affaire était tellement tiré par les cheveux qu'il relevait de la farce, comme si Elinborg et Erlendur étaient, eux aussi, de l'ordre de la plaisanterie, des flics stupides qui se trompaient sur toute la ligne. Il y avait quelque chose de hautain, d'arrogant dans la manière dont il se tenait assis sur sa chaise, jambes écartées, se balançant d'avant en arrière à s'amuser de leur bêtise. On aurait dit qu'il les plaignait de ne pas avoir, contrairement à lui, une philosophie à l'épreuve des balles. On pouvait se demander si le destin d'Elias l'avait en quoi que ce soit touché.

– Qu'entendiez-vous quand vous avez dit qu'une agression du genre de celle subie par Elias n'était qu'une question de temps ? demanda Elinborg.

– Il me semble que c'est une évidence. À quoi d'autre peut-on s'attendre en laissant toute cette clique s'installer ? À ce que tout aille pour le mieux ? Nous ne sommes pas préparés à affronter ça. Ils arrivent de partout dans le monde pour s'entasser ici dans des emplois mal payés et nous continuons à nous comporter comme si de rien n'était. Tous les animaux de la forêt se doivent d'être amis. Non, ça ne fonctionne pas comme ça et ça ne sera jamais le cas. La clique asiatique s'isole du reste de la société, elle conserve toutes ses coutumes et ses habitudes et se garde bien de se marier en dehors de son petit monde étriqué. Ils n'apprennent pas la langue, ne vont évidemment pas à l'école. Dites-moi un peu quel pourcentage de ces gens on retrouve à l'université, hein ? La plupart d'entre eux s'évapore dès la fin de la scolarité obligatoire, soulagés de ne plus être forcés d'écouter cette merde d'histoire de l'Islande ! Cette merde de langue islandaise !

– Je vois que vous n'avez pas entièrement tourné le dos aux Pères de l'Islande, nota Erlendur.

– Précisément, mais voilà, celui qui s'avise de tenir ce genre de propos est aussitôt taxé de racisme. On n'a plus le droit de dire quoi que ce soit. Tout le monde doit faire preuve de diplomatie. On parle d'apport enrichissant à la culture islandaise et de ce genre de truc. Quel ramassis de conneries !

– Vous croyez que l'agresseur d'Elias est d'origine asiatique ?

– Vous avez naturellement totalement exclu cette hypothèse, n'est-ce pas ? ironisa Kjartan.

– Vous parler comme ça à vos élèves ? questionna Elinborg. C'est dans ces termes que vous parlez des immigrés devant vos élèves ?

– Je ne suis pas certain que cela vous concerne en quoi que ce soit, rétorqua Kjartan.

– Vous encouragez les tensions entre les élèves de l'école ? s'entêta Elinborg.

Kjartan les regarda à tour de rôle.

– À qui avez-vous parlé ? Et, au fait, d'où tenez-vous cette histoire de Pères de l'Islande ? Qu'est-ce que vous farfouillez ?

– Répondez à la question, commanda Erlendur.

– Je n'ai jamais fait une chose pareille, répondit Kjartan. Si quelqu'un vous a raconté ça, c'est un mensonge.

– En tout cas, c'est ce qu'on nous a dit, répondit Elinborg.

– Oui, et c'est un mensonge. Je n'incite personne à quoi que ce soit. Qui vous a raconté ça ?

Elinborg et Erlendur restaient silencieux.

– Je n'ai pas le droit de le savoir ? demanda Kjartan.

Erlendur le regarda sans un mot. Il s'était documenté sur Kjartan dans les registres de la police et n'y avait trouvé qu'une amende pour excès de vitesse. Il n'avait jamais eu le moindre problème avec la justice. Kjartan faisait partie des citoyens irréprochables de ce pays. C'était un père de famille qui aimait ses enfants, pour le peu qu'Erlendur avait vu.

– Comment arrivez-vous à la conclusion que vous êtes meilleur que les autres ?

– Je n'ai jamais dit ça.

– Cela transpire dans chacun de vos actes et de vos paroles.

– En quoi ça vous regarde ?

Erlendur le fixa.

– En rien.

Ragnar, qu'on appelait Raggi à l'école, était chez lui dans la salle à manger, face à Sigurdur Oli. Assise à ses côtés, sa mère semblait soucieuse. Elle était divorcée. Ragnar était l'aîné de trois enfants. La mère tirait le diable par la queue, seule à assurer la subsistance de la famille. Sigurdur Oli et elle avaient discuté brièvement avant que Raggi ne rentre à la maison. Elle lui avait confié que ce n'était pas facile de s'occuper de trois enfants. On aurait dit qu'elle essayait de se justifier par avance. Sigurdur Oli s'était pourtant contenté de lui servir le vieux poncif de l'enquête de routine sur ce qui s'était passé à l'école : la police interrogeait une foule d'enfants et d'adolescents qui fréquentaient l'établissement. La femme l'avait écouté, compréhensive, mais puisque la police se fendait d'un déplacement jusqu'au petit appartement en sous-sol qu'elle louait à prix d'or à la bonne femme pleine aux as de l'étage du dessus, qui possédait l'ensemble de la maison ainsi qu'au moins trois manteaux de fourrure, elle préférait en dire trop plutôt que pas assez. La mère de Raggi était très forte, elle avait le souffle court et fumait de façon presque ininterrompue. L'air à l'intérieur de l'appartement était étouffant. Sigurdur Oli ne vit aucune trace des deux autres enfants le temps qu'il y resta. La pièce était encombrée de linge sale, de prospectus et de journaux. La femme éteignit sa cigarette. Il pensait à ses vêtements. Ils allaient empester le tabac pendant un bon moment.

Raggi se montra d'abord surpris de voir la police chez lui, mais il ne tarda pas à s'en remettre. Grand pour son âge, il avait d'épais cheveux noirs et beaucoup d'acné, principalement autour de la bouche. Il semblait nerveux. Sigurdur Oli commença par lui poser des questions générales sur l'école, sur l'atmosphère qui y régnait, les enseignants, les élèves des classes supérieures, orientant graduellement la conversation sur les immigrés et sur Niran. Raggi répondait surtout par monosyllabes. Sa mère ne leur accordait aucune attention, elle se bornait à rester assise, fumant cigarette sur cigarette et sirotant son café. Elle rentrait juste du travail au moment où Sigurdur Oli avait sonné à sa porte. Elle lui avait fait du bon café bien fort dont il attendait qu'elle lui offre une autre tasse. Autrefois, il avait été un buveur de thé, mais Bergthora l'avait initié aux plaisirs du café grâce à la connaissance qu'elle avait des variétés et des diverses manières de le préparer.

– Que penses-tu de Kjartan, le professeur d'islandais ? demanda-t-il.

– Il est pas mal, répondit Raggi.

– Il n'aime pas beaucoup les gens de couleur, n'est-ce pas ?

– Peut-être pas, répondit Raggi.

– Comment est-ce que cela se manifeste ? Par des paroles, par des actes ?

– Non, seulement…

– Seulement quoi ?

– Rien.

– Tu connais Elias ?

– Non.

– Et Niran, son frère ?

Raggi hésita.

– Oui.

Sigurdur Oli s'apprêtait à prononcer le nom de Kari, mais il se ravisa. Il ne voulait pas donner à Raggi une raison de croire qu'il sortait de chez ce garçon.

– Comment ?

– C'est juste… répondit Raggi.

– Quoi ?

– C'est juste qu'il se croit malin.

– Comment ça ?

– Il nous traite d'esquimaux.

– Et vous, de quoi le traitez-vous ?

– De crétin.

– Tu sais ce qui est arrivé à son frère ?

– Non.

– Tu peux me dire où tu étais au moment de son agression ?

Raggi s'accorda un instant de réflexion. Il n'avait manifestement pas envisagé qu'on lui pose la question et Sigurdur Oli se dit intérieurement que s'il s'agissait là d'un numéro d'acteur, alors le gamin était rudement chevronné. La réponse arriva enfin.

– On était au centre commercial de Kringlan : moi, Ingvar et Danni.

Ses dires recoupaient ceux d'Ingvar et de Daniel, ses deux camarades que Sigurdur Oli avait déjà interrogés. Tous deux avaient catégoriquement nié être impliqués de quelque manière que ce soit dans l'agression d'Elias. Ils n'avaient jamais entendu parler de trafic de drogue aux abords de l'école et lui avaient parlé de petits accrochages avec des élèves d'origine étrangère. Les trois compères étaient connus pour leurs incivilités à l'école, où on attendait avec impatience de les voir terminer leur cursus et disparaître pour de bon au printemps prochain. Ils pratiquaient le harcèlement et le racket, s'étaient spécialement fait remarquer au tout début de l'année quand deux d'entre eux avaient été exclus de l'établissement pendant une semaine. Ils avaient fait exploser des feux d'artifices à l'extérieur et à l'intérieur de l'école en se servant de ceux qui leur restaient du nouvel an : de gros pétards chinois ainsi que des fusées qu'ils avaient trafiquées pour les rendre encore plus puissantes. L'un d'entre eux avait envoyé une roquette du plus gros modèle depuis le fond d'un couloir longeant les salles de classe. En explosant, elle avait réduit deux grandes baies vitrées en mille morceaux. Le bâtiment en avait tremblé comme une feuille et on s'était estimé heureux que l'événement se soit produit alors que les cours battaient leur plein et qu'il n'y avait personne à proximité.

– Quand as-tu vu Elias pour la dernière fois ? demanda Sigurdur Oli.

– Elias ? Je n'en sais rien. Je ne le connais pas du tout et je ne le vois jamais.

– Y a-t-il beaucoup de tensions entre vous et Niran à l'école ?

– Non, seulement, cette bande passe son temps à crâner.

Raggi s'interrompit.

– Tu veux parler des immigrés ? demanda Sigurdur Oli.

– L'Islande devrait être pour nous. Pour les Islandais. Pas pour les étrangers.

– Nous savons qu'il y a eu des bagarres entre bandes adverses, reprit Sigurdur Oli. Nous savons que les choses peuvent parfois s'envenimer. Pas seulement ici. Mais nous savons également qu'en général, cela ne va pas si loin que ça. Tu es de cet avis ?

– Je… je n'en sais rien.

– Et maintenant, il y a ce qui est arrivé à Elias.

– Oui.

– Tu crois qu'il y a un lien avec ces bagarres et les tensions qui règnent entre vous ?

– Je n'en sais rien. Probablement pas. Je veux dire, on ne ferait pas un truc comme ça. On n'irait jamais tuer quelqu'un. C'est ridicule. On ne ferait jamais ce genre de truc. C'est impossible.

– Tu en es sûr ?

La mère, restée assise à fumer en silence tout au long de leur conversation, intervint à ce moment-là.

– Vous croyez que mon petit Raggi s'en est pris à ce garçon ? interrogea-t-elle, comme si elle comprenait subitement la raison pour laquelle la police était venue chez elle avec tout un arsenal de questions sur les conflits raciaux à l'école.

– Je ne crois rien du tout, répondit Sigurdur Oli. As-tu connaissance de trafic de drogue dans l'école ? demanda-t-il à Raggi.

– Mon petit Raggi ne se drogue pas, répondit immédiatement la mère.

– Ce n'est pas la question que je lui ai posée, objecta Sigurdur Oli.

– Je ne connais aucun trafic de drogue, répondit Raggi.

– Non, en effet, tu te contentes de faire exploser des feux d'artifice dans les couloirs, remarqua Sigurdur Oli.

– Je… commença Raggi, bien vite interrompu par sa mère.

– Il a déjà été puni pour ça, observa-t-elle. Et ce n'est même pas lui qui a causé le plus de dégâts.

– Est-il possible que quelqu'un vende de la drogue, que quelqu'un d'autre lui ait dû de l'argent et que cette dette ait entraîné une chose comme celle qui est arrivée à Elias ? demanda Sigurdur Oli qui comprit tout à coup que la mère justifiait les actes du fils.

Raggi s'accorda un moment de réflexion pour la première fois depuis le début de leur entretien.

– Il n'y a aucun dealer à l'école, déclara-t-il. Il y en a bien qui traînent parfois autour de l'établissement et qui vendent des trucs. Ou bien qui viennent aux boums. C'est tout. Je ne sais rien d'autre et personne n'a jamais essayé de me vendre quoi que ce soit.

– Tu sais ce qui est arrivé à Elias ?

– Non.

– Tu sais qui l'a agressé ?

– Non.

– Tu sais où était Niran quand son petit frère a été agressé ?

– Non. J'ai juste vu le moment où Kjartan l'a flanqué par terre dans la rue.

– Kjartan, le professeur d'islandais ?

– Niran a rayé sa voiture sur tout le côté. Kjartan a pété les plombs.

Sigurdur dévisageait Raggi. Il se rappela ce que lui avait dit Kari au sujet de Kjartan et de Niran.

– Tu peux me répéter ça ?

Raggi comprit qu'il avait dit quelque chose d'important et fit immédiatement machine arrière.

– En fait, je ne l'ai pas vraiment vu, j'en ai juste entendu parler. Quelqu'un m'a dit qu'il s'en était pris à Niran parce qu'il lui avait rayé tout le côté de sa voiture.

– Quand ça ? C'est arrivé quand ?

– Le matin. Le matin du jour de la mort du petit garçon.

– Encore un peu de café ? suggéra la mère en soufflant la fumée de sa cigarette.

– Merci bien, peut-être un fond, répondit Sigurdur Oli en attrapant son téléphone pour composer le numéro d'Erlendur.

– Et quoi d'autre ?

– Je n'en sais pas plus, répondit Raggi. C'est juste un truc que j'ai entendu dire.

19

Les recherches pour retrouver Niran n'avaient encore donné aucun résultat dans la soirée, alors que se déroulait la prière en mémoire d'Elias et que la marche aux flambeaux se dirigeait vers son domicile. Un grand nombre de gens étaient présents, avançant en silence vers l'immeuble, guidés par le pasteur du quartier. Sunee, qui y participait également, en compagnie d'Odinn, de Virote et de Sigridur, était profondément touchée par la compassion et la gentillesse qu'on lui témoignait.

Cela ne fut toutefois pas suffisant pour qu'elle confie à la police l'endroit où elle avait caché son fils qu'elle refusait obstinément de dévoiler. De même, son frère et l'ensemble de ses proches ne communiquaient aucune information.

Erlendur et Elinborg assistèrent à la prière et observèrent la procession pendant qu'elle s'avançait lentement vers l'immeuble. Elinborg cachait dans la paume de sa main un petit mouchoir que, discrètement, elle porta plusieurs fois à son visage.

De retour au bureau, Erlendur appela Valgerdur. Il la savait au travail, à l'hôpital. Il ne se rendit même pas compte que, tout en attendant qu'on la lui passe au bout du fil, il s'était mis à siffloter la mélodie d'Elinborg à propos de Jon Kristofer, cadet dans l'armée, et du lieutenant Valgerdur qui montrait la voie vers les Divines Contrées. Puis, revenant à lui, il maudit Elinborg en silence.

– Allô, dit Valgerdur.

– J'avais envie de t'entendre, annonça Erlendur. Je ne vais pas tarder à rentrer chez moi, ajouta-t-il.

– Je dois travailler toute la nuit, répondit Valgerdur. Un gamin est venu ici pour une prise de sang et il est évident qu'il est victime de violences. C'est un petit garçon de sept ans. Nous avons contacté la police et la Protection…

– Je t'en prie, tu n'as pas besoin de me raconter ça, répondit Erlendur.

– Pardonne-moi… je…

Valgerdur hésita. Ce n'était pas la première fois que cela se produisait. Elle avait été confrontée à un événement dans son travail et s'était apprêtée à le raconter à Erlendur, mais il l'avait interrompue. Il ne parlait pas souvent de la lie de la société, qui constituait le pain quotidien de sa profession de policier. C'était une chose qui, dans son esprit, n'avait rien à voir avec leur histoire. On aurait dit qu'il voulait préserver leur relation de toute laideur. Il ne s'agissait pas nécessairement d'une fuite, mais plutôt d'une parenthèse, d'un moment de répit qu'il souhaiter s'accorder face à l'ignominie et à l'injustice du monde.

– C'est juste que… quand on travaille avec ça tous les jours, on aimerait bien entendre parler d'autre chose, s'excusa-t-il. On aurait bien envie de savoir que la vie ne se résume pas qu'à cette saloperie qui n'inspire que dégoût.

– Est-ce que vous avez avancé dans l'enquête à propos du petit garçon ?

– Nous patinons.

– Nous avons vu la marche à la télévision. Vous n'avez toujours pas retrouvé son frère ?

– La mère a peur, répondit Erlendur. Elle finira par se remettre et par se confier à nous.

Ils se turent tous les deux. Cela réconfortait Erlendur de discuter avec Valgerdur. Il lui suffisait de l'avoir au téléphone. Elle avait une belle voix, grave et apaisante, et dès qu'il l'entendait, il se sentait bien. Il ne savait pas exactement pourquoi, mais, parfois, comme en ce moment, il désirait ardemment entendre cette voix.

– Mon ancienne collègue de travail vient de mourir, annonça-t-il, rompant le silence. Je t'ai déjà parlé de Marion Briem, n'est-ce pas ?

– Oui, ce nom me dit quelque chose. Drôle de nom, d'ailleurs.

– Marion est morte hier des suites d'une longue maladie, comme on dit. Je suppose que c'était pour elle une forme de libération. Elle a eu une mort plutôt solitaire. Elle n'avait personne. Elle a été mon supérieur pendant très, très longtemps avant de partir à la retraite, il y a quelques années. Je ne suis pas allé la voir suffisamment souvent et je n'en ai pris conscience qu'une fois qu'il était trop tard. Marion Briem ne recevait que très peu de visites. Parmi lesquelles, les miennes. Peut-être même que j'étais le seul. Parfois, j'avais vraiment l'impression que je l'étais.

Erlendur marqua un silence. Valgerdur attendait qu'il reprenne la parole. Elle ne voulait pas le troubler. Elle sentait qu'il avait besoin de lui parler. Un long moment s'écoula jusqu'à ce que tout porte à croire qu'Erlendur avait quitté le téléphone.

– Erlendur ? fit-elle au moment où le silence à l'autre bout de la ligne lui devint insupportable.

– Oui, pardonne-moi, j'étais en train de réfléchir. Marion m'a demandé de m'occuper de ses obsèques. Cela suit son cours. C'est ainsi qu'elle se termine, cette vie. Toute cette longue vie s'achève quelque part au

creux d'un lit l'hôpital où on reste allongé, seul et abandonné.

– De quoi est-ce que tu parles, Erlendur ?

– Je ne sais pas. De la mort.

Il laissa à nouveau un blanc dans la conversation.

– Eva Lind est passée me voir, observa-t-il.

– Ça t'a fait plaisir, n'est-ce pas ?

– Si, enfin, je ne sais pas. Elle a l'air mieux. Je ne
l'avais pas vue depuis tellement longtemps et la voilà
tout à coup qui débarque sans crier gare. C'est elle tout
craché. C'est… Elle est devenue une vraie femme. Ça
m'a frappé tout à coup. Il y avait quelque chose en elle,
quelque chose qui avait changé. Je crois qu'elle est plus
mûre, plus apaisée. Peut-être que tout cela va finir par
se calmer. Peut-être qu'elle en a enfin assez.

– Nous vieillissons tous.

– C'est vrai.

– Dis-moi, qu'est-ce qu'elle te voulait ?

– Je crois qu'elle venait pour me raconter un rêve.

– Comment ça, tu crois ?

– Elle est partie avant. Je crois que c'est moi qui lui ai
demandé de partir. Je crois que je sais ce qu'elle veut de
moi. Elle m'a posé des questions sur ce qui s'est passé à
la mort de Bergur. Elle croyait avoir rêvé quelque chose
en rapport avec l'événement. Je n'ai pas voulu savoir de
quoi il s'agissait.

– Ce n'était qu'un rêve, observa Valgerdur.

– Je ne lui ai pas tout dit. Je ne lui ai pas raconté
pourquoi on ne l'a jamais retrouvé. Diverses suppositions ont été avancées. J'ai eu l'impression qu'elle en
avait connaissance.

– Des suppositions ?

– Il aurait dû être retrouvé, dit Erlendur.

– Mais… ?

– Il ne l'a jamais été.

– Et de quelles suppositions s'agissait-il ?

– Eh bien, il y a la lande. Et puis, il y a la rivière.

– Et tu n'as pas envie de lui en parler ?

– Cela ne concerne personne, répondit Erlendur. C'est une vieille histoire qui ne regarde que moi.

– Et que tu veux laisser dormir en paix ?

Erlendur ne répondit rien.

– Eva est ta fille, observa Valgerdur. Tu lui en as parlé à une certaine époque.

– C'est bien le problème, répondit Erlendur.

– Vois ce qu'elle a à te dire. Écoute-la.

– Oui, il le faudra bien, convint Erlendur.

Il hésita à nouveau.

– Et je pense aussi à ce petit garçon qui était couché là, seul et abandonné, dans le froid glacial au pied de l'immeuble. Je ne comprends pas ce qui a pu se passer. Je n'arrive pas à cerner cette chose-là. Ça me dépasse complètement.

– C'est évidemment pire que tout ce que les mots peuvent décrire.

– Je… Ça m'a rappelé mon frère. Il avait le même âge qu'Elias, un peu moins peut-être. Lui aussi était seul. Je me suis mis à penser à toutes ces morts solitaires. À Marion Briem.

– Erlendur, il s'agit d'une chose que tu n'aurais jamais pu arranger. Tu n'en avais pas le pouvoir. Cela n'a jamais été de ta responsabilité. Il faut que tu le comprennes.

Erlendur se taisait.

– Je vais devoir travailler toute la nuit, répéta Valgerdur, pour s'excuser. Il y avait déjà trop longtemps qu'elle était au téléphone.

– Voilà ce que c'est que d'être biologiste, remarqua Erlendur.

– Nous ne sommes plus biologistes, répondit Valgerdur.

– Ah bon ? Et vous êtes quoi, alors ?

– Spécialistes en biologie cellulaire.

– Hein ?

– Les temps changent.

– Et que vont devenir les biologistes ?

– Nous restons en place, la seule chose qui change, c'est notre titre.

– Je ne vois pas ce qui cloche dans le titre de biologiste.

– En tout cas, tu ne l'entendras plus.

– Dommage.

Il y eut un silence.

– Pardonne-moi de te mêler à toute cette histoire, s'excusa Erlendur. On aura plus de temps pour parler de tout ça plus tard.

– Allons, tu ne me mêles à rien du tout, rassura Valgerdur. Je suis libre demain soir.

– Alors, on pourrait peut-être se voir.

– Oui, et surtout, écoute ce qu'Eva veut te dire.

Erlendur sortit dans le couloir et se dirigea vers la salle d'interrogatoire où il savait que Sigurdur Oli et Elinborg s'étaient installés avec Kjartan afin de lui poser des questions à propos de la rayure sur sa voiture, sur les soupçons qu'il avait quant à l'auteur et sur l'agression qu'il avait commise sur Niran. Kjartan n'était pas en état d'arrestation. Quand Sigurdur Oli avait appelé Erlendur pour lui communiquer l'information qu'il venait d'obtenir de Raggi et qu'Erlendur en avait parlé à Kjartan, ce dernier, pris de colère, les avait insultés. Il avait crié au mensonge et au complot avant de reconnaître finalement qu'il avait effectivement pensé que Niran était l'auteur de la rayure en précisant qu'il n'avait toutefois pas touché à un seul de ses cheveux. Les rumeurs affirmant qu'il s'en était pris à l'adolescent n'étaient qu'un tissu de mensonges.

Il les avait suivis au commissariat sans aucune résistance. Sigurdur Oli fut chargé de mener l'interrogatoire. La voiture de Kjartan était une Volvo récente, achetée un an plus tôt. Il l'avait déjà portée à réparer chez son cousin. Après vérification, il s'avéra que la rayure avait été comblée et qu'elle n'attendait plus que d'être repeinte. Des clichés destinés à la compagnie d'assurances de Kjartan avaient été pris. On y voyait une fine entaille qui partait des feux arrière, traversait le pare-chocs et les portières avant de rejoindre les phares avant. Le coût de ce genre de réparation était élevé et Kjartan se débattait avec son assureur qui croyait avoir trouvé une faille. En effet, les clichés ne permettaient pas de dire quel genre d'instrument avait été utilisé. On pensait à un couteau. Peut-être un tournevis. Voire une clé.

On n'avait pas encore décidé de l'éventuelle mise en garde à vue de Kjartan qui affirmait vigoureusement qu'il était absurde d'établir un rapport quelconque entre l'acte de vandalisme et l'agression d'Elias, plus tard au cours de la même journée. Il n'avait même pas remarqué cette rayure en allant à son travail le matin. Il faisait nuit noire et, quand on lui demanda si, à son avis, elle avait été faite sur le parking de l'école, il fut incapable de le dire. Son domicile n'était pas situé dans le même quartier que l'établissement même s'il ne se trouvait qu'à une petite demi-heure de marche. C'était alors qu'il s'apprêtait à descendre en ville vers midi qu'il l'avait remarquée. Il expliqua avoir aperçu Niran en compagnie de ses camarades aux abords du parking et lui avoir demandé s'il avait quelque chose à voir avec cette rayure. Niran lui avait répondu vertement en le prenant de haut, mais Kjartan ne l'avait agressé à aucun moment. Il y avait eu entre eux un échange de paroles fort peu courtoises ; cela, Kjartan le reconnaissait, mais il n'avait jamais flanqué l'adolescent par terre. La police n'avait qu'à aller interroger le garçon qui avait été témoin de la scène.

Erlendur ouvrit la porte de la salle d'interrogatoire.

– Pourquoi ne nous avez-vous pas parlé de tout cela ? demanda Sigurdur Oli. Pourquoi a-t-il fallu que nous l'apprenions ailleurs ?

– Il me semblait que cela n'avait aucune importance, répondit Kjartan en lançant un regard à Erlendur, adossé au mur, les bras croisés. Il est ridicule d'établir un rapport entre cette histoire et l'assassinat du garçon. Je ne comprends pas comment vous pouvez faire un lien entre ces deux choses. J'ai demandé à Niran s'il avait abîmé ma voiture et il m'a ri au nez. Ça m'a franchement déplu.

– Ça vous a même rendu furieux, corrigea Sigurdur Oli.

– Évidemment, répondit Kjartan en haussant le ton. Vous aussi, vous auriez été furieux. Vous croyez que c'est le genre de cadeau qui fait plaisir ?

– On nous a raconté que vous étiez particulièrement énervé, ce matin-là.

– Vous voulez parler de ce qui s'est passé avec Finnur ?

Sigurdur Oli hocha la tête.

– Ce n'était rien du tout. Nous passons notre temps à nous disputer.

– Niran avait-il sur lui un outil ou a-t-il dit quelque chose qui sous-entendait qu'il avait abîmé votre voiture ?

– Je voulais savoir s'il avait un couteau ou un tourne-vis, reconnut Kjartan. C'est pour ça que je l'ai attrapé, il s'est débattu, mais je ne l'ai pas flanqué par terre. Il est tombé dans la rue en se débattant pour se libérer. Après ça, je l'ai laissé tranquille. Et je n'ai pas pu tirer au clair s'il avait un couteau ou quoi que ce soit sur lui. Est-ce que vous allez me garder pour ça ?

Sigurdur lança un regard à Erlendur qui demeurait impassible.

– Je n'ai rien fait à ce garçon, reprit Kjartan. Si vous me placez en garde à vue, cela suffira pour qu'on me colle l'étiquette d'assassin. Même si ce n'est que pour une journée, cela suffira. Mais que se passera-t-il si vous ne trouvez jamais le coupable ? Là, on me verra comme un meurtrier pour le restant de mes jours ! Et je n'ai rien fait !

– Vous considérez les immigrés comme des gens de peu, commença Erlendur. Cela ne se borne pas à une simple indifférence, il s'agit de haine pure et simple. Vous ne le niez pas. C'est ainsi que vous vous exprimez et vous en êtes fier. Cela se manifeste de diverses manières. Pensez-vous franchement que c'est à nous de préserver votre image ?

– Vous n'avez pas non plus le droit de vous acharner sur moi simplement parce que vous ne partagez pas mes opinions !

– Il n'y a personne qui s'acharne sur vous, rétorqua Sigurdur Oli.

Erlendur demanda à Sigurdur Oli de l'accompagner dans le couloir. Kjartan les suivit du regard.

– Je n'ai rien fait ! leur cria-t-il au moment où la porte de la salle d'interrogatoire se referma.

– Il y a tout de même du vrai dans ce qu'il dit, observa Sigurdur Oli une fois qu'ils furent sortis.

– Évidemment, convint Erlendur. C'est le plus pitoyable mobile de meurtre qu'il m'ait été donné d'entendre. Kjartan est tout en paroles. Il n'est pas réputé violent et n'a jamais eu le moindre problème avec la police. On va le relâcher, mais arrange-toi quand même pour le laisser mariner jusqu'à ce qu'on soit obligé de le laisser partir.

– Erlendur, nous ne pouvons pas…

– D'accord, répondit Erlendur en prenant un air magnanime avant de s'en aller. Tu n'as qu'à le libérer tout de suite.

Bergthora était encore debout au moment au Sigurdur Oli rentra chez lui, tard dans la soirée. Elle l'attendait. Il avait passé peu de temps à la maison les derniers jours. L'enquête sur le meurtre d'Elias n'en était pas l'unique raison. Elle avait l'impression qu'il la fuyait. Elle considérait que leur relation était à une sorte de carrefour et lui en avait fait part. Il était exclu qu'ils puissent concevoir un enfant et ils devaient décider de la prochaine étape.

Sigurdur Oli se rendit à la cuisine où il se servit un verre de jus de fruits. Avant de rentrer chez lui, il était passé à la salle de sport d'où il avait été le dernier à sortir. Il s'était démené sur le tapis de course et avait soulevé des haltères jusqu'à suer comme un bœuf.

– Du nouveau dans l'enquête ? demanda Bergthora, en le rejoignant à la cuisine vêtue de sa robe de chambre.

– Non, répondit-il, rien du tout. Nous ne savons toujours pas ce qui a pu se passer.

– Il ne s'agit pas d'un crime raciste ?

– Je n'en sais rien. On verra bien.

– Pauvre petit. Quant à la maman, elle doit vivre un véritable enfer.

– Oui. Et toi, comment ça va ?

Sigurdur avait envie de lui dire qu'il avait autrefois fréquenté l'école d'Elias et que ça lui avait fait tout drôle de revenir dans son ancien établissement et d'y voir une photo de lui, datant de l'époque disco. Cependant, sans savoir pourquoi, il n'en fit rien. Peut-être était-il fatigué.

Pas au point de renoncer à la salle de sport, aurait remarqué Bergthora.

Autrefois, il lui aurait raconté avec plaisir tout ce qui composait ses journées.

– Ça va bien, répondit Bergthora.

– Je crois que je vais aller me coucher tout de suite, observa Sigurdur Oli en posant son verre dans l'évier.

– Il faut que nous ayons une discussion, annonça Bergthora.

– On ne pourrait pas attendre demain ?

– On est déjà demain, répondit-elle. Il y a des jours que je veux te parler et tu n'es jamais là. Je commence à croire que tu fuis la maison.

– On est complètement débordés au boulot. Ça t'arrive aussi, parfois. Nous travaillons beaucoup, tous les deux. Je ne fuis rien du tout.

– Qu'est-ce que tu veux qu'on fasse ?

– Je ne sais pas, ma petite Begga, répondit Sigurdur Oli. Je trouve que c'est franchir un grand pas.

– Les gens passent leur temps à adopter des enfants tout au long de l'année. Pourquoi nous ne pourrions pas faire comme eux ?

– Je ne dis pas que… Je veux seulement qu'on y aille doucement.

– De quoi as-tu peur ?

– Simplement, je ne me suis jamais imaginé que j'adopterais un enfant. Je n'ai jamais eu besoin d'y réfléchir. C'est une pensée tout à fait nouvelle et étrange pour moi. Elle ne l'est peut-être pas pour toi, je veux bien le comprendre, mais elle l'est pour moi.

– Je sais que c'est un grand pas.

– Probablement trop grand, observa Sigurdur Oli.

– Qu'est-ce que tu entends par là ?

– Peut-être que ça ne convient pas à tout le monde, les adoptions.

– Tu veux dire que ça ne te convient peut-être pas à toi.

– Je n'en sais rien. On ne pourrait pas laisser la nuit nous porter conseil ?

– Tu dis ça à chaque fois.

– Oui.

– Allez, va donc te coucher !

– Il y a trop longtemps que nous nous disputons pour ça. Les enfants, les adoptions…

– Oui.

– J'en ai mal au ventre toute la journée.

– Oui.

– Est-ce qu'on ne pourrait pas simplement oublier tout ça ?

– Non, répondit Bergthora, ça, on ne peut pas.

20

Un policier était toujours en faction devant l'immeuble. Erlendur discuta brièvement avec celui qui gardait la cage d'escalier, il n'avait rien de particulier à signaler. Les occupants étaient peu à peu rentrés du travail dans la soirée et toute une variété d'odeurs de cuisine commençait à flotter dans les couloirs. Sunee avait passé la journée chez elle, en compagnie de son frère. Le policier de garde précisa qu'il avait entendu des gens discuter dans les appartements, mais qu'il n'était pas parvenu à distinguer les mots. Il n'avait entendu que leurs voix.

La soirée était bien avancée. Erlendur devait encore faire quelques visites avant de rentrer chez lui. Il se rendit d'abord à la morgue de Baronsstigur. Il comprit immédiatement que quelque chose de terrible était arrivé. On emmenait à l'intérieur du bâtiment deux corps recouverts d'un drap. Des gens s'attroupaient pour une raison qu'Erlendur ignorait. On l'informa qu'un grave accident de la circulation avait eu lieu sur le boulevard Vesturlandsvegur, à l'entrée de la ville de Mosfellsbaer. Il n'avait pas écouté le bulletin d'informations à la radio. Trois personnes avaient trouvé la mort dans un accident impliquant cinq véhicules. Il s'agissait d'une femme d'âge mûr et de deux jeunes gens, dont l'un venait d'obtenir son permis de conduire. Une ambulance s'approcha de la morgue avec, à son bord, le troisième corps. Tout autour se tenaient les proches des victimes, désemparés. Le sol était maculé de sang. Quelqu'un fut pris de vomissements.

Erlendur s'apprêtait à repartir quand il tomba nez à nez avec le médecin légiste dont il avait fait connaissance au fil de ses enquêtes. Il avait parfois un petit grain de folie. Erlendur pensait que c'était peut-être la béquille dont il avait besoin pour accomplir son travail plutôt déprimant. Mais, à cette minute, il n'était pas d'humeur à plaisanter. Il adressa un regard perdu à Erlendur qui lui annonça qu'il repasserait le voir à un moment mieux choisi.

— Votre petit garçon est dans cette salle, précisa le légiste en désignant une porte d'un hochement de tête.

— Je reviendrai plus tard, répéta Erlendur.

— Je n'ai rien trouvé, informa le légiste.

— Ce n'est pas grave, je…

— Il avait de la crasse sous les ongles, rien d'inhabituel. Deux de ses ongles étaient cassés. Nous avons trouvé des traces de fibres vestimentaires. Il a dû se débattre. Cela se voit également à sa doudoune qui est déchirée. Sa mère affirme qu'elle n'avait aucun accroc, non ? Vous pourrez évidemment opérer des recoupements si vous retrouvez le vêtement dont proviennent ces fibres. Vos Scientifiques les étudient en ce moment. Elles peuvent évidemment aussi appartenir à ses propres vêtements.

— Et la blessure ?

— Rien de nouveau de ce côté-là, répondit le médecin qui avait accompagné Erlendur jusqu'à la porte de la salle. L'arme a atteint le foie et le petit s'est rapidement vidé de son sang. La blessure n'est pas très importante, la lame avec laquelle il a été frappé est plutôt large, mais pas nécessairement très longue. Je ne vois pas vraiment de quel outil l'agresseur a pu se servir.

— Un tournevis ?

Debout dans l'embrasure de la porte, le légiste grimaça. Il était attendu ailleurs.

– Je ne pense pas. Il s'agit d'un objet plus tranchant. En réalité, la perforation est vraiment très mince.

– Mais l'arme n'a pas traversé la doudoune.

– Non, sa doudoune n'était pas fermée, l'arme n'a eu qu'à traverser son chandail et son T-shirt. Ce sont les seules résistances qu'elle a rencontrées. Il n'avait pas d'autre protection que celles-là.

– L'agresseur n'a pas été éclaboussé par le sang ?

– Pas nécessairement. Il s'agit d'une simple perforation et, même s'il y a eu hémorragie, elle était également interne. Par conséquent, rien n'indique que le sang ait giclé sur l'agresseur. Mais il est également possible qu'il ait été obligé de se nettoyer après.

Le légiste referma la porte. Erlendur s'approcha du corps et souleva le drap dont on avait couvert Elias. En découvrant la petite perforation, il se posa à nouveau la question qu'il s'était posée plus tôt dans la journée. L'instrument qui avait provoqué la rayure sur la voiture de Kjartan avait-il également servi à poignarder l'enfant ? La blessure qu'il avait au flanc était si petite qu'on la voyait à peine, mais elle était située en un point susceptible de causer des dommages irréparables. À quelques centimètres près, Elias aurait survécu. Erlendur avait déjà abordé ce détail avec le légiste qui, refusant de se montrer trop affirmatif, avait toutefois observé que l'agresseur avait probablement conscience de ce qu'il faisait.

Il replaça le drap sur le corps. Il pensa à ce que Sunee pouvait ressentir, sachant Elias dans cet endroit horrible. Elle finirait par collaborer avec la police avant qu'il ne soit trop tard. Erlendur ne pouvait envisager qu'il en aille autrement. Peut-être croyait-elle son fils en danger. Peut-être voulait-elle épargner à Niran toutes les discussions qui agitaient la société depuis la mort de son petit frère. Peut-être n'avait-elle pas envie de le voir en photo dans les journaux et à la télévision. Peut-être ne voulait-elle pas de toute cette curiosité. Et peut-être, peut-être que Niran savait une chose qui avait conduit Sunee à le mettre à l'abri.

Quand Erlendur repartit au volant de sa voiture, le froid avait encore resserré son emprise sur la ville. La tristesse bleutée qui enveloppait la morgue se reflétait dans ses yeux.

Sunee l'accueillit à la porte. Elle croyait qu'il venait la tenir au courant de l'enquête, mais il l'informa immédiatement qu'aucun élément nouveau n'était apparu. Elle était la seule à être encore debout, elle avait laissé sa chambre à son frère Virote qui s'y était endormi. Erlendur la sentit soulagée de ne pas avoir à affronter la solitude. Il n'avait jamais discuté en privé avec elle, en l'absence de son frère ou de l'interprète. Elle l'invita au salon et alla dans la cuisine pour préparer du thé. En revenant, elle s'assit sur le canapé et versa le thé dans les tasses.

– Tout le monde dehors, tout à l'heure, observa-t-elle.

– Nous ne voulons pas de cette violence, répondit Erlendur. Personne n'en veut.

– Je remercie vraiment beaucoup, précisa Sunee. Très joli.

– Voulez-vous me dire où se trouve votre fils ? demanda Erlendur.

Sunee secoua la tête.

– Vous ne pourrez pas le cacher indéfiniment.

– Vous, trouver assassin, moi, m'occuper de Niran, répondit Sunee.

– D'accord.

– Elias gentil garçon. Lui rien fait à personne.

– Je ne pense pas qu'il ait été agressé parce qu'il avait fait quelque chose. Il est possible qu'on s'en soit pris à lui à cause de ce qu'il était. Vous me comprenez ?

Sunee hocha la tête.

– Pensez-vous que quelqu'un aurait pu lui vouloir du mal ?

– Non, personne, répondit Sunee.

– Vous êtes tout à fait certaine ?

– Oui.

– Ses camarades d'école ?

– Non.

– Des professeurs ?

– Non, personne, tout le monde gentil avec Elias.

– Et Niran, il doit se sentir très mal.

– Niran gentil garçon. Juste en colère. Pas vouloir habiter Islande.

– Où est-il ?

Sunee ne lui répondit pas.

– D'accord, observa Erlendur. C'est vous qui voyez. Mais réfléchissez-y. Peut-être me le direz-vous demain. Il faut que nous puissions l'interroger. C'est capital.

Sunee le regarda sans rien dire.

– Je sais que c'est difficile pour vous et que vous voulez faire ce qui vous semble juste. Je le comprends. Mais il faut aussi que vous compreniez que l'enquête que nous menons est difficile et sensible.

Sunee gardait toujours le silence.

– Est-ce que Niran vous a parlé de Kjartan, le professeur d'islandais ?

– Non.

– Il ne vous a pas dit qu'il s'était bagarré avec lui ?

– Non.

– Que vous a-t-il dit ?

– Pas beaucoup. Lui seulement peur. Moi aussi.

Sunee jeta un regard dans l'entrée où elle aperçut son frère à qui elle tendit la main.

– Cela ne vous gêne pas que j'aille un peu voir la chambre d'Elias ? demanda Erlendur en se levant.

– Pas de problème, répondit Sunee.

Elle le regarda intensément.

– Je veux aider, mais aussi protéger Niran.

Erlendur lui adressa un sourire puis alla dans le couloir menant aux chambres pour entrer dans celle des frères. Il alluma la petite lampe de bureau qui diffusa une faible clarté dans la pièce.

Il ne savait pas avec précision ce qu'il cherchait. Ils avaient déjà fouillé la chambre sans y trouver le moindre indice sur l'endroit où Niran pouvait se cacher. Il s'installa sur une chaise et se souvint qu'autrefois, son frère Bergur et lui avaient eux aussi partagé une chambre comme celle-là, dans les fjords de l'Est.

Erlendur parcourut la pièce du regard en pensant à la bassesse de l'individu qui avait causé la mort d'Elias. Il essayait de le situer dans l'univers de la délinquance qu'il connaissait maintenant de fond en comble, mais ses questions demeuraient sans réponse. Elias n'avait pas eu droit à la moindre pitié au moment où il était tombé à terre, blessé, dans la rue. Personne ne s'était trouvé là pour lui venir en aide alors qu'il tentait, à bout de forces, de rentrer chez lui. Personne n'était venu le réchauffer au moment où ses cheveux avaient gelé et s'étaient collés à la chape de glace au pied de l'immeuble.

Erlendur examinait la chambre. Des dinosaures de toutes tailles et de toutes formes y étaient disposés. Deux photos de sauriens étaient collées avec de la pâte à fixer sur le mur au-dessus du lit superposé. Un tyrannosaure ouvrait grand la gueule, menaçant sa proie.

Il remarqua un cahier posé sur le lit d'Elias et le prit. Sur la couverture étaient inscrits les mots *Cahier d'histoires* et le prénom d'Elias. Il contenait des rédactions agrémentées de dessins. L'enfant avait composé un texte à propos de l'espace qu'il avait illustré de Saturne au crayon de couleur. Il racontait aussi son voyage au centre commercial de Kringlan où il était allé avec sa mère. Une troisième rédaction s'intitulait *Mon film pré-*

féré et présentait un film d'aventures récent qu'Erlendur ne connaissait pas. Il lut l'ensemble des textes rédigés d'une belle écriture enfantine et feuilleta le cahier jusqu'à l'endroit où Elias s'était arrêté. Il avait seulement écrit le titre de la prochaine rédaction en haut de la page, mais n'était pas allé plus loin.

Erlendur referma le cahier, le reposa sur le lit et se leva. Quel métier cet enfant avait-il envie de faire quand il serait grand ? Peut-être médecin. Peut-être chauffeur de bus. Ou policier. Les possibilités étaient inépuisables, le monde entièrement neuf et fascinant. La vie ne faisait que commencer.

Il alla retrouver Sunee dans la salle à manger. Virote était dans la cuisine.

– Est-ce que vous savez ce qu'il voulait faire quand il serait grand ? demanda Erlendur.

– Oui, répondit Sunee. Il a dit plusieurs fois. C'est un mot difficile, mais j'ai appris.

– Et qu'est-ce que c'est ?

– Paléontologiste.

Erlendur sourit.

– Autrefois, c'était policier. Ou bien chauffeur de bus.

En quittant l'immeuble, il demanda à nouveau au policier de garde dans le couloir s'il avait remarqué des allées et venues suspectes dans la cage d'escalier, mais ce n'était pas le cas. Il le questionna sur Gestur, le voisin qui occupait l'appartement en face de celui de Sunee, mais il n'avait rien remarqué à son sujet.

– Personne n'est monté jusqu'à ce palier, précisa le policier.

Après quoi, les deux hommes se saluèrent.

Bien que la soirée fût considérablement avancée, Erlendur devait encore s'acquitter d'une dernière visite. Il avait appelé l'homme dans l'après-midi et ce dernier lui avait proposé de passer le voir à son domicile. Dès qu'Erlendur sonna, l'homme vint lui ouvrir sa porte et l'invita à entrer. Erlendur s'était déjà rendu dans cette maison où il s'était senti mal à l'aise. Il ne savait pas exactement pourquoi. Il y avait quelque chose dans l'atmosphère, quelque chose chez le propriétaire.

L'homme était en train de regarder la télévision. Il l'éteignit et proposa un café à son visiteur. Erlendur déclina son offre en jetant un œil à sa montre et en précisant qu'il ne s'attarderait pas. Il ne s'excusa pas de sa visite tardive. Il vit une photo du couple posée sur la table. L'homme et son épouse souriaient. Ils étaient allés se faire photographier chez un professionnel dans leurs beaux habits avant le mariage. La femme avait un petit bouquet à la main.

– Vous n'êtes pas franchement populaire auprès de vos ex-épouses, remarqua Erlendur. Je suis allé les interroger dernièrement.

– Voilà qui ne m'étonne absolument pas, répondit l'homme.

Erlendur comprenait pourquoi les femmes succombaient à son charme, pour peu qu'elles aient un faible pour ce type physique. Il était svelte, soigné, avait un visage avenant, des cheveux bruns et des yeux marron, des mains fines et un joli teint hâlé. Il s'habillait avec goût, aptitude qui demeurait tout à fait étrangère à Erlendur. Sa maison était emplie de beaux meubles à la mode, la cuisine sublime, les revêtements de sol hors de prix. Des gravures ornaient les murs. La seule chose qui manquait à l'appel était une petite trace de vie véritable et authentique.

Erlendur se demanda s'il devait lui parler des coups de téléphone qu'il avait reçus et qui, selon toute probabilité, venaient de l'épouse disparue. Cet homme avait le droit d'en être informé. Si les soupçons d'Erlendur s'avéraient fondés, l'épouse était en vie et ce serait pour le mari une bonne nouvelle. Erlendur ne savait pas lui-même pour quelle raison il ne lui disait pas tout. Il y avait là un côté vindicatif qu'il ne comprenait qu'imparfaitement.

– Non, évidemment, convint Erlendur. L'une d'elles m'a dit que vous aviez menacé de la tuer.

Il avait prononcé la phrase à brûle-pourpoint, comme si ce n'était qu'un simple commentaire sorti tout droit du bulletin météo. L'homme ne se laissa pas décontenancer. Peut-être s'était-il attendu à ce genre d'accusation.

– Silla est timbrée, répondit-il après quelques instants de réflexion. Ce n'est pas nouveau.

– Donc, cela vous dit quelque chose ?

– Ce ne sont que des paroles en l'air. Il vous est sûrement arrivé de proférer ce genre de menaces. On n'en pense pas un mot.

– Elle prétend le contraire.

– Seriez-vous par hasard en train d'enquêter sur mon rôle dans cette histoire ? Croyez-vous que je lui aurais fait du mal ? À ma propre femme ?

– Je ne sais…

– Il s'agit d'une disparition ! s'écria l'homme. Je ne lui ai rien fait. Ce n'est qu'une banale disparition !

– Je n'ai jamais entendu parler de ce que vous appelez une banale disparition, contra Erlendur.

– Vous voyez bien ce que je veux dire. Ne transformez pas tout ce que je vous raconte en propos suspects !

Erlendur savait en effet ce que l'homme entendait par l'expression *banale disparition*. Existait-il d'autres pays au monde où l'on s'exprimait en ces termes ? songeait-il. Peut-être était-ce l'histoire de la nation qui avait appris à la population à ne pas trop s'inquiéter face à ce phénomène.

– La disparition de votre épouse n'a pourtant rien de banal, reprit Erlendur.

Il hésita l'espace d'un instant. L'affaire avait pris une orientation que nul ne pouvait infléchir. À partir de maintenant, elle était d'une nature différente, plus sérieuse.

– Est-ce que vous avez menacé de la tuer ? demanda Erlendur.

L'homme lui lança un regard furieux.

– Êtes-vous en train de mener une enquête pour meurtre ? demanda-t-il.

– Pourquoi a-t-elle quitté votre domicile ?

– Je vous l'ai déjà dit des milliers de fois, je n'ai pas la moindre idée de ce qui s'est passé. Je suis rentré à la maison et elle n'était pas là ! C'est tout ce que je sais. Vous devez me croire. Je ne lui ai rien fait et je trouve répugnant que vous insinuiez le contraire !

L'homme s'avança d'un pas en direction d'Erlendur.

– Et là, je suis sérieux quand je dis que c'est répugnant !

– Nous devons explorer toutes les pistes, répondit Erlendur. Il faut que vous compreniez ça. Nous avons procédé à des recherches de grande envergure, les côtes ont été passées au peigne fin, son signalement a été diffusé à la télévision et dans les journaux. Elle n'a pas l'intention de se manifester. Il est possible qu'elle soit décédée. Souvent, quand les gens disparaissent de cette façon, c'est parce qu'ils vont mal, tellement mal qu'ils peuvent en arriver à commettre une bêtise. Votre femme allait-elle mal ? Pour quelle raison ? Lui avez-vous fait quelque chose ? Était-elle insatisfaite ? Éprouvait-elle des remords ? Regrettait-elle d'avoir été infidèle, d'avoir divorcé, de s'être remariée ? Ne supportait-elle pas l'absence de ses enfants ? Ou bien est-ce qu'un coup de tête l'a conduite à la mort ?

– Je vois que vous avez interrogé ses amies.

Erlendur ne lui répondit pas. Il n'avait pas, jusquelà, été aussi dur avec le mari, mais les appels téléphoniques qu'il avait reçus changeaient la donne.

– Elles sont toutes givrées ! s'exclama l'homme. Je ne les ai jamais aimées. Et c'est réciproque. Qu'est-ce que vous vous attendiez à récolter avec elles ?

– Votre femme était dépressive, reprit Erlendur. Sa famille lui manquait et elle vous soupçonnait de la tromper.

– N'importe quoi !

– Vous avez une nouvelle conquête ? demanda Erlendur.

– Une nouvelle conquête ? De quoi parlez-vous ?

– Est-ce que vous la trompez ?

– Je ne vois absolument pas de quoi vous parlez.

– Ses amies affirment qu'elle soupçonnait l'existence d'une autre femme, précisa Erlendur. Est-ce que c'est vrai ?

– C'est un tissu de mensonges ! Il n'y a aucune autre femme !

Erlendur hésita un instant.

– Ces jours-ci, une femme qui refuse de me communiquer son nom m'a contacté, annonça-t-il. Elle semble très inquiète, elle sait que c'est moi qui suis chargé de l'enquête, mais refuse de dévoiler son identité. Je ne sais pas si c'est parce qu'elle n'ose pas ou qu'elle n'en a pas le droit. Il n'y a pas non plus grand-chose à tirer de ses propos parce que chaque fois qu'elle m'appelle, elle est sous le coup d'une grande émotion. Je suppose qu'elle rassemble son courage et que, devant l'obstacle, elle recule et me raccroche au nez.

– Est-ce que c'est elle ? demanda l'homme, ébahi. Est-ce qu'elle vous a contacté ? Est-ce… est-ce qu'elle est en vie ?! Est-ce qu'elle va bien ?

– Pour autant qu'il s'agisse bien d'elle, précisa Erlendur, regrettant immédiatement d'avoir mentionné les coups de téléphone. Il aurait mieux fait d'attendre, d'attendre que cette femme l'appelle au moins une fois encore afin de la convaincre de venir le voir pour lui raconter la vérité.

– Pour autant que ? s'étonna l'homme. Pour autant qu'il s'agisse bien d'elle ? Vous n'êtes pas sûr ?

– Je suis aussi sûr que je peux l'être étant donné la situation, précisa Erlendur. Mais ça ne veut pas dire grand-chose.

– Dieu tout-puissant ! Qu'est-ce qu'elle a donc dans la tête ? Et que… comment va-t-elle ? Pourquoi est-ce qu'elle me fait ça ?

– Est-ce que vous êtes en train de manigancer quelque chose tous les deux ? interrogea Erlendur.

– De manigancer quoi ? Non, elle vous a dit ça ? Que nous étions en train de manigancer quelque chose ? Est-ce qu'elle raconte ça ?

– Non, répondit Erlendur en s'efforçant de contenir la fougue de son interlocuteur. Elle ne raconte pas grand-chose. Elle…

Il s'apprêtait à expliquer que, pratiquement, elle se bornait à sangloter au téléphone, mais il se ravisa.

– Que… qu'est-ce qu'elle vous a dit ? Pourquoi est-ce qu'elle vous appelle ?

– Elle va mal, répondit Erlendur. Cela s'entend clairement dans sa voix. Mais elle refuse de me dire quoi que ce soit. Pouvez-vous m'expliquer ce qui se passe ? Savez-vous quelque chose que vous ne m'avez pas raconté jusqu'ici ?

– Pourquoi ne me parle-t-elle pas à moi ?

Erlendur fixa l'homme en silence comme pour lui retourner sa question. En effet, pourquoi ne vous parle-t-elle pas à vous ? pensa-t-il.

– Je ne lui ai rien fait ! s'écria l'homme. C'est un mensonge ! Je lui suis parfaitement fidèle. C'est vrai, je l'ai trompée, mais c'est terminé, maintenant, je lui suis fidèle ! Je ne la trompais pas quand elle est partie ! Il faut que vous compreniez ça. Vous devez me croire !

– Je n'ai aucune idée de ce que je dois croire, observa Erlendur.

– Vous devez me croire, *moi*, répéta l'homme en s'efforçant de paraître aussi honnête et convaincant que possible.

– Il peut également s'agir de la nouvelle femme que vous fréquentez, observa Erlendur. Car vous êtes infidèle et cela n'a rien d'un mensonge. Le temps passe, vous reprenez vos vieilles habitudes, vous fréquentez une nouvelle femme avec laquelle vous partagez ce petit secret. Votre épouse découvre le pot aux roses et disparaît.

– C'est n'importe quoi, répondit l'homme.

– Votre nouvelle maîtresse est à bout de nerfs. Elle est tenaillée par la mauvaise conscience. Elle me contacte et…

– Qu'est-ce que c'est que ces histoires que vous fabriquez ? soupira l'homme.

– La question est plutôt de savoir ce que vous avez fabriqué, vous.

– Je n'ai jamais menacé de tuer qui que ce soit, c'est un mensonge !

– Est-ce que vous trompiez votre femme ? s'entêta Erlendur. C'est pour ça qu'elle vous a quitté ?

Le mari le regarda longuement sans rien dire. Erlendur ne s'était pas assis. Les deux hommes étaient debout dans la salle à manger l'un en face de l'autre, tels deux taureaux se tenant tête. Erlendur percevait la colère qui bouillonnait chez l'homme qu'il était parvenu à mettre hors de lui.

– Est-ce que votre maîtresse l'a appelée ? insista-t-il.

– Vous ne savez même pas ce que vous racontez ! éructa l'homme, les dents serrées.

– Ce genre de chose se produit parfois.

– Foutaises !

– C'est de cette façon que votre épouse a découvert que vous lui étiez infidèle ?

– Je crois que vous feriez mieux de partir, répondit l'homme.

– Il ne s'agit pas d'une banale disparition, n'est-ce pas ? insista Erlendur.

– Sortez de chez moi ! commanda l'homme.

– Vous devez quand même bien voir qu'il y a quelque chose qui cloche là-dedans.

– Je n'ai plus rien à vous dire. Sortez !

– Je peux bien m'en aller, précisa Erlendur. En revanche, l'enquête ne s'arrêtera pas là. Vous ne vous en débarrasserez pas comme vous le faites de moi. Tôt ou tard, la vérité éclatera.

– Mais c'est ça, la vérité ! s'écria l'homme. Je ne sais pas du tout ce qui s'est passé. Essayez de le comprendre. Essayez de vous mettre ça dans la tête, nom de Dieu ! Je ne sais absolument pas ce qui s'est passé !

Quand Erlendur rentra enfin chez lui, il n'alluma pas la lumière et alla directement s'asseoir dans son fauteuil, heureux de pouvoir enfin se détendre. Il regarda par la fenêtre en réfléchissant à Eva Lind et à ce rêve qu'elle voulait lui raconter.

Il vit un cheval qui se débattait dans les sables mouvants, les yeux exorbités et les naseaux dilatés à l'extrême. Il entendit le bruit de l'aspiration au moment où l'animal parvint à libérer l'une de ses pattes, avant de s'enfoncer plus profondément dans le piège qui se refermait sur lui.

Il désirait avoir l'âme en paix. Il désirait voir les étoiles cachées par les nuages afin d'y trouver la tranquillité, l'assurance qu'il existait quelque chose de plus vaste et de plus important que sa propre conscience, l'assurance de pouvoir se perdre, ne serait-ce qu'un instant, dans les immensités de l'espace et du temps.

La famille était légèrement à l'étroit dans la petite maison aujourd'hui abandonnée. Les deux frères devaient partager la même chambre. Leurs parents occupaient la seconde. Il y avait aussi une grande cuisine prolongée par une remise ainsi qu'une petite salle à manger avec de vieux meubles et des photos de famille dont certaines se trouvaient aujourd'hui accrochées aux murs de l'appartement d'Erlendur. Il se rendait toujours dans les fjords de l'Est à quelques années d'intervalle et passait la nuit dans les ruines de ce qui avait autrefois été sa maison. De là, il montait à pied ou à cheval sur la lande où il dormait à la belle étoile. Il appréciait de voyager seul et aimait sentir peu à peu la profonde solitude l'envahir sur les lieux de son enfance, peuplés de moments enfouis dans ce passé encore si fortement imprimé en lui, des moments dont il avait, encore aujourd'hui, la nostalgie. Il savait que ce passé ne survivait qu'à travers lui. Que lorsqu'il quitterait ce monde, ce serait comme si rien de tout cela n'avait jamais existé.

Comme cette soirée où, allongés dans l'obscurité de leur chambre, Bergur et lui auraient dû dormir, mais où, tout excités, ils avaient entendu une voiture arriver à la ferme. Ils avaient entendu la porte s'ouvrir et les voix de leurs parents saluer le visiteur en l'invitant à entrer. Ils avaient entendu la voix profonde du visiteur sans la reconnaître. Peu de gens venaient les voir si tard dans la soirée. Les deux frères ne s'étaient pas risqués à aller à la cuisine, mais Erlendur avait entrouvert la porte de la chambre et ils avaient épié la scène par l'interstice qui leur permettait de voir la cuisine, les pieds du visiteur, ses grosses chaussures noires, son pantalon sombre et ses jambes croisées. Ils apercevaient l'une de ses mains, posée sur la table, grande, avec des doigts épais et une bague en or qui s'enfonçait dans le gras de l'annulaire. Ils n'entendaient pas ce qu'ils disaient. Debout à côté de la table, leur mère leur tournait le dos et ils apercevaient l'épaule de leur père, assis en face du visiteur. Erlendur était allé à la fenêtre pour regarder la voiture.

Il ne connaissait pas la marque, il n'avait jamais vu ce type de véhicule auparavant.

Il avait décidé de s'avancer à pas de loup dans le couloir. Il avait voulu y aller seul, mais Bergur, menaçant d'aller rapporter, avait fini par l'accompagner. Ils avaient ouvert la porte tout doucement et s'étaient faufilés dans le couloir. Leur mère n'avait pas remarqué leur présence. Quant à leur père et au visiteur, ils n'étaient pas visibles de là où les deux frères se tenaient. Erlendur avait distingué les paroles avec plus de netteté. La voix du visiteur était devenue plus claire. Erlendur saisissait les phrases. L'homme s'exprimait d'un ton calme et posé, comme afin de s'assurer que ce qu'il avait à dire serait correctement compris. Erlendur avait senti l'odeur que le visiteur avait apportée avec lui, un parfum étrangement doux et sucré qui flottait dans l'air. Il s'était avancé d'un pas, Bergur avait suivi en s'appliquant tellement à ne pas faire de bruit qu'il s'était mis à quatre pattes sur le sol, vêtu de son pyjama à rayures.

Erlendur avait sept ans et ce fut la première fois qu'il entendit parler du pire des crimes que quelqu'un pouvait commettre.

– … ce qui signifie que cela pourrait être le cas, avait expliqué le visiteur.

– Quand cela est-il arrivé ? avait demandé la mère des enfants.

– À l'heure du dîner. Le meurtre a probablement été commis dans l'après-midi. Ce que nous avons trouvé était épouvantable. Il a perdu la raison, complètement perdu la raison, et il a dévasté la pièce.

– Avec un couteau à fileter le poisson ? avait chuchoté leur père.

– Nous ne savons jamais à quoi nous attendre avec ces gens venus d'ailleurs, avait répondu le visiteur. Il travaillait à la conserverie depuis deux mois. Ils nous ont dit là-bas qu'il n'y avait pas plus calme que lui.

Qu'il parlait peu et ne se mêlait pas des affaires des autres.

– Pauvre petite, avait gémi leur mère.

– Comme je viens de vous le dire, nous n'avons remarqué le passage de personne aujourd'hui, avait repris leur père.

– Est-il possible qu'il se cache ici, dans les parages ? avait demandé leur mère.

Erlendur percevait l'inquiétude qui lui colorait la voix.

– S'il a l'intention de traverser la lande à pied, il est possible qu'il passe par ici. Il est plus que probable qu'il le fera. Nous voulions simplement vous en informer. Des gens l'ont vu partir dans cette direction. Nous surveillons les routes, mais je ne suis pas sûr que cela soit bien utile.

– Que devons-nous faire ? avait demandé leur père.

– Dieu tout-puissant ! avait soupiré leur mère. Erlendur avait lancé un coup d'œil à Bergur par-dessus son épaule en lui indiquant de ne faire aucun bruit.

– Nous finirons bien par l'attraper, avait répondu le visiteur, caché par la porte de la cuisine. Erlendur regardait ses grosses chaussures noires. Ce n'est qu'une question de temps. On nous a envoyé des renforts de Reykjavik. Ils pourront nous aider. C'est vrai que c'est terrifiant de voir une chose pareille se produire chez nous, dans les fjords de l'Est.

– Au moins, vous connaissez son identité, avait observé leur père.

– Vous devriez fermer votre maison à clé pour cette nuit et bien écouter la radio, avait répondu le visiteur. Je ne veux pas vous effrayer inutilement, mais il vaut mieux prendre des précautions. Il est possible que l'assassin soit encore armé. Probablement d'un couteau, et nous ne savons pas ce qui peut lui passer par la tête.

– Et la jeune fille ? avait demandé leur mère, hésitante.

Le visiteur lui avait répondu après un bref silence.

– C'est la fille de Sigga et de Leifi, avait-il enfin annoncé, toujours caché par la porte.

– Non ! avait gémi leur mère. Ce n'est pas possible ? Dagga ? La petite Dagga ?

Erlendur avait vu sa mère s'affaisser lentement sur le banc de la cuisine et fixer le visiteur d'un air terrifié.

– Nous n'arrivons pas à trouver Leifi, avait précisé l'homme. Il court la campagne avec son fusil. Il se peut également qu'il passe par ici. Si vous l'apercevez, essayez de le ramener à la raison. Il ne fait qu'envenimer les choses en se lançant à la poursuite de l'assassin. Sigga nous a dit qu'il était devenu fou.

– Pauvre homme, avait murmuré leur mère.

– Je le comprends bien, avait observé leur père.

Comme pétrifié à côté de la porte de la cuisine, Erlendur ne savait que faire. Bergur s'était mis debout à côté de lui. Il ne saisissait pas aussi bien que son grand frère le sérieux de l'affaire. Il avait voulu emmener Erlendur en plaçant sa petite main au creux de sa paume. Erlendur lui avait lancé un autre regard en lui faisant signe de garder le silence. Il entendait leur père poser les questions sur lesquelles il s'interrogeait lui-même.

– Courons-nous un danger quelconque ?

– Je ne le crois pas, avait répondu le visiteur. Mais bon, un homme averti en vaut deux. On ne saurait jurer de rien quand de telles choses se produisent. Je voulais que vous soyez informés. Il me reste encore à voir une famille et ensuite…

On avait entendu une chaise racler le sol, le visiteur s'était levé. Erlendur avait serré la main de son frère et ils étaient repartis dans la chambre à toute vitesse en refermant derrière eux. Ils avaient entendu leurs parents dire au revoir à l'homme à la porte et, en regardant par la fenêtre, avaient vu une ombre s'avancer d'un pas pressé vers la voiture pour s'y installer. Le véhicule avait démarré, les phares s'étaient allumés et il avait descendu le chemin de la maison.

Erlendur avait entrouvert la porte de la chambre afin de regarder ce qui se passait. Il avait observé ses parents qui discutaient à voix basse dans l'entrée. Il avait vu son père faire une chose qu'il ne l'avait jamais vu faire auparavant : il avait soigneusement fermé la porte de la maison et celle de la buanderie, située à l'arrière. Sa mère avait vérifié toutes les fenêtres, verrouillant toutes celles qui étaient ouvertes. Il l'avait vue se diriger vers lui, alors, avec Bergur, ils s'étaient précipités dans leurs lits juste avant qu'elle ne pousse la porte en grand pour entrer dans la chambre et vérifier la fenêtre. Puis elle était ressortie en refermant derrière elle.

Erlendur ne s'était pas endormi. Il avait entendu ses parents chuchoter dans la cuisine sans oser les rejoindre. Son frère, qui n'avait rien compris, avait rapidement été vaincu par le sommeil. Erlendur était resté allongé dans le noir à penser à l'assassin qui, peut-être, se dirigeait vers leur maison, au père de la jeune fille qui s'était lancé à sa poursuite armé d'un fusil de chasse, submergé par la colère, la haine et la douleur. Il avait prêté l'oreille aux bruits qui, tous, s'amplifiaient autour de lui. Ce qui, auparavant, n'avait été qu'un amical grincement de la plaque de tôle ondulée qui se détachait du mur de la bergerie s'était brusquement transformé en la preuve terrifiante que quelqu'un rôdait dans les parages. S'il entendait le bêlement d'un agneau, il était certain que l'assassin était tapi quelque part. Les coups de vent qui frappaient la maison l'affolaient.

Il s'était imaginé Dagga, le couteau à fileter le poisson ; il s'était imaginé l'horreur jusqu'à avoir l'impression que son cœur allait éclater dans sa poitrine. Ils connaissaient bien cette jeune fille. Elle était originaire d'un autre fjord, son père et sa mère étaient des amis de la famille et il lui était parfois arrivé de venir surveiller les deux frères quand leurs parents devaient s'absenter.

Avant cet événement, Erlendur n'avait jamais entendu parler d'un crime et encore moins d'un meurtre. Au cours de cette soirée, tout avait changé, son univers s'était transformé en un monde sans pitié. L'être humain était habité d'une force dont il n'avait, jusque-là, pas eu conscience, une force qui le terrifiait et qu'il ne comprenait pas. Les parents leur avaient parlé le lendemain en leur épargnant les détails. Ils étaient restés enfermés dans la maison toute la journée. Erlendur avait demandé ce qui poussait les gens à se livrer à de telles choses, mais ses parents avaient été incapables de le lui expliquer. Il posait sans cesse des questions. Il voulait comprendre ce qui s'était passé, même si cela dépassait l'entendement et si ses parents n'avaient pas les réponses. Il avait découvert que l'homme à l'anneau d'or et aux grosses chaussures noires était le maire. La radio avait parlé du meurtre en disant que des recherches de grande envergure avaient été lancées pour retrouver le coupable. Ils avaient écouté les nouvelles, assis dans la cuisine. Erlendur avait lu l'inquiétude sur le visage de ses parents. Il avait perçu cette terreur, cette tristesse, ainsi que les dégâts causés par l'événement, et il avait compris que, désormais, rien ne serait plus comme avant.

L'assassin fut attrapé deux jours plus tard. Il n'était jamais passé près de chez eux. On l'avait arrêté à Akureyri. On était certain que si le père de la jeune fille avait mis la main sur lui en premier, il aurait tué l'infortuné d'un coup de fusil. Le père avait erré avec son arme toute la nuit et une partie du lendemain, jusqu'au moment où la police l'avait retrouvé, complètement brisé.

Ce fut alors qu'Erlendur découvrit l'existence de ce qu'on appelle un meurtre. Plus tard, il s'était retrouvé face à face avec des meurtriers et, même s'il n'en laissait rien paraître, il ressentait parfois au fond de lui la même chose qu'en cette soirée où le maire était venu leur rendre cette visite imprévue pour les prévenir du danger.

Erlendur était assis, plongé dans ses souvenirs. Il regardait la nuit noire par la fenêtre en se disant qu'il aurait bien voulu apercevoir les étoiles.

– Le poids de ces jours, dit-il à voix haute.

Il s'enfonça dans son fauteuil et ferma les yeux.

Le poids de tous ces jours.

21

Erlendur entendit la sonnerie du téléphone dans son sommeil. Il lui fallut un certain temps pour se réveiller. Il s'était endormi dans son fauteuil, tout son corps lui semblait ankylosé. Il jeta un œil à sa montre qui indiquait neuf heures bien sonnées. Il regarda par la fenêtre et, l'espace d'un instant, se demanda si c'était le matin ou le soir. Le téléphone refusant de s'arrêter de sonner, il se leva lentement pour aller répondre.

– Tu dormais ?

Sigurdur Oli avait la réputation d'être un lève-tôt. Il arrivait en général au travail longtemps avant tous ses collègues après avoir piqué un bon sprint dans l'une des nombreuses piscines de la ville et avalé un solide petit-déjeuner.

– Qu'est-ce qu'il y a encore ? marmonna Erlendur, toujours à moitié endormi.

– Permets-moi de te conseiller une nouvelle variété de musli, dont j'ai avalé un bol ce matin. Ça donne de l'énergie pour toute la journée.

– Sigurdur.

– Oui ?

– Tu as quelque chose à me dire avant que je… ?

– Je t'appelle pour cette histoire de rayure, débita Sigurdur Oli.

– Qu'est-ce qu'elle a donc ?

– Trois autres voitures ont été rayées aux abords immédiats de l'école, précisa Sigurdur Oli. Nous avons découvert ça au débriefing de ce matin où ta présence nous a cruellement manqué.

– Il s'agit du même type de dégradation ?

– Oui, des rayures sur toute la longueur.

– On sait qui en est l'auteur ?

– Non, pas encore. La Scientifique est en train d'examiner les véhicules, pour autant qu'ils n'aient pas déjà tous été réparés. On peut envisager que l'auteur a utilisé le même outil. Autre chose : Kjartan nous a autorisés à fouiller sa voiture. Il affirme qu'Elias n'y a jamais mis les pieds, mais j'ai cru bon de vérifier.

– Il se montre coopératif ? s'étonna Erlendur.

– Il y a du mieux, précisa Sigurdur Oli. Encore un point.

– Dis donc, tu as abattu un sacré boulot. Est-ce que c'est ce… ce musl ?

– Ce musli, corrigea Sigurdur Oli. On ferait peut-être mieux de s'intéresser un peu plus aux relations entre Niran et son beau-père.

– Comment ça ?

Erlendur était maintenant totalement réveillé. Il n'aurait pas dû se laisser surprendre comme ça à paresser chez lui et savait qu'il méritait les taquineries de Sigurdur Oli.

– Elinborg pense que nous devrions creuser un peu du coté d'Odinn. Je vais passer le voir chez lui pour lui poser quelques questions sur Niran.

– Tu crois qu'il est à son domicile ?

– Oui, je viens de l'appeler.

– D'accord, je te retrouve là-bas.

Odinn avait l'air plutôt pitoyable avec ses yeux rouges et sa voix éraillée. Il avait pris quelques jours de congé, était allé voir Sunee de temps en temps en compagnie de sa mère, mais avait passé le plus clair de son temps chez lui dans l'attente de nouvelles. Il invita Erlendur et Sigurdur Oli à entrer dans la salle à manger et alla mettre un café en route.

– Parlez-nous un peu de Niran, demanda Erlendur à Odinn quand ce dernier vint les retrouver et s'asseoir avec eux.

– Comment ça, de Niran ?

– Décrivez-nous quel genre d'adolescent il est.

– C'est un adolescent tout à fait normal, répondit Odinn. Est-ce que par hasard il serait… ? Où voulez-vous en venir ?

– Vous vous entendiez bien ensemble ?

– On peut difficilement dire ça. Je ne m'occupais absolument pas de lui.

– Est-ce que vous savez s'il a été confronté à des problèmes particuliers dernièrement ?

– Il y a un certain temps que je n'ai plus vraiment de relations avec lui, précisa Odinn.

– Niran avait-il une raison de manifester une quelconque hostilité à votre égard ? demanda Erlendur, sans parvenir à exprimer sa question autrement. Peut-être était-elle maladroite et injuste.

Odinn regarda les deux hommes à tour de rôle.

– Il ne m'a jamais manifesté aucune hostilité. Il n'y avait aucun problème entre nous. Il m'ignorait et j'en faisais autant.

– Croyez-vous que ce soit à cause de vous qu'il se cache ? demanda Erlendur. Croyez-vous que c'est parce que lui et sa mère redoutent des représailles de votre part ?

– Non, je n'arrive pas à imaginer ça, répondit Odinn. Évidemment, cela m'a fait un sacré choc quand elle m'a révélé son existence. Ensuite, elle l'a envoyé chercher en Thaïlande. Je ne m'en suis pas mêlé.

– Pourquoi avez-vous divorcé ? demanda Sigurdur Oli.

– Tout simplement parce que c'était fini entre nous.

– Il n'y avait pas de raison précise ?

– Peut-être. Des raisons diverses. Comme dans tous les couples normaux. Les gens divorcent et refont leur vie. C'est comme ça. Sunee est une femme indépendante qui a des opinions. Parfois, nous nous disputions à cause des garçons. Surtout à cause d'Elias. Elle voulait qu'il apprenne le thaï. Je disais que ça risquait de l'embrouiller et qu'il devait avant tout apprendre l'islandais.

– Ce n'est pas parce que vous aviez peur de ne pas les comprendre ? De perdre le pouvoir dans votre foyer ? De vous sentir mis à l'écart ?

Odinn secoua la tête.

– L'Islande lui plaît beaucoup, sauf qu'elle se plaint parfois du temps. Elle est en contact avec sa famille restée en Thaïlande qu'elle peut aider. Elle tient à conserver ses racines.

– N'est-ce pas ce que nous voulons tous ? interrogea Erlendur.

Il y eut un silence.

– Donc, vous ne croyez pas que c'est à cause de vous que Niran se cache ? répéta Erlendur.

– Absolument pas, répondit Odinn. Je ne lui ai jamais fait le moindre mal.

Le portable d'Erlendur sonna dans sa poche. Il lui fallut quelques instants pour comprendre qui était l'homme à l'autre bout du fil. Il se présenta comme Egill en précisant qu'il était le prof de menuiserie de l'autre jour, dans la voiture.

– Ah, en effet, bonjour, répondit Erlendur dès qu'il eut reconnu son interlocuteur.

– Il y a… enfin, ça arrive constamment… commença Egill. Erlendur se l'imagina avec sa barbe, en train de fumer dans sa voiture. Enfin, je ne sais pas si cela a une importance quelconque, poursuivit Egill, mais bon, je voulais quand même vous en parler.

– Que voulez-vous dire ? demanda Erlendur. Qu'est-ce qui arrive constamment ?

– Il y a toujours des gamins qui nous volent ces couteaux, précisa Egill à l'autre bout de la ligne.

– Quels couteaux ?

– Eh bien, les couteaux de menuisier, répondit Egill. C'est pour ça que je ne sais pas si ça peut vous aider en quoi que ce soit.

– De quoi s'agit-il ? Qu'est-il arrivé exactement ?

– Mais je surveille ça de près, continua Egill comme s'il n'avait pas entendu la question. J'essaie toujours de surveiller ces couteaux. Ils ne sont pas franchement bon marché. Je les ai comptés l'autre jour, il doit y avoir deux semaines, et, aujourd'hui, j'ai remarqué que l'un d'eux avait disparu. Il manque un couteau de menuisier dans la caisse. Voilà, en fait, c'est tout ce que je voulais vous dire.

– Et ?

– Et rien. Je n'ai pas trouvé le voleur. Je voulais juste vous informer qu'il manquait un couteau. Je me suis simplement dit que vous voudriez le savoir.

– Évidemment, répondit Erlendur, et je vous en remercie. Dites-moi, qui sont ceux qui, en général, volent ces couteaux ?

– Eh bien, les élèves, probablement.

– Oui, pouvez-vous être plus précis ? Vous en avez déjà pris sur le fait ? Est-ce que ce sont toujours les mêmes élèves ou bien…

– Vous ne préféreriez pas passer pour qu'on voie ça ensemble ? proposa Egill. Je suis ici toute la journée.

Vingt minutes plus tard, Sigurdur Oli et Erlendur garèrent la voiture devant l'école. Les élèves étaient en classe, il n'y avait pas un chat dans la cour de récréation.

Egill était dans l'atelier. Neuf adolescents travaillaient le bois sur leurs établis à l'aide de rabots et de petites scies. Ils interrompirent leur tâche en voyant

Erlendur et Sigurdur Oli entrer dans la pièce. Egill regarda sa montre et informa la classe qu'elle pouvait quitter le cours dix minutes plus tôt que d'habitude. Les gamins regardèrent leur professeur d'un air incrédule, comme si une telle proposition ne pouvait sortir de sa bouche. Puis, en quatrième vitesse, ils se mirent à ranger leurs affaires. L'atelier de menuiserie se vida en l'espace de quelques minutes.

Egill referma la porte derrière les adolescents. Il considéra longuement Sigurdur Oli.

– Dites-moi, je ne vous aurais pas eu comme élève ? demanda-t-il en se dirigeant vers un placard dans l'un des coins de l'atelier. Il s'accroupit pour attraper une caisse qu'il posa sur un établi.

– J'ai fréquenté cette école il y a des années, répondit Sigurdur Oli. Je ne sais pas si vous vous souvenez de moi.

– Je me souviens très bien, si, répondit Egill. Vous avez pris part à tout ce tintouin en 1979.

Sigurdur Oli lança un regard à Erlendur qui feignait de ne rien remarquer.

– C'est là que je range les couteaux de menuisier, reprit Egill en les sortant de la caisse les uns après les autres pour les poser sur l'établi. Il devrait y en avoir treize. Il ne m'est pas venu à l'esprit d'aller les compter après le meurtre.

– À nous non plus, nota Erlendur en regardant Sigurdur Oli.

– Cela ne signifie pas nécessairement qu'il y ait un rapport avec le meurtre, observa Sigurdur Oli, en guise d'excuse. Je veux parler du fait qu'il manque quelque chose ici, à l'atelier, ajouta-t-il.

– Puis, ce matin, reprit Egill, alors que nous devions utiliser ces outils, un élève est venu me voir en me disant qu'il n'en avait pas pour travailler. C'était un groupe de treize et je savais qu'il devait y avoir le nombre exact.

J'ai compté les couteaux et il n'y en avait que douze. Je les ai rassemblés, je les ai remis dans leur caisse et dans le placard. Ensuite, j'ai cherché partout dans l'atelier, puis je vous ai téléphoné. Je suis sûr qu'il y en avait treize, disons, il y a deux semaines, pas plus longtemps que ça.

– Est-ce que ce placard est fermé à clé ? interrogea Erlendur.

– Non, enfin, pas pendant les heures de cours. Autrement, oui, les placards de cette salle sont fermés à clé.

– Et tous les élèves y ont accès ?

– En fait, oui. Autant que je sache, les couteaux de menuisier ne sont pas considérés comme des armes.

– Mais il arrive qu'il y ait des vols ? demanda Sigurdur Oli.

– Ça ne date pas d'hier, répondit Egill en se caressant la barbe. Des objets disparaissent régulièrement : des rabots, des tournevis et même des scies. Ça arrive chaque année.

– Dans ce cas, la solution ne serait-elle pas de fermer les placards à clé ? demanda Erlendur. Et de placer tous ces objets sous surveillance ?

Egill le fusilla du regard.

– De quoi je me mêle ! lança-t-il.

– Il s'agit de couteaux, rétorqua Erlendur, qui plus est, de couteaux de menuisier.

– L'atelier est fermé, n'est-ce pas ? observa Sigurdur Oli.

– Les couteaux de menuisier ne sont des armes que s'ils tombent entre les mains d'imbéciles, répondit Egill sans écouter Sigurdur Oli. Devons-nous toujours céder face aux imbéciles ?

– Et à propos de… commença Sigurdur Oli, sans parvenir au bout de sa phrase.

– De plus, poursuivit Egill, les mômes travaillent avec ces outils et ils peuvent les planquer sur eux ou dans leur cartable à n'importe quel moment. On ne peut pas passer son temps à garder l'œil sur ces instruments.

– Je suppose qu'évidemment, tous les élèves de l'école ont eu cours de menuiserie depuis la dernière fois que vous les avez comptés, observa Erlendur.

– Oui, répondit Egill dont le visage était devenu écarlate. L'atelier est fermé entre les heures de cours. Pour des raisons de sécurité, j'en sors toujours le dernier, après le dernier élève. Je ferme toujours à clé derrière moi et c'est moi qui ouvre la porte en arrivant le matin et à la fin de chaque récréation. Personne d'autre que moi ne s'en occupe. Jamais.

– Et les agents d'entretien ? demanda Sigurdur Oli.

– Oui, eux aussi, évidemment, convint Egill. En tout cas, je ne pense pas qu'ils iraient forcer les placards.

– À votre avis, l'hypothèse la plus probable c'est que ce couteau ait été volé pendant une heure de cours, n'est-ce pas ? demanda Sigurdur Oli.

– Je ne vous permets pas de m'accuser de ça ! rétorqua Egill, indigné, en haussant le ton. Je ne peux quand même pas surveiller tout ce qui se passe ici, c'est absolument impossible ! Si des mômes crétins se mettent en tête de piquer des trucs, ça ne doit quand même pas être bien compliqué. Et puis, oui, je pense que ça s'est produit pendant une heure de cours. Je ne vois pas à quel autre moment cela aurait pu arriver.

Erlendur prit un couteau dans sa main en essayant de se souvenir des paroles du légiste à propos de l'instrument avec lequel Elias avait été poignardé. Une lame plutôt large mais pas très longue, avait affirmé le médecin. Le couteau de menuisier avait une lame courte qui s'évasait en direction du manche en bois. Il était tranchant comme un rasoir. Erlendur s'imagina que cette lame pouvait, sans forcer, entrer profondément dans la chair. Il pensa également qu'un tel outil pouvait parfaitement rayer une voiture.

– Combien d'élèves seraient concernés, d'après vous ? demanda-t-il. Si nous considérons que le vol a été commis pendant les heures de cours.

Egill s'accorda un instant de réflexion.

– La plupart des gamins de l'établissement, je suppose, répondit-il.

– Il faut que nous prenions un cliché de l'un de ces couteaux afin de le diffuser, précisa Erlendur.

– Dites-moi, c'est le garçon sur lequel vous m'avez posé des questions l'autre jour, dans ma voiture ? demanda Egill à Erlendur tout en toisant Sigurdur Oli.

Un vague sourire se dessina sur les lèvres d'Erlendur. Il avait mis en colère le professeur de menuiserie et Egill avait maintenant l'intention de lui rendre la monnaie de sa pièce.

– Bon, allons-y, lança Erlendur à Sigurdur Oli.

– Est-ce qu'il vous a raconté ce qui s'est passé ici en 1979 ? insista Egill. Il vous a parlé de la bagarre ?

Les deux policiers se tenaient à côté de la porte. Sigurdur Oli l'ouvrit et sortit dans le couloir.

– Nous vous remercions de votre aide, dit Erlendur en se tournant vers l'enseignant. Cette histoire de couteau peut avoir une importance capitale. On ne sait jamais ce que ça peut donner.

Là-dessus, il referma la porte au nez d'Egill.

– Quel casse-pieds, observa-t-il en traversant le couloir. De quelle bagarre est-ce qu'il parlait, au fait ? demanda-t-il ensuite.

– Un truc de rien du tout, répondit Sigurdur Oli.

– Que s'est-il passé ?

– Rien, ce n'étaient que des conneries.

Ils étaient arrivés dehors et se dirigeaient vers la voiture.

– J'ai du mal à t'imaginer impliqué dans des conneries, observa Erlendur. D'ailleurs, tu n'as pas fréquenté cette école si longtemps que ça. Tu as eu des problèmes ?

Sigurdur Oli poussa un soupir. Il ouvrit la portière et se mit au volant. Erlendur s'installa côté passager.

– Avec trois autres élèves, commença Sigurdur, nous avons refusé de sortir à la récréation. C'était tout à fait innocent. Le temps était déchaîné et nous avons dit que nous ne sortirions pas.

– N'importe quoi, commenta Erlendur.

– Mais nous n'avons pas choisi le bon professeur, continua-t-il, d'un air grave. C'était un remplaçant qui n'était pas là depuis très longtemps et nous ne le connaissions pas du tout. Disons qu'il nous tapait sur les nerfs. Je suppose que c'est comme ça que tout a commencé. Il y avait des garçons qui avaient perturbé ses cours, s'étaient moqué de lui, enfin, ce genre de chose. Il n'a pas trouvé ça très drôle. Et là, la coupe était pleine. Il nous a violemment réprimandés. Nous avons ouvert notre gueule pour nous défendre et il s'est énervé de plus en plus. Pour finir, il a essayé de nous tirer hors de la salle de cours et nous nous sommes débattus. D'autres profs sont venus à sa rescousse, d'autres élèves sont arrivés, ce qui a déclenché une immense bagarre dans les couloirs. Il y a eu des blessés. On aurait dit que tout le monde réglait ses comptes en même temps : les élèves avec les profs, les profs avec les élèves. Certains ont essayé de rétablir le calme, mais en vain, alors on a appelé la police. Les journaux en ont même parlé.

– Et tout ça par ta faute, commenta Erlendur.

– J'y ai pris part, ce qui a entraîné mon exclusion de l'école pendant deux semaines, répondit Sigurdur Oli. Nous avons été exclus tous les quatre avec tous ceux qui avaient été les plus violents pendant la bagarre. Mon père en a piqué une colère phénoménale.

Erlendur n'avait jamais entendu Sigurdur Oli parler de son père. D'ailleurs, il ne l'avait jamais entendu prononcer son nom. Il se demanda s'il devait s'aventurer sur ce terrain. Tout cela était nouveau pour lui. Il ne parvenait pas à s'imaginer que Sigurdur Oli ait pu, dans sa jeunesse, être flanqué à la porte d'une école.

– Ce… je… Sigurdur Oli n'en avait pas terminé, mais ne savait pas comment s'exprimer. Cela ne me ressemblait absolument pas. Je ne m'étais jamais retrouvé dans ce genre de situation et, depuis cette époque, je n'ai plus jamais perdu mon sang-froid.

Erlendur se taisait.

– J'ai gravement blessé un professeur, annonça Sigurdur Oli.

– Ah bon, qu'est-ce qui s'est passé ?

– C'est à cause de ça que tout le monde s'en rappelle. On a dû l'emmener à l'hôpital.

– Pourquoi ?

– Sa tête a violemment heurté le sol, précisa Sigurdur Oli. Je lui ai fait un croche-pied et il est tombé tête la première. J'ai d'abord cru qu'il n'allait pas s'en tirer.

– Tu n'as pas dû te sentir très bien avec ça sur la conscience.

– Je… je n'étais pas bien du tout à cette époque-là. Il y avait diverses choses qui…

– Tu n'es pas obligé de me dire quoi que ce soit.

– Ils ont divorcé, reprit Sigurdur Oli. Mes parents, ils ont divorcé l'été suivant.

– Eh oui, fit Erlendur.

– Je suis parti avec ma mère. Nous n'habitions ici que depuis deux ans.

– Les enfants trinquent toujours quand les parents divorcent.

– Dis donc, tu as parlé de moi au prof de menuiserie ?

– Non, mais il se souvenait de toi, il se rappelait cette bagarre générale, répondit Erlendur.

– Est-ce qu'il t'a parlé de mon père ? demanda Sigurdur.

– C'est bien possible, annonça prudemment Erlendur.

– Papa passait tout son temps au travail. Je crois qu'il n'a même pas compris pourquoi ma mère l'a quitté.

– Est-ce que c'est arrivé subitement ? demanda Erlendur, étonné de voir Sigurdur aborder ce sujet avec lui.

– Je ne connais pas toute leur histoire. Encore aujourd'hui, je ne sais pas vraiment ce qui s'est passé. Ma mère n'a jamais été très bavarde sur la question.

– Tu es fils unique, n'est-ce pas ?

Erlendur se souvenait que Sigurdur Oli avait un jour laissé filtrer cette information.

– Je traînais souvent tout seul à la maison, répondit Sigurdur Oli en hochant la tête. Surtout après le divorce, quand nous sommes partis. Ensuite, nous avons à nouveau changé d'appartement et après ça, on n'a pas arrêté de déménager.

Il y eut un silence.

– Ça fait drôle de revenir ici après tout ce temps, observa Sigurdur Oli.

– Petit monde que cette ville…

– Qu'est-ce qu'il t'a dit sur mon père ?

– Rien.

– Mon père était plombier. On le surnommait l'Arrivée d'eau.

– Ah bon ? répondit Erlendur en feignant de ne pas être au courant.

– Egill se souvenait parfaitement de moi, je l'ai vu tout de suite. Moi aussi, je me souviens de lui, nous en avions tous un peu peur.

– J'admets qu'il n'est pas d'un abord très facile, convint Erlendur.

– Je sais que papa était surnommé comme ça. C'était un vrai moulin à paroles. On se moquait de lui. Il y a des gens qui sont comme ça. Lui, ça ne le dérangeait pas. Moi, je ne supportais pas.

Sigurdur lança un regard à Erlendur.

– Je me suis efforcé d'être tout ce qu'il n'était pas.

La femme, de petite taille et âgée d'une cinquantaine d'années, accueillit Erlendur à la porte en lui adressant un sourire. Son épaisse chevelure brune lui retombait sur les épaules. Son regard amical laissait transparaître qu'elle ne comprenait absolument pas la raison de cette visite. Erlendur était venu seul. Il avait profité de la pause de midi pour passer la voir au cas où. Elle habitait à Kopavogur et tout ce qu'il savait, c'était qu'elle s'appelait Emma.

Il se présenta et, quand il lui apprit qu'il était policier, elle l'invita à entrer dans son salon surchauffé. Il se dépêcha d'enlever son manteau et déboutonna sa veste. Dehors, il faisait moins neuf. Ils s'assirent. Tout indiquait qu'elle vivait seule. Il se dégageait d'elle une intrigante tranquillité, un calme paisible qui suggérait qu'elle était célibataire.

– Vous avez toujours vécu seule ? demanda-t-il afin de rompre la glace et de la mettre à l'aise, ne prenant conscience de son indiscrétion qu'une fois qu'il était trop tard. La femme semblait être d'accord avec lui sur ce point.

– Est-ce là un renseignement qui concerne la police ? répondit-elle, si platement qu'Erlendur ne parvenait pas à savoir si c'était un reproche.

– Certes non, concéda Erlendur, honteux. Évidemment que non.

– Alors, que me veut-elle ? demanda la femme.

– Nous sommes à la recherche d'un homme, précisa-t-il. Il était autrefois l'un de vos voisins. Vous occupiez l'appartement face au sien dans un immeuble. Cela remonte à bien des années et je ne sais pas si vous vous souviendrez de lui, mais je fais une tentative au cas où.

– Est-ce que c'est lié à cette affreuse histoire dont on parle dans la presse, le meurtre du petit garçon ?

– Non, répondit Erlendur, considérant qu'il ne lui

301

mentait pas. Il ne savait pas précisément ce qu'il recherchait, il ne savait pas pour quelle raison il venait ainsi troubler l'existence de cette femme.

– C'est absolument épouvantable d'imaginer que de telles choses puissent se produire, observa la femme. Aller s'en prendre ainsi à un enfant. C'est incompréhensible et d'une cruauté inconcevable.

– Exactement, convint Erlendur.

– Je n'ai vécu qu'à trois endroits différents au cours de ma vie, déclara la femme. Là où je suis née, dans l'immeuble dont vous venez de parler et ici, à Kopavogur. Voilà tout. C'était en quelle année ?

– Eh bien, je ne suis pas tout à fait sûr, disons que c'était probablement à la fin des années 60. Il s'agissait d'une petite famille, une mère et son fils. Elle aurait habité avec un homme à cette époque. C'est cet homme que je voudrais trouver. Il n'était pas le père du petit garçon.

– Et pourquoi êtes-vous à sa recherche ?

– C'est l'affaire de la police, répondit Erlendur en souriant. Il n'y a rien de bien sérieux. Nous avons seulement besoin de lui parler. La femme s'appelait Sigurveig et le petit garçon Andrés.

Emma hésita.

– Qu'y a-t-il ? demanda Erlendur.

– Je me souviens bien d'eux, annonça-t-elle lentement. Je me rappelle bien cet homme et aussi le petit garçon. La mère, cette Sigurveig, était portée sur la boisson. Il m'arrivait de la voir rentrer chez elle tard le soir, ivre. Je crois qu'elle négligeait beaucoup son fils. Je ne pense pas qu'il était heureux.

– Que pouvez-vous me dire sur l'homme qui partageait sa vie ?

– Il s'appelait Rögnvaldur, je ne me souviens pas du nom de son père. Je ne l'ai jamais su, d'ailleurs. Je me demande s'il ne travaillait pas en mer. Il ne passait pas beaucoup de temps chez lui. Il me semble qu'il était, disons, respectable, en tout cas, plus qu'elle. En fait, je n'ai jamais compris ce qu'ils fabriquaient ensemble, ils étaient tellement différents.

– Vous voulez dire qu'ils n'étaient pas amoureux l'un de l'autre ou que… ?

– Je ne comprenais pas leur relation. Je les entendais parfois se disputer à travers la porte de leur appartement quand je passais dans le couloir…

Elle interrompit son récit quelques instants, comme si elle avait besoin de préciser un point de détail.

– N'allez pas croire que j'écoutais aux portes, expliqua-t-elle en souriant, mais ils se disputaient parfois violemment. La buanderie se trouvait au sous-sol de l'immeuble et il arrivait que j'aie à y faire ou que j'y passe en rentrant chez moi…

– Je comprends, répondit Erlendur tout en se l'imaginant debout dans le couloir, tendant l'oreille à la porte de ses voisins.

– Il s'adressait à elle comme si elle ne comptait absolument pas pour lui. Il la rabaissait constamment, se moquait d'elle et la méprisait. Il ne me plaisait pas, pour le peu de contact que j'ai eu avec lui et qui se réduisait à pratiquement rien. Je voyais bien le genre d'homme qu'il était rien qu'à l'entendre. Un minable, un vrai minable.

– Et l'enfant ?

– Il rasait les murs, le pauvre petit. Il évitait complètement les gens. J'avais l'impression qu'il n'allait pas bien. Je ne sais pas pourquoi, mais il avait l'air misérable. Enfin, certains de ces gamins sont tellement désemparés…

– Pouvez-vous me décrire ce Rögnvaldur ? demanda Erlendur, profitant de la pause qu'elle marquait au milieu de sa phrase.

– Je peux faire nettement mieux que ça, répondit

Emma. Il me semble que j'ai quelque part une photo de lui.

– Ah bon ?

– Oui, il passait sur le trottoir devant l'immeuble. L'une de mes amies prenait une photo de moi devant la porte, et en la développant, on a vu qu'il se trouvait sur le cliché.

Elle se leva pour s'approcher de l'un des placards du salon qui contenait plusieurs albums. Elle en sortit un. Erlendur parcourait l'appartement du regard. Tout était parfaitement en ordre. Il supposa qu'elle rangeait ses photos dans un album dès qu'elles étaient développées. Que, peut-être, elle allait même jusqu'à les numéroter, qu'elle y inscrivait la date ainsi qu'une brève légende. À quoi d'autre pouvait-on occuper ses soirées d'hiver, seul dans un appartement comme celui-là ?

– Il lui manquait un index, précisa Emma en apportant l'album. J'ai remarqué ce détail, un jour. Il l'avait perdu dans un accident.

– Je vois, dit Erlendur.

– Peut-être qu'il était menuisier ou bien qu'il bricolait. Il n'en restait plus qu'un bout à sa main gauche.

Emma s'assit avec l'album qu'elle feuilleta jusqu'à trouver le cliché. Erlendur avait raison, les photos étaient minutieusement classées par ordre chronologique et soigneusement annotées. Il se dit que chacune d'elles avait probablement une place précise au creux des souvenirs d'Emma.

– J'aime beaucoup les regarder, observa-t-elle, répondant indirectement aux réflexions d'Erlendur.

– Ils peuvent avoir beaucoup de valeur, les souvenirs, répondit Erlendur.

– Ah voilà, dit-elle. En réalité, c'est une assez belle photo de lui.

Elle tendit l'album à Erlendur en lui montrant du doigt le cliché sur lequel il vit Emma, de trente ans plus jeune, qui souriait à l'appareil, svelte comme elle était encore, avec un foulard sur les cheveux, vêtue d'un joli gilet qui lui descendait à la taille et d'un pantalon étroit. C'était un cliché noir et blanc. Derrière Emma, Erlendur vit l'homme qu'elle appelait Rögnvaldur. Il regardait aussi l'objectif et levait la main comme pour dissimuler son visage. Il était plus que probable qu'il ne s'était rendu compte que trop tard qu'il allait être sur la photo. C'était un homme maigre aux tempes dégarnies, des yeux plutôt grands, globuleux, des sourcils fins surmontés d'un front haut et intelligent.

Erlendur regarda le visage de l'homme et sentit un frisson glacé le parcourir quand il comprit qu'il l'avait déjà vu et ce, très récemment. Il était demeuré étrangement semblable à ce qu'il avait été, malgré toutes ces années.

– Qu'avez-vous ? demanda Emma.

– C'est lui ! s'exclama Erlendur.

– Lui ? s'étonna Emma. Qui ça, lui ?

– Cet homme ! Est-ce vraiment possible ? Comment m'avez-vous dit qu'il s'appelait ?

– Rögnvaldur.

– Non, il ne s'appelle pas Rögnvaldur.

– Ah bon, alors, je me trompe peut-être. Est-ce que vous le connaissez ?

Erlendur leva les yeux de l'album.

– Est-ce vraiment possible ? murmura-t-il.

Il regarda à nouveau l'homme sur la photo. Il ne le connaissait pas, mais il était entré chez lui et il savait qui il était.

– Prétendait-il s'appeler Rögnvaldur à cette époque ?

– Oui, c'était bien son nom, confirma Emma. Je ne pense pas que je vous raconte de bêtises.

– Je n'arrive pas à y croire.

– Quoi ? Qu'y a-t-il ?

– Il ne s'appelait pas Rögnvaldur quand je l'ai rencontré, répondit Erlendur.

– Vous l'avez rencontré ?

– Oui, j'ai rencontré cet homme.

– Alors quoi ? S'il ne s'appelait pas Rögnvaldur, comment s'appelait-il donc ?

Erlendur ne lui répondit pas immédiatement.

– Alors, comment il s'appelait ? répéta Emma.

– Gestur, répondit Erlendur d'un air absent en fixant le cliché du voisin de palier de Sunee, cet homme qui l'avait invité à entrer chez lui et qui connaissait à la fois Elias et Niran.

22

Erlendur était présent au moment où ils avaient ouvert l'appartement de Gestur sur le palier de Sunee. Elinborg l'accompagnait. Le juge d'instruction avait délivré une commission rogatoire à la fin de l'après-midi. D'après les policiers chargés de garder la cage d'escalier depuis la découverte du corps d'Elias sur le terrain en bas de l'immeuble, l'homme qui occupait l'appartement face à celui de Sunee à l'avant-dernier étage n'avait donné aucun signe de vie. Erlendur était le seul à l'avoir vu et à lui avoir parlé. Personne ne l'avait revu depuis.

Ils n'eurent pas besoin de forcer la porte. Gestur louait l'appartement, tout comme les autres occupants de la cage d'escalier, et Erlendur s'était procuré un double de la clé. Comme ils n'obtenaient aucune réponse après avoir sonné et frappé et qu'ils avaient tous les documents nécessaires, Erlendur introduisit la clé dans la serrure pour ouvrir. Il savait fort bien qu'il n'avait rien d'autre que la parole d'Andrés à propos de la présence d'un pédophile dans le quartier et qu'Andrés était un menteur hors pair. Pourtant, cette fois-ci Erlendur avait tendance à le croire. Il y avait quelque chose dans le comportement d'Andrés quand il parlait de cet homme, comme une peur ancienne qui venait encore le hanter.

Rien n'avait changé dans l'appartement depuis la dernière fois qu'Erlendur y était venu, hormis le fait que quelqu'un l'avait consciencieusement nettoyé au chiffon et au produit ménager. L'odeur du détergent flottait encore dans l'air. La cuisine brillait comme un miroir, de même que la salle de bain. On aurait dit que quelqu'un venait de passer l'aspirateur sur la moquette de la salle à manger. Quant à la chambre à coucher, on aurait cru que personne n'y avait jamais dormi. Erlendur fut plus frappé par le peu de meubles que lors de sa première visite où il avait eu le sentiment que l'appartement de Gestur était plus grand que celui de Sunee, même si les deux étaient exactement semblables. Debout dans la salle à manger, il croyait comprendre ce qui avait suscité chez lui cette impression : celui de Gestur était aménagé de manière très spartiate. Erlendur y était venu alors qu'il faisait noir et, même si Gestur n'avait allumé qu'une lumière, il avait ressenti le vide. Il n'y avait aucun tableau sur les murs. Seuls deux fauteuils, une table basse ainsi qu'une petite table de salle à manger et trois chaises se trouvaient dans le séjour. Il y avait aussi là une bibliothèque avec des livres de poche étrangers. La chambre n'abritait qu'un lit et une table de chevet vide. Dans la cuisine, trois assiettes, trois verres et trois couverts, une petite poêle et deux casseroles de tailles différentes. Tout cela avait été soigneusement lavé et rangé à sa place.

Erlendur parcourut les lieux du regard. Rien de ce que contenait l'appartement n'était neuf. Les tables et les chaises auraient pu provenir d'un vide-grenier, de même que la table de nuit. Le lit à une place dans la chambre était équipé d'un vieux matelas à ressorts. Il se demanda si Gestur s'était mis au travail dès qu'ils avaient discuté tous les deux et s'il avait entrepris d'effacer toute trace de lui sur les lieux. On ne trouvait aucun nécessaire de rasage dans la salle de bain, pas même une brosse à dents. L'appartement était entièrement dénué de tout objet personnel. L'homme ne possédait pas d'ordinateur, les policiers ne trouvèrent ni factures ni lettres dans ses tiroirs. Pas de journaux, pas de magazines, aucun signe indiquant que quelqu'un ait occupé cet appartement.

Le chef de la Scientifique s'approcha d'Erlendur, rejoignant les deux policiers.

– Que recherchons-nous, dites-vous ? demanda-t-il.

– Un pédophile, répondit Erlendur.

– On dirait bien qu'il n'a pas laissé grand-chose derrière lui, observa le chef de la Scientifique.

– Peut-être qu'il s'attendait à se voir forcé de quitter les lieux de façon précipitée, répondit Erlendur.

– Je doute que nous trouvions ici la moindre empreinte digitale.

– Non, mais essayez quand même.

Elinborg arpentait les lieux en silence au moment où son portable sonna. Elle discuta un certain temps au téléphone avant de le remettre dans sa poche et de retourner voir Erlendur.

– Je paierais cher pour voir mon appartement aussi impeccable que ça, commenta-t-elle. Tu crois que c'est ce Gestur qui aurait agressé Elias ?

– C'est une possibilité comme une autre, répondit Erlendur.

– Il semble bien qu'il ait pris la poudre d'escampette, n'est-ce pas ?

– Il se pourrait même qu'il ait sorti les produits ménagers dès que je suis parti de chez lui, répondit Erlendur.

– Est-il possible que nous ayons affaire à un véritable maniaque de la propreté et qu'il ne se soit absenté que pour quelques jours de vacances ?

– Je n'en sais rien, répondit Erlendur.

– Sigurdur Oli n'a rien trouvé sur son compte, précisa Elinborg en agitant son portable. Son nom ne figure pas dans nos fichiers sur les délinquants sexuels qui remontent pourtant à des dizaines d'années en arrière. Il est en train de comparer la photo avec nos *pic files*. Il te passe le bonjour.

– S'il te plaît, ne dis pas *pic files*, répondit Erlendur. Nom de Dieu, ce que ça peut me taper sur les nerfs. Pourquoi pas tout simplement nos fichiers photo ? Il y a un truc qui cloche là-dedans ? Hein, dis-moi.

– Aïe… laisse donc les gens parler comme ils veulent.

– Enfin, c'est comme tout le reste, je suppose que je me bats contre des moulins, regretta Erlendur.

– Je n'ai pas l'impression qu'il ait invité des enfants ici, observa Elinborg.

Cela n'avait rien d'une remarque en l'air. Erlendur voyait parfaitement où elle voulait en venir. Il leur était arrivé d'entrer chez des pédophiles dont le domicile était un véritable Pays des jouets où tous les souhaits des enfants se voyaient exaucés. Cet appartement n'avait rien à voir avec cela. Pas le moindre paquet de bonbons. Pas le moindre jeu vidéo digne d'intérêt.

– Si Gestur n'a pas menti, alors il connaissait Elias, nota Erlendur. C'est la raison qui nous amène ici. Mais si, comme tu le dis, Elias y est effectivement venu, alors Gestur a consciencieusement effacé toute trace de sa visite.

– Il se peut également qu'il ait un autre refuge où il cache le chocolat et les petits gâteaux.

– La chose s'est déjà vue.

– On ne ferait pas mieux de retourner interroger Andrés ? suggéra Elinborg.

– En effet, il le faut bien, convint Erlendur, comme s'il n'en brûlait pas précisément d'envie.

Pendant qu'ils attendaient la commission rogatoire pour fouiller l'appartement de Gestur, ils avaient tenté de se procurer de plus amples renseignements sur son compte. Ils avaient discuté avec le bailleur, le propriétaire de la plupart des appartements de la cage d'escalier. Erlendur et Elinborg avaient remonté sa trace jusqu'à l'agence qu'il dirigeait dans le centre-ville. Le bailleur était un homme d'environ quarante ans, plutôt agité, qui avait hérité du quota de pêche d'un village du Nord de l'Islande et qui l'avait revendu pour se lancer dans la spéculation immobilière à Reykjavik, apparemment avec un certain succès. Il leur avait confié caresser le projet de vendre petit à petit les appartements de la cage d'escalier, le marché de la location étant nettement trop stressant et les candidats plus ou moins fiables. Il louait aussi des appartements situés dans d'autres quartiers de la ville et devait constamment intenter des actions en justice, procéder à des expulsions ou envoyer des rappels pour percevoir les loyers, en général sans aucun résultat.

– Et ce Gestur, il vous payait à temps ? avait demandé Elinborg.

– Toujours. Il loue cet appartement depuis un an et demi et il ne m'a jamais posé le moindre problème.

– Vous règle-t-il par virement bancaire ?

Le propriétaire avait hésité.

– De la main à la main ? avait demandé Erlendur. Est-ce qu'il vient ici pour vous payer en main propre ?

Le propriétaire avait hoché la tête.

– Il veut que nous fassions comme ça, avait-il précisé. C'est lui-même qui m'a demandé cet arrangement. En réalité, c'est lui qui a posé cette condition.

– Vous n'avez pas vérifié son numéro de Sécurité sociale quand il a pris l'appartement ? avait demandé Elinborg.

– Cela m'a échappé, avait répondu le bailleur.

– Dois-je comprendre que tout se fait au noir ? avait demandé Erlendur. Vous ne déclarez pas ces sommes ?

L'homme avait gardé un instant le silence, puis il avait toussoté.

– Eh bien, cela ne sortira pas d'ici, n'est-ce pas ? avait-il hésité. Les deux policiers ne lui avaient pas précisé pour quelle raison ils étaient à la recherche de ce locataire particulier. Vous n'irez pas rapporter ça aux impôts ou je ne sais quoi ?

– Sauf si vous êtes un menteur et que vous vous moquez de nous, avait répondu Erlendur.

– Disons que… avait commencé le bailleur, embarrassé. Il m'arrive d'accepter toutes sortes d'arrangements. Cet homme-là est venu me demander si nous pouvions nous entendre. Cela lui était égal de me payer au prix fort, mais il ne voulait pas de paperasse. Je lui ai dit qu'il me fallait une caution et il s'est montré rudement convaincant, le bonhomme. Il m'a proposé de régler six mois d'avance et d'effectuer un dépôt de garantie supplémentaire de trois mois en guise de caution. Il m'a payé en liquide en disant qu'il était trop vieux pour toutes ces saletés électroniques. Je lui ai fait confiance. Il est l'un des meilleurs locataires que j'aie jamais eus. Il n'a jamais eu le moindre retard.

– Il vous arrive de le rencontrer ? avait interrogé Elinborg.

– J'ai dû le voir une fois ou deux depuis. C'est tout. Est-ce que vous allez parler de ça aux impôts ?

– Si je comprends bien, cet appartement n'est au nom de personne ?

– Non, avait répondu le bailleur en haussant les épaules, avec l'expression de celui qui avoue un péché véniel.

– Dites-moi encore, Sunee, la femme qui habite en face de chez lui, est-ce qu'elle paie toujours à temps ? avait demandé Erlendur.

– Vous voulez parler de la Thaïe ? avait renvoyé le bailleur. Elle paie toujours.

– Au noir ? avait questionné Elinborg.

– Non, non, avait répondu le bailleur. Là, tout se fait au grand jour. Il n'y a qu'avec ce bonhomme que rien n'est déclaré.

Le bailleur avait hésité.

– Bon, peut-être avec deux ou trois autres, mais pas plus que ça. D'ailleurs, je l'ai bien prévenue que je n'hésiterais pas à la virer si elle ne payait pas. Je ne suis pas trop pour louer à ces gens-là, mais le marché de la location est vraiment terrible, la clique qui loue des apparts, nom de Dieu ! Mais bon, je vais arrêter ça, vendre le tout. J'en ai ma claque.

Ils n'avaient que cela en main quand ils avaient ouvert l'appartement. Debout dans la salle à manger de celui qui se faisait alternativement appeler Gestur ou Rögnvaldur, ils étaient désemparés. Ils n'avaient aucune idée de l'endroit où le chercher, ne savaient pas où il se trouvait ; en réalité, ils ne pouvaient se fonder sur rien d'autre que sur la parole d'un repris de justice.

– C'est étrange, la manière dont les gens disparaissent dans cette enquête, nota Elinborg. D'abord Niran et maintenant, cet homme.

– Je crains qu'il soit plus difficile à retrouver que Niran, remarqua Erlendur. On a comme l'impression qu'il n'en est pas à son coup d'essai. On dirait que ce n'est pas la première fois qu'il a dû s'arranger pour disparaître de façon précipitée.

– Tu veux dire, au cas où il serait effectivement celui qu'Andrés affirme ?

– Tout cela me semble d'une certaine manière trop préparé, répondit Erlendur. Trop calculé. Il doit avoir un autre endroit où se réfugier au cas où une situation attirerait la curiosité sur sa personne.

– Il n'a rien du tout ici, reprit Elinborg. Il ne laisse rien derrière lui. On dirait qu'il n'existe pas, qu'il n'a jamais eu d'existence.

En leur remettant le double de la clé, le bailleur leur avait confié que le peu de choses que contenait l'appartement lui appartenait. Même les livres de poche dans la bibliothèque, le vieux poste de télévision qui se trouvait dans le séjour ainsi qu'une antiquité, une radio qui faisait aussi magnétophone, dans la cuisine. La télévision était enregistrée au nom du bailleur.

– Il ne nous reste plus qu'à interroger les voisins de la cage d'escalier, soupira Erlendur. Il faut qu'on les questionne sur ses allées et venues, qu'on leur demande s'il a manifesté un intérêt particulier pour les gamins de l'immeuble, pour ceux du quartier. Enfin, tout ça. Tu t'en occupes ?

Elinborg hocha la tête.

– Tu crois que Sunee a caché Niran à cause de cet homme ? demanda-t-elle.

– Je ne sais pas, nous sommes encore en plein brouillard, répondit Erlendur.

– Pourquoi elle ne nous dit pas simplement de quoi elle a peur pour qu'on puisse la protéger ?

– Je n'en sais rien.

Erlendur traversait le palier pour se rendre chez Sunee au moment où Gudny apparut. C'était lui qui l'avait appelée à la rescousse. Il ne savait pas exactement comment exprimer les questions qu'il voulait poser sans risquer de blesser Sunee. Il alla s'asseoir avec les deux femmes sous le dragon jaune et parla à Sunee de son voisin de palier en lui expliquant le genre de crime dont on le soupçonnait. Sunee l'écouta avec attention, posa des questions, répondit sans hésitation et, au moment où ils se levèrent du canapé, Erlendur était convaincu que le voisin de palier n'avait jamais manifesté le moindre comportement anormal à l'égard des deux garçons.

– Je sais, répondit Sunee, d'un ton assuré. Cela jamais arrivé.

– Il semblait pourtant connaître Niran et Elias.

– Ils le connaissaient parce qu'il habitait juste en face, répondit Gudny après avoir consulté Sunee. Mais ils ne sont certainement jamais entrés chez lui. Elias est allé une ou deux fois au magasin pour lui rendre service.

314

Les autres habitants de la cage d'escalier n'avaient pas grand-chose à dire de l'homme : il arrivait et repartait sans que personne ne le remarque. On n'entendait jamais de bruit dans son appartement. Il était aussi discret qu'une souris, déclara Fanney.

Elinborg remarqua qu'Erlendur avait un air absent en revenant de chez Sunee.

– Dis-moi, est-ce que Sigurdur Oli t'a déjà parlé de son père ? demanda-t-il alors qu'ils redescendaient l'escalier. Est-ce que tu sais quelque chose à son sujet ?

– Sigurdur Oli ? Non, en tout cas, je ne me rappelle pas. Il ne parle jamais de lui. Pourquoi cette question ? Qu'est-ce qu'il a de spécial, son père ?

– Non, rien. J'ai discuté avec Sigurdur aujourd'hui et, brusquement, je me suis dit que je ne le connaissais absolument pas.

– Je ne connais personne qui puisse le prétendre, répondit Elinborg.

Elle regretta d'avoir prononcé cette phrase sur le ton de la plaisanterie en constatant qu'Erlendur était sérieux. Elle s'était souvent montrée d'une ironie assassine à l'égard de Sigurdur Oli qui, de son côté, avait tendu les verges pour se faire battre avec ses opinions arrêtées, sa rigidité d'esprit et son absence totale d'empathie. Jamais il ne laissait son travail lui saper le moral, quelle que soit la situation. Il semblait parfaitement insensible. Elinborg savait que c'était cela qui le différenciait d'Erlendur et de là découlait l'agressivité qui surgissait souvent entre eux.

– Enfin, je ne sais pas, dit Erlendur. Mais il n'est pas mauvais flic. D'ailleurs, il n'est pas non plus mauvais garçon.

– Je n'ai jamais dit ça, répondit Elinborg, c'est juste que sa compagnie n'est pas spécialement agréable.

– Ça m'a fait tout drôle en parlant avec lui aujourd'hui de me rendre compte que je ne le connaissais pas.

Je ne sais rien de lui. Exactement comme c'était le cas pour Marion Briem que je n'ai jamais vraiment connue. Et maintenant, elle est entre quatre planches, comme tu sais.

Elinborg hocha la tête. La nouvelle s'était répandue dans les rangs de la police. Seuls les plus anciens se souvenaient de Marion. Personne n'avait entretenu de relation avec elle à l'exception d'Erlendur qui, depuis qu'elle était décédée, s'interrogeait sur la nature de leur collaboration et de leur amitié. Il pensa à Sigurdur Oli et à Elinborg, ses collègues dont il était le plus proche. Il les connaissait à peine et c'était surtout par sa faute. Il savait mieux que quiconque qu'il n'était pas sociable.

– Marion te manque ? demanda Elinborg.

Ils étaient sortis dans le froid mordant. Erlendur s'immobilisa en serrant son manteau au plus près de son corps. Il n'avait pas eu le temps de réfléchir à cette question avant de la voir brusquement apparaître dans son esprit. Marion lui manquait-elle ?

– Oui, répondit-il. Marion me manque et ça va me manquer de…

– Quoi donc ? demanda Elinborg voyant qu'Erlendur s'arrêtait au milieu de sa phrase.

– Je ne sais pas pourquoi je te bassine avec tout ça, observa Erlendur en se dirigeant vers sa voiture.

– Tu ne me bassines absolument pas, rassura Elinborg. Et tu ne l'as jamais fait, continua-t-elle, certaine qu'Erlendur ne l'entendait pas.

– Elinborg, annonça Erlendur en se retournant.

– Oui.

– Comment va ta fille ? Est-ce qu'elle se remet de cette grippe ?

– Elle reprend du poil de la bête, répondit Elinborg. C'est gentil de demander de ses nouvelles.

Ils arrivèrent chez Andrés un peu après le dîner. Il était chez lui, légèrement ivre, mais en état de discuter. N'ayant pas de motif suffisant pour le maintenir en garde à vue après le premier interrogatoire, ils l'avaient relâché. Il les fit entrer chez lui avec un sourire narquois aux lèvres qui porta immédiatement sur les nerfs d'Erlendur. Sigurdur Oli referma la porte derrière eux. Il avait passé le plus clair de la journée à chercher une piste susceptible de l'amener jusqu'à Gestur, mais n'avait rien trouvé dans les fichiers de la police et il était fatigué. Elinborg était rentrée chez elle. L'obscurité régnait dans l'appartement d'Andrés où planait une forte odeur de nourriture, presque une puanteur, comme s'il avait mangé de la raie faisandée avec de la graisse de mouton fondue. Ils étaient dans la salle de séjour. Sur la table à côté d'Andrés trônaient des boîtes de bière. Des bouteilles vides de Brennivin[1] étaient renversées sur le côté. Assis dans son fauteuil, il regardait la télé en leur tournant le dos comme s'ils n'étaient pas là. Seule la lueur vacillante de l'écran venait les éclairer. Le dossier du fauteuil était haut et ils devaient regarder par-dessus pour apercevoir sa tête.

– Alors, comment va ? demanda Andrés en prenant une canette de bière dont il avala une gorgée avant de roter.

– Nous l'avons retrouvé, annonça Erlendur. Votre ancien beau-père.

Andrés reposa lentement sa bière.

– Vous mentez.

– Il se fait appeler Gestur. Il habite dans le même immeuble que le petit garçon qui a été assassiné.

– Et alors ?

– Nous attendons que vous nous le disiez.

– Comment ça ?

---

1. Eau-de-vie islandaise aromatisée au cumin. On la surnomme la Mort Noire.

– Où est-il ?

– Ah bon, vous venez pourtant de me dire que vous l'avez trouvé, non ?

– Nous avons trouvé son appartement, corrigea Erlendur.

Andrés allongea le bras pour reprendre sa bière.

– Mais pas lui ?

– Non, répondit Erlendur.

Il y eut un silence.

– Et vous ne le trouverez jamais, lança Andrés.

– Vous savez où il est ? demanda Erlendur.

– Et si je le savais ?

– Alors, je vous conseille de nous le dire, s'emporta Sigurdur Oli.

– Vous êtes entrés chez lui ? demanda Andrés.

– Ça ne vous regarde pas, observa Erlendur.

– À quoi ressemblait son appartement ? Est-ce qu'il ressemblait au mien ? demanda-t-il en étendant le bras qui tenait la bière afin de leur permettre d'admirer l'amas d'immondices qu'était son domicile.

– Nous pouvons vous coffrer pour entrave au travail de la police, répondit Sigurdur Oli.

– Ah bon ?

– Et pour refus de témoigner, ajouta Sigurdur Oli.

– Je me chie dessus tellement j'ai peur, commenta Andrés.

– Vous savez où il se cache ? insista Sigurdur Oli.

– Vous vous êtes cassé le nez et maintenant, c'est le Petit Drési qui doit venir à votre secours, répondit-il. C'est ça, hein ? C'est bien comme ça que vous voulez que ça se passe, hein ? Bande de flics minables. Où êtes-vous quand on a besoin d'aide ?

Erlendur lança un regard à Sigurdur Oli. Il formait avec ses lèvres les mots le *Petit Drési* tout en remuant la tête d'un air interrogateur.

– Quel nom il utilisait au moment où vous l'avez connu ? demanda Erlendur.

– Il se faisait appeler Rögnvaldur, répondit Andrés. Vous êtes entrés dans son appartement, n'est-ce pas ? Mais vous n'y avez rien trouvé. Vous ne trouverez rien sur lui. Vous ne savez pas qui est cet homme. Et il n'y a que le Petit Drési qui puisse vous aider. Mais je vais vous dire un petit truc : le Petit Drési ne vous aidera pas. Le Petit Drési ne va pas lever le petit doigt. Et vous savez pourquoi ?

– Pourquoi ? s'enquit Erlendur.

– Qu'est-ce que c'est que ces conneries de Petit Drési ? s'énerva Sigurdur Oli en attrapant le fauteuil où Andrés était assis pour le détourner de la télévision. Erlendur attrapa le bras de Sigurdur Oli pour l'arrêter, mais il était trop tard. Le fauteuil tourna lentement vers eux. Andrés leva les yeux.

– Qu'est-ce que tu peux être crétin ! cria Erlendur à Sigurdur Oli.

– Tu m'étonnes ! ricana Andrés.

– Attends-moi dehors, commanda Erlendur.

– Qu'est-ce que… protesta Sigurdur Oli avant de se taire immédiatement. Il dévisagea Erlendur, regarda Andrés puis sortit sans dire mot. Andrés se moqua de lui.

– Ouais, allez, ouste ! cria-t-il dans son dos.

– Pourquoi refusez-vous de nous aider ? demanda Erlendur après le départ de Sigurdur.

– Ce que je fais ou non ne vous regarde pas, répondit Andrés en se tournant à nouveau vers la télévision.

– Andrés, est-ce que vous nous mentez ?

La clarté de l'écran vacillait sur les murs du petit appartement, éclairant la saleté et le désordre. Erlendur se sentait mal à l'aise. Il n'y avait ici que destruction.

– Je ne mens absolument pas, répondit Andrés.

– Quel genre d'homme était-il, cet homme qui se faisait appeler Rögnvaldur ? demanda Erlendur.

Andrés ne lui répondit rien.

– Vous nous avez dit que vous l'aviez revu récemment. Vous savez où il est ?

– Je n'en ai aucune idée, répondit Andrés. Je n'ai pas l'intention de vous aider. C'est bien clair ?

– Quand avez-vous remarqué sa présence dans le quartier ?

– Je l'ai aperçu pour la première fois il y a un an.

– Et vous le surveillez depuis cette époque ?

– Je ne vous aiderai pas.

– Vous savez où il travaille ? Vous savez ce qu'il fait pendant la journée ? De quoi il vit ? S'il a un travail ?

Andrés s'obstinait à ne pas répondre.

Erlendur sortit de sa poche la photo de celui qui se faisait appeler Rögnvaldur à l'époque où il vivait avec la mère d'Andrés. Il regarda à nouveau un instant le visage de cet homme qu'il recherchait avant de tendre sa photo par-dessus le dossier du fauteuil. Andrés la prit dans sa main.

– C'est bien lui ? demanda Erlendur.

Andrés resta silencieux.

– Est-ce que vous le reconnaissez ?

– C'est lui, concéda-t-il finalement.

– Ressemblait-il à ça quand vous l'avez connu ?

– Oui, c'est bien lui, confirma Andrés.

– Quel genre d'homme est-il ? répéta Erlendur. Que pouvez-vous me dire sur lui ?

Andrés ne lui répondit rien. Erlendur ne voyait que le haut de sa tête dans le fauteuil, mais il se l'imaginait tenant la photo devant lui.

– Il serait capable de tuer un enfant ? demanda Erlendur.

Un certain temps s'écoula avant que le fauteuil ne pivote, dévoilant Andrés. Il n'avait plus son sourire narquois sur les lèvres. Son visage était grave et crispé.

Il fixait Erlendur du regard. Il tenait la photo à la main et la lui rendit.

– Je crois qu'il en est capable, répondit Andrés. Peut-être d'ailleurs l'a-t-il déjà fait. Il y a bien des années.

– Que voulez-vous dire ? Qu'est-ce qu'il a peut-être déjà fait ?

– Sortez. Vous ne tirerez rien de plus de moi. Sortez d'ici. Ce sont mes affaires. Je vais régler ça moi-même.

– Qu'est-ce qu'il a fait ?

– Fichez-moi la paix, répondit Andrés.

– Vous êtes en train de dire que c'est un assassin ?

Andrés se tourna à nouveau vers la télévision. Erlendur eut beau essayer, il n'en tira rien de plus au sujet du voisin de palier de Sunee.

23

L'un des jeunes employés du centre de recyclage se disait qu'il n'avait pas perdu sa journée. Il avait déniché deux vinyles qui valaient le coup d'être conservés. Certes, il n'avait pas le droit de les garder et devait les remettre à la boutique qui vendait les objets en état d'être réutilisés, mais personne ne surveillait ce que les employés emportaient chez eux. En réalité, n'importe qui pouvait venir déambuler et farfouiller sur les lieux. Parfois, les collectionneurs de disques entraient jusqu'à la taille dans le broyeur. De même que les amateurs de livres. Il venait toutes sortes de gens. Plus tard, il porterait ces deux disques chez un revendeur et il en tirerait un bon prix. Il ne s'intéressait pas particulièrement aux disques ou à la musique, mais, au bout de deux années passées à travailler ici, il savait ce qui avait de la valeur. Un jour, à côté du conteneur de déchets ferreux, il avait trouvé tout un set de golf que quelqu'un avait oublié de remettre dans sa voiture après l'avoir vidée des saletés qui l'encombraient. Bien qu'emballé dans un vulgaire sac en mauvaise toile de jute, le set était plutôt en bon état. Plus tard, il l'avait revendu à bon prix. C'était surtout le driver qui lui avait rapporté de l'argent. Deux jours après sa découverte, le propriétaire était venu réclamer son bien et le pauvre bonhomme avait avalé tout rond le mensonge qu'on lui avait raconté : le set avait probablement fini aux ordures, malheureusement.

Depuis qu'il travaillait au centre de recyclage, il s'était habitué à ouvrir l'œil pour repérer les objets en bon état, ceux qu'il pouvait revendre ou bien dont il pouvait se servir lui-même. Il savait que certains collectionneurs s'étaient plaints du fait qu'on ne trouvait pas tout ce qui arrivait au centre à la boutique comme l'exigeait le règlement, mais il se fichait pas mal de ces originaux. Il parvenait à dégager un revenu complémentaire convenable en ouvrant l'œil sur ce que les gens venaient jeter. Quant à son employeur, il ne lui payait pas un salaire mirobolant. Plutôt une paie de merde pour un boulot de merde.

Il s'étonnait toujours de ce dont les gens étaient prêts à se débarrasser. Ils jetaient littéralement tout. Certes, il n'était pas grand amateur de livres, mais il voyait des chauffeurs de camionnettes venir mettre aux ordures des bibliothèques entières dont les gens voulaient se défaire, des meubles en parfait état, de très beaux vêtements, des appareils électroménagers et même parfois des chaînes hi-fi presque neuves.

Il y avait eu pas mal de trafic l'autre jour en dépit du froid et du vent du nord qui transperçait son bleu de travail. Les gens venaient jeter des ordures tout au long de la journée et de l'année par tous les temps. Les camionnettes arrivaient avec les restes des successions dont les héritiers ne voulaient pas, quelqu'un remplaçait sa salle de bain ou faisait installer une nouvelle cuisine aménagée. Puis il y avait la bande des adeptes des canettes de Coca. La pire de ses tâches était de réceptionner les boîtes et les bouteilles de boisson. Les gens essayaient constamment de lui mentir sur la quantité. Parfois, quand il avait le courage de compter le contenu des sacs, comme si tout cela avait été propre, il trouvait une différence de plusieurs dizaines entre le chiffre annoncé et celui qu'il trouvait. Les intéressés n'avaient même pas honte. Ils se bornaient à sourire, feignant de ne rien y comprendre.

Une voiture s'avança au portail et s'arrêta. Un grand écriteau indiquait qu'il fallait s'arrêter là afin d'attendre les instructions. La plupart des usagers s'y conformaient. Constatant que personne n'allait s'occuper de l'arrivant, il se dirigea vers lui.

– J'ai ici un vieux lit, annonça l'homme en descendant la vitre de sa portière.

Il conduisait une grosse jeep et avait cassé le lit afin de le faire entrer dans le coffre. Dans cet état, il était évident qu'il ne servirait plus.

– Est-ce qu'il y a aussi le matelas et tout le reste ?

– Oui, tout le bataclan, répondit l'homme.

– C'est tout droit, vous déposerez le matelas là-bas à droite et les planches à gauche, ok ?

L'homme remonta sa vitre. Il le suivit du regard et jeta un œil dans la guérite des employés. Les informations de sept heures commençaient et il se demanda s'il ne devait pas aller se mettre un peu à l'intérieur pour se réchauffer. Il n'entendait pas le son de la télévision, mais voyait les images : un glissement de terrain au Moyen-Orient, un discours du président des États-Unis, des moutons islandais, un couteau sur une table, un ministre islandais coupant un ruban d'inauguration, le président de l'Islande recevant des hôtes…

Une autre voiture s'approcha du portail. La vitre s'abaissa.

– J'apporte un frigo, annonça l'homme.

– Il est cassé ? demanda l'employé. Il posait toujours cette question pour les réfrigérateurs car il en cherchait un qui soit en bon état.

– Complètement foutu, malheureusement, répondit l'homme en souriant.

Du coin de l'œil, il vit à nouveau l'image du couteau sur la table apparaître à l'écran et, tout à coup, il eut l'impression qu'il avait déjà vu cet objet quelque part.

– Où dois-je le déposer ? demanda l'homme dans la voiture.

– Là-bas au bout, à droite, précisa-t-il en indiquant l'endroit où étaient entreposés les appareils électroménagers, tels des animaux de compagnie abandonnés dans le froid.

Il se pressa de retourner au cabanon pour s'asseoir devant la petite télévision. Le journaliste expliquait que l'arme du crime ressemblait probablement à cet objet. C'était un couteau de menuisier utilisé dans les ateliers des établissements scolaires. Il savait parfaitement de quel meurtre il était question. Celui du petit Asiatique retrouvé au pied de son immeuble. Il avait vu les photos dans la presse.

Il sortit le couteau de son étui pour le regarder. Il était exactement identique à celui qu'on voyait à l'écran. Il l'avait trouvé dans les déchets ferreux et lui avait fabriqué un étui. Puis, il avait dégoté une ceinture qu'il avait attachée autour de son bleu de travail, y avait fixé l'étui et s'était retrouvé équipé du meilleur outil qui soit pour couper les liens, ouvrir les packs de boîtes de soda ou simplement pour sculpter des bouts de bois dans le cabanon quand il n'avait rien d'autre à faire. Il fixa longuement le couteau dans sa main jusqu'à ce que, lentement mais sûrement, s'infiltre en lui la pensée que, peut-être, il tenait l'arme d'un crime.

Une voiture s'avança vers le portail et s'arrêta.

Il allait probablement devoir rendre le couteau, se dit-il. Prévenir la police. À moins que… fallait-il absolument qu'il le fasse ? C'était vraiment un couteau du tonnerre.

Le conducteur de la voiture le voyant traînasser, il donna un coup de klaxon.

Il ne l'entendit même pas. Il se disait que, peut-être, la police penserait qu'il avait tué le petit garçon puisqu'il était en possession du couteau. Allaient-ils le croire ? Croire qu'il avait trouvé ce couteau dans le conteneur des déchets ferreux ? Qu'il y était entré parce qu'il avait aperçu le petit manche en bois qui luisait et parce qu'il était entraîné à repérer les objets dignes d'intérêt ? Ils vidaient le conteneur tous les deux jours et cette fois-là, il était plein à moitié. Quelqu'un était venu au centre de recyclage et y avait jeté le couteau.

Peut-être l'assassin ?

Le journaliste avait dit que l'arme du crime était probablement un couteau de ce genre et que, si c'était le cas, l'assassin avait peut-être un lien avec l'école.

Le conducteur s'impatientait franchement. Il klaxonna à nouveau, plus longtemps.

Il sursauta et regarda à l'extérieur.

Peut-être ne le croiraient-ils pas ? Un jour, quelqu'un l'avait traité de raciste parce qu'il avait parlé des Asiatiques qui venaient avec des sacs de canettes et lui mentaient sur la quantité.

Mais il se pouvait aussi qu'il devienne célèbre.

Peut-être deviendrait-il célèbre.

Il regarda le conducteur qui le fixait, furieux, tout en lui faisant signe de venir s'occuper de lui.

Il lui adressa un sourire.

Le conducteur hurla de colère en voyant l'employé sortir son portable sous son nez pour passer un coup de fil avec son sourire idiot.

Il composa le numéro des urgences, le 112.

Il pouvait devenir célèbre.

Sigurdur Oli attendait Erlendur dans le couloir devant l'appartement d'Andrés.

– Qu'est-ce que ça a donné ? lui demanda-t-il alors qu'ils descendaient l'escalier.

– Je ne sais pas, répondit Erlendur d'un air absent. Je crois bien qu'il est véritablement cinglé.

– Est-ce que tu as réussi à lui tirer les vers du nez ? Est-ce qu'il t'a dit quelque chose ?

– En tout cas, rien qui soit en rapport avec Elias.

– Bon, qu'est-ce qu'il t'a dit alors ?

– D'abord, qu'il connaissait l'homme sur la photo, répondit Erlendur. C'est bien son beau-père. Il a sous-entendu que cet individu avait commis un meurtre, il y a longtemps.

– Hein ?

– Je ne sais pas, continua Erlendur, je ne sais pas ce qu'il faut en penser.

– Quel meurtre ?

– Je ne sais pas.

– C'est pas simplement du délire ?

– C'est fort possible, répondit Erlendur. Malgré tout, le peu de chose qu'il nous a raconté jusque-là s'est vérifié.

– Certes, mais ça se résume à presque rien.

– Ensuite, il m'a dit qu'il allait régler ça tout seul, peu importe ce qu'il entendait par là. Je crois que nous ferions bien de surveiller Andrés pendant quelques jours.

– Oui, enfin, en tout cas, on pense avoir retrouvé le couteau.

– Ah bon ?

– On vient de m'appeler. Quelqu'un s'en est débarrassé dans une benne à ordures. Il ne reste plus qu'à vérifier qu'il s'agit bien de celui que nous recherchons, mais c'est probable. J'ai cru comprendre qu'il est exactement identique à celui dont ils ont diffusé une photo à la télé. Un gars en a récupéré un semblable dans une benne à ordures. Il y a des chances qu'on y découvre quelques traces. Le type qui l'a trouvé s'en servait dans son travail et, évidemment, il l'a bien nettoyé, mais bon, ils parviennent toujours à dégotter quelque chose avec tous leurs appareils.

Ils descendirent en voiture jusqu'au centre de recyclage que la police scientifique avait fermé à la circulation. Le ruban jaune délimitant le périmètre se balançait au vent. Les Scientifiques étaient à la recherche d'indices éventuels laissés par celui qui avait jeté le couteau, mais ce n'était que par acquit de conscience. Deux jours s'étaient écoulés depuis que l'employé avait trouvé l'objet. Une foule de gens et de voitures était venue sur les lieux depuis le meurtre et aucun des employés n'avait remarqué quoi que ce soit de suspect. Ils n'avaient vu personne s'attarder auprès du conteneur et le portail n'était pas équipé de caméras de surveillance. La police n'avait rien de plus en main.

À la suite de la découverte, on contacta Egill, le professeur de menuiserie. On lui montra le couteau et il confirma que l'objet pouvait parfaitement provenir du stock de l'atelier. Il précisa toutefois qu'on trouvait probablement ce genre d'outil dans les ateliers de toutes les écoles d'Islande.

Erlendur interrogea le jeune employé qui avait trouvé le couteau et fut rapidement convaincu qu'il ne lui cachait rien. Ce dernier lui avait demandé s'il pouvait vendre son histoire à la presse, si les journaux à scandale étaient preneurs de ce genre de récit et combien ils étaient susceptibles de le payer. Parce que, voyez-vous, avait-il expliqué, il s'était servi de ce couteau dès le moment où il l'avait trouvé.

Pauvre crétin, pensa Erlendur.

Un peu plus tard, il rentra chez lui. La soirée était avancée, il s'était arrêté dans un magasin ouvert vingt-quatre heures sur vingt-quatre pour y acheter un plat cuisiné, une soupe à la viande de mouton typiquement islandaise. Il plaça le plat dans le four à micro-ondes et le mit à chauffer trois minutes. Valgerdur l'appela et ils discutèrent. Il lui parla de la progression de l'enquête sans trop lui en dévoiler. Elle lui demanda s'il avait contacté Eva Lind. Valgerdur précisa qu'elle s'était vue forcée de prendre une garde supplémentaire et qu'elle ne pouvait donc pas venir le retrouver. Ils décidèrent de se voir le lendemain soir, quand elle serait libre. Elle lui demanda de venir chez elle.

– Viens, dit-elle, d'un ton résolu.

– D'accord, répondit-il. Je viendrai. Mais ça risque d'être tard.

– Ce n'est pas grave, répondit-elle.

Sur ce, ils raccrochèrent.

Il sortit la soupe du four à micro-ondes, alla chercher une cuillère et, en mangeant directement dans l'emballage en plastique, la dégusta en toute tranquillité, à la table de la cuisine. Il s'efforça de chasser de sa tête les problèmes personnels qu'il devait régler et son esprit se retrouva bientôt au pied de l'immeuble d'Elias. Il pensa à ces hommes qui faisaient venir en Islande jusqu'à trois ou quatre femmes comme Sunee, les épousaient et se débarrassaient d'elles une fois qu'ils s'étaient assez amusés, ou à ces femmes qui les quittaient car ce qui comptait le plus à leurs yeux était d'obtenir le droit de vivre et de travailler ici. Qu'en était-il exactement ? Il pensa à Niran que Sunee avait rappelé auprès d'elle après de longues années de séparation, mais qui, incapable de prendre racine dans son nouveau pays, s'était trouvé exclu et avait recherché la compagnie de gamins qui partageaient un passé et une expérience similaires aux siens, des gamins qui ne comprenaient pas le pays, sa langue, son histoire, et ne s'y intéressaient que d'une manière très limitée. Il éprouvait pour eux une certaine compassion.

Il pensa à Sunee et à sa douleur.

Son portable se mit à sonner. Il croyait que c'était Sigurdur Oli qui l'appelait à cette heure tardive, mais ce fut une voix féminine qui chuchota à son oreille, comme si elle téléphonait en catimini. Erlendur n'entendait pas ce qu'elle disait.

– Comment ? dit-il. Qu'est-ce que… ?

– … d'aller vous voir… Mais il ne veut pas. Il ne veut absolument pas. J'ai essayé de lui parler, mais c'est sans espoir.

– J'en ai assez de tout ça, répondit Erlendur, dès qu'il eut saisi l'identité de sa correspondante. Il décida de recourir à une nouvelle tactique avec cette femme qui le contactait régulièrement depuis Noël. Soit vous venez me voir, soit nous laissons tomber. Je ne supporte plus ces conneries !

– C'est ce que je vous dis : il ne veut pas…

– Je crois… interrompit Erlendur.

– J'ai besoin d'un peu plus de temps.

– Je crois que vous feriez mieux d'arrêter de m'importuner avec vos âneries.

– Pardonnez-moi, répondit la voix. Mais tout cela est tellement difficile. Je ne veux pas que ça se passe comme ça.

– Qu'est-ce que vous cherchez en m'appelant comme ça ? demanda Erlendur. Qu'est-ce que vous voulez ? Qu'est-ce que c'est que ces imbécillités ?

La femme resta silencieuse.

– Venez me parler en personne.

– Je passe mon temps à essayer de l'amener à le faire. Mais il refuse.

– Ce n'est pas très malin, observa Erlendur. Vous devriez rentrer chez vous et ne plus me déranger. Tout cela est ridicule !

Il y eut un silence au téléphone.

– Je suis allé voir votre mari, continua Erlendur.

La femme continuait à garder le silence.

– Parfaitement, je suis allé le voir. Je ne sais pas ce que vous magouillez tous les deux et ça ne me regarde absolument pas. Je vous demande simplement d'arrêter de m'appeler comme ça. Arrêter de m'embêter avec vos bêtises.

Il y eut à nouveau un long silence.

Puis, la femme raccrocha.

Erlendur examina le portable dans la paume de sa main, s'interrogeant sur ce qu'il venait de faire. Il s'attendait même à ce que sa correspondante le rappelle aussitôt, mais voyant que rien ne se produisait, il le reposa sur la table de la cuisine et se leva. Il attrapa le livre qu'il avait lu à Marion Briem à l'hôpital et l'emporta avec lui pour s'asseoir dans son fauteuil. Il renfermait des récits de gens qui s'étaient perdus dans les montagnes, dans la région des fjords de l'Est. Il retourna le livre entre ses mains, comme il l'avait si souvent fait, et chercha le récit qu'il connaissait si bien, mais qui ne relatait qu'un fragment de la réalité.

TRAGÉDIE SUR LA LANDE D'ESKIFJÖRDUR

Une fois de plus, il se remit à lire, mais fut bientôt dérangé par quelqu'un qui frappait doucement à sa porte. Il reposa le livre et se leva pour aller ouvrir. Eva Lind se trouvait sur le palier, accompagnée de Sindri Snaer.

– Vous ne dormez jamais ? demanda-t-il en les faisant entrer.

– Pas plus que toi, répondit Eva Lind en se faufilant à l'intérieur. Tu viens de manger de la soupe de mouton ? interrogea-t-elle en humant l'air.

– En direct du micro-ondes, précisa Erlendur. Ça mérite à peine le nom de repas.

– Je suis certaine que tu serais capable de te cuisiner des repas dignes de ce nom si tu en avais le courage, observa Eva en s'asseyant sur le canapé. Qu'est-ce que c'est que ce truc que tu es en train de lire, là ? demanda-t-elle en voyant le livre ouvert sur la table à côté du fauteuil.

Sindri s'installa près d'elle. Il y avait des années qu'ils n'étaient pas venus lui rendre visite ensemble.

– Des récits, répondit Erlendur. Et vous, qu'est-ce que vous fabriquez ?

– Ben, on a eu l'idée de faire un petit *drop in*.

– Un *drop in* ?!

– Ces récits, ils parlent de gens qui se sont perdus dans la nature ? demanda Sindri.

– En effet.

– Un jour, tu m'as dit qu'il existait une histoire qui parlait de ton frère, observa Eva.

– C'est vrai, elle existe.

– Mais tu ne veux pas me la montrer, hein ?

Il ne savait pas pourquoi il ne tendait pas tout simplement le livre à Eva Lind. Il était ouvert sur la table entre eux et, même si cette histoire ne dévoilait pas l'entière vérité, cela aurait suffi pour donner à ses enfants une idée assez précise de ce qui s'était passé. Erlendur leur avait raconté la façon dont son frère et lui s'étaient perdus en se limitant au strict minimum. Le récit du livre n'ajoutait en réalité pas grand-chose. Il ne savait plus lui-même ce qui le retenait ainsi de leur faire lire le texte. Si tant est qu'il l'ait su à quelque moment que ce soit. Sindri avait entendu parler de l'événement alors qu'il était l'Est. On ne pouvait plus dire que tout cela était secret.

– J'ai rêvé de lui, précisa Eva, je te l'ai déjà dit. Je suis certaine que c'était ton frère.

– Est-ce que tu as l'intention de recommencer avec ça ? Sindri, je me demande ce que tu as bien pu mettre dans la tête de ta sœur.

– Je ne lui ai rien dit du tout, répondit Sindri en sortant son paquet de cigarettes.

– Ce n'est qu'un rêve. Pourquoi est-ce que tu as peur des rêves à ce point ? Je n'arrive pas à m'imaginer que tu puisses les prendre au sérieux.

– En effet, ce n'est pas le cas. Simplement, il m'est difficile de me replonger dans tout cela.

– Ben voyons, ironisa Eva Lind en indiquant d'un hochement de tête le livre posé sur la table. Tu passes ton temps à relire cette histoire ou des choses de ce genre. Tu ne vas quand même pas me dire que tu as oublié !

– Je n'ai pas envie de me replonger dans tout cela en présence d'autres personnes, corrigea Erlendur.

– Ah, je vois, répondit Eva, tu veux garder ça pour toi tout seul. C'est ça le problème ?

– Je ne sais pas quel est le *problème*.

– Tu refuses qu'on te dépossède de cette histoire ?

– Je crois que tu ne sais pas toi-même de quoi tu parles, répliqua Erlendur.

– Tout ce que je veux, c'est te raconter mon rêve. Jamais je n'ai rêvé un truc pareil. Je ne comprends pas pourquoi tu refuses de l'entendre. D'ailleurs, ce n'est pas vraiment un rêve, mais plutôt une sorte d'image qui s'est présentée à mon esprit à mon réveil.

– Comment sais-tu qu'il s'agissait de mon frère ?

– Je ne vois pas qui d'autre cela pourrait être, répondit Eva.

– Les rêves ne veulent rien dire, tu le sais très bien, observa Sindri.

– C'est exactement ce dont j'essaie de le convaincre, martela Eva Lind.

Il y eut un silence.

– Comment est-il mort ? demanda Eva.

– Je te l'ai déjà dit. Bergur s'est perdu sur la lande. Il avait huit ans. Nous avons été séparés. J'ai été secouru. Son corps à lui n'a jamais été retrouvé. Peut-être as-tu effectivement rêvé de lui, mais cela ne change rien, ne va pas t'emballer à cause de ça. Parlez-moi plutôt de vous. Qu'est-ce que vous fabriquez ?

– Est-il possible qu'il ait péri noyé ? s'entêta Eva Lind.

Erlendur fixa sa fille. Elle savait qu'il ne voulait pas se laisser entraîner plus loin sur ce terrain, mais cela ne l'avait pas arrêtée jusque-là. Elle lui opposait un regard tout aussi fixe. Sindri baissait les yeux sur la table qui les séparait.

– Sindri m'a dit que c'était l'une des hypothèses envisagées, ajouta-t-elle. Il a entendu dire ça dans l'Est.

Sindri leva les yeux.

– Beaucoup de gens de là-bas connaissent cette histoire, observa-t-il. Des gens qui se rappellent tout ce qui s'est passé.

Erlendur ne lui répondit pas.

– Que crois-tu qu'il soit arrivé ? demanda Eva Lind.

Erlendur demeurait muet.

– Il faisait sombre, dit Eva. J'étais dans l'eau. D'abord, j'ai cru que j'étais à la piscine, mais cela n'avait rien à voir avec ça. D'ailleurs, la piscine, je n'y suis jamais allée depuis que j'ai quitté l'école. En tout cas, tout à coup, je me suis retrouvée dans l'eau, une eau terriblement froide.

– Eva…

Erlendur lançait à sa fille un regard suppliant.

– L'autre jour, tu m'as dit que je pourrais te raconter mon rêve plus tard. Tu aurais déjà oublié ?

Erlendur secoua lentement la tête.

– Alors, un garçon s'est approché de moi, il m'a regardée en me souriant, il m'a immédiatement fait penser à toi. J'ai même d'abord cru que c'était toi. Est-ce que vous vous ressembliez ?

– C'est ce qu'on disait.

– En tout cas, nous n'étions pas dans une piscine, reprit Eva, mais dans une eau qui se transformait petit à petit en une espèce de boue, une eau pleine de saletés. Le garçon a cessé de me sourire et tout est devenu complètement noir. J'avais l'impression de ne plus arriver à prendre ma respiration. Comme si j'étais en train de me noyer ou d'étouffer. Je me suis réveillée en essayant d'avaler l'air à grosses goulées. Jamais mes rêves n'ont produit sur moi un effet pareil. Jamais. Et jamais non plus je n'oublierai ce visage.

– Ce visage ?

– Au moment où tout est devenu noir. C'était…

– Quoi donc ?

– C'était le tien, annonça Eva Lind.

– Le mien ?

– Oui, tout à coup, c'était ton visage que j'avais devant moi.

Il y eut un silence.

– Est-ce que tu as rêvé cela après que Sindri t'a parlé des marécages ? demanda Erlendur en lançant un regard à Sindri.

– Oui, répondit Eva. Comment ton frère est mort ? Qu'est-ce que c'est que ces marécages ?

– Il s'est noyé ? demanda Sindri.

– Il est possible qu'il se soit noyé, avoua Erlendur à voix basse.

– Il y a des rivières qui se jettent dans le fjord, précisa Sindri.

– En effet, convint Erlendur.

– Certains affirment qu'il est tombé dans l'une d'elles.

– C'est l'une des hypothèses, il serait tombé dans la rivière Eskifjardara.

– Mais il y en a une autre, encore plus terrible, à moins que… ajouta Eva Lind.

Erlendur grimaça. À la surface de son esprit affleura un souvenir ancien. On avait tenté de sauver un cheval qui s'était profondément enfoncé dans des sables mouvants. C'était une bête imposante, propriété d'un marchand de la ville. L'animal se débattait, l'eau giclait dans tous les sens, mais, plus il luttait, plus il s'enlisait jusqu'à ce que ne dépasse plus que sa tête aux naseaux dilatés à l'extrême et aux yeux exorbités qui finirent, eux aussi, par disparaître, avalés par la terre. C'était une vision d'épouvante, une mort atroce. Chaque fois qu'il pensait à Bergur, cette image du cheval s'enfonçant toujours plus profondément dans la lise lui venait à l'esprit.

– Il y a des sables mouvants, là-haut, sur la lande, admit finalement Erlendur. Des marécages des plus traîtres. Ils gèlent et dégèlent constamment. Il est possible que la croûte de glace ait cédé sous le poids de Bergur et qu'il s'y soit enfoncé. C'est l'une des théories qui expliquerait la raison pour laquelle son corps n'a jamais été retrouvé.

– C'est-à-dire qu'il se serait noyé dans la boue ?

– Nous avons cherché des semaines et des mois entiers, répondit Erlendur. Les gens de la région. Nos amis et les membres de notre famille. Ça n'a servi à rien. Nous n'avons rien trouvé. Pas la moindre trace. On aurait dit que la terre l'avait littéralement avalé.

Sindri regarda longuement son père.

– C'est exactement ce que les gens de là-bas m'ont dit.

Ils restèrent un long moment silencieux.

– Pourquoi est-ce encore aussi difficile pour toi d'en parler après toutes ces années ? demanda Eva.

– Je ne sais pas, répondit Erlendur. Parce que je me l'imagine quelque part là-haut, seul et perdu, avec la mort pour unique perspective.

Il y eut un long silence. Le seul bruit qu'on percevait était le hurlement du vent du nord. Eva Lind se leva pour aller à la fenêtre.

– Pauvre enfant, lança-t-elle dans la nuit glaciale de l'hiver.

Une fois que ses enfants furent repartis, Erlendur alla se rasseoir dans son fauteuil. Il repensa à une phrase qu'Elias avait écrite dans son cahier. C'était une petite remarque, une sorte de réflexion qu'il avait consignée tout en bas d'une page et qu'il aurait tout aussi bien pu

337

noter au bas d'une feuille volante au moment où elle lui était venue à l'esprit. Peut-être avait-il pensé poser la question à sa mère.

Combien d'arbres faut-il pour faire une forêt ?

24

Erlendur s'éveilla au terme d'une nuit sans rêve. Sur sa table de chevet reposait un livre ouvert sur les avalanches en Islande. D'autres ouvrages se trouvaient là : certains étaient des romans islandais, d'autres parlaient de gens égarés dans la nature ou sur les pistes de montagne, il y avait des contes populaires ou des documents historiques, des histoires de fantômes, des histoires de voyageurs qui appartenaient à l'Islande ancienne. La plupart racontaient des événements tragiques où des gens périssaient dans un temps déchaîné. Valgerdur lui avait demandé si, dans ces histoires qu'il appréciait tant, on ne rencontrait jamais autre chose que morts et amputations. Erlendur lui avait répondu que beaucoup d'entre elles racontaient en réalité des sauvetages couronnés de succès et parlaient de la capacité qu'avaient les gens de se remettre après avoir supporté d'incroyables épreuves ainsi que de leur obstination sans limite. C'est en cela que réside tout l'intérêt de ces histoires, avait-il affirmé. Voilà pourquoi elles sont si importantes.

Erlendur reconnaissait toutefois qu'on n'y trouvait que peu d'humour. Il lui arrivait pourtant de tomber sur quelques récits amusants au milieu de toute cette désolation. Avant de s'endormir, il avait lu une histoire consignée dans le livre de bord d'un pasteur en 1847. Il y était question d'un journalier parti à la recherche de

339

moutons égarés dans la lande à qui on avait recommandé la prudence à cause du risque d'avalanche. Voyant que le journalier ne rentrait pas à l'heure prévue, on envoya deux hommes à sa recherche. Au bout d'un certain temps, ils comprirent qu'il avait probablement été emporté par la chute d'une corniche de neige qui s'était effondrée, comblant presque complètement un ravin. Les deux hommes creusèrent la neige à mains nues et, une fois qu'ils eurent atteint une profondeur de trois aunes, ils virent apparaître les pieds du journalier. Ils le considérèrent immédiatement comme trépassé et cessèrent de creuser. Sur ce, ils s'en retournèrent à la ferme où ils racontèrent leur découverte en disant que le malheureux était mort. Cela donna lieu à quelque discussion. Les gens de la ferme furent d'avis que la mort de l'homme n'était pas du tout certaine et renvoyèrent les deux hommes dans la montagne, cette fois-là équipés d'une pelle ainsi que d'un flacon de camphre et de remède de Hoffmann. Ils sortirent le journalier de la neige et il apparut que celui qui s'était retrouvé à faire le poirier dans l'avalanche était finalement en vie après tout ce qu'il avait subi, et qu'il se « mit à disserter abondamment dès le moment où on le remit à l'endroit ».

Erlendur souriait intérieurement en se levant pour aller allumer la cafetière dans la cuisine. Sigurdur Oli l'appela. Ils discutèrent brièvement du couteau retrouvé au centre de tri. N'importe qui à l'école aurait pu le prendre dans l'atelier, pour autant qu'il provienne effectivement de là. C'était un lieu de passage permanent : il y venait des élèves, des enseignants ainsi que d'autres employés. De plus, Egill avait raison, les couteaux de menuisier de ce genre étaient utilisés dans toutes les écoles. Il était impossible de dire si on allait pouvoir établir un lien entre cet objet et le meurtre d'Elias. L'employé qui l'avait découvert s'en était servi dans son travail et il avait précisé qu'il avait certainement été soigneusement nettoyé avant d'être jeté dans la benne à ordures, tellement il reluisait.

Le téléphone sonna à nouveau. C'était Elinborg.

– On l'a retrouvée. Je veux dire, cette femme qui a disparu, annonça-t-elle sans préambule.

– Qui ça ?

– La femme qui a disparu. Exactement à l'endroit où je l'avais prédit. Sur la péninsule de Reykjanes. Sur le champ de lave qui borde la mer, au sud de l'usine d'aluminium.

Les policiers de la Scientifique se penchaient sur le corps, emmitouflés dans leurs doudounes. Un trépied avec deux projecteurs aux ampoules cassées était couché à terre. Il avait été renversé par une bourrasque. Erlendur était venu au volant de sa Ford en empruntant une vieille piste de gravier, avançant aussi loin qu'elle était praticable. Il avait parcouru le reste du chemin à pied. C'était à côté de l'usine d'aluminium de Straumsvik, à l'endroit qui porte le nom de Hraun. De petites criques hérissées d'écueils acérés s'enfonçaient dans le bord du champ de lave. Les averses de grésil continuaient à s'abattre et l'océan déchaîné se brisait sur les rochers. Erlendur savait qu'il y avait eu là un mouillage et il distingua la silhouette d'un petit abri en ruine. Il y avait autrefois eu à cet endroit des habitations, des cabanes de pêcheurs ou des hangars à poissons.

Le corps avait été ramené par la mer au fond de l'une des criques. Les recherches pour retrouver cette femme avaient été interrompues depuis quelque temps, mais un petit groupe de sauveteurs en mer basés à Hafnarfjördur étaient venus effectuer un exercice à l'aube et, alors qu'ils parcouraient le rivage au sud de l'usine d'aluminium, ils avaient découvert le cadavre. Quelques-uns d'entre eux discutaient avec Elinborg dans l'une des voitures de police qui était descendue jusqu'à la crique.

Une ambulance ainsi que deux autres véhicules de police s'étaient garés non loin du corps : leurs phares éclairaient l'étroite crique, les vagues qui venaient s'écraser sur la plage et les hommes penchés au-dessus de la dépouille.

Elinborg sortit de la voiture en voyant Erlendur arriver.

– Vous avez prévenu le mari ? demanda-t-il.

– Il me semble qu'il est en route.

– C'est bien elle, n'est-ce pas ?

– Il n'y a aucun doute là-dessus. On a trouvé ses papiers d'identité. Tu ne vas pas la voir ?

– Si, tout à l'heure, répondit Erlendur en sortant son paquet de cigarettes pour s'en allumer une.

Il avait redouté cet instant. C'était la première fois qu'il voyait cette femme. Elle était morte et il aurait voulu qu'il en soit allé autrement. Il se rappela leur dernière conversation. Il s'était montré désagréable et brutal. Maintenant, il le regrettait.

Le médecin régional de Hafnarfjördur avait été appelé pour venir rédiger le certificat de décès. Il avait examiné le corps et se dirigeait maintenant vers eux.

– Avez-vous décelé des blessures ? demanda Erlendur.

– Pas à première vue, répondit le médecin.

Ces conversations téléphoniques avaient été très courtes, de style télégraphique, et Erlendur se demandait s'il aurait pu réagir d'une autre façon que celle qu'il avait choisie. Peut-être aurait-il pu l'aider ? Peut-être aurait-il dû mieux l'écouter ?

– Je ne suis là que pour signer le certificat de décès, précisa le médecin. Votre légiste devra l'examiner pour découvrir la cause de la mort.

Ils virent une jeep s'approcher. Erlendur balança son mégot. Le véhicule s'arrêta à côté des voitures de police et le mari descendit d'un bond.

– Vous l'avez retrouvée ? demanda-t-il.

Erlendur et Elinborg échangèrent un regard. Des policiers s'avancèrent pour lui barrer la route.

– Est-ce que c'est elle ? cria l'homme en regardant en direction du cadavre. Dieu tout-puissant ! Qu'a-t-elle fait ?

Il tenta d'avancer, mais les policiers l'en empêchaient.

– Qu'est-ce que tu as fait ? hurla-t-il en direction du corps.

Erlendur et Elinborg restaient immobiles dans le froid et s'interrogeaient mutuellement du regard. L'homme interpella Erlendur.

– Regardez ce qu'elle a fait ! hurla-t-il, complètement désespéré. Pourquoi est-ce qu'elle a fait ça ? Hein, pourquoi ?

Les policiers emmenèrent le mari à l'écart pour essayer de le calmer.

Erlendur s'abritait du vent à côté d'une grosse jeep de police, avec Elinborg et le médecin. Il pensa aux enfants que cette femme avait eus avec son ex-mari. Il savait que leur peur d'apprendre le pire avait grandi au fur et à mesure que le temps passait après sa disparition et voilà maintenant que leur cauchemar devenait réalité.

Erlendur avait informé le mari des conversations téléphoniques et, maintenant que cette femme était morte, il ne savait plus qu'en faire. Il se dit qu'il valait probablement mieux qu'il les garde pour lui. Il entendait encore cette voix, son désespoir, sa peur et cette étrange hésitation, ces phrases inachevées qui lui compliquaient la tâche pour comprendre ce qu'elle voulait de lui. Il soupira profondément puis aspira une bouffée de sa cigarette.

– À quoi penses-tu ? demanda Elinborg.

– À ces foutus coup de fil, répondit-il.

– Ceux qu'elle te passait ?

– Je n'arrive pas à m'arrêter d'y penser. La dernière fois que je lui ai parlé, j'ai été… un peu brutal avec elle.

– Ça te ressemble, observa Elinborg.

– Je sentais bien qu'elle souffrait, mais j'avais aussi l'impression qu'elle jouait au chat et à la souris avec moi. Je ne lui ai peut-être pas laissé assez de temps. On est toujours aussi crétin.

– Tu n'aurais rien pu y changer.

– Excusez-moi, mais quand lui avez-vous parlé pour la dernière fois ? glissa le médecin.

C'était un homme plutôt âgé qu'Erlendur ne connaissait que peu.

– Hier soir, répondit Erlendur.

– Vous avez parlé à cette femme hier soir ?

– Oui.

– Voilà qui est très étrange.

– Pourquoi ça ?

– Parce qu'il y a peu de chances que cette femme ait passé un coup de téléphone dernièrement.

– Ah bon ?

– Et surtout pas hier.

– Mais moi, je vous dis qu'elle m'a appelé plusieurs fois au cours des derniers jours.

– Certes, je ne suis qu'un simple médecin, précisat-il. Je ne suis pas spécialiste, mais ce que vous me dites est exclu. Absolument. Cette femme est méconnaissable.

Erlendur écrasa sa cigarette avec son pied et dévisagea son interlocuteur.

– Qu'est-ce que vous me racontez ?

– Il y a au moins deux semaines que son corps séjourne dans la mer, souligna le médecin. Il est exclu qu'elle ait été en vie il y a de cela quelques jours. Absolument exclu. Quelle autre raison les policiers auraientils d'empêcher son mari de l'approcher ?

Erlendur continuait à dévisager l'homme sans prononcer un mot.

– Qu'est-ce que c'est que cette histoire ? soupira-t-il en se dirigeant vers le corps.

– Ce n'était pas elle ? demanda Elinborg en lui emboîtant le pas.

– Que… ?

– Qui d'autre ?

– Je ne sais pas.

– Si ce n'est pas elle qui t'a téléphoné, alors qui est-ce ?

Erlendur regardait le cadavre sans rien comprendre. Le séjour dans la mer l'avait beaucoup abîmé.

– Qui était-ce, alors ? soupira-t-il. Qui est cette femme qui m'a appelé en essayant de me parler de… de… qu'est-ce qu'elle disait exactement… je ne peux pas ?

L'homme qui était le premier venu porter plainte pour les rayures sur sa voiture avait vertement reproché à la police le peu d'intérêt qu'elle avait manifesté pour l'affaire quand il avait porté la dégradation à sa connaissance. La police n'avait rien fait, elle s'était contentée de faire un rapport pour la compagnie d'assurances et il n'avait plus eu aucune nouvelle d'elle depuis lors. Il avait rappelé pour savoir si elle avait coincé les crétins qui avaient endommagé sa voiture, mais n'était jamais tombé sur quelqu'un qui puisse le renseigner.

Il se plaignit longuement de tout cela et Sigurdur Oli n'eut pas le courage de l'interrompre dans sa diatribe. Du reste, il ne l'écoutait pas vraiment puisqu'il pensait à Bergthora et à cette question d'adoption. Après des examens complets, il était apparu que le problème résidait du côté de sa femme. Elle ne pouvait pas concevoir d'enfant, bien qu'elle le désire ardemment. Tout ce processus avait beaucoup éprouvé leur couple. Aussi bien avant leur amère expérience et le nombre incalculable de consultations chez des spécialistes qui conclurent à la stérilité de Bergthora, qu'une fois que tout cela fut terminé. Sigurdur Oli pensait que Bergthora ne s'était pas encore remise. Pour sa part, il était arrivé à la conclusion que, « puisqu'il en était ainsi », comme il l'avait dit à sa femme, il valait peut-être mieux accepter la situation et en rester là. La discussion avait repris quand il était rentré de son travail la veille au soir. Elle s'était mise à parler d'une chose qui n'avait rien de nouveau pour Sigurdur Oli : les parents islandais adoptaient principalement des enfants venus d'Inde, de Chine ou d'autres pays d'Asie.

– Cela ne me préoccupe pas autant que toi, avait-il avancé, aussi prudemment que possible.

– Donc, tu t'en fiches complètement ? avait remarqué Bergthora.

– Évidemment que je ne m'en fiche pas, avait répondu Sigurdur Oli. Je ne me fiche pas de ce que tu vis, de ce que nous vivons. C'est juste que…

– Que quoi ?

– Je ne suis pas sûr que tu sois assez équilibrée pour prendre la décision d'adopter en ce moment. C'est un grand pas à franchir.

Bergthora avait respiré avant de rétorquer :

– Et nous n'avons visiblement pas l'intention de le franchir ensemble.

– Je pense que nous avons besoin de plus de temps pour nous remettre et pour examiner le problème.

– C'est vrai que toi, tu peux faire un enfant quand bon te semble, avait-elle lancé, d'un ton cassant.

– Hein ?

– Si jamais tu en avais envie, chose qui n'est jamais arrivée.

– Bergthora…

– Tu n'en as jamais réellement eu envie, n'est-ce pas ?

Sigurdur Oli n'avait rien répondu.

– Tu peux t'en trouver une nouvelle pour lui faire des mômes, avait-elle poursuivi.

– C'est exactement ce que je voulais dire, tu n'es pas… tu n'es pas en état de discuter de cela de manière raisonnable. Laissons passer un peu de temps. Ça ne fait rien.

– Arrête de me dire constamment comment je suis, avait répondu Bergthora. Pourquoi est-ce que tu me rabaisses toujours comme ça ?

– Mais je ne te rabaisse pas.

– Tu t'imagines toujours que tu es mieux que moi.

– Je ne suis pas prêt à adopter pour l'instant, avait-il répondu.

Bergthora l'avait longuement regardé sans dire un mot avant de faire un petit sourire.

– Est-ce que c'est parce qu'ils sont étrangers ? avait-elle demandé. Qu'ils sont basanés ? Chinois ? Indiens ? C'est pour ça ?

Sigurdur Oli s'était mis debout.

– Je refuse de discuter avec toi de cette manière.

– Est-ce que c'est pour ça ? Parce que tu veux que tes enfants soient islandais ?

– Bergthora. Pourquoi me dis-tu ce genre de choses ? Tu ne crois pas que…

– Quoi ?

– Tu ne crois pas que cela m'a fait mal à moi aussi ? Tu ne crois pas que j'ai souffert quand ça n'a pas marché, quand tu as eu ta fausse…

Il s'était interrompu.

– Tu ne dis jamais rien, avait répondu Bergthora.

– Qu'est-ce que je pouvais dire ? avait rétorqué Sigurdur Oli. Pourquoi faut-il qu'on soit toujours en train de dire quelque chose ?

Il fut tiré de ses réflexions au moment où l'homme haussa la voix.

– Oui, euh… non, pardonnez-moi, répondit Sigurdur Oli, encore plongé dans ses pensées.

L'homme à la voiture rayée le fixait.

– Vous ne m'écoutez même pas, répondit-il, consterné. C'est toujours la même chose avec vous, les flics.

– Pardonnez-moi, mais je me demandais si vous aviez vu l'auteur du méfait.

– Je n'ai rien vu du tout, répondit l'homme. J'ai simplement trouvé ma voiture dans cet état, complètement saccagée.

– Avez-vous une idée de qui aurait pu faire ça ? Quelqu'un qui vous en voudrait ? Les gamins du quartier ?

– Je n'en ai aucune idée. Ce n'est pas votre boulot ? Ce n'est pas votre boulot de trouver ces connards ?

Sigurdur Oli avait ensuite pris rendez-vous avec une jeune étudiante en médecine à l'université qui louait un petit appartement à coté de l'immeuble de l'homme qu'il venait de recevoir. Elle s'assit avec Sigurdur Oli qui essaya de se concentrer un peu mieux qu'au moment où il avait parlé à cet homme dont il s'était séparé plutôt sèchement.

La jeune femme, âgée d'environ vingt-cinq ans, était assez enveloppée. Sigurdur Oli avait aperçu l'intérieur de sa cuisine, visiblement encombrée d'emballages de plats cuisinés.

Elle lui expliqua que sa voiture n'avait rien de particulier, mais qu'il lui déplaisait malgré tout de l'avoir retrouvée rayée.

– Pourquoi est-ce que vous vous intéressez à cette affaire tout à coup ? demanda-t-elle. C'est tout juste si vous avez daigné monter jusqu'ici quand je vous ai informé de cet acte de vandalisme.

– D'autres véhicules ont été abîmés, répondit Sigurdur Oli. L'un d'entre eux appartient à quelqu'un qui habite dans l'immeuble à côté du vôtre. Il faut que nous y mettions fin.

– Je crois que je les ai vus, annonça la jeune femme en sortant son paquet de cigarettes. Son appartement empestait le tabac.

– Ah bon ? s'étonna Sigurdur Oli en la regardant allumer sa cigarette. Il pensa aux emballages dans la cuisine et dut faire un effort pour se souvenir que cette femme étudiait la médecine.

– Il y avait deux garçons qui traînaient devant l'immeuble, expliqua-t-elle en rejetant la fumée. J'étais à la maison quand c'est arrivé. Ça s'est passé très bizarrement. J'ai dû remonter chez moi pour aller chercher mon casse-croûte que j'avais oublié. J'ai laissé ma voiture ouverte avec les clés sur le contact, chose qu'on doit évidemment toujours éviter de faire.

Elle regardait Sigurdur Oli comme si elle lui donnait un cours.

– Ensuite, quand je suis ressortie, quelques minutes plus tard, j'ai vu cette énorme rayure sur ma voiture.

– Cela s'est-il passé tôt dans la matinée ? demanda Sigurdur Oli.

– Oui, enfin, j'allais à la fac.

– À quand cela remonte-t-il ?

– Disons, une semaine.

– Et vous avez vu ceux qui ont fait ça ?

– C'était sûrement eux, répondit la femme en éteignant sa cigarette.

Un petit bol de caramels se trouvait sur la table. Elle en enfourna un, Sigurdur Oli refusa celui qu'elle lui offrit.

– Qu'avez-vous vu exactement ?

– Je vous l'ai déjà dit l'autre jour, mais j'ai eu l'impression que vous vous fichiez complètement de cette rayure à ce moment-là.

– On nous en a signalé d'autres, répéta Sigurdur Oli. Ils ne se sont pas contentés d'abîmer la vôtre. Nous voulons les coincer.

– Disons que c'était vers huit heures, répondit l'étudiante. Évidemment, il faisait nuit noire, mais il y a de la lumière à l'entrée de l'immeuble et, en remontant chez moi, j'ai aperçu deux gamins qui passaient par là. Ils n'avaient pas plus de quinze ans et tous deux avaient un sac d'école sur le dos. Je vous ai déjà raconté tout ça.

– Vous avez remarqué dans quelle direction ils sont partis ?

– Vers la pharmacie.

– La pharmacie ?

– Et vers l'école, compléta la femme en mâchouillant son caramel. Vers l'endroit où le petit garçon a été tué.

– Qu'est-ce qui vous fait croire que ce sont eux qui ont rayé votre voiture ?

– Parce qu'elle ne l'était pas quand je suis montée chez moi et qu'elle l'était quand je suis redescendue. Et il n'y avait personne d'autre qu'eux dehors, ce matin-là. Je suppose qu'ils ont couru se cacher quelque part pour se payer ma tête. Qui donc irait rayer une voiture ? Hein, je vous le demande. Quel genre de racaille est-ce donc ?

– Des minables, répondit Sigurdur Oli. Vous les reconnaîtriez si vous les croisiez ?

– Mais il n'est pas certain que ce soit bien eux.

– Non, je sais.

– L'un d'eux avait des cheveux blonds. Ils portaient des doudounes. L'autre avait un bonnet. Ils étaient grands et maigres.

– Vous les reconnaîtriez si vous les voyiez en photo ?

– Pourquoi pas ? Mais vous ne m'avez pas proposé ça l'autre jour.

Erlendur s'enferma tout seul en rentrant au commissariat de la rue Hverfisgata. Il s'assit derrière son bureau, les mains posées sur les cuisses, le regard fixe. Il avait commis une erreur. Il avait enfreint une règle fondamentale qu'il avait jusque-là toujours respectée. Le premier commandement que Marion lui avait enseigné. Les choses ne sont pas telles que *tu crois*. Il avait péché par orgueil, s'était montré suffisant. Il avait fait fi de la prudence qui devait l'empêcher de se fourvoyer en terrain inconnu. Son orgueil l'avait induit en erreur.

Il avait négligé un certain nombre d'hypothèses évidentes, ce dont il aurait pourtant dû être à l'abri.

Il essaya de se remémorer les conversations téléphoniques, ce que cette femme lui avait dit, ce qui pouvait se lire dans le ton de sa voix, les heures auxquelles elle l'avait appelé. Il avait interprété tout ce qu'elle lui avait raconté de manière erronée. Il se rappela que, la première fois qu'elle lui avait téléphoné, elle lui avait dit que ça ne pouvait pas se passer comme ça. La dernière fois, il avait refusé de l'écouter.

Il savait que cette femme s'était adressée à lui pour obtenir de l'aide. Elle avait quelque chose à cacher, un secret insupportable, et c'est pour cela qu'elle l'avait appelé. C'était la seule raison possible. Ses appels ne pouvaient avoir de rapport qu'avec une seule enquête, puisqu'elle n'était pas la femme qui avait disparu. Après tout, Erlendur était aussi chargé de l'enquête sur le décès d'Elias. Les appels ne pouvaient qu'être liés à cette affaire. Il n'y avait aucune autre possibilité. Cette femme détenait des informations susceptibles de mettre la police sur la piste dans l'enquête sur le meurtre de l'enfant et il lui avait raccroché au nez.

Erlendur frappa de toutes ses forces à poings fermés sur son bureau : les feuilles s'envolèrent.

Il retournait dans tous les sens à l'intérieur de sa tête ce que cette femme avait essayé de lui confier, mais ne parvenait à aucune conclusion. Il ne pouvait qu'espérer qu'elle le rappellerait même s'il n'y avait que peu de chances qu'elle le fasse au vu de la façon dont ils s'étaient quittés.

Erlendur entendit quelqu'un frapper à la porte de son bureau et Elinborg apparut dans l'embrasure. En voyant les papiers qui jonchaient le sol, elle le dévisagea.

– Il y a un truc qui ne va pas ?

– Tu as besoin de quelque chose ?

– Tout le monde commet des erreurs, observa Elinborg en refermant la porte derrière elle.

– Du nouveau ?

– Sigurdur Oli passe en revue les photos des élèves les plus âgés de l'école avec une femme dont la voiture a été rayée. Elle a vu des gamins traîner devant son immeuble au moment du méfait.

Elinborg commença à ramasser les papiers tombés à terre.

– Ne t'occupe pas de ça, dit Erlendur en se mettant à l'aider.

– Le légiste est en train d'examiner le corps, répondit-elle. Il semble que la femme se soit noyée. L'examen préliminaire ne laisse absolument pas penser qu'il s'agisse d'un meurtre, mais bon, il y a deux voire trois semaines qu'elle s'est jetée dans la mer.

– J'aurais dû m'en douter, reprit Erlendur.

– Et alors ?

– Je me suis trompé.

– Tu ne pouvais pas savoir.

– J'aurais dû lui parler au lieu de me montrer agressif. Je me suis permis de la juger pour ce qu'elle avait fait. Et puis voilà que finalement, ce n'est même pas elle.

Elinborg secouait la tête.

– Cette femme m'a appelé pour que je la réconforte et que je l'amène à nous aider parce qu'elle pense que c'est ce qu'elle a de mieux à faire. Au lieu de ça, je lui ai claqué la porte au nez. Elle sait quelque chose sur le meurtre d'Elias. C'est une femme d'âge indéterminé, à la voix légèrement éraillée, peut-être à cause du tabac. Maintenant, en y repensant, je me rends compte à quel point elle semblait inquiète, apeurée et hantée. J'ai cru qu'ils jouaient à un petit jeu, cette femme qui a disparu et son mari. Je n'ai rien compris. Je ne savais pas ce qu'ils fabriquaient et ça me tapait sur les nerfs. Pour finir, il apparaît que je me suis trompé sur toute la ligne. Sur toute la ligne.

– Qu'est-ce qui lui est passé par la tête ? Pourquoi s'est-elle jetée dans la mer ?

– Je crois…

Erlendur s'interrompit.

– Quoi donc ?

– Je crois qu'elle était amoureuse. Elle avait tout sacrifié à son amour : sa famille, ses enfants, ses amis. Absolument tout. On lui avait dit qu'elle avait changé, qu'elle était devenue une autre personne. Comme si elle s'était de nouveau éveillée, qu'elle s'était mise à vivre vraiment, à être celle qu'elle était réellement.

Erlendur s'interrompit à nouveau, pensif et comme perdu dans le lointain.

– Et ? Que s'est-il passé ?

– Elle a découvert qu'elle avait été abusée. Son mari était allé chasser sur d'autres terres. Elle s'est sentie humiliée. Tout son… tout ce qu'elle avait fait, tout ce qu'elle avait sacrifié, c'était pour rien.

– J'ai entendu parler de ce genre d'hommes, observa Elinborg. Ils vivent dans la passion dévorante pendant quelque temps et dès qu'elle commence à se dissiper, ils filent aussi sec.

– Son amour à elle était bien réel, répondit Erlendur. Et elle n'a pas supporté de découvrir qu'il n'était pas réciproque.

25

Sigurdur Oli appuya sur une sonnette au pied d'un immeuble de quatre étages aux abords immédiats de l'école. Il attendit un moment avant de sonner à nouveau. Il tapait des pieds par terre pour se réchauffer. Le vent glacial venait transpercer ses vêtements devant le sas d'entrée. Il semblait qu'il n'y avait personne dans la maison. L'immeuble n'était pas sans rappeler celui de Sunee et de ses deux fils. Il n'était pour ainsi dire pas du tout entretenu. Il y avait longtemps qu'il n'avait pas été repeint et on distinguait encore les traces d'un incendie dans le local à poubelles situé devant l'entrée. La nuit tombait. Les averses de grésil de la matinée s'étaient transformées en bourrasques de neige. La circulation automobile était bloquée. On avait annoncé un avis de tempête pour la soirée. Sigurdur Oli pensa à Bergthora. Il ne l'avait pas eue au téléphone de toute la journée. Elle était déjà partie travailler au moment où il s'était réveillé, aux aurores, seul avec ses pensées.

Un petit grésillement se fit entendre dans l'interphone.

– Allô ?

Sigurdur Oli se présenta en précisant qu'il était de la police.

Il y eut un silence à l'interphone.

– Que voulez-vous ? demanda la voix au bout d'un moment.

– Que vous m'ouvriez la porte, répondit Sigurdur Oli en tapant des pieds sur le ciment.

Un certain temps s'écoula, puis il entendit un déclic dans la serrure et entra dans le sas. Il monta jusqu'à l'étage où habitait le propriétaire de la voix et frappa à la porte. Un adolescent d'une quinzaine d'années lui ouvrit en jetant des regards furtifs dans le couloir.

– Tu es bien Anton ? demanda Sigurdur Oli.

– Oui, répondit le garçon.

Il semblait plutôt bien portant, il était habillé et avait de bonnes joues rouges. Sigurdur Oli sentit une odeur de pizza flotter dans l'appartement et, en regardant dans la cuisine, il aperçut une doudoune posée sur une chaise ainsi qu'un carton de pizza grand ouvert où il manquait une part. On lui avait pourtant affirmé qu'Anton avait été souffrant au cours des derniers jours et qu'il avait manqué l'école.

– Alors, on se sent mieux ? ironisa Sigurdur Oli en entrant dans l'appartement sans y avoir été invité.

L'adolescent s'écarta et le policier referma la porte. Il constata que le gamin s'était confortablement installé devant la télévision avec de la pizza, du soda et deux ou trois vidéos. Sur l'écran défilait un film d'action.

– Qu'est-ce qui se passe ? interrogea l'adolescent, tout étonné de cette visite.

– Anton, c'est une chose que d'aller rayer les voitures, mais c'en est une autre que de commettre un meurtre, lança Sigurdur Oli en prenant une part de pizza. Ton père et ta mère ne sont pas à la maison ? demanda-t-il.

L'adolescent secoua la tête.

– On t'a vu rayer des voitures l'autre jour pas bien loin d'ici, précisa Sigurdur Oli en mordant dans la pizza. Il fixa le garçon du regard pendant qu'il mâchait son morceau.

– Je n'ai rayé aucune voiture, répondit Anton.

356

– Où t'es-tu procuré le couteau ? insista Sigurdur Oli. Je ne te conseille pas de me mentir.

– Je… Anton hésitait.

– Oui ?

– Pourquoi est-ce que vous parlez de *meurtre* ?

– Le petit garçon asiatique qui a été poignardé, je crois que c'est aussi toi qui as fait ça.

– Je n'ai jamais fait ça.

– Bien sûr que si.

– Je n'ai rien fait, répondit Anton.

– Où est-ce que je peux joindre ta mère ? demanda Sigurdur Oli. Il va falloir qu'elle nous accompagne au commissariat.

Pris au dépourvu, Anton dévisageait Sigurdur Oli qui terminait tranquillement son morceau de pizza en promenant son regard dans l'appartement et en se comportant comme si l'adolescent n'existait pas. L'étudiante en médecine avait reconnu Anton sur une photo de classe récente. Elle pensait que c'était l'un des deux garçons qu'elle avait vus devant l'immeuble au moment où sa voiture avait été endommagée. Elle ne s'était pas montrée aussi affirmative quand on lui avait présenté des photos du meilleur ami d'Anton : Thorvaldur. Elle avait toutefois précisé qu'il était bien possible qu'il s'agisse effectivement du deuxième garçon. Tout cela n'était pas très clair et Sigurdur Oli n'avait que peu d'éléments en main au moment où il était venu sonner à la porte d'Anton. Il avait donc décidé d'agir comme si tout cela était clair et net. Comme s'il ne restait plus à la police qu'à emmener les deux camarades au commissariat, comme si cela n'était plus qu'une simple formalité. Sa tactique semblait très bien fonctionner sur le gamin.

Pour l'instant, Sigurdur Oli ne disposait encore que de peu de renseignements sur Anton et Thorvaldur. Ils fréquentaient la même classe, passaient beaucoup de temps ensemble et avaient parfois eu des démêlés avec les enseignants et les autorités de l'école. On appelait ça « perturbations des activités scolaires ». Un jour, ils s'en étaient pris à un surveillant et avaient été exclus pendant deux jours. Ils étaient le type même du cancre paresseux et pénible qui ne vient à l'école que pour pourrir la vie des autres.

– Je n'ai poignardé personne, protesta Anton dès que Sigurdur Oli eut mentionné sa mère et le commissariat.

– Appelle ta mère et dis-lui de venir nous retrouver au poste, répondit Sigurdur Oli.

Anton voyait que le policier était parfaitement sérieux et qu'il pensait réellement qu'il avait poignardé le garçon d'origine asiatique. Il essaya de jauger la situation dans laquelle il se retrouvait subitement sans la comprendre tout à fait. Ils avaient abîmé quelques bagnoles. C'était surtout Doddi qui s'était amusé à ça, lui-même en avait peut-être rayé une et voilà maintenant que les flics les avaient coincés et qu'ils s'imaginaient qu'ils avaient aussi agressé le gamin et qu'ils l'avaient tué. Anton hésitait, il pesait le pour et le contre face à Sigurdur Oli. Sa mère allait encore péter les plombs. Il regarda les vidéos qu'il avait louées, la pizza qui refroidissait, et bizarrement, il se mit à regretter de ne pas pouvoir passer sa journée tranquille devant la télé.

– Je n'ai rien fait, répéta-t-il.

– Va donc dire ça à ta mère, rétorqua Sigurdur Oli. Ton ami Thorvaldur n'a pas mis longtemps à te dénoncer. Il a passé son temps à couiner et à pleurnicher. Il affirme que c'est toi qui as rayé toutes les voitures, il dit qu'il était avec toi mais qu'il n'a rien fait.

– Quoi ? Doddi a dit ça ?

– C'est le plus pitoyable morveux que j'aie jamais rencontré, observa Sigurdur Oli qui n'avait toujours pas mis la main sur le Doddi en question.

Anton trépignait devant lui.

– Il ment, c'est pas possible qu'il ait raconté ça.

– Eh bien, rétorqua Sigurdur Oli, vous pourrez discuter de tout ça au commissariat.

Il tenta d'attraper l'adolescent par le bras pour l'emmener, mais Anton se libéra de son emprise.

– Je n'ai rayé qu'une seule voiture, protesta-t-il. C'est Doddi qui a fait le reste. C'est un menteur !

Sigurdur Oli inspira profondément.

– Et nous n'avons rien fait à ce petit garçon, ajouta Anton, comme pour que les choses soient bien claires.

– Tu veux parler de toi et de ton ami ? demanda Sigurdur Oli.

– Oui, de Doddi ! Il ment. C'est lui qui a rayé les voitures.

Le moment était venu de faire retomber la tension. Sigurdur Oli recula d'un pas.

– Combien de voitures avez-vous endommagées ?

– Je n'en sais rien. Quelques-unes.

– Tu connais celle de Kjartan, le professeur d'islandais ?

– Oui.

– Est-ce que c'est vous qui l'avez rayée sur le parking de l'école ?

Anton hésita avant de répondre.

– C'est Doddi. Moi, je ne savais même pas qu'il avait fait ça. Il me l'a raconté après. Il ne peut pas sacquer ce Kjartan. Est-ce que ma mère a besoin de savoir ça ?

– De quoi vous êtes-vous servis ? demanda Sigurdur Oli sans répondre à sa question.

– D'un couteau, répondit Anton.

– Quel genre de couteau ?

– Il appartenait à Doddi.

– Lui, il prétend qu'il était à toi, mentit Sigurdur Oli.

– Non, c'était le sien.

– C'était quel genre de couteau ?

– Il était comme celui qu'ils ont montré à la télé, répondit Anton.

– À la télé ?

– Le couteau qu'ils recherchaient à la télé. Eh bien, il était exactement comme le nôtre.

Sigurdur Oli était interloqué. Il dévisageait l'adolescent qui comprenait graduellement qu'il venait de dire quelque chose d'important. Il se demandait ce que c'était et, quand il eut l'illumination, il eut l'impression d'être giflé. Il n'avait pas pensé à ça. Évidemment, il s'agissait du même couteau ! Il l'avait vu en photo à la télé, mais il n'avait pas établi le lien entre le meurtre et les actes de vandalisme qu'il avait commis avec son copain Doddi alors qu'ils se rendaient à l'école. Il commença à comprendre la position qu'il occupait au sein d'une réalité nettement plus complexe, nettement plus sérieuse.

Sigurdur Oli sortit son portable de sa poche.

– Je n'ai pas fait ça, se défendit Anton. Je vous le jure.

– Tu sais où se trouve ce couteau en ce moment ?

– C'est Doddi qui l'a. Il l'a toujours sur lui.

Sigurdur Oli attendait qu'Erlendur décroche. Il regardait l'adolescent, regardait le petit appartement où Anton s'était installé un nid douillet avant d'être dérangé.

– Appelle ta mère, commanda-t-il. Je t'emmène avec moi, dis-lui d'aller te retrouver au poste.

– Oui, répondit Erlendur à l'autre bout de la ligne.

– Je crois que je suis tombé sur quelque chose, annonça Sigurdur Oli. Tu es au commissariat ?

– Qu'est-ce que tu as trouvé ? demanda Erlendur.

– Est-ce que vous avez le couteau ?

– Oui, pourquoi, qu'est-ce que tu as dans la tête ?

– J'arrive, répondit Sigurdur Oli.

Quand, une bonne heure plus tard, la police alla chercher Doddi à son domicile, elle ne l'y trouva pas. Un homme d'une quarantaine d'années vint ouvrir et toisa les deux policiers qu'on avait envoyés chercher le garçon. La mère de Doddi se présenta également à la porte. Les deux parents ne savaient pas où était leur fils et exigèrent de savoir ce qu'il avait fait de mal. Les policiers leur répondirent qu'ils n'en savaient rien, qu'ils avaient simplement été envoyés pour chercher le garçon et l'emmener au commissariat de la rue Hverfisgata, accompagné de ses responsables légaux.

– Étant donné qu'il n'est pas majeur, avait précisé l'un des agents, en guise d'explication.

Les deux policiers, en uniforme, étaient venus dans un véhicule de service, ce qui était censé impressionner Doddi. Ils parlaient avec les parents sur le pas de la porte de la petite maison jumelée où vivait Doddi quand l'homme, qui était en réalité le beau-père, s'écria qu'il était là-bas.

– Doddi ! dit-il. Viens là ! Viens un peu ici, Doddi !

Un gamin arrivait à pied au coin de la maison voisine où passait un chemin qui traversait tout le quartier. Il s'arrêta net quand il entendit les appels de son beau-père, aperçut la voiture de police et les deux agents qui le regardaient depuis la porte dans l'embrasure de laquelle il distinguait le visage de sa mère. Il lui fallut un moment pour évaluer la situation. Il se demanda s'il devait prendre la fuite, mais comprit que cela ne servait à rien.

Au terme d'un interrogatoire de presque trois heures face à Sigurdur Oli, Doddi reconnut enfin avoir subtilisé un couteau de menuisier dans l'atelier et s'en être servi pour rayer les voitures qui se trouvaient sur le chemin de l'école, en compagnie de son ami Anton. Ils nièrent catégoriquement tous les deux avoir fait du mal à Elias, affirmèrent ne pas le connaître et ne pas savoir qui était à l'origine de sa mort. Une bonne semaine s'était écoulée depuis le moment où ils avaient rayé le véhicule de la jeune femme qu'ils avait vue s'engouffrer dans l'immeuble en laissant sa voiture en marche sur le parking. Ils ne savaient pas qu'elle avait remarqué leur présence. Ils avaient d'abord eu l'intention de voler la voiture, ce qui aurait été un jeu d'enfant étant donné qu'elle avait laissé tourner le moteur et tout ça, mais finalement, ils avaient eu la flemme. Doddi avait rayé l'aile sur toute la longueur en passant la lame du couteau sur la peinture, ensuite ils s'étaient enfuis en courant pour aller se cacher. Comme ils n'avaient jamais vu la propriétaire du véhicule auparavant, ils trouvaient que cela pimentait encore la chose. Ils avaient attendu qu'elle ressorte pour voir sa réaction. Elle avait à nouveau passé la porte de l'immeuble, ouvert la portière de sa voiture et s'était arrêtée net en découvrant la rayure sur toute la longueur. Elle s'était baissée pour l'examiner de plus près. Puis, elle avait balayé les alentours du regard, parcouru le parking en scrutant dans toutes les directions avant de jeter un œil stressé à sa montre et de s'en aller.

Le couteau découvert au centre de tri avait été placé dans un carton à l'intérieur de la salle d'interrogatoire et Doddi l'identifia immédiatement. Le légiste pensait qu'il pouvait parfaitement s'agir de l'objet avec lequel Elias avait été assassiné.

Elinborg interrogeait Anton dans une autre salle. Leurs déclarations se recoupaient sur tous les points importants. C'était Doddi qui avait volé le couteau et c'était également lui qui avait eu l'initiative de la plupart des actes de vandalisme.

– Comment cet outil est-il arrivé dans la benne à ordures ? demanda Elinborg à Anton, qui s'était montré très coopératif dès qu'on l'avait emmené au poste.

– Je ne sais pas, répondit-il.

– Vous en êtes vous servis pour agresser Elias ?

– Non, je ne lui ai rien fait.

– Pourquoi l'avez-vous jeté, alors ?

– Ce n'est pas moi.

– Et ton ami, Doddi ?

– Je ne sais pas. C'est lui qui avait ce couteau en dernier.

– Lui, il dit que c'est toi.

– Il ment.

– Tu savais que c'est avec ce couteau qu'Elias a été assassiné ?

– Non.

– Est-ce que tu connais Niran, le frère d'Elias ?

– Non, pas du tout, enfin, il est dans notre école, mais c'est tout. Je ne le connais pas du tout.

Dans l'autre salle d'interrogatoire, des questions semblables pleuvaient sur Doddi qui soutenait que c'était Anton qui avait été, le dernier, à avoir l'instrument.

– À quel moment tu as volé cet objet dans l'atelier ? demanda Sigurdur Oli.

– Il y a en gros dix jours ou bien… Doddi s'accorda un moment de réflexion. Ouais, un truc comme ça, c'était juste après Noël.

– Où est-ce que tu l'as vu pour la dernière fois ?

– Anton l'a emporté chez lui.

– Il affirme que c'est toi qui l'avais.

– Il ment.

– Tu sais qui était Elias ?

– Oui.

– Et tu le connaissais ?

– Non, pas du tout.

– C'est toi qui l'as poignardé ?

– Non.

– Est-ce que tu l'as poignardé avec le couteau que tu as volé dans l'atelier de menuiserie ?

– Non, je n'ai rien fait.

– Pourquoi est-ce que tu as rayé ces voitures ?

– Ben…

– Ben quoi ?

– On n'avait rien à faire.

Elinborg fixa longuement Anton sans rien dire. Elle se leva. Elle était restée assise trop longtemps et se sentait tout engourdie. Elle s'appuya contre un mur, les bras croisés.

– Où étais-tu au moment de l'agression d'Elias ?

Anton ne parvint pas à répondre avec précision à la question. Il affirma tout d'abord être rentré directement chez lui à la fin des cours. Ensuite, il s'était brusquement souvenu qu'il était allé dans un magasin de jeux vidéo avec Doddi.

– Nous allons vous inculper du meurtre d'Elias, observa Elinborg. Vous aviez ce couteau, c'est donc vous qui l'avez tué.

– Je n'ai pas fait ça.

– Et ton ami ?

– Il ne l'a sûrement pas fait non plus.

– Que penses-tu des immigrés, des étrangers, des gens de couleur ?

– Je n'en sais rien.

Quand Sigurdur Oli posa la même question à Doddi, l'adolescent hésita. Le policier répéta sa question, mais Doddi le regarda sans répondre. Sigurdur Oli s'y reprit pour la troisième fois.

– Je n'en pense rien du tout, répondit finalement Doddi. Je n'y ai jamais réfléchi.

– Tu as déjà agressé des enfants d'origine étrangère ?

– Non, jamais, répondit Doddi.

Ni Anton ni Doddi n'avaient jamais eu affaire à la justice. La mère d'Anton élevait seule ses deux enfants, elle occupait un emploi mal payé et avait du mal à joindre les deux bouts. Anton avait un demi-frère de trois ans. Il voyait brièvement son père une fois par mois environ. Doddi, quant à lui, avait deux frères et sœurs ainsi qu'une demi-sœur. Son père ne s'occupait pas beaucoup de lui. À ce que disait Doddi, il était ingénieur sur le chantier de l'usine de Karahnjukar.

– Pourquoi tu t'en es pris à Elias ? demanda Sigurdur Oli.

– Je n'ai jamais fait ça.

– Nous allons vous inculper du meurtre d'Elias, annonça Sigurdur Oli. Nous ne pouvons pas faire autrement.

Doddi le regardait. On pouvait lire sur son visage qu'il comprenait parfaitement le sens des paroles du policier. Mais il lui donnait du fil à retordre. Sigurdur Oli avait souvent interrogé des adolescents qui se fichaient de tout et de tous et répondaient avec insolence quand ils ne proféraient pas tout bonnement des menaces à l'encontre des policiers. Il percevait chez Doddi une plus grande complexité. C'était un jeune homme qui n'avait pas encore été endurci par l'existence. Les actes de vandalisme sur les voitures se limitaient à de ridicules blagues de potache, cela n'allait pas plus loin que ça. En tout cas, pour l'instant.

– Il a donné le couteau à quelqu'un, annonça enfin Doddi.

– Donné ?

– Je l'ai volé, mais c'est Anton qui l'a eu en dernier et il l'a donné à quelqu'un. Je ne savais pas qu'il avait servi au meurtre d'Elias. Et Anton ne le savait sûrement pas non plus.

Elinborg était toujours bras croisés, le dos appuyé au mur, quand Sigurdur Oli entra dans l'autre salle d'interrogatoire. Il s'assit face à Anton et le regarda longtemps sans rien dire. Elinborg résistait à son envie de poser des questions. Anton commençait à s'impatienter. Il se redressa sur sa chaise en regardant à tour de rôle les deux policiers. Il se sentait mal.

– Connais-tu un garçon qui s'appelle Hallur ? demanda Sigurdur Oli.

Peu après, le portable d'Elinborg se mit à sonner et elle quitta la salle. Il lui fallut un certain temps pour resituer son correspondant, mais la jolie cravate du chargé de relations publiques de la compagnie d'assurances d'où Sunee avait reçu plusieurs appels se présenta bientôt à son esprit.

– J'ai dû effectuer des recherches considérables pour tirer cela au clair, observa le chargé de relations publiques, d'un ton sérieux.

– Ah bon, répondit Elinborg.

– En réalité, oui. J'ai interrogé une foule de gens qui travaillent chez nous, en toute discrétion, évidemment. Il n'y a personne ici qui soit en contact avec cette femme.

– Ah bon ?

– Non, en tout cas, je n'ai rien trouvé d'officiel.

– Mais vous avez peut-être trouvé quelque chose d'officieux.

– Eh bien, on m'a parlé d'un homme.

– Ah oui ?

– Je ne le connais pas. Il travaille chez nous, au service des sinistres depuis des années. Il doit avoir la quarantaine bien sonnée. Certaines racontent qu'il s'est entiché d'une Asiatique.

– Qui ça, certaines ?

– Les conseillères. L'une d'elles l'a vu dans une discothèque il y a, disons, un mois. Il était en compagnie d'une femme de ce genre.

– Comment ça, de ce genre ?

– Probablement une Thaïlandaise.

– Est-ce que vous en avez parlé à l'intéressé ?

– Non.

– Parfait. Quel est son nom ?

– Les conseillères m'ont demandé s'il avait quelque chose à voir avec la mère du petit garçon assassiné.

– Répondez-leur que ça ne les regarde pas !

26

Erlendur passa lentement devant la maison et arrêta sa voiture à une certaine distance. Il descendit de son véhicule puis marcha d'un pas tranquille sur le trottoir pour s'approcher en examinant attentivement les alentours. Autour de lui, le sentier Styrimannastigur et le grand bâtiment en bois qui avait autrefois abrité l'école de Marine. L'employé de la compagnie d'assurances occupait une maison en bois proprette recouverte de tôle ondulée, typiquement islandaise. Elle a été rénovée avec beaucoup d'amour, se dit-il en la regardant, debout dans le froid. On voyait de la lumière à deux des fenêtres. Quelques personnes se trouvaient dans la rue et Erlendur craignait que ses allées et venues devant le domicile de l'homme ne soient trop visibles. Il voulait procéder avec prudence.

C'était le soir. Le vent soufflait, la neige tombait et la tempête allait s'abattre d'un moment à l'autre. À la radio, on avait conseillé à la population de ne rien laisser traîner dehors en lui demandant d'éviter tout déplacement inutile. Les routes de province étaient fermées à la circulation à cause de la tempête qui s'approchait de la ville.

Erlendur continuait à se demander qui pouvait être la femme qui l'avait appelé à plusieurs reprises. Il se demandait ce qu'elle lui voulait sans parvenir à aucune conclusion. Il ne pouvait qu'espérer qu'elle le recontacte. Il fallait qu'elle lui offre une occasion de se racheter. Il était conscient qu'il n'y avait que peu de chances qu'elle le fasse, mais il savait maintenant de quelle manière il devrait réagir dans l'éventualité improbable où l'événement se produirait.

Il s'apprêtait à traverser la rue pour aller jusqu'à la maison quand la porte du sous-sol s'ouvrit, laissant apparaître une silhouette dans la lumière. C'était une créature de petite taille. Erlendur se fit la réflexion qu'il s'agissait peut-être de Niran. Il ne distinguait pas son visage, caché par quelque chose. Elle était vêtue d'un coupe-vent et portait sur la tête une casquette de base-ball avec une large visière. Elle referma soigneusement la porte avant de descendre la rue en direction du centre-ville. Erlendur la suivit, incertain quant à l'attitude à adopter. Il remarqua qu'elle portait un foulard noué autour du visage, ce qui ne laissait entrevoir que les yeux. Elle tenait à la main une chose dont Erlendur ne parvenait pas à déterminer la nature.

Elle se mit en route, coupant au plus court vers le centre-ville. C'était samedi soir : les bars, restaurants et discothèques étaient tous ouverts et il y avait pas mal de gens en ville. La créature déplia ce qu'elle tenait à la main, révélant un grand sac en plastique. Elle s'approcha d'une poubelle, y plongea le regard et farfouilla à l'intérieur avant de continuer sa route. Deux bouteilles de bière abandonnées sous un banc en bois disparurent dans le sac et elle marcha jusqu'à la poubelle suivante. Erlendur suivait le déroulement des opérations. Elle ramassait les bouteilles et les canettes vides. Elle accomplissait sa tâche en silence et avec méthode, comme si elle en avait l'habitude. Elle faisait preuve d'une grande discrétion, du reste, les gens ne lui accordaient pas la moindre attention.

Erlendur observa longuement ses pérégrinations dans le centre-ville. Le sac se remplissait à vive allure. Erlendur s'avança vers une *sjoppa*, entra et acheta deux canettes de soda. En ressortant, il vida leur contenu dans le caniveau pour les remettre à la créature qui s'était arrêtée près d'une poubelle placée dans une ruelle donnant sur la place d'Austurvöllur.

– En voilà deux de plus, annonça Erlendur en lui tendant les deux canettes.

La créature lui lança un regard déconcerté. Son visage était entièrement dissimulé sous le foulard et la casquette de base-ball lui tombait sur les yeux. Elle prit les deux boîtes d'un geste hésitant, les enfonça dans son sac et s'apprêta à repartir sans dire un mot.

– Je m'appelle Erlendur. Nous pouvons peut-être discuter un peu ?

La créature lui lança un regard interrogateur.

– Je voudrais bien que nous parlions tous les deux, si cela ne vous dérange pas, précisa Erlendur.

La créature eut un mouvement de recul et ne lui répondit pas.

– Ne vous inquiétez pas, rassura Erlendur en s'approchant.

Elle sursauta, s'apprêtant visiblement à s'enfuir en courant, mais on aurait dit qu'elle hésitait à abandonner son sac à moitié plein. Erlendur parvint à la retenir en l'agrippant par son coupe-vent. Elle essaya de lui asséner un coup avec son sac, mais, comme Erlendur la tenait fermement à deux mains, elle se débattit sans parvenir à se dégager de son emprise. Erlendur lui parlait tout doucement.

– J'essaie de vous venir en aide, précisa-t-il. Je dois vous parler. Vous me comprenez ?

Il n'obtint aucune réponse. Son interlocuteur tenta de se libérer, mais Erlendur était fort : cela ne servait à rien.

– Comprenez-vous l'islandais ?

La créature ne lui répondit pas.

– Je ne veux pas que vous fassiez une bêtise, poursuivit-il. J'ai envie de vous aider.

Il n'obtenait toujours pas de réponse.

– Je vais vous laisser partir, reprit Erlendur. Vous n'avez pas besoin de vous enfuir, mais il faut vraiment que je vous parle.

Il relâcha peu à peu sa prise jusqu'à libérer la créature qui partit en courant. Il fit quelques pas à sa suite et la vit traverser la place d'Austurvöllur. Il la suivit du regard en se demandant si cet être au pied léger le ferait avancer dans son enquête au moment où il le vit ralentir et se poster devant la statue de Jon Sigurdsson. La créature fit volte-face et regarda Erlendur en attendant de voir ce qu'il allait faire. Ainsi s'écoula un long moment jusqu'à ce que brusquement, elle se mette à marcher lentement vers lui.

En s'approchant, elle enleva sa casquette de base-ball, libérant une épaisse chevelure noire et, quand elle fut juste devant lui, elle retira son foulard, dévoilant son visage à Erlendur qui la reconnut.

Assis entre ses parents, Hallur prétendait ne rien savoir du couteau de menuisier qu'Anton affirmait lui avoir donné. Ils avaient trouvé son prénom, son nom et son adresse dans le registre des élèves. Il savait qui étaient Doddi et Anton, ils avaient le même âge que lui, mais fréquentaient une autre classe. Il ne les connaissait pas beaucoup, du reste, il était nouveau venu dans le quartier. La famille avait emménagé dans un pavillon six mois plus tôt. Hallur était fils unique. Plutôt petit, ses cheveux noirs et raides lui tombaient sur les yeux. Il rejetait régulièrement sa tête en arrière quand ils lui bouchaient la vue. C'était un adolescent très calme qui regardait tour à tour Sigurdur Oli et Elinborg avec de grands yeux.

Ses parents étaient d'une extrême douceur. Ils ne montrèrent aucun agacement face à cette visite de Sigurdur Oli et d'Elinborg qui venaient les déranger à cette heure tardive. Ils avaient parlé du temps qui allait bientôt se déchaîner. La mère leur avait offert un café. Leur maison avait deux étages.

– Je suppose que vous avez interrogé un certain nombre de gamins de l'école à cause de cette horrible histoire, nota la femme. Est-ce que vous progressez ?

Le mari les observait en silence.

– Petit à petit, répondit Elinborg en lançant un regard à Hallur.

– Nous nous attendions à recevoir votre visite, précisa la femme. N'interrogez-vous pas tous les élèves de l'école ? Mon petit Hallur, tu ne sais rien de ce couteau ? demanda-t-elle à son fils.

– Non, répondit Hallur pour la deuxième fois.

– Je ne l'ai jamais vu avec aucun couteau, précisa-t-elle. Je ne comprends pas qui a pu vous raconter que c'est Hallur qui l'a en sa possession. Je... je trouve cela plutôt choquant, en y réfléchissant. Je veux dire, où va-t-on si n'importe qui peut raconter n'importe quoi ? Vous ne trouvez pas ?

Elle regardait Elinborg comme pour obtenir son assentiment, par solidarité féminine.

– C'est quand même bien moins choquant que le meurtre d'un enfant, corrigea Elinborg.

– Nous n'avons aucune raison de croire que les garçons qui nous ont dit cela nous aient menti, poursuivit Sigurdur Oli.

– Est-ce que tu les connais, ces deux garçons, ce Doddi et cet Anton ? demanda la femme à son mari. Je n'ai jamais entendu ces noms. Nous pensons pourtant connaître tous les amis de Hallur.

– Ce ne sont pas ses amis, répondit Sigurdur Oli. Mais l'un d'eux, Anton, voudrait bien le devenir. C'est pour cela qu'il a donné ce couteau à Hallur et qu'il a tant renâclé à nous le dire. N'est-ce pas ? demanda-t-il en s'adressant à Hallur.

– En fait, je ne connais pas du tout Anton, répondit Hallur. Je ne connais pas beaucoup d'élèves à l'école.

– Il ne la fréquente que depuis cet automne, depuis que nous sommes arrivés ici, précisa sa mère.

– Vous avez donc déménagé, attendez… l'été dernier ?

– Exactement, répondit la mère.

– Et comment ça se passe dans ta nouvelle école ? demanda Elinborg.

– Euh, plutôt bien, répondit Hallur.

– Mais tu ne t'y es pas encore fait d'amis, à moins que… ?

La question resta en suspens.

– Il s'est très bien adapté, répondit la femme en regardant son mari qui n'avait toujours pas apporté sa contribution à la conversation.

– Tu as souvent changé d'établissement ? demanda Sigurdur Oli.

L'adolescent lança un regard à sa mère.

– Euh, trois fois.

– Mais cette fois-ci, nous restons ici pour de bon, observa la mère en regardant son mari.

– Anton m'a dit que tu étais accompagné d'un garçon au moment où il t'a donné ce couteau, reprit Sigurdur Oli. Il m'a également dit qu'il ne le connaissait pas et qu'il ne fréquentait pas votre école. Qui est ce garçon ?

– Il ne m'a jamais donné de couteau, répondit Hallur. Il ment.

– Tu es sûr ?

Pendant l'interrogatoire, Anton avait reconnu avoir donné le couteau à Hallur. Ce dernier était accompagné d'un garçon qu'il n'avait jamais vu auparavant. Hallur était nouveau à l'école et il se montrait plutôt discret. Anton avait raconté qu'un jour, il était allé avec lui dans sa grande maison. Hallur lui avait parlé de ses parents en toute honnêteté. Sa mère était une snob finie qui se mêlait constamment de tout, une vraie psychopathe qui voulait tout contrôler, avait expliqué Anton, reprenant les paroles de Hallur. Ses parents avaient en permanence des soucis financiers. Une fois, ils avaient même perdu leur maison, vendue aux enchères. Cela ne semblait toutefois pas les empêcher de vivre dans un certain luxe. Hallur possédait en effet la plus grande collection de jeux vidéo qu'Anton ait jamais vue.

Il ne savait pas pourquoi Hallur voulait ce couteau. Peut-être simplement parce qu'il avait été volé. Hallur l'avait vu avec et quand Anton lui avait dit que Doddi l'avait volé à l'atelier de menuiserie, il s'était tout de suite montré très intéressé. Ils s'étaient donné rendez-vous chez Anton. Hallur était venu, accompagné d'un autre garçon du même âge dont Anton ignorait le nom.

– Tu es allé chez Anton, reprit Sigurdur Oli. Tu lui as donné un jeu vidéo en échange du couteau.

– Ce n'est qu'un mensonge, répondit Hallur.

– Il y avait un autre garçon avec toi, s'entêta Elinborg. Qui était-ce ?

– J'y suis allé avec mon cousin.

– Quel est son nom ?

– Gusti.

– C'était quand ?

– Je ne me rappelle pas. Il y a quelques jours.

– Il s'appelle Agust. C'est mon neveu, le fils de mon frère, répondit la femme. Ils passent beaucoup de temps ensemble tous les deux, Hallur et lui.

Sigurdur Oli nota le nom sur son calepin.

– Je ne comprends pas pourquoi cet Anton raconte qu'il m'a donné le couteau, déclara Hallur. C'est un mensonge. C'est toujours lui qui l'a. Il essaie juste de me mettre ça sur le dos.

– Pourquoi ?

– Je n'en sais rien.

– Peux-tu nous dire où tu étais mardi après-midi, au moment où Elias a été poignardé ? demanda Elinborg.

– C'est franchement nécessaire ? renvoya le père. Vous parlez comme s'il avait fait quelque chose de mal.

– Nous nous contentons de vérifier les témoignages que nous avons recueillis, rien de plus, répondit Elinborg sans quitter Hallur des yeux. Où étais-tu ? répéta-t-elle.

– Il était ici, à la maison, répondit sa mère. Il dormait dans sa chambre. Il a fini sa journée à l'école vers une heure de l'après-midi, ensuite, il a dormi jusqu'à quatre heures. J'étais là.

– C'est vrai ? demanda Elinborg à l'adolescent.

– Oui, confirma-t-il.

– Tu dors souvent pendant la journée ? demanda-t-elle.

– Parfois.

– Il n'arrive pas à s'endormir le soir, précisa la mère. Il passe la nuit debout. Il ne faut pas s'étonner qu'il ait besoin de dormir le jour.

– Et vous, vous ne travaillez pas ? demanda Elinborg à la mère.

– Si, à mi-temps, le matin, répondit-elle.

Erlendur resta immobile à observer Virote, le frère de Sunee, au moment où ce dernier enleva le foulard qui lui cachait le visage.

– Vous ? dit-il.

– Comment vous trouver moi ? demanda Virote.

– Je… Qu'est-ce que vous faites dehors par un temps pareil ?

– Vous avez suivi moi ?

– Oui, répondit Erlendur. Vous ramassez les canettes ?

– Oui, un peu argent.

– Où est Niran ? demanda Erlendur. Le savez-vous ?

– Niran très bien, répondit Virote.

– Savez-vous où il est ?

Virote garda le silence.

– Savez-vous où est Niran ?

Il regarda longuement Erlendur avant de lui répondre d'un hochement de tête.

– Pourquoi est-ce que vous le cachez ? demanda Erlendur. Vous ne faites que nous compliquer la tâche. Nous commençons à croire que c'est lui qui a fait du mal à son frère. C'est ce que vos réactions laissent penser. Vous l'avez mis à l'abri. Vous le cachez.

– Non, pas comme ça, répondit Virote. Niran rien fait à Elias.

– Nous devons l'interroger, reprit Erlendur. Je sais que vous essayez de le protéger, mais cela va trop loin. Vous ne gagnez rien à le cacher ainsi.

– Lui pas agresser Elias.

– Dans ce cas ? Que signifie ce jeu de cache-cache ?

Virote garda le silence.

– Répondez-moi, commanda Erlendur. Que faisiez-vous chez l'ami de votre sœur ?

– Je aller le voir.

– Est-ce que Niran se trouve chez lui ? demanda Erlendur.

Virote ne lui répondit pas. Il répéta sa question. Le vent qui s'engouffrait dans la ruelle les transperçait. Erlendur se dit que Virote devait être transi. Il avait aux pieds de fines chaussures de sport, complètement trempées, n'était vêtu que d'un jeans, d'un coupe-vent léger, d'un foulard et d'une casquette de base-ball. Il sentit que Virote hésitait et il lui posa la question pour la troisième fois.

– Vous devez nous faire confiance, plaida Erlendur. Nous veillerons à ce que rien ne lui arrive.

Virote regarda longuement Erlendur, comme s'il réfléchissait à la décision qu'il devait prendre, comme s'il se demandait s'il devait lui accorder sa confiance. Enfin, il se décida.

– Venez. Vous venez avec moi.

27

Le portable d'Erlendur sonna dans la poche de son imperméable. C'était Elinborg qui l'appelait pour lui raconter la rencontre avec Hallur et ses parents. Il la pria de le rappeler plus tard. Elinborg lui précisa que Sigurdur Oli et elle se rendraient ensuite chez Agust, le cousin de Hallur qui pourrait sûrement apporter des réponses sur le fameux couteau. Sur ce, ils prirent congé.

Erlendur remit son portable dans sa poche.

– Où est Niran en ce moment ? demanda-t-il.

– Chez Johann, répondit Virote.

– Là où vous étiez tout à l'heure ?

– Oui.

– Est-ce que Johann est avec lui ?

– Oui.

En chemin, Virote lui parla de Johann que Sunee avait rencontré au printemps précédent. Ils se fréquentaient depuis cette époque, mais Johann se montrait très hésitant, il ne voulait pas aller trop vite. Il était divorcé et n'avait pas d'enfant.

– Ils ont l'intention de s'installer ensemble ? demanda Erlendur.

– Peut-être. Je crois qu'eux se marier.

– Et Niran ?

– Johann aider Niran.

– Pourquoi ?

379

– Johann aider Niran. Niran très en colère, très difficile. Ensuite, ce malheur arrive.

Agust, le cousin de Hallur, était entouré de ses parents
quand Elinborg et Sigurdur Oli vinrent lui tirer les vers
du nez. La mère suffoqua de surprise et le père se leva
d'un bond, consterné, au moment où Elinborg demanda
sans ambages à son fils s'il avait assassiné Elias. Les
réponses fournies par Agust concordaient avec celles
de Hallur sur les points principaux. Anton ne leur avait
donné aucun couteau, ni à lui ni à son cousin. Agust
déclara que c'était la première fois qu'il s'était rendu
chez Anton et qu'il ne comprenait pas pourquoi ce
dernier affirmait qu'il leur avait échangé le couteau de
menuisier contre un jeu vidéo. D'ailleurs, il le connaissait à peine.

Agust fréquentait une autre école que son cousin
Hallur, mais leurs conditions de vie étaient compa-
rables. Ses parents ne semblaient pas manquer d'argent,
ils possédaient un pavillon propret devant le garage
duquel stationnaient deux voitures.

– Connais-tu un certain Niran qui fréquente le même
établissement que ton cousin ? demanda Sigurdur Oli.

Agust secoua la tête. Tout comme Hallur, cette visite
de la police ne semblait pas l'inquiéter outre mesure,
c'était apparemment un adolescent poli et bien élevé.
Étant fils uniques, son cousin et lui étaient presque
comme deux frères, ils passaient beaucoup de temps
ensemble. Une rapide vérification permit de découvrir
qu'aucun des deux adolescents n'avait jamais eu le
moindre problème avec la justice.

– Est-ce que tu connaissais son frère, Elias ?

À nouveau, Agust secoua la tête.

– Où te trouvais-tu au moment du meurtre ?

– Il était avec son père au lac de Hafravatn, répondit
la mère. Nous y possédons un chalet.

– Est-ce que c'est dans vos habitudes d'y aller comme ça, en pleine journée au milieu de la semaine ? s'étonna Elinborg en lançant un regard au père.

– Nous y allons quand l'envie nous en prend, répondit le père.

– Et vous y êtes restés toute la journée ?

– Jusqu'au soir, précisa le père. Nous sommes en train de remettre en état la vieille cheminée. Apparemment, il suffit que des gamins vous racontent n'importe quel mensonge pour que vous veniez ici par ce temps déchaîné, tard dans la nuit, afin de poser des questions complètement déplacées, hein ?

– Tout cela est extrêmement étrange, répondit Sigurdur Oli. Pourquoi iraient-ils raconter des mensonges sur Hallur et Agust alors qu'ils ne les connaissent pratiquement pas ?

– Vous ne feriez pas mieux d'examiner tout cela d'un peu plus près ? Il est absolument ridicule de venir en pleine nuit s'en prendre à un garçon en lui posant des questions incompréhensibles sorties de la bouche d'autres gamins qui essaient manifestement de se tirer d'un mauvais pas.

– C'est bien possible, répondit Elinborg, cependant nous ne faisons que notre travail. Vous pouvez, si vous le désirez, en référer à nos supérieurs.

– Eh bien, je l'envisage.

– Vous voulez que je les appelle pour vous ?

– Ottar, enfin, calme-toi, conseilla sa femme.

– Non, franchement, cette façon de vous comporter avec les gens ne vous mènera nulle part, répondit l'homme.

Elinborg avait déjà sorti son portable. Elle avait eu une longue journée et désirait plus que tout rentrer chez elle. Elle aurait pu consulter Sigurdur Oli, ils auraient pu décider tous les deux de revenir le lendemain matin en s'excusant encore une fois du dérangement, mais cet homme l'agaçait. Tout ce qu'il disait avait beau être vrai, il se montrait arrogant et elle ne le supportait pas. En moins de temps qu'il ne faut pour le dire, elle avait appelé Erlendur et tendait le portable au père.

– Voilà, vous pouvez exposer vos griefs à cet homme, lança-t-elle.

Erlendur et Virote approchaient de la maison. Il leur avait fallu une dizaine de minutes pour remonter du centre-ville. Virote sonna à la porte, qui s'ouvrit. Un homme, qu'Erlendur supposa être Johann, apparut dans l'entrebâillement. Manifestement affolé, il se mit à parler à toute vitesse à Virote. Tout d'abord, il n'aperçut pas Erlendur et quand ce dernier s'avança, il sursauta puis dévisagea les deux hommes à tour de rôle.

– Vous êtes policier ? demanda-t-il en regardant Erlendur d'un air méfiant.

Erlendur hocha la tête.

– Vous êtes Johann, n'est-ce pas ?

– En effet.

– Qu'est-ce qui se passe exactement ici ?

– C'est Sunee qui a voulu qu'on fasse comme ça. J'essaie simplement de l'aider.

– Où est Niran ? demanda Virote.

– Il a disparu, répondit Johann.

– Savez-vous où il est allé ? demanda Erlendur.

– Non.

– Il est peut-être rentré chez lui ? suggéra Erlendur.

– Non, je viens d'appeler Sunee, elle est morte d'inquiétude.

– Où a-t-il pu aller ?

– C'est impossible à dire. Aujourd'hui, il s'est montré un peu plus agité que d'habitude. Il est très mal. Il a l'impression qu'il aurait dû mieux surveiller Elias.

– Quand est-il parti ?

– Je ne l'ai pas entendu s'en aller.

Johann invita Erlendur à la cuisine.

– Mais il n'y a pas plus de quinze, disons vingt minutes, ajouta-t-il. J'ai dû m'absenter un moment pour aller faire une course et, à mon retour, il avait disparu.

L'inquiétude se lisait sur son visage. Johann était un homme de taille moyenne, blond et svelte, vêtu d'une chemise en toile denim et d'un pantalon noir. Il portait une barbe soigneusement entretenue qu'il caressait régulièrement à la commissure de ses lèvres.

– J'ai entendu sur mon lieu de travail que vous étiez à ma recherche, précisa-t-il.

– Vous devez connaître Sunee depuis un certain temps, puisqu'elle vous a confié Niran.

– Oui, depuis neuf mois.

– Mais vous avez gardé la chose secrète.

– Non, enfin, je ne sais pas. Nous voulons simplement ne pas nous presser. J'ai divorcé il y a quatre ans et je vis seul depuis. Sunee est la première femme avec laquelle je me sois senti réellement à l'aise depuis mon divorce. Elle est exceptionnelle.

– Vous projetez de vivre ensemble ?

– Nous avons envisagé l'éventualité que je m'installe chez elle l'été prochain.

– Vous êtes déjà allé dans son appartement ?

– Oui, quelquefois. J'ai encore du mal à croire ce qui est arrivé à ce pauvre Elias. Je ne l'ai appris que le lendemain. J'étais en déplacement professionnel dans les fjords de l'Ouest et je n'ai pas regardé les informations. Les gens de là-bas parlaient du meurtre et j'ai immédiatement pensé à Sunee. Ensuite, son frère m'a appelé depuis son portable et Sunee m'a raconté ce qui était arrivé au téléphone. Elle m'a parlé de Niran en me disant qu'il était en état de choc, qu'il se sentait très mal, et elle m'a demandé s'il ne pouvait pas rester quelques jours chez moi. Évidemment, ce n'était pas étonnant qu'il ait été choqué et terrifié. Quant à elle, elle avait peur pour lui, elle craignait qu'il lui arrive également quelque chose ou qu'il aille faire une bêtise. Je suis arrivé à Reykjavik vers midi et je les ai trouvés tous les deux sur le pas de ma porte. Niran faisait presque peur à voir. Il avait l'air complètement brisé. Sunee m'a demandé de veiller sur lui. Je n'ai pas eu le cœur de lui refuser ce service ni d'argumenter. C'était une nécessité.

Johann regardait Erlendur.

– Niran n'avait aucune antipathie pour moi, en dépit des craintes de Sunee, précisa-t-il. Je me suis immédiatement bien entendu avec Elias, mais elle s'inquiétait plus pour Niran au cas où nous déciderions de vivre ensemble. Finalement, Niran n'a manifesté aucune hostilité à mon égard. Il ne m'a peut-être pas accueilli à bras ouverts, mais il ne m'était pas hostile. Il était plutôt indifférent, le peu de temps que j'ai passé avec lui dans l'appartement de Sunee. Nous sommes même parvenus à discuter un peu de football tous les deux. Je prévoyais de leur dégotter un nouvel ordinateur pour qu'ils puissent se connecter à Internet. Il se passionne pour l'informatique.

– Et vous avez parlé de football ?

– Il se trouve que nous sommes tous les deux supporters de la même équipe anglaise, précisa Johann en haussant les épaules.

– Vous avez préféré ne pas nous contacter ?

– En effet, j'ai fait cela pour Sunee, pour Niran et pour moi.

– L'idée ne vous a pas effleuré qu'ils avaient peut-être quelque chose à cacher.

– Niran n'aurait jamais fait le moindre mal à Elias. Cette idée est ridicule, complètement à côté de la plaque. Vous en seriez persuadé si vous les aviez vus ne serait-ce que quelques minutes ensemble. La relation qui les unissait était exceptionnelle. Je crois que cela explique pourquoi Niran était mal à ce point. Ils jouaient ensemble, Niran lui lisait des articles de journaux ou des livres thaïlandais le soir. J'ai même dit à Sunee que j'aurais bien aimé avoir un grand frère aussi gentil que ça avec moi quand j'étais petit.

– Comment avez-vous rencontré Sunee ?

– Dans une discothèque. Elle était avec ses collègues de l'usine de confiserie. Quant à moi, c'était la fête annuelle de mon entreprise. Elle m'a invité à danser, j'ai accepté et nous avons sympathisé. Elle m'a parlé de la Thaïlande. Environ deux jours plus tard, je l'ai rappelée en lui demandant si elle m'avait oublié. Nous nous sommes revus. Elle s'est montrée très directe avec moi, m'a parlé ouvertement d'Odinn, de ses fils, de son travail.

– Et ensuite ?

– Ensuite, nous nous sommes revus régulièrement. Sunee est… optimiste, pleine de vie, naturelle et drôle, elle voit toujours les côtés positifs. Cela a peut-être à voir avec son origine thaïlandaise, je ne saurais dire. Puis cette chose-là est arrivée, cette affreuse tragédie.

– Et vous avez hésité à vous engager dans cette relation ?

– En fait, nous étions tous les deux hésitants. Nous ne voulions pas nous précipiter et je reconnais parfaitement que j'avais besoin de réfléchir. Tout cela était complètement nouveau pour moi, nouveau et inattendu.

– Vous n'avez parlé d'elle à aucun de vos collègues ?

– Seulement à mes amis les plus proches et dernièrement, à ma famille, une fois qu'elle et moi avons décidé de vivre ensemble. Mais bon, il est évident que les ragots vont bon train : vous n'avez pas mis bien longtemps à me trouver. J'ai demandé à Sunee de m'épouser. Nous avons parlé de nous marier l'été prochain, mais bon, je ne sais pas… après cette horreur.

– Vous avez une idée de l'endroit où Niran pourrait être allé ?

– Je viens de vous dire que non. Mais il a été très agité aujourd'hui.

– Vous a-t-il parlé de quelqu'un en particulier ? De personnes sur lesquelles il aurait des soupçons ?

Johann lança un regard à Erlendur.

– Il m'a parlé de vengeance. Il s'est bagarré avec un professeur de l'école qui l'avait menacé. Niran n'a pas voulu me dire de qui il s'agissait, c'est d'ailleurs l'une des raisons pour lesquelles Sunee a préféré le cacher. Elle avait peur pour lui. Il est le seul fils qui lui reste.

À ce moment-là, Virote entra dans la cuisine en tenant un morceau de papier à la main. Il le tendit à Erlendur.

– J'ai trouvé dans chambre de Niran, annonça Virote.

Le papier avait été déchiré dans l'annuaire, on y lisait le nom de Kjartan.

Le portable d'Erlendur se mit à sonner dans sa poche.

– Allô, dit-il.

– *... veuillez nous excuser, c'est inutile. Il n'y a rien dont il veuille se plaindre,* expliqua une voix familière avant de raccrocher.

Erlendur leva les yeux, interloqué. Il examina le téléphone dans le creux de sa main. Il avait immédiatement reconnu cette voix pour l'avoir entendue plusieurs fois.

Elle appartenait à une femme d'âge indéterminé. Elle était légèrement éraillée, peut-être à cause du tabac.

Il savait qu'il ne l'oublierait jamais. Elle venait le torturer dans son sommeil comme en plein jour parce qu'il n'avait pas suffisamment prêté l'oreille à ce qu'elle avait à lui dire. Dans son esprit, cette voix était toujours celle de la femme tenaillée par le remords qui avait quitté son mari et qu'on avait retrouvée morte sur les côtes de la péninsule de Reykjanes.

28

La mère d'Agust s'était interposée. Elle avait attrapé le téléphone qu'Elinborg tendait à son mari afin qu'il puisse se plaindre auprès d'Erlendur des méthodes de la police.

Elle rendit le portable à Elinborg en lui présentant de nouveau des excuses pour l'emportement de son mari. Il n'avait aucune raison de critiquer la police, surtout quand on pensait au sérieux de l'affaire qui l'amenait.

– Il n'y a aucun problème, coupa-t-elle. Veuillez nous excuser, c'est inutile. Il n'y a rien dont il veuille se plaindre.

Elinborg reprit son portable, raccrocha, puis regarda le mari et la femme à tour de rôle. Ensuite, elle replongea l'appareil dans son sac à main. Quelques instants plus tard, ce dernier sonna à nouveau. Elle jeta un œil à l'écran : c'était Erlendur.

Bizarre, pensa-t-elle en décrochant.

Kjartan avait pris un taxi pour rentrer chez lui. Il revenait d'une soirée entre copains dans un bar du centre-ville. Ils se rencontraient parfois pour boire quelques bières. Il avait laissé sa voiture devant son domicile. Ils avaient pris le taxi à trois et il était le dernier à en descendre. La météo s'était considérablement dégradée au fil de la soirée et on voyait à peine à un mètre. Les essuie-glaces du taxi arrivaient difficilement à évacuer la neige du pare-brise et il s'en était fallu de peu pour qu'il s'immobilise en chemin.

Kjartan titubait légèrement en sortant du véhicule qui, maintenant, s'éloignait. Il s'étira. Il avait un peu trop bu, même s'ils avaient mis fin à la soirée plus tôt que d'habitude à cause du temps.

La tempête faisait rage maintenant, assortie de fortes chutes de neige. Au volant de sa Ford, Erlendur conduisait aussi vite que possible. Il était accompagné de Virote et de Johann. La radio informait que des quartiers entiers de Reykjavik devenaient inaccessibles à cause de la violence du vent. Erlendur avait demandé qu'on envoie des véhicules de police au domicile de Kjartan. Il espérait qu'ils n'arriveraient pas trop tard.

– La femme qui se trouve en ce moment avec toi est la même que celle qui m'appelle depuis le jour où Elias a été assassiné, annonça-t-il de but en blanc à Elinborg.

– Ah bon ? s'étonna Elinborg.

– Est-ce que c'est la mère du garçon que vous êtes en train d'interroger ?

– Oui.

– Continue normalement, j'essaie de venir vous rejoindre.

– D'accord. Où es-tu ? demanda Elinborg.

– En route, répondit Erlendur.

Après quoi, il raccrocha.

Kjartan fouillait sa poche à la recherche de son trousseau de clés. Sa femme souhaitait que la maison soit fermée à tout moment du jour et de la nuit. Lui, il ne redoutait pas autant les voleurs. Il trouva ses clés, mais au moment où il allait les sortir de sa poche, il remarqua la présence d'une personne qui sortit brusquement de l'obscurité et lui barra la route.

– Qui êtes-vous ? demanda Kjartan.

Il entendait au loin hurler les sirènes de police.

Erlendur distingua les gyrophares bleus à travers les rafales de neige. Virote, Johann et lui entraient maintenant dans la rue où habitait Kjartan. Il adressa un regard à Virote qui était assis à côté de lui. Dans le rétroviseur, il voyait le visage inquiet de Johann.

– Qui êtes-vous ? répéta Kjartan.

L'individu ne lui répondit pas. Il ne distinguait pas son visage. Les sirènes se firent plus bruyantes. Kjartan jeta un œil dans leur direction. À ce moment-là, l'autre fit un bond en avant. Kjartan sentit la blessure qui le transperçait en regardant à nouveau son assaillant. Dans la clarté des lampadaires, il constata qu'il portait une casquette de base-ball et qu'il s'était noué une écharpe autour du visage.

Kjartan tomba à genoux et sentit quelque chose de chaud lui couler le long du ventre en même temps qu'il voyait la neige à ses pieds se colorer de sang foncé.

Il leva la main, la tendit vers son agresseur pour lui attraper son écharpe et la lui arracher du visage.

Les deux voitures de police glissèrent sur la neige et les rejoignirent devant la maison. Quatre policiers sortirent et coururent vers Kjartan qui s'affaissait lentement sur le côté. Il serrait l'écharpe dans sa main. La voiture d'Erlendur arriva. Ses deux passagers et lui bondirent à l'extérieur. Virote dépassa les policiers qui s'avançaient lentement, avec précaution, vers l'individu caché dans l'ombre.

– Niran ! cria-t-il.

Niran leva les yeux en entendant son nom.

Virote vit Kjartan qui gisait dans son sang.

Il cria quelque chose en thaï à son neveu qui, comme pétrifié au-dessus du corps de Kjartan, laissa le couteau tomber dans la neige.

Une demi-heure plus tard, alors que Sigurdur Oli et Elinborg étaient assis dans la salle de séjour des parents d'Agust, on sonna à la porte. Un silence pesant s'était installé depuis un bon moment. Elinborg et Sigurdur Oli avaient tenté de tuer le temps avec diverses questions et observations jusqu'à l'arrivée d'Erlendur, mais comme ce dernier se faisait désirer, la conversation s'était tarie. Quand ils n'eurent plus d'autre choix, ils informèrent les membres de la famille qu'ils attendaient un troisième policier qui souhaitait les interroger. Ils ne purent leur expliquer ce qu'il leur voulait. La tension allait grandissant. Quand la sonnette retentit enfin, tout le monde sursauta.

Le père alla accueillir Erlendur à la porte et revint avec lui dans la salle de séjour. Assise à côté de son fils dans le canapé, la mère, extrêmement nerveuse, se leva au moment où elle le vit entrer. Elle sourit comme pour s'excuser en annonçant qu'elle allait refaire un peu de café. Elle s'apprêtait à quitter la pièce quand Erlendur la pria d'attendre un instant.

Il s'avança vers elle. Elle recula de deux pas.

– Tout se passera bien, c'est bientôt terminé, lui dit Erlendur.

– Comment ça, terminé ? demanda la femme, en lançant à son mari un regard qui appelait à l'aide. Il restait là, debout, sans dire un mot.

Agust se leva du canapé.

– J'ai tout de suite reconnu votre voix, expliqua Erlendur. Vous m'avez appelé plusieurs fois ces derniers jours et je comprends pourquoi. Ce n'est pas drôle d'être confronté à ce genre de situation.

– Ce genre de situation ? répéta la femme. Je ne vois absolument pas de quoi vous parlez.

Sigurdur Oli et Elinborg échangèrent un regard.

– Je vous ai d'abord prise pour une autre personne, observa Erlendur. Je suis soulagé de vous avoir trouvée.

– Maman ? lança Agust en dévisageant sa mère.

– Je crois que je comprends maintenant ce que vous entendiez en disant que vous ne pouviez pas vivre comme ça, poursuivit Erlendur. En revanche, ce qui m'échappe, c'est comment vous avez pu vous imaginer que vous pourriez continuer comme si rien ne s'était passé.

La femme fixait Erlendur.

– Vous vouliez de l'aide, reprit-il. C'est pour cette raison que vous m'avez contacté. Vous allez maintenant obtenir cette aide. Vous allez pouvoir régler cette histoire en véritable être humain. Vous allez pouvoir faire ce que vous désirez depuis le début.

La femme lança un regard à son mari, toujours immobile et muet. Elle regarda Sigurdur Oli et Elinborg qui ne comprenaient rien de ce qui se passait. Elle regarda son fils qui s'était mis à pleurer. En le voyant sangloter, les larmes lui montèrent aux yeux.

– Cela n'a jamais été une bonne idée, continua Erlendur.

Les larmes coulaient sur les joues de la femme.

– Maman ! murmura son fils.

– Nous avons fait ça pour eux, annonça-t-elle, tout bas. Pour nos garçons. Ils avaient commis cette horreur, il était trop tard. Aussi répugnant et effrayant que ce soit. Nous devions penser à l'avenir. Il fallait que nous pensions à leur avenir.

– Mais il n'y avait plus aucun avenir, n'est-ce pas ? demanda Erlendur. Il n'y avait plus rien d'autre que cet abominable meurtre.

La femme regarda à nouveau son fils.

– Ils ne voulaient pas ça, répondit-elle. Ils faisaient les cons, c'est tout.

– Je veux consulter un avocat, observa le mari. Ne dis rien de plus.

– Ils faisaient les sales petits cons, gémit-elle en cachant son visage dans ses mains.

Brusquement, on aurait dit qu'elle se relâchait, comme si tout ce qu'elle avait dû retenir en elle pendant les interminables journées qui s'étaient écoulées depuis le meurtre d'Elias pouvait enfin sortir.

– Constamment, reprit-elle, s'avançant d'un pas vers son fils. Vous passez tout votre temps à jouer aux petits cons ! s'écria-t-elle. Maintenant, regardez un peu ce que vous avez fait !

Le mari se précipita vers elle pour tenter de la calmer.

– Regardez donc ce que vous avez fait ! cria-t-elle encore à son fils.

Elle alla se blottir dans les bras de son mari.

– Que Dieu nous vienne en aide ! soupira-t-elle avant de s'affaisser sur le sol, épuisée.

29

Hallur et Agust furent immédiatement emmenés pour interrogatoire. Plus tard dans la nuit, ils furent confiés aux services de Protection de l'enfance de Reykjavik. Leurs parents furent interrogés et on demanda à ce qu'ils soient également placés en garde à vue. Ils s'accusaient mutuellement d'avoir eu l'idée de dissimuler l'acte que leurs enfants avaient commis, mais, pas plus que leurs fils, ils ne parvenaient à se mettre d'accord pour dire lequel des deux avait frappé Elias avec le couteau. Au bout de trois jours d'interrogatoires, Hallur reconnut sa culpabilité. Peu à peu, on entrevoyait la manière dont Elias était mort.

Chacun des quatre garçons interrogés par la police avait menti. Hallur avait vu Anton avec un couteau volé par Thorvaldur et lui avait proposé de l'échanger contre un jeu vidéo récent. Les quatre adolescents s'étaient retrouvés chez Anton pour voir le jeu en question. Ils avaient discuté de l'échange, mais ce dernier n'avait pas eu lieu à ce moment-là. Thorvaldur et Anton avaient reconnu avoir rayé plusieurs voitures le matin du meurtre. Ensuite, ils avaient croisé Hallur dans la cour de l'école et c'est à ce moment-là qu'ils lui avaient remis le couteau.

Hallur avait donné rendez-vous à Agust à la sortie des cours. Très excités, ils étaient allés dans un supermarché où ils avaient réussi à voler des CD et des friandises. Ils se livraient parfois à ce genre d'exercice bien que leurs parents leur donnent largement assez d'argent de poche. Ce n'était pas la question. Le goût du risque, avait avancé Agust, incapable de décrire avec plus de précision la sensation que cela leur procurait. Ils étaient un peu sur un nuage et, en sortant du magasin, ils avaient aperçu Elias devant eux, avec son gros cartable sur le dos et sa doudoune de travers sur ses petites épaules.

Peut-être l'avaient-ils remarqué à cause de sa peau basanée. Peut-être ce détail n'avait-il aucune importance. Agust avait affirmé lors de son interrogatoire qu'ils auraient agi exactement de la même façon si le petit garçon avait eu la peau blanche. Hallur s'était contenté de hausser les épaules à la même question, incapable d'y répondre. Il n'était pas capable de décrire avec exactitude l'état d'esprit qui avait été le leur à ce moment-là. Ils se sentaient prêts à tout, avait-il précisé. Dopés par le vol qu'ils venaient de commettre. D'une certaine manière, ils se sentaient invincibles. Ils ne connaissaient pas le garçon qu'ils regardaient s'éloigner. Ils ne savaient pas qu'il s'appelait Elias. Hallur, celui des deux qui fréquentait la même école, ne se souvenait pas l'avoir déjà vu. Ils n'avaient aucune raison de lui en vouloir. C'était la première fois qu'Elias croisait leur route et il ne leur avait jamais rien fait.

Ils étaient prêts à tout.

Ils avaient rattrapé l'enfant à l'endroit où le sentier menant à l'école était le plus étroit et les buissons qui le bordaient les plus hauts. La nuit avait commencé à tomber, il faisait froid, mais ils étaient exaltés et ils avaient chaud. Ils lui avaient demandé comment il s'appelait, s'il avait de l'argent et pourquoi exactement il se trouvait en Islande.

Elias leur avait répondu ne pas avoir d'argent. Il avait essayé de s'enfuir, mais Agust l'avait retenu par son vêtement. Hallur avait sorti le couteau, juste pour l'effrayer. Ils n'avaient pas eu l'intention de le blesser. Dans leur esprit, ce n'était qu'un jeu. Hallur le menaçait avec le couteau en l'agitant devant son visage.

Elias s'était débattu avec plus de force en voyant l'arme. Il avait appelé à l'aide. Agust l'avait bâillonné de sa main. Elias avait lutté désespérément. Agust avait crié à Hallur qu'il allait finir par le lâcher au moment où Elias lui avait mordu la main très fort, lui infligeant une telle blessure qu'il avait hurlé de douleur.

Hallur retenait Elias par sa doudoune et, avant même de s'en rendre compte, il avait enfoncé le couteau. Le petit garçon avait cessé de se débattre. Il s'était tu, avait porté sa main à son ventre avant de s'écrouler sur le sentier.

Hallur et Agust avaient échangé un regard. Ensuite, ils étaient repartis à toute vitesse en empruntant le chemin par lequel ils étaient venus.

Ils avaient pris un autobus pour aller chez Agust. Ils étaient en état de choc. Le père d'Agust était à la maison et, sans hésiter un instant, ils lui avaient raconté ce qui venait de se produire. Hallur avait la main couverte de sang. Il s'était débarrassé du couteau qu'il avait jeté en chemin. Ils avaient expliqué au père de Hallur qu'ils avaient donné un coup de couteau à un garçon, sur le sentier à côté de l'école. Cela n'avait pas été dans leur intention. C'était un accident. Jamais ils n'avaient eu l'intention de lui faire du mal. C'était simplement arrivé. Le père d'Agust les avait regardés, assommé.

Sa mère était rentrée à ce moment-là. Elle avait immédiatement compris que quelque chose de grave venait de se passer. Quand les garçons lui avaient raconté ce qu'ils avaient fait, elle avait aussitôt voulu prévenir la police. Son mari avait hésité.

– Est-ce que quelqu'un vous a vus ? avait-il demandé aux garçons qui avaient secoué la tête.

– Non, personne, avait répondu Hallur.

– Tu en es sûr ?

– Oui.

– Où avez-vous mis ce couteau ?

Hallur le lui avait expliqué.

– Attendez-moi ici, avait commandé le père d'Agust. Ne faites rien avant mon retour.

– Qu'est-ce que tu fabriques ? avait gémi sa femme.

Il l'avait prise à part pour que les garçons n'entendent pas.

– Réfléchis bien, lui avait-il dit. Pense à l'avenir de ces enfants pendant mon absence. Appelle ma sœur et demande-lui de venir ici avec Dori.

Ensuite, il était parti. Il était revenu trois quarts d'heure plus tard avec le couteau en leur disant que le petit garçon n'était plus sur le sentier. Ils s'étaient sentis soulagés. Peut-être que, finalement, il était sain et sauf.

À ce moment-là, les parents de Hallur étaient arrivés et ils leur avaient expliqué la situation. Ils avaient eu peine à croire ce qu'ils entendaient, mais ensuite, ils avaient vu les visages des deux adolescents et perçu l'impuissance des parents d'Agust devant cet événement qu'il leur était impossible de se représenter. Ils avaient regardé leur fils. Et tout à coup, ils avaient compris que c'était la vérité. Cette chose atroce et incompréhensible s'était effectivement produite et plus rien ne serait comme avant. Jamais.

– Nous ne voulions pas faire ça, avait plaidé Hallur.

– C'est arrivé comme ça, avait expliqué Agust.

Les deux adolescents n'avaient rien trouvé d'autre à dire.

– Donc, ce n'est pas Agust qui l'a poignardé ? avait demandé sa mère.

– Ils étaient deux, répondit le père de Hallur, péremptoire. Ton fils retenait le gamin.

– Et c'est le tien qui l'a frappé.

Il y avait eu une discussion que les garçons s'étaient contentés d'écouter. Le frère et la sœur, le père d'Agust et la mère de Hallur, avaient finalement calmé leurs conjoints. Le père d'Agust avait proposé qu'ils attendent un peu avant d'appeler la police.

Il y eut une seconde dispute. Pour finir, les deux pères étaient partis à la recherche d'Elias. Puisqu'il avait disparu du sentier, il se pouvait très bien qu'il soit indemne. Alors qu'ils parcouraient le quartier en voiture, ils avaient remarqué la présence des véhicules de police au pied de l'un des immeubles. Ils avaient ralenti et aperçu des policiers ainsi qu'une foule de voitures avec leurs gyrophares bleus qui projetaient leur lueur sur les immeubles alentour à travers la nuit presque permanente de l'hiver.

Ils étaient repartis.

Oscillant entre la peur et l'espoir, ils avaient attendu les informations radiophoniques chez Agust. On y avait annoncé qu'Elias était mort. La police se gardait de toute déclaration. On avait simplement précisé que l'agression semblait tout à fait gratuite, mais qu'il était également possible qu'il s'agisse d'un crime raciste. On ignorait qui en était l'auteur. Pour l'instant, aucun témoin ne s'était manifesté.

Finalement, ils avaient décidé d'attendre. Le père de Hallur s'occuperait du couteau. Les deux cousins éviteraient de se voir pendant quelque temps. Ils se comporteraient comme si de rien n'était. Le mal était fait. Les deux adolescents étaient responsables de la mort d'un enfant. Peut-être devait-on parler d'accident plutôt que de meurtre avec préméditation. Cela avait commencé comme d'innocentes taquineries. Jamais ils n'avaient eu l'intention de tuer ce petit. Les parents ne pourraient évidemment pas faire abstraction de ce qui s'était passé, mais ils devaient penser à l'avenir de leurs fils. Tout du moins pour l'instant. Ensuite, ils verraient bien.

Erlendur avait pris part à l'interrogatoire de la mère d'Agust. Après son arrestation, elle avait demandé à voir un psychiatre qui lui avait prescrit des calmants.

– Évidemment, nous n'aurions jamais dû faire ça, avait-elle observé. Mais ce n'était pas à nous que nous pensions. Nous pensions à nos fils.

– Bien sûr que si, bien sûr que vous pensiez à vous, avait objecté Erlendur.

– Non, avait-elle répondu. Ce n'était pas le cas.

– Avez-vous réellement cru que vous pourriez continuer à vivre avec ce poids sur la conscience ? avait demandé Erlendur.

– Jamais, avait-elle répondu. En tout cas, pas moi. Je…

– C'est vrai, vous m'avez appelé. Vous étiez évidemment le maillon faible dans toute cette histoire.

– Il m'est impossible de décrire ce que je ressentais, avait-elle expliqué en se balançant d'avant en arrière sur sa chaise. J'étais sur le point de mettre fin à mes jours. C'était une erreur. Il ne s'est pas passé une minute depuis cet événement sans que je pense à ce pauvre petit garçon ou à sa famille. Évidemment, on peut dire que nous avons manqué de bon sens, de sens moral, mais…

Elle s'était interrompue.

– Je sais que nous n'aurions jamais dû réagir comme ça. Je sais que c'était mal, d'ailleurs, j'ai tenté de vous le dire. Mais vous… je me suis heurtée à une drôle de réaction de votre part.

– J'en conviens, reconnut Erlendur. Je vous prenais pour quelqu'un d'autre.

– Nous les avons crus quand ils nous ont dit qu'il s'agissait d'un accident. Ce genre de chose peut arriver. Dans le cas contraire, nous ne les aurions pas protégés. Nous n'aurions jamais tenté de dissimuler un meurtre. Mon mari me disait que tous les parents comprendraient notre attitude, notre réaction.

– Je ne le crois pas, répondit Erlendur. En réalité, vous vouliez chasser cet événement de votre esprit, vous vouliez qu'il disparaisse, comme s'il ne vous avait jamais concernés. Vous avez ajouté le mépris à l'ignominie du meurtre.

Quand tout avait été terminé, que les aveux avaient été obtenus et l'enquête considérée comme résolue, Erlendur s'était assis avec Hallur dans la salle d'interrogatoire où il était assisté par les services de la Protection de l'enfance de Reykjavik. Ils discutèrent longuement de l'événement jusqu'au moment où Erlendur lui demanda pourquoi ils avaient décidé de poignarder Elias et quel avait été l'élément déclencheur.

– Ben, répondit Hallur.

– Ben quoi ?

– Il était là.

– Est-ce la seule raison ?

– Et on n'avait rien à faire.

30

Erlendur tenait le pot à la main. C'était une urne en grès peinte en vert et sans fioritures, fermée par un joli couvercle. On la lui avait remise dans un carton brun. Elle renfermait les cendres de Marion Briem. Il baissa les yeux sur la stèle avant de s'incliner pour y déposer l'urne. Le pasteur, qui observait la scène, fit un signe de croix. Il n'y avait qu'eux deux dans le cimetière en cette froide fin d'après-midi du mois de janvier.

La neige, déversée pendant la nuit de tempête où Niran s'en était pris à Kjartan, avait pour ainsi dire fondu lors des deux jours de radoucissement assortis de pluie qui avaient suivi. Après cela, la température avait à nouveau fortement chuté. Maintenant, la terre avait à nouveau gelé, il régnait un froid glacial. Le vent soufflait du nord.

Transi au-dessus de la tombe, Erlendur s'efforçait de trouver un sens à tout cela, à cette vie, à cette mort. Il ne lui venait pas plus de réponses que d'habitude. Il n'existait aucune explication définitive au célibat de toute une vie qu'avait mené celle qui reposait désormais dans l'urne. Pas plus qu'à la mort de son frère si longtemps auparavant. Rien ne justifiait non plus qu'Erlendur soit tel qu'il était ou encore qu'Elias soit mort poignardé. La vie était un enchevêtrement de hasards dénués de toutes règles, des hasards qui gouvernaient l'existence des gens, comme ces tempêtes qui s'abattaient sans prévenir, faisant morts et blessés.

Erlendur pensa à Marion Briem et à leur histoire commune, désormais achevée. Il éprouvait des regrets, elle lui manquait. Ce ne fut qu'alors qu'il se tenait là, tout seul avec cette urne entre les mains, qu'il prit réellement conscience que c'était terminé. Il pensa à leurs relations, à leur expérience commune, à cette histoire qui était une partie de lui, cette histoire sans laquelle il ne pouvait ni ne désirait exister. Cette histoire qui se confondait avec sa propre personne.

Avant de se rendre au cimetière, Erlendur était passé voir Andrés pour tenter, une fois encore, d'obtenir qu'il lui en apprenne plus sur le compte de ce beau-père. Andrés s'était montré inflexible.

– Qu'allez-vous faire ? avait demandé Erlendur.

– Je ne suis pas sûr que je ferai quoi que ce soit, avait répondu Andrés.

Debout devant sa porte, il regardait Erlendur d'un air triste.

– Et vous, que prévoyez-vous ? avait demandé Andrés.

– Nous n'avons aucune raison d'entreprendre quoi que ce soit à moins que vous ne le vouliez, avait précisé Erlendur. Nous n'avons rien contre lui. Nous n'avons aucune idée de l'endroit où le trouver. Pourquoi refusez-vous de nous dire où il habite si vous le savez ?

– À quoi ça servirait ?

Erlendur l'avait regardé, silencieux.

– Est-ce de vous que vous parliez, quand vous nous avez dit que c'était un assassin ? avait finalement demandé Erlendur.

Andrés ne lui avait pas répondu.

– Est-ce que c'est vous qu'il a assassiné ?

Andrés avait enfin consenti à hocher la tête.

– Avez-vous l'intention de faire quoi que ce soit ? avait répété Erlendur.

Andrés l'avait longuement regardé sans lui répondre, puis il avait lentement refermé sa porte.

Kjartan avait survécu à l'agression. Il avait perdu beaucoup de sang et, l'espace d'un moment, on l'avait cru perdu. Il s'en était fallu de quelques millimètres pour que la lame du couteau touche le muscle cardiaque. Grâce à la réaction rapide des policiers, il avait bénéficié de soins médicaux avant qu'il ne soit trop tard. Niran avait été confié à la Protection de l'enfance. Convaincu que Kjartan avait assassiné son frère, le temps passant, son désir de vengeance s'était transformé en obsession. Il en avait parlé à Johann qui avait tenté de le raisonner, en vain. Niran avait confié à sa mère qu'il avait été menacé, mais il avait refusé de lui dire par qui. Kjartan bouillonnait de colère, il était persuadé que Niran était impliqué dans la dégradation de sa voiture et il l'avait menacé de le tuer. Sunee avait eu peur pour Niran et, préférant ne prendre aucun risque, elle avait demandé à Johann de s'occuper de lui pendant quelque temps.

Quelques jours après les obsèques d'Elias, Erlendur avait rendu visite à Sunee. Ils s'étaient installés dans la chambre des garçons. Virote, qui se trouvait chez sa sœur, préparait du thé à la cuisine où Elinborg lui parlait de la cérémonie. Odinn et sa famille avaient soutenu celle de Sunee, venue de Thaïlande pour assister aux obsèques d'Elias. Le corps du petit garçon avait été incinéré, et les cendres remises à Sunee dans une urne.

– Vous n'avez pas versé de larmes, avait observé Erlendur.

Gudny, l'interprète, était également là.

– J'ai assez pleuré, avait répondu Sunee.

Gudny avait regardé intensément Erlendur en traduisant les paroles de Sunee.

– Je ne voudrais pas qu'il s'inquiète trop, avait expliqué Sunee. Sinon, ce sera bien plus difficile pour lui de rejoindre le ciel. Cela lui compliquera la tâche s'il doit nager à travers mes larmes.

Ils avaient parlé de l'avenir. Niran voulait retourner en Thaïlande, il affirmait qu'il quitterait l'Islande dès qu'il aurait purgé sa peine. Sunee n'était pas certaine qu'il pensait ce qu'il disait. Pour sa part, elle souhaitait rester en Islande, tout comme son frère. Et puis, il y avait Johann, qu'elle décrivait comme un homme bien. Au début, il avait hésité à officialiser sa relation avec elle parce qu'elle était thaïlandaise, tout cela était nouveau pour lui. Il ne savait pas comment sa famille prendrait la chose et voulait se garder de toute précipitation. Tout cela appartenait désormais au passé.

Erlendur avait parlé à Sunee des deux adolescents qui traînaient après les cours, armés d'un couteau. Il lui avait expliqué qu'Elias s'était, par hasard, trouvé sur leur route et qu'ils l'avaient agressé sans véritable raison. Ils avaient simplement eu envie de s'amuser, de l'effrayer. Les petits crétins de ce genre sont imprévisibles, avait-il précisé. Elias a eu la malchance de croiser leur chemin.

Sunee n'avait pas réagi. Elle avait écouté Erlendur décrire la raison pour laquelle elle avait perdu son fils et son visage n'avait montré qu'une totale incompréhension.

– Mais pourquoi Elias ?

– Simplement parce qu'il était là, avait répondu Erlendur. Il n'y a pas d'autre raison.

Ils étaient restés assis en silence un long moment jusqu'à ce qu'Erlendur se décide à lui demander de lui expliquer cette phrase qu'il avait trouvée dans le cahier d'Elias et qui parlait des arbres et de la forêt. Il lui avait demandé si elle savait ce qu'Elias avait voulu dire avec cette question : combien d'arbres faut-il pour faire une forêt ?

Sunee avait souri pour la première fois depuis longtemps.

– Nous l'appeler Aran en thaï, avait-elle répondu.
– Oui, Gudny m'a dit ça. Que signifie ce mot ?
– Forêt, avait dit Sunee. Aran signifie forêt.

Erlendur fit un signe de croix sur la tombe de Marion Briem. Puis il se tourna face au vent qui lui mordait le visage, lui ébouriffait les cheveux et s'infiltrait à travers ses vêtements. Il pensa à son appartement, à ses livres, emplis de souffrances, de morts et d'impitoyables tempêtes d'hiver. C'étaient des histoires qu'il comprenait et qui maintenaient au fond de lui les feux de sentiments anciens, des regrets, de la douleur, une perte. Il se mit en route. Comme bien souvent à cette époque la plus sombre de l'année, il pensait à ce peuple qui s'était obstiné à survivre pendant des siècles au sein de cette nature hostile.

Le froid resserra encore son emprise au fil de la soirée, renforcé par le vent glacial venu du pôle et de la mer, au nord, pour parcourir ce désert hivernal. Il s'élançait du haut de la montagne Skardsheidi, longeait les flancs de l'Esja et parcourait, la gueule béante, les basses terres où s'étendaient les habitations, cette scintillante cité de l'hiver, posée sur l'extrême rive nord du monde. Le vent s'avançait en hurlant à la mort et en sifflant entre les maisons ; il envahissait les rues désertées. La ville hibernait, comme dans l'attente immobile d'une épidémie. Les gens se cloîtraient à l'intérieur. Ils fermaient les portes, les fenêtres, tiraient les rideaux en espérant que, bientôt, la vague de froid prendrait fin.

RÉALISATION : IGS-CP À L'ISLE-D'ESPAGNAC
CPI BRODARD ET TAUPIN À LA FLÈCHE
DÉPÔT LÉGAL : MAI 2010. N° 101872-2 (59387)
Imprimé en France

Collection Points Policier